THE SEA of TROLL

# 巨魔海

[美]南希·法墨 著
周治淮 译

人民文学出版社
PEOPLE'S LITERATURE PUBLISHING HOUSE

著作权合同登记号 图字 01-2010-4294


**图书在版编目(CIP)数据**
巨魔海/(美)法墨著;周治淮译.—北京:人民文学出版社,2011
ISBN 978-7-02-008422-7

Ⅰ.①巨… Ⅱ.①法…②周… Ⅲ.①长篇小说—美国—现代 Ⅳ.①I712.45

**中国版本图书馆 CIP 数据核字(2011)第 004327 号**

责任编辑 **陈 旻**
装帧设计 **刘 静**
责任印制 **李 博**

出版发行 **人民文学出版社**
社　　址 **北京市朝内大街 166 号**
邮政编码 100705
网　　址 http://www.rw-cn.com

印　　刷 **北京龙之冉印务有限公司**
经　　销 **全国新华书店等**

字　　数 287 千字
开　　本 880×1230 毫米 1/32
印　　张 12 插页 1
印　　数 1—10000
版　　次 2013 年 1 月北京第 1 版
印　　次 2013 年 1 月第 1 次印刷

书　　号 978-7-02-008422-7
定　　价 24.00 元

献给哈罗德

为发现了秘迷尔井

## 感　谢

衷心感谢克里斯汀·约翰斯多蒂尔，一位冰岛学者阅读我的手稿，并为我提供冰岛语对话。

谢谢威廉·拉特利夫为我在斯坦福大学图书馆提供方便。

感谢我的儿子，丹尼尔，以及我的侄子，内森·斯陶特，为我提供了一字眉奥拉夫的灵感。

像往常一样，谢谢理查德·杰克逊给予我机会。

# 目　录

# 人 物 表

**人类(撒克逊人)**

杰克:本书开始时十一岁

露西:杰克的妹妹;本书开始时五岁

母亲:杰克和露西的母亲;一个智慧的女人

父亲:拐子贾尔斯;杰克和露西的父亲

诗人:爱尔兰的占卜者;绰号"龙舌"

阿莉森:索吉尔的母亲

科林:铁匠的儿子

艾登兄弟:神圣岛的修士

**人类(北欧海盗)**

一字眉奥拉夫:王后的狂暴斗士首领

复仇者斯文:奥拉夫的同船伙伴

俊脸埃里克:奥拉夫的同船伙伴

鲁汉埃里克:奥拉夫的同船伙伴;惧怕黑暗

宽肩埃里克:奥拉夫的同船伙伴;惧怕黑暗

鲁内:一位无法再颂唱的吟游诗人

索吉尔:希望成为狂暴斗士;十二岁

索格林:索吉尔的父亲;一位伟大的狂暴斗士

长矛厄及尔:船长;但不是狂暴斗士

碾拇指者吉祖尔：村庄头人

恶爪马格努斯：村庄头人

敛耳者埃纳：村庄头人；喜欢收集耳朵

海蒂：奥拉夫的首位妻子；来自芬马克的智慧女人

多蒂和萝蒂：奥拉夫的年轻妻子

斯卡基：奥拉夫与海蒂的儿子；十六岁

索里尔：索吉尔的哥哥

赫鲁斯加：住在金殿里的国王

贝奥武甫：一位著名的武士

无骨伊瓦：奥拉夫的国王，娶了半巨魔弗丽斯

树脚：俊脸埃里克的好友；被巨魔咬断了左腿

猪脸、脏裤子、粗腿、笨瓜和女笨瓜：奴隶

希尔达：奥拉夫与萝蒂的女儿

## 动物

勇敢：一只高贵的乌鸦

云鬃：一匹骏马

梅芙：爱尔兰猎狼犬

砍刀、煞星狼、地狱女妖、碎片儿：梅芙的幼犬

金鬃毛：巨魔猪；住在污秽的猪圈里

弗蕾娅的猫：九只巨猫；有着漂亮的红色金毛

白雪猫头鹰：约顿巨人国猫头鹰一家；有四只

龙：一条母龙；带着一窝小龙

松鸡：一只火鸡大小的松鸡；带着十只花斑小松鸡

拉塔托斯克：一只在乾坤树上爬上爬下散播流言的松鼠

## 约顿人(巨魔)

大山女王:格拉姆迪斯王后;约顿巨人国的统治者

芳:大山女王的女儿;能和人类通话

弗拉斯:大山女王的女儿;能和鲸鱼通话

博尔索恩:芳和弗拉斯的父亲;大山女王的初恋

## 未归类者

半巨魔弗丽斯:变形者;大山女王与未知人类的女儿;无骨伊瓦的妻子

弗鲁西:弗丽斯的姊妹,变形者;格兰的母亲

格兰:怪物;他的父亲是食人妖

命运三女神:没有人准确地知道她们是什么;但是非常的强大

乌特嘎地
前往芬马克
冰岛
巨魔海
约顿峡湾
（前往约顿巨人
国的入口）
约顿巨人国
奥拉夫的村庄
极乐岛
碾拇指者
吉祖尔的
村庄
海神埃及尔和
兰恩的宫殿
（在海底）
杰克的村庄
神圣岛
欧洲

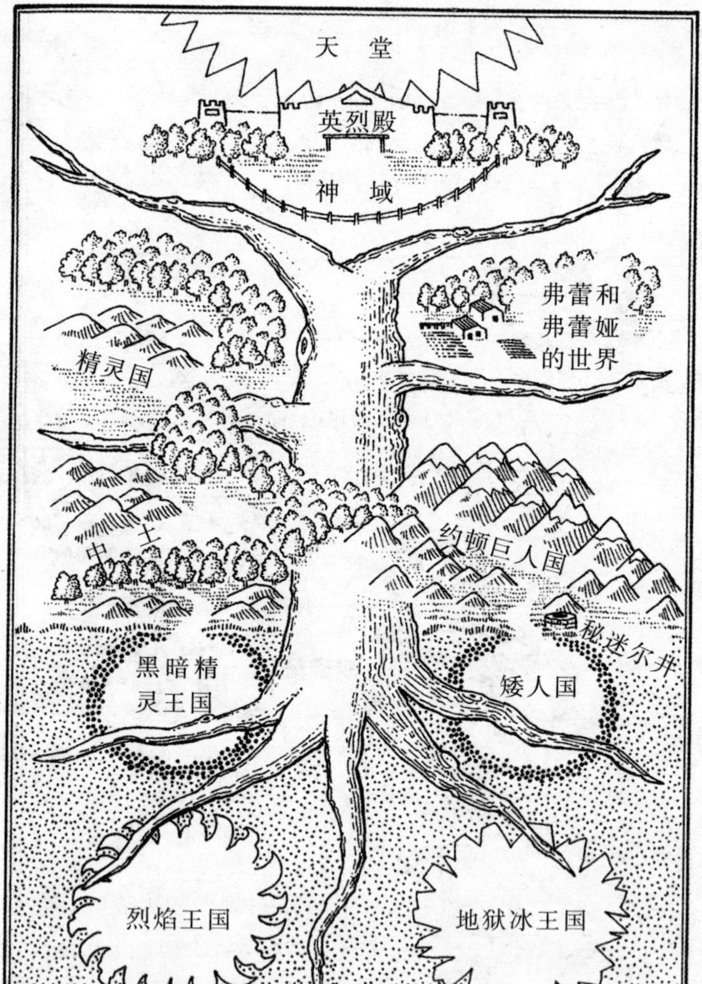
天堂
英烈殿
神域
弗蕾和
弗蕾娅
的世界
精灵国
中土
约顿巨人国
秘迷尔井
黑暗精
灵王国
矮人国
烈焰王国
地狱冰王国

# 第　一　章

## 找 羔 羊

天还没亮杰克就醒了，听着二月的寒风飕飕地打着屋墙，他叹了一口气：今天一准又是个坏天气。他两眼盯着屋檐下的椽子，用毛毯把自己裹得严严实实的，躺在用干帚石南铺成的地铺上，享受着最后一刻的温暖。地板很洼，比地面还低，风从门缝下面钻进，直吹杰克的脑袋。

房子盖得真不错，地板架在橡木桩子上面，这样地面的潮气就返不上来了。房子是父亲在杰克七岁那年盖的，杰克从头一直看到尾，爸爸本以为一个小孩子弄不懂这么复杂的事儿，可杰克却整得明明白白的。他看得很仔细，所以四年后的今天，十一岁的他认为自己就能够盖房子了。杰克对看到的事儿乎过目不忘。

杰克远远地看见母亲在房子的另一头，她把灶火拨旺，火光在阁楼上舞动，阁楼上比较暖和，但烟气大。爸爸、妈妈和妹妹睡在阁楼上，可杰克宁愿挨着门口睡，因为那儿的空气新鲜。

妈妈在熬粥，她往滚水里撒着燕麦，用力搅拌着，还往粥里加了蜂蜜，杰克闻到了蜂蜜的味道。灶火上放着一把烧得通红的火钳，妈妈要用它来加热摆在架子上的一杯杯苹果酒。

“真冷啊！”露西在阁楼上抱怨道，“我能在床上吃早点吗？”

“冷对公主来说是小事一桩!”爸爸说。

“可公主是住在城堡里啊。”露西争辩道。

“那倒是,不过对走失的公主来说就是另外一回事了。”

“不要顺着她说!”妈妈说道。

“爸爸,我真的丢过吗?”露西问道。杰克知道她爱听这个故事。

“丢了没多久就被我们找到了。”爸爸慈爱地答道。

“我那时躺在一丛玫瑰下,手里还攥着一枚金币。”

“你就是在这座房子里出生的,不是在什么梦幻城堡!”妈妈气哼哼地说着,把火钳放进第一杯苹果酒里,杰克闻到了浓浓的苹果味。他知道露西不会信妈妈的话。当一个走失的公主要比当一个农夫的小丫有意思得多。金币倒是真有一枚,那是爸爸在菜园里翻地时发现的,上面有头像,爸爸说那是罗马的一位国王。

露西说:“总有一天会有一队骑士骑着马找到这里的。”

“自打你被巨魔掠走后他们就一直在找你,”爸爸说,“巨魔们想把你吃了,我的小心肝儿——可他们是巨魔啊,所以他们相互打了起来。”

“我们是用苹果塞住她的嘴把她烤着吃,”露西重复着这个讲了又讲的故事,“还是用她做馅饼?”

“馅饼!馅饼!一半巨魔吼道,”父亲说,“另一半则喊着要烧烤小孩儿。他们打了起来,很快就都被打晕了,正巧我路过,看见了你。”

“有一天骑士们会来敲咱家的门,”露西说,“他们会向我鞠躬,说:‘请当我们的王后吧。’”

“干吗让她相信这些无聊的东西?”妈妈说。

“这有什么关系啊。”爸爸说。

杰克知道在他出生前妈妈失去过两个孩子,在他出生后妈妈又失去了两个孩子，她以为自己不会再有孩子了。可出人意料，她又生下这个最小可最棒的孩子。露西长着一头阳光般的金发，眼睛的颜色就像密林深处的紫罗兰，她轻盈得好像蒲公英，快活得有如百灵鸟。五岁的她真是人见人爱，而她呢，也喜爱每一个人。不管她干什么，杰克都不会厌烦她。

这当儿，爸爸正抱着她下楼梯，她个头真不小，爸爸笨手笨脚地一阶一阶梯地往下走，杰克看见爸爸每下一阶梯，脸上就掠过一丝痛苦，可随后便是一脸笑容，这种笑容当拐子贾尔斯看儿子杰克时却很少出现。

杰克撩开毛毯，站起身来，伸展了一下身子，好让新的一天注入自己的体内。杰克和大家一样，也是和衣而睡，这就免去了穿衣服的麻烦。

杰克揪出堵塞门缝的羊毛，爬出门外。一抹霞光悄然从东方的海面缓缓升起，洒在荒野上后便忽地消失在西边那黑黝黝的密林里。天空的颜色如同黑冰，今天又是一个难熬的日子。

杰克连蹦带跳朝茅房跑去，不然的话，上冻的地面就会粘下他的鞋子。诗人说过，霜雪巨魔就躲在暗处等着粗心大意的人，呼出雾气把他们弄晕。所以在昏暗的冬季，无论你有多么想睡都绝对不能躺在屋外。霜雪巨魔会在你耳边轻轻地说，睡吧，睡下就会暖和的，他就是这么把人逮住的。

杰克又跑回屋去，没留神踩在一片冰上，滑了一下。他砰的一声把门推开，进到屋里，站稳后一边哈着气一边跺着脚，好让两条腿恢复知觉。

“冷吧，嗯？”爸爸说，他坐在火炉旁，怀里抱着露西。

“冷得像巨魔的——”

“可不许这么说！”妈妈厉声喝道。

杰克咧嘴笑了笑，一屁股坐在火边。妈妈递给他一大杯苹果酒，他捧着暖着手。

“母羊要下小羊了。”爸爸说道。

“是啊，是啊。”妈妈应道。

“我最喜欢小羊羔啦。”露西一边嘟嘟囔囔地说，一边晃动着杯里的苹果酒。

“你是用不着到外面去找那些小东西。”杰克说。

“上帝就是这么安排的，”爸爸说，“亚当犯了罪，可我们其他人要受苦流汗才能填饱肚皮。”

“阿门。”妈妈说。

杰克弄不明白，为什么创世之初发生的事儿，现在依旧煎熬着现在的人们，这惩罚还要多久才有个了结？一千多年以后，上帝会不会说，好啦，到此为止吧，你们可以回伊甸园了！杰克没敢说出来，因为只要和宗教沾边，爸爸就压不住火。

爸爸本想当一名神父，但家境不好，拿不出钱给修道院，进不了修道院的门。这始终是爸爸的隐痛，他腿有残疾，农田里的累活儿苦活对他来说真是艰难。

爸爸最美好的记忆就是年轻时曾造访过神圣岛，他被送到那里，希望能治好腿疾。修士们平静的生活令他向往不已。他们不用拉犁翻耕多石的田地，也不用到吓人的森林里砍柴，更不用提防着狼群和更令人害怕吃男孩儿的妖怪。

天哪，即便这些仁慈的修士都没有办法治好贾尔斯的残腿。他们所能做的就是给他吃松软的白面包和迷迭香烤羊肉。他们在小教堂里为他祈祷，小教堂有一扇彩绘玻璃窗，阳光一照，玻璃便泛出彩虹般的色彩。

“我今天要修库房的屋顶。”爸爸说。

杰克皱了皱眉头，爸爸这么说，那找羊羔的苦活儿就落在他的头上了。他把昨晚的面包胡乱丢在粥里，面包太硬了，不用粥泡软根本没法吃。妈妈烤的面包又黑又硬，里面老是有沙子，杰克的牙不停地咔哧作响。

"爸爸，我能看您干活儿吗？"露西问道。

"当然可以啊，我的小心肝儿，就是不要坐在梯子下面，那不吉利。"

"不吉利，因为爸爸也许会失手跌落斧头，那会砸在露西头上。"杰克心里想，可没有说出来。

"这星期轮到我们给诗人送吃的了。"妈妈说。

"我去送。"杰克随即应道。

"当然是你送了，"爸爸说，"不要以为去找羊羔就可以把这事推掉。"

怎么老是这样？杰克心想。他主动提出帮忙，可爸爸又没往好处想，不过这个任务太让杰克兴奋了，火气也就消了。

他匆匆吃完面包和粥，大口大口地喝着热苹果酒，开始为这漫长的一天做准备。他往单薄的鞋里塞了些羊毛，免得把脚趾冻伤，在腿上多缠了一块布，又加了一件衬衣，然后披上斗篷。斗篷上了兽油，可以防雨，沉是沉了些，可是保暖啊，最后他扛起那袋吃的。

"记住，别在诗人那待得太久，让人讨厌。"杰克正往出走时爸爸叮嘱道。

风一下把斗篷掀到杰克的头顶，他把斗篷拉下来，裹了裹紧，脚下的霜咯吱作响。身边的世界水晶般透亮。杰克能看见西边森林后面的群山和东边冰冷的大海。岩石上有一座罗马式的老屋俯视着海岸，诗人就住在那里，杰克看见炊烟被风吹成一团一团的。

他想不明白，那位老者为什么要住在那里。房子年久失修，再多的柴火都驱不散屋内的阴冷潮湿。诗人愿意住在海边,也许因为他就是从海上来到这儿的。他乘着一只圆形小舟,在海面上下颠簸着,好像孩子的玩具似的。他能平安无事可真是个奇迹,也许诗人是施了魔法让小舟安然无事的吧。

杰克的心越跳越快。当然,他知道妈妈也会施些小魔术,他从妈妈那里学会如何对蜜蜂说话,如何用歌声安抚受惊的动物。可诗人会的都是大手笔。据说,他朝一小把干草吹口气,就能把敌人逼得发疯。他能呼唤北风,还能和乌鸦对话。

老人是两年前来到杰克他们村的,他刚一到就发号施令,很快就在那座罗马老屋里住下,屋里有一张床、一张桌子、一摞毯子和不少食物。他有什么权利拥有这些东西,却没有人质疑。

"先生,我送吃的来了。"杰克边敲门边说。他听见老人的脚步声,然后是一声叹息声和拐杖的咚咚声。诗人打开门,满脸喜色。

"是杰克啊! 真是太好了!"

这正是杰克喜欢他的原因之一,他不会说:"啊,你怎么又来啦!"他看上去真的很高兴。

"我为您热杯苹果酒好吗?"杰克问道。

"好啊! 那可是你妈妈的拿手戏,"诗人说,"她的聪明才智展现在指尖上,孩子,记住我的话。"

杰克把火钳放到火上,倒了一杯苹果酒。

"我想今天早上你要去找小羊羔,"诗人边说边坐了下来,把两条瘦骨嶙峋的腿伸到火边,"你想知道吗? 有六只母羊生了羊羔,在西圈。"

杰克一丁点儿都没有怀疑,谁都知道诗人能掐会算,他是不是能变成飞鸟,翱翔在田野上空,抑或是能向路过的狐狸打听,谁都说不清楚。可诗人知道他周遭会发生什么事情,也知道许多发生在其他地方的事情。

杰克盯着火钳,等到它烧红了,便刺啦的一声把它放进杯子里。“先生,我去弄点儿漂木吧?”杰克问。他想尽可能多待会儿。

“找羊羔要花上大半天工夫,”诗人嗅着苹果酒冒出的香气说道,“你可以干完活儿再回来。”

杰克不敢相信自己的耳朵,因为除了找他干活儿,没人愿意他待在身边。“您要我帮什么忙吗,先生?”他礼貌地问道。

“帮忙?帮忙,就你这个乳臭未干的小毛孩儿?以奥丁神的眉毛发誓,我是要请你吃午饭,我是不是还要给你写一份请柬?不,不,”老人叹了口气,“就是写了你也看不懂,谁愿意自找麻烦来教你。我真替你妈妈难过,她已尽力了,摊上了一位一门心思想当修士的丈夫……”

诗人一边捧着苹果酒杯暖着手,一边自言自辩地说着,好像忘了杰克就在身边。

“我愿意来。”杰克说。

“什么?哦,非常好。”诗人说着,挥手让杰克离开。

杰克太诧异了,他翻了几个山头,来到西圈,竟然记不起是怎么到的。寒风撕扯着他的斗篷,冰灌进他的鞋子里。诗人找他干什么呢?往罗马老屋抬过漂木和水桶的男孩儿有十几个,可杰克知道,他们当中没有一个人得到诗人的邀请去吃午饭。

为什么单单挑中他?村长的儿子个头儿比他高,上的学也多;铁匠的儿子身强体壮的;磨坊主的儿子拿给诗人的全是白面包啊。杰克——说句心里话——没有一点儿拿得起来的。

他看见第一只小羊蜷缩在树篱下,羊妈妈攻击杰克,杰克把它赶开了,那只黑脸绵羊像石山羊一样凶猛。杰克把浑身发抖的新生羊羔揣在斗篷里,一边挡着羊妈妈,一边快步往山下走。他躲闪着羊妈妈的利角,把小羊羔扔在谷仓的草堆上。

就这样来来回回好几趟,他把六只羊羔全找到了,这时他已浑身泥巴,腰酸腿疼。他砰的一声关上谷仓的门,心里想"我讨厌羊"!

"别忘了喂喂它们。"爸爸在屋顶上喊道。

"喂过了。"杰克应道。为什么爸爸就不会说句:"六只小羊吗?干得漂亮!"他为什么总是不高兴呢?

露西坐在梯子下面,把爸爸的警告忘在脑后。她蜷在一张羊皮里,样子真像一只大肥兔。她高兴地向杰克挥挥手,杰克虽然窝着一肚子火,还是向露西挥了挥手,对露西他就是生不起气。

## 第 二 章

# 学 徒

杰克站在门口，心里七上八下的，诗人喊道："进来吧！"杰克环顾四周，看看水桶是不是空的，柴堆是不是没有柴了，好以此证明他有理由进来。可一切都停停当当的。

"我不是叫你来这儿干活儿的。"诗人说，这话把杰克吓了一跳。他老人家怎么知道我的心思呢？

他们吃着午餐，时而吃儿口面包，时而吃儿口奶酪，喝着苹果酒，诗人有一搭无一搭地问了杰克几个问题，都是些平常得似乎不值一提的问题。比如水流过草地是什么声音？漫过泽地又是什么声音？风从河中的芦苇向牧场的狐尾草吹过时声音有什么变化？杰克能不能辨出在云端飞翔的是云雀还是燕子？

杰克说他当然能啦，随便哪个人都能，只要看看它们扇动翅膀的样子就知道了。

"并非如此，"诗人说，"很少有人能看见鼻子底下的东西。再来一块奶酪吧？"

杰克吃了不少东西，有些不太好意思，他很少有过吃饱的感觉。

"依我看，在你身上花些时间还不会完全浪费，"诗人说，"孩子，你可不要有这种想法，你可能会浪费一点儿时间。你愿意当我的徒弟吗?”

杰克目瞪口呆地看着他,一时没有弄明白这话是什么意思,他可从来没听说诗人有过徒弟啊。

“这是我们必须改掉的第一个习惯,”诗人叹着气说道,“就算你不聪明,也要显得聪明些。你走吧,晚上我和你爸爸谈谈。”

那天晚上,杰克裹在毯子里,听诗人和他爸爸讨论自己的未来。诗人会不会来他连想都没有想,可到了傍晚,诗人真的来了。他披着一件厚厚的白斗篷,拄着一根发黑的蜡木拐杖,白色的胡须随风飘动,样子十分威严。爸爸把他让进屋里,让杰克腾出火边的位置。

但是,贾尔斯听完老者的想法后并不高兴,他大声说道:“我可不能让杰克走,要是我儿子多,或是我的腿是直的——顺便问一下,您能治这腿吗?”

“恐怕不行。”诗人说。

“问问也没什么关系,我这是为亚当赎罪。”

“阿门。”妈妈说。

爸爸、杰克和露西也小声说了声“阿门”。杰克注意到诗人什么也没说。

“不管怎么说,我需要有人帮我修修这儿,修修那儿,我需要有人帮我耕地,我需要有人帮我放羊,我需要有人帮我到林子里砍柴,”爸爸说,“谢谢,感谢您看中我的儿子,我深感荣幸,可他并不聪明啊。”

“我觉得他还行。”诗人说。

杰克心中涌起一股对老者的感激,同时也涌起一股对爸爸的恼怒。

“现在的问题并不是杰克有没有能力,”爸爸争辩着,“我需要他,情况就是这样!”

“他去受教育该是好事啊，”妈妈欲言又止地说，“你不是一直都想向修士学习吗？”

“闭嘴，”爸爸不容置疑地说，“我本想在神圣岛为宗教献身，”他告诉诗人，“可我没有那样的机会。我不怨我的父亲，我尊敬他，不会犯下怨恨他的罪行。我每天都向上帝倾诉我的痛苦。”

“阿门。”妈妈说。

“阿门。”爸爸、杰克和露西低声说。

上帝听到爸爸倾诉的痛苦后会做些什么呢？杰克困惑不解，他会不会把人们送给他的牙痛、头痛都放进盒子里？

“我的儿子不应有非分之想，”爸爸最后说，“其实，了解生活充满失意对他有好处。有痛苦，愉快地承受，才是救赎的根本。”

“哦，杰克当我的徒弟可不是什么开心的事。”诗人说这话时眼睛不停地闪动，杰克不知道他看见什么有意思的事了。“我向你保证，我会狠狠用他的，就像用铅矿里的驴子似的。他吃的苦一定会比别人都多。至于你的农场，贾尔斯，我已经和村长商量好了。要是杰克跟了我，其他的孩子我就不需要了，所以村长会把他们派给你。我想，到时候人手多得你都不知道如何安排啦。”

杰克看出诗人多么有智慧，他等爸爸把反对意见说完之后再把网口一收，和他达成协议。

“哦！那好，要是那样，”贾尔斯语无伦次了，他恼怒地看着诗人，说，“我想其他孩子会的——虽然他们懒得要命。”

杰克知道每当爸爸说他——杰克聪明时，话就算说完了。

“他会干重活儿的，会吧？”贾尔斯说。

“我保证他会倒头便睡。”诗人说。

“那他可不可以回家呀？”妈妈柔声问道。

老人对她笑了笑，说：“星期天他可以回到您这儿，我去森林时他也可以回来,他还可以帮您放放蜂。”

这时,似乎有什么东西在妈妈和诗人间闪过,尽管杰克弄不清那是什么。

“那就好。”妈妈说。

“老娘们儿家家的。”爸爸边嘟囔边把一大块泥炭丢进火里。

* * *

第二天一早,杰克收拾好他的东西。他往包里又放了一件衬衣、一副裹腿布、一个杯子和一个托盘。他把自己收集到的宝贝也放到了包里,这些宝贝是:贝壳、羽毛、一块他觉得样子像松鼠的树节、一块透明的石头。他把其他的东西全都带在了身上,包括爸爸在圣诞期间送给他的那把小刀。

拿好他所有的东西后,杰克心里觉得怪怪的,好像要是没有东西证明他的存在,家人就会忘掉他。他或许会像那些被送往仙境的可怜灵魂中的一员,当他们似乎以为过了一个星期返回后,却发现自己实际已经离开好几百年了。露西紧紧抱着杰克不放,边哭边说:“不要走! 不要走!”

“我星期天就回来。”杰克说。

“过来,乖,公主是不哭的。”爸爸说。

“要是当公主会失去杰克,那我就不当公主了。”露西号啕大哭起来。

“啊哈,你不想住宫殿啦? 也不想吃用金盘盛放的甜食啦?”

“什么样的甜食?”露西抬起头来问道。

“花楸浆果布丁和青梅塔啊。”爸爸说,“还有苹果布丁和果子冻啊。”

“果子冻?”露西松开杰克的衣服。

“最好吃的那种，带肉豆蔻和奶油的。”

杰克知道爸爸在说他在神圣岛上吃过的东西。露西和杰克连尝都没尝过，可杰克的嘴里还是冒出了口水。听起来太诱人了。

露西跑向爸爸，他一把将她抱起来。“燕麦糕、草莓酱、樱桃派和蛋挞。”他柔声细气地说道。

“还有果子冻。”露西说道，已把杰克忘在脑后。

杰克在心里叹了口气，有人为你伤心可真是好事，露西对任何事情都不会关注太久，算啦，她还是个孩子嘛。

诗人在前面大步流星地走着，杰克在后面拼命地追赶，身上压着几袋子东西。路上他们碰到铁匠的儿子。显然，他是第一个被派去替贾尔斯干重活儿的。诗人走过之后，铁匠的儿子挥拳向杰克的肩膀打去，杰克灵活地躲开了。杰克喊了声：“跟羊找乐吧！”便赶紧加快脚步，追上老人。

杰克从早忙到晚，可他觉得很有意思。晚上有时他背着诗人的竖琴，随着这位老者去访问。这可是个好活儿。杰克坐在火边的上座——当他还是贾尔斯的小崽子时，那地方可不是他坐的，还可以得到一杯热乎乎的饮料喝，然后就什么都不用干了，一边烤着火，一边听诗人讲故事。

平日，杰克天不亮就起来，拨旺炉火，煮上粥，挑满水，拖回漂木。然后就到野外去。“观望一下四周，”诗人说，“感受感受风，闻闻空气，听听鸟叫，看看它们在空中飞翔的样子，然后告诉我野外发生了什么事情。”

杰克弄不清诗人到底让他看些什么，便沿着山路往山顶上爬。天气糟糕时，他就蹲在旧羊圈里；天气好时，他就仰面躺在草地上。看着棉絮般的白云飞快地掠过天空，游隼箭一般俯冲而下，抓住倒霉的老鼠。

很快,杰克就发现敷衍了事行不通。要是他偷懒或观察不认真,更糟糕的是,如果他信口开河,诗人就会用指关节敲他的脑壳儿。杰克在撒谎,他知道得一清二楚。“瞪大眼睛!你要是就会这些,我还不如把你当个瘪三踢回家去。”诗人吼道。

几个星期之后,杰克发现自己看到的东西越来越多,旷野似乎也越发开阔。他发现鹰在天上并不瞎飞,而是沿着一定的路线,并在特定的峭壁上休息,对其他的鹰彬彬有礼。他还发现,野外的动物们像村民们那样相处。它们有的胆小怕事,有的争强好胜,有的吹嘘炫耀,有的谦虚谨慎,只想和平相处,不想惹是生非。

杰克外出回来后就径直走向架在火上的汤锅,那口锅从早到晚一直架在火上。里面是用豌豆、大麦、防风和洋葱熬制的浓汤。诗人时不时往锅里放把药草,汤的味道会随之变化,可总是很好吃。

炉火发出的热会渐渐浸透他的全身,他大声地嚼着面包。面包的味道每周都会因供食者不同而不同。多数人用燕麦面、小麦面、大麦面或豆面——把手头有的面粉统统混在一起来烤面包;较穷的人家还要掺上橡子面,他们的面包特硬,不掰碎泡在汤里就无法下咽。面包匠用的是纯白面,面包特别松软,裹在毯子里送过来时还热乎呢。

吃过午饭,杰克便去照料在屋前闲地开出的菜园。他拔了些飞蓬,用来熏驱他和诗人衣服上的虱子。他还会把灯芯草的外皮剥去,把白色的草芯插到蜂蜡里,制成蜡烛,好在漫长而黑暗的夜晚使用。他从沙丘割来滨草,编成防水垫。最后,吃晚饭时,他向诗人汇报自己在白天看到了些什么。

“好,好。”诗人总是这样说,“你已经明白一些事情是怎么回事了。当然啦,还没有看到全部,那可能需要几辈子才能做到。不过,你并不是一个十足的傻瓜。”然后,他会教杰克一首歌,随后便认真地听杰克反复唱那首歌。“你的乐感不错,听力相当好。”他喃喃地说道。杰克有一种从头到脚,从里到外都高兴的感觉。

最后,杰克封好炉火,便在靠门边的一角睡下,躺在干帚石南和羊皮上,那就是他的床。诗人睡在屋子的另一头,躺在一张用稻草编成的矮床上,杰克觉得像个大筐。

晚上,他最后看见的东西便是壁炉映在四壁的火光了。古罗马人在墙壁画满壁画,画中的树木和杰克看到的大不一样,树上挂着金色的果子,奇异的鸟儿栖息在枝头,火光晃动时鸟儿好像也在动。更糟的是有时树枝也会动。

# 第 三 章

## 掠过海面的黑影

“不……不……”

杰克忽地坐了起来。风在屋外咆哮着,黎明时分的寒意渗进屋里,每个角落都冷冰冰的。

“不——我不干——那是邪恶的——”

杰克撩开毯子,跌跌撞撞地扑向房子的另一头。诗人在床上挣扎着。杰克看见老人猛地挥出一只手,像是要挡开什么东西。“先生!先生!醒醒!没事的。”他抓住了诗人的一只手。

“我不会屈从你!我鄙视你,你这个邪恶的巨魔!”

什么力量——一股可怕的力量——把杰克抛开,他的头砰的一声撞到石头上,两耳嗡嗡作响,像铁匠在耳边使劲儿打铁似的,嘴里满是血腥味。

“哦,哎哟,孩子!我不知道是你呀。”

杰克挣扎着要说话,可是血呛得他直咳嗽。

“你还活着,感谢弗蕾娅女神。待在那别动,我去生火,给你熬点儿药汤疗伤。”

杰克的耳鸣渐渐消逝了,可感觉特别恶心。他听见诗人在不停走动,不一会儿,壁炉忽地冒出火光。很快,一杯热腾腾的药汤递了过来，有点儿烫嘴，杰克往后退缩。

“用嘴唇抿一下，孩子，这药看上去不怎么样，其实并不难喝。喝下去会舒服些。”

杰克努力咽了下去，果然不恶心了。他发现自己在发抖，或许他一直都在发抖吧，他记不得了。“您是——是那样——消灭敌人的？”他结结巴巴地问。

诗人坐下来，说：“那是方法之一”。

“那就是……魔法？”

“有人这么说。”诗人说。

“您能教我施魔法吗？”

“以雷神托尔的大胡子起誓！我差点儿杀了你，可你首先想知道的竟是如何施魔法。”

“那——那当然啦，先生，我是您的徒弟嘛。”

“也是最皮实的一个呀。大多数男孩儿要是碰到你刚才碰到的事情，就会跑回家找妈妈了。真的，好奇真是伟大。咱俩会合得来。”

杰克感到一股暖暖的睡意袭遍全身，身上依然很痛，但好像无关紧要了。“先生，您这是怎么啦？”

“那是梦魇，孩子。祈福你永远不要碰上。”

“您是说噩梦吗？”

“我说的是梦魇，梦魇更邪恶。”

杰克还想多问，但感觉太舒服了，便打了一个大大的哈欠，伸展四肢，往地上一躺睡着了。

他醒来时，发现自己睡在屋外一张帚石南床上，便挣扎着要起来。这时，他听见诗人说道：“再歇会儿吧，孩子。”诗人坐在门旁的板凳上，在沧桑的老屋衬托下，诗人那白白的胡须和斗篷越发闪亮。

“啊,阳光,”老人舒了一口气,说道,“驱除了黑夜的恐惧啊。”

“梦魇哪儿去了呢?”杰克问道。他的嘴受了伤,说起话来含含糊糊,听起来怪怪的。

“混在别的东西里了。”诗人说。杰克摸了摸嘴唇,吓了他一跳,嘴唇肿得好像雨后的蘑菇。“此时此刻你恐怕还不如丑陋的巨魔呢。”老人说道。

杰克还记得诗人在梦中喊的话,便问:“您真的看见了吗,先生?”

“哦,是的,几十个。大多数相当友善,虽然要花些工夫熟悉他们,要提防的是那些半巨魔。他们要多坏有多坏,要多奸诈有多奸诈,而且变化多端,变成人时,美丽无比,会让人魂不守舍。”

“他们中有人派来梦魇吧?”杰克问道。

“他们中有一个把梦魇当做坐骑。听着,我的孩子,我一直在努力保护你不被某些东西伤害,直到你长大些。但我可能没有时间了。最近,我一直觉得海面上有黑影。你知道,她正在搜寻我。白天我可以躲起来不让她发现,可到了晚上我的防备就会下降,她知道这一点。”

“您可以搬到村长家,先生,他会保护您的。”杰克说,开始警觉到这回可不是什么传奇故事或是好听的歌曲了,这回可是真的了。

老人摇了摇头,说:“村长是个勇敢的人,但他对付不了巨魔。她在找我,也许她已经发现了我在这儿,她的手下也许正在路上。我太大意了,我应该知道,只要她出来,那么我在九界就没有任何安全的地方了。我宁可让她抓住我,也绝不能让她毁掉你们的村庄。”

“那您不能逃走吗?”

“约顿人会像猎狗一样跟着我。她的手下会先来到这里,要是他们找不到我,就会把你们统统杀死。”

“约顿人？”杰克怯怯地说。

“那是巨魔对自己的称呼。他们能溜进人们的脑子，知道人们的心思，还没等人们反抗，便知道人们会在何时何地动手。只有极特别的武士才能战胜他们。”

“我们总该做点儿什么啊。”杰克知道自己的声音变了调，但是他控制不住自己。

“是的，”诗人坚定地说，“我现在严阵以待，我不会毫无防备地再被她抓住。我本该在几周之内把所有的东西全都教给你，可这个安逸的地方让我麻痹了……”

诗人陷入了沉默，杰克见他眺望大海，也向大海望去，可看到的只是一望无云的天空和逶迤拍向岸边的灰绿色海浪。即便邪恶就在屋外，他也无法看到。

“接下来的三天你可以回家，”诗人说，“我要到森林里走走。对了，我可不想让你的家人知道，”他伸手拿起黑拐杖说，“不到万不得已的时候不要惊动他们，约顿人会像狐狸嗅到鸡窝那样，轻易地追踪到恐惧。”

“我一半时间都花在追那些调皮的男孩儿了，”父亲抿着母亲熬的鸟蛤浓汤说，鸟蛤是杰克从诗人住所附近海边的海礁上拾到的，“真要干活儿的时候，他们全都像鳗鱼似的溜走了。”

“可不是吗，他们一点儿用都没有。”母亲一面附和着，一面让露西把汤杯拿稳。

杰克从没想过农场会遭受劫难。篱笆看上去很结实，田里种满燕麦和大麦；菜园里芥菜、薰衣草和香菜生长茂盛；苹果树上结满小小的青苹果。

太美了，美得让杰克的嗓子都紧得发疼。直到现在他才感到这个小农场的可爱,用新的眼光看父亲,认识到拐子贾尔斯的抱怨和树上乌鸦的叫声没有什么不同。乌鸦碰到不顺心的事就会习惯地嘎嘎叫,而父亲也是用抱怨来缓解对生活的失望。不管父亲有多么不顺心,他还是开创出这么美丽的地方。杰克看到房屋盖得好可爱,粮食保存得好仔细,正因为如此,母亲、露西和他才得以生存。

所以这一切都可能转瞬之间化为乌有,谁都不知道海上潜伏着威胁。

"杰克哭了。"露西说。

"我没哭。"杰克生气地说,把脸扭到一边,不让人看到泪水从脸颊滴落。自被诗人打倒之后,他好像特别容易受震撼,好像更容易落泪。

"让他一个人待会儿,宝贝儿,"母亲温柔地说,"他的嘴疼极了。"

"诗人揍了他。"父亲说。

"那是意外。"杰克说。

"得了,随你怎么说,我一看就知道是不是揍的。"

杰克什么都没说,要是父亲因为他挨揍而高兴,又何必扫他的兴呢。这也和以前截然不同。若在以前杰克一定会激烈地反驳,而现在他看到的则是父亲满脸劳苦的皱纹、弓起的后背和伤痕累累的双手。他还隐约看见了另一个景象,景象里的父亲是意外发生前的小孩子。

杰克又想哭,这种新的感觉太奇怪了,太令人不安了。

母亲弯下身,贴着露西漂亮的脸蛋儿轻声说:"你要把汤喝完啊。"

"我不喜欢喝汤根,都是沙子。"露西说。

"鸟蛤一洗就没味了。"母亲说罢自己把汤根喝了,顺手递给露西一块燕麦饼。

“挨揍对男孩子有好处，”拐子贾尔斯说道，“呃，当年我爸爸从周一到周六天天打我，每天换一个打法，才把我打成了今天的男子汉。”

后来，因为今天是星期日，父亲给大家讲了一个有关圣人的故事。父亲不识字，村里的人除了诗人谁都不识字。对拐子贾尔斯来说，写字是一种魔法。当诗人在羊皮纸上写字时，父亲总是在胸前画着十字以免中了咒语。

不过父亲记住了几十个从神圣岛修士那儿听来的故事。今晚的故事讲的是受异教徒迫害而殉教的圣劳伦斯。“他被架在小火上慢烤，”父亲冲着大气都不敢出的露西说，“异教徒在他的脚趾缝塞上蒜瓣，像烤鸡似的往他身上涂油。在死前要被带往天堂时，圣劳伦斯说：‘我觉得我已经被烤熟了，你们什么时候想吃就吃吧。’那些异教徒深受感动，纷纷跪下，请求成为基督徒。”

*巨魔也要吃人*，杰克暗想，他们会跨海而来，在每个人的脚趾缝都塞上蒜瓣，他低下头，转念想着葱郁的青山和蓬松的白云，他千万不能害怕，约顿人会循着恐惧的踪迹找来。

后来露西又想听她如何住到宫中的故事。

“这样会出事的，”母亲说，“她还分不清真假。”

父亲不把母亲的话当回事儿。杰克明白，父亲和露西一样期盼听这些故事，他知道这些故事对父亲也是安慰，杰克在最近几个星期里怎么变化这么大呀。拐子贾尔斯或许会像乌鸦一样抱怨，但他也会像云中的鸟儿一样，迷失在自己的想象中，这时的他就无需脚踏实地，也无需知道自己注定要拐着脚在地上跛行了。

“很久以前，”父亲讲道，“王后把一块蜂蜜蛋糕掉到地上。”

“我另一个母亲。”露西提醒道。

母亲哼了一声，她早不再向露西解释她不可能有两对父母了。

“蛋糕开始生根长大。”父亲说。

“一直长到像铁匠铺旁的橡树那样高。”露西说。

“每一根树枝上都结满了蜂蜜蛋糕，隐身仆人会飞来摘蛋糕。”

“隐身仆人！我喜欢听。”母亲说。

“你有一只小狗狗，戴着绿色的颈圈，颈圈上缝着银铃铛，狗狗满屋跑时就能听见铃铛声。”

“是城堡。”露西纠正道。

“对，当然是城堡啦。狗狗会说话，它把王国里发生的事全都讲给你听。不过，嗨，它非常调皮，有一天它跑走了，奶娘去追它。”

“怀里还抱着我。”露西说。

“是啊，她在林子里迷了路，便坐在地上痛哭流涕，撕扯着头发。”

“她先是把我放到了玫瑰丛下。”露西说。

“从林子里走来一只熊，把奶娘吃掉了，可熊没看见你，宝贝儿。”

“我就是这么丢的。”露西兴高采烈地说，全然不把奶娘的命运放在心上。

头顶上的茅草屋顶被北风吹得瑟瑟作响，杰克听着听着便进入了梦乡。

# 第 四 章

# 狂 人 谷

诗人的脸晒得黝黑黝黑,好像在太阳下面待了很久。杰克很好奇,可又不敢问。

“你的气色不错啊,家人们都好吧?”老人问道。

“都好,先生。”杰克答道。

“我在到处搜集情报,大海那边似乎有动静,有人在造船铸剑。”

“情况很糟吗?”

“当然啦,人们造船铸剑就是要使用它们。”诗人大步走在前面,带着杰克沿着一条靠海的小路往前走。右手边一片葱绿的悬崖陡然断开,杰克听见崖下深处传来海浪撞击礁石的声响。海鸥在微风中滑翔,随着上升气流前后飘荡着,间或懒懒地拍拍翅膀。

“你要知道,海那边的土地没有这里肥沃,农田全是开山造出来的,一年中大部分时间被冰雪覆盖着,只能养活很少人,其他人不得不另寻生路。”诗人爬上一道陡坡,脚步并没放慢,甚至都没气喘。杰克费了好大气力才跟上他。“生活在那里的北欧海盗向东盯着俄罗斯人的土地,向南盯着法兰克人的土地,他们并不惦记着北面,因为那里住着约顿人。”

约顿人,杰克打了个寒战。

“我担心他们中有人正盯着西面,看着我们。”

“先生,那就是您感到的黑影吗?”

“是……还有别的。”诗人停下脚步,向大海望去,海鸥在空中前后飘荡着。“那些盯着西面的北欧海盗由一位名叫无骨伊瓦的国王统领。”

“无骨伊瓦!”杰克感到好像有一片云隔在他与太阳之间。波涛声变弱了,耳中听到海鸥远远的叫声。

“杰克,你没事儿吧?”诗人问道。

“好可怕的名字。”杰克喃喃说道。

“他本人更可怕,他的眼睛浅蓝如海冰,皮肤白得像鱼肚,赤手空拳就能掰断人的腿骨,身上披着用败敌胡须编织的斗篷。”

杰克觉得快被吓昏了。他这是怎么啦?他听过诗人和父亲讲过许多吓人的故事,他喜欢这些故事,越吓人越喜欢。可现在他觉得自己弱得就像一头刚刚出生的羊羔。

“但是,无骨伊瓦和他夫人相比就根本不值一提了。”诗人依然凝视着大海,像是在寻找着什么。过了一会儿,他摇了摇头,压低声音接着往下说:“弗丽斯王后是个半巨魔。”

“梦魇是她派的吗?”杰克觉得自己的胸口犹如被巨手攥住一般。

“是的,孩子。她的魂魄驾驭着梦魇,隐在那张虚假美貌面孔之后的她是个恶毒妖魔。你知道梦魇有八条腿吗?”

可杰克已然听不进去了,他昏死在长满青草的悬崖上,崖下的北海白浪滚滚。

他醒过来后,看见老人坐在路旁一块灰石上,一只乌鸦从诗人的肩头飞起,飞过隔在他俩和西部山丘间成片而茂密的荆豆和帚石南。

杰克揉了揉额头，感觉好像被十几头黑脸母羊踩踏过似的。

“告诉我，”诗人把注意力从乌鸦移开，“自我把你打倒后，你觉得有什么不一样吗？”

杰克说他总是想哭，说他注意到了许多东西，比如色彩啦，气味啦。他还说，觉得父亲一会儿像孩子，一会儿又像大人。“我是在胡咧咧呢。”他说。

“你说得蛮好，”诗人说，“我得说这真是意外的进步。”

“我是不是疯啦？”

诗人轻声笑了笑，说：“哪里，你没有疯 。你不过是展开了双翅。”老人在口袋里摸索着，这个口袋他出远门时总是带着。他掏出两块用整个苹果晒成的苹果干，扔给杰克一块。“你瞧，孩子，多数人都像笼中之鸟那样生活。这让他们感到安全。这个世界很是可怕，美景、奇迹和危险无处不在。最好的办法就是假装这个世界不存在，大多数人也都是这么想的。嗨——！”

诗人把手指伸进嘴里，抠出来一粒苹果子儿。“我真希望面包师晒苹果干时先把核儿去掉。”杰克绞尽脑汁想弄明白老人那番话是什么意思。

“有少数人意识到笼门没有上锁，”诗人接着说道，“他们推呀，推呀，直到吱的一声，门打开了，他们全都飞到外面去了。笼外的世界看上去截然不同。突然间老鹰、乌鸦、蛇和老鼠全都冒了出来。”

“别说啦！”杰克扬起双手，大声喊道。

诗人一言不发，紧紧地盯着他，又在口袋里摸索着，拿出一块燕麦饼，把它高高举起。不一会儿，一只海鸥直冲而下，一口叼走。“那是魔法吗？”杰克问道，心中肃然起敬。

“是耐心。只要静静地坐在那里，事情大多会主动找上门来。这正是我在过去几周里一直想教会你的。静静地坐着，观察周遭事物,我就是这样受训的。这种训练既费时又缓慢,因为真正的魔法十分危险。现在你的门户打开得过早。我与梦魇搏斗时你碰到了我,我聚集的生命力经我的手一下涌进你的体内,那股力量把你抛了出去,差点儿杀了你。"

杰克爬起身来,两条腿莫名其妙地抖个不停。

"你的防护被撕开了,"诗人说,"现在,任何事物,无论是雏鸟跌出巢穴的窘境,抑或老鹰俯冲而下要叼食雏鸟的可怕雄姿,都足以震撼你的灵魂。不幸的是,你还没有做好准备去面对种种现实时,却不得不面对它们。你走得动吗?"

"我试试看,先生。"

"好孩子。"诗人在前面领路,脚步放慢好多。小路渐渐离开悬崖,转向一条小谷。谷底有一棵花楸树,树荫下是一座水塘,一条小溪淌入其中。灰色平滑的树枝上开满一簇簇奶油色的花朵。花上聚了一大群蜜蜂,嗡嗡声很大,盖过了溪水的潺潺声。杰克心想,这蜂该不会是从妈妈的蜂箱里飞来的吧?这当儿,一只蜜蜂落在杰克的衣袖上,杰克就知道它会落下。他认出了这只蜜蜂,能感觉到它小小的内心因找到这棵满是蜜源的花楸时的兴奋,能体会到它想返回妈妈备好的蜂巢的急切心情。杰克打了个踉跄。

"就快到了。"诗人说。他带着杰克来到一块突出的石头前,坐在石头上休息。山谷好像在抖动,有如大热天里的帚石南一般。

"我们现在正沿着一条生命力之路行走,所以你会有奇怪的感觉。"诗人说道。

天气显得很热,杰克感觉皮肤刺刺的,好像有蚂蚁在身上爬,他拍打着自己,想赶走蚂蚁。

老人在说话,可杰克很难集中精力,有时老人的话似乎就在耳边,有时又像是从远方飘来。杰克知道这些话都很重要,蜜蜂的嗡嗡声很重要，小溪的潺潺声很重要，花楸树叶的沙沙声也很重要。

“醒醒！”杰克感到有人在摇晃他，便呆呆地盯着老人焦急的脸。“你必须认真听，我正在告诉你生命力是如何在地底深处的河溪中流淌的。是生命力孕育了广袤的森林和花香四溢的草原；是生命力唤来花朵和酷似花朵的蝴蝶。鹿儿寻着生命力的走向吃草；獾和鼹鼠寻着生命力的走向筑巢，甚至燕子都被生命力带到大海中央。除了人，世间万物都要遵循它。”

诗人站起身，围着水塘旁的一小块草地行走。杰克也站了起来，他只是想活动活动，不然的话他就会睡过去。

“很久以前，人决定要与动物有别，要自己选择命运。于是他们做出一件非常危险的事。他们筑起墙，将自己和生命力阻隔开来。”诗人展开双臂，伸向天空。杰克觉得诗人看上去就像一只展翅欲飞的大鸟。山谷里的光线似乎都聚在诗人的身上。接着诗人放下双臂，光线也随之淡去。

“人从此失去了理解生命力的能力，再也不能像动物那样不假思索就能融为一体了，由此失去了一大乐趣，开始觉得生活枯燥无味，毫无意义。有些人试图拆掉这堵墙，却又无力承受这样的现实。听说过狂人谷吗？”

杰克身子用力一顶，离开了花楸树。他不知道自己是怎么来到花楸树旁的，只是发现自己正靠着花楸树发呆。

“来，走动一下。”诗人喊道，“事情远比我想的要糟。”他把杰克推到草地里，拉着杰克跑圈。“跳一跳！跑一跑！双手倒立！”诗人命令道。于是，杰克围着草地又跳又蹦，觉得自己傻乎乎的，可同时又觉得很舒畅，头脑似乎清醒了些，谷中沉闷的空气也新鲜起来。最后他扑倒在草地上，放声大笑，大口喘气。

诗人把双手放在瘦嶙嶙的腰部说道：“好多了吧？”

“狂人谷在哪儿啊?”杰克问。

“爱尔兰。”诗人小心翼翼地弯下腰,坐在草地上。杰克似乎听见了他的骨头咔咔作响。

“爱尔兰在世界的另一头。”杰克说道。

“还不到,几个星期就可以到达那里。”

“父亲说爱尔兰人头冲下走路,眼睛长在脚掌上。”杰克说。

“你父亲——别让我分心,孩子。那是修士们和他说的玩笑话。他们有一半是爱尔兰人。不过狂人谷倒是确有其事。”老人攥了攥手指,杰克听见指关节噼啪直响。“我最要好的朋友和我一道在爱尔兰接受吟游诗人训练。我们研习许多年才得以获授生命力的秘密。我们被带到一处有地下水潭的地方,因为那里生命力最强大。日复一日,我们坐在那里,竭尽全力向生命力展现我们的内心。我们一旦与生命力靠得太近就得赶快避开,当觉得快要被生命力控制时,就要站起来,四处跑动。”

“所以您让我双手倒立走?”杰克问道。

“说得对。这样可以让你回窍,不出偏差。可我的朋友喜欢力量的感觉。”诗人叹了口气,沉闷了几分钟。杰克觉得自己开始昏昏欲睡。

“必要时活动活动。”诗人说。于是杰克便翻了几个跟头,学着集市上演杂耍的小丑,双手倒立走了几步。

“你要知道,吟游诗人拥有的力量,”老人接着说,“无论是音乐、吸引观众的能力,还是呼风唤雨的手段,全都来自生命力。”

杰克立直身体,最后那句话听起来十分有趣。

“要控制生命力需要多年修炼,我的朋友不想多等,还在安全之际他拒不停下。开始时他得手了,他可以让火悬在半空,或让鸟儿倒飞。但是有一天,正当他试着把森林连根拔起,甚至行走时,突然发出啪的一声，我真的听见了，只见他跌倒在地，马上又弹了起来，身体抖动得好像被一只大狗咬住似的。他铆足劲大吼一声，飞也似的跑开了。"

杰克吓坏了，因为诗人说过他的防护力丧失了。难道他也注定要疯掉吗？

"我在后面追他，"诗人说，"那可真不容易，因为天黑下来时我就得停下来，我得绕开带刺的荆棘丛和溪流。可我那可怜的朋友呢，不论路上遇到什么情况，他只是一个劲儿往前冲。我在荆刺上看见了他的衣服碎片。最后我来到了狂人谷。"

这时海面上涌起团团雾气，空气开始冷了起来。蜜蜂已离开采蜜的树，急匆匆地飞往温暖的巢穴，越飞越少。

"我还没到狂人谷就听见咯咯笑声，"诗人说，"那声音很瘆人，虽是笑声，可毫无快意。爱尔兰所有受训失败的吟游诗人全都聚在那里，因为那儿的生命力比其他地方都强。我看见了我的朋友，但与先前的他判若两人：目光狂野，头发蓬乱，被一种超越他的力量所控制。当时我只是个微不足道的小学徒，根本没有能力解救他。"

老人站起身来，伸出双手。"我们不要沉浸在过去的悲伤中。我可能会伤害你，但我不再是个卑微的学徒了。我能帮助你。也许上苍把一切都安排好了。危险正向我们迫近。乌云正在聚集，刀剑正在磨砺……"诗人喃喃自语着踏上了小路。

杰克跟在后面，感觉有些晕，先前的睡意又悄然袭来。不过，他离开小谷越远，就觉得越舒服，等回到罗马老屋之后便完全好了。

# 第　五　章

## 赫鲁斯加的金殿

小村庄上空的月亮圆了又缺，缺了又圆。父亲树上的苹果变成了金黄色。谷穗低垂，西风拂过，好似波浪。收获季节到了。羊毛剪了，蜂巢里的蜜割了，猪也杀了，人们准备过冬。杰克待在罗马老屋里，他听不见猪被杀时的哀号，但能感受得到，空气因为它们的死亡而颤抖。

他一直跟着诗人学习魔法。他学会了呼唤雾气，让苹果从枝上跌落，把鸟儿从空中唤下来。虽说是些小手段，但他觉得很开心。

冬天到了。大雪覆盖了高山，海水变黑了，太阳也躲了起来。杰克待在屋里，背着诗。诗人为他做了一把小竖琴，但因天气太冷了，杰克的手指无法灵活地拨动琴弦。老人决定趁这时候教他生火。"集中精力想着热。"他边说边在细树枝和稻草另一头坐下。

"我都快冻僵了。"杰克说。天一亮，诗人便把火熄灭，所以屋子里冷得要命。四面墙上的壁画都结了冰。

"越想着冷就越冷。"诗人说道。

*你说得倒轻松。杰克心里愤愤不平。你披着厚厚的毛斗篷，蹬着毛靴子。而我穿的就是这件破袍子。*

"我告诉过你一遍和告诉过你一百遍没什么区别。"老人叹息道:“不要用愤怒去接近生命力。”

他怎么会知道我在想些什么呢?杰克心想。不管怎么说,事情就是这样吗。我的个子长高了,衣服变小了,鞋子灌满了泥巴,都够烧个陶罐了。

“愤怒归属灭亡,”诗人说道,“会出其不意找上你。”

杰克暗自叹了一口气,心里想着这个夏天的炎炎烈日。雨水落在土地上,数月后从山坡流出。当然光线也被困住。他寻找着光线,到土壤深处寻找,越过鼠洞,甚至越过了森林那盘错在一起的树根,最后看到一块巨石,在巨石后面找到了热。他看见心中有一团幽幽的光亮,把它拉近,召唤着那光亮,从心里向它伸出双手。

杰克感到恶心。魔法有时会使他恶心。魔力在胃底翻腾,让他觉得想吐。他睁开双眼,只见一缕青烟从稻草堆冉冉升起。

“现在可不要放弃,”诗人说,“继续召唤它,继续召唤。”杰克越发恶心了,他踉跄着走到门口,返回屋时火花已经熄灭了。

“不要心急,”诗人高兴地说,“有一就有二,我们有一整天时间呢。”

说得对,杰克听着北风撞击着老屋的外墙,心想。

“你要是犯困的话,就起来走走。”诗人说。

我不困,但很冷,杰克心想,可他发现自己真的困得不行。要是能随心所欲那该多好啊。他似乎能看见霜雪巨魔在向他招手。“躺下吧,孩子,”巨魔们说,“躺在冰床上多么舒服啊!盖上雪被多么惬意啊!”

他觉得有人在摇他。“我说过,快起来走走!”诗人喊道,“你要认清危险。”他强迫杰克当着他的面迈出一步,然后再迈出另一步。杰克几乎跌倒,渐渐地才重新习惯了走路。

“生与死总在争斗,”诗人说,“死在冬天最强大。霜雪巨魔埋伏着,等待袭击粗心大意的人。在冬天施展魔法时要格外小心。”

“您,您,您,不,不再,再,再,盯,盯着大海了,”杰克牙齿打战,结结巴巴地说,“您还,还在,担,担心,弗丽斯王,王后吧?”

“你的观察力非常敏锐,”诗人轻快地领着杰克在屋子里走来走去,“我现在并不担心,因为弗丽斯王后的手下眼下不能出行。北欧海盗绝不会在冬天驾驶心爱的船出海。这些呆头呆脑的笨蛋可是真心喜爱他们的船只。他们把船看成女人,为它们唱歌,给它们买珠宝。要是有首领死了,就将他和全部物品放在船上,然后把船点着,送出海去,船上甚至还有一个女奴伺候他。”

“女人?”杰克气喘吁吁地问道,“那她——?他们——?”

“他们会杀了她吗?会的。一个名叫‘死亡天使’的女巫会勒死她,然后把她放在主人身边,一同烧掉。”

杰克又打了个寒战,这回不完全是因为冷。有关北欧海盗的东西听得越多就越觉得他们可恶。

“再试着点次火,”诗人说,“我会留心不让你做过头。”

杰克第二次尝试进行得顺利,第三次、第四次、第五次都接近成功。最后,也就是几个小时后做第六次尝试时,杰克终于让烟燃出火苗。

“我做到啦!”杰克喊着,高兴得在屋子里手舞足蹈,寒冷和沮丧一扫而光。“我现在是吟游诗人啦!我是个奇才!我是天下最聪明的孩子!”热气从地下滚滚涌出,墙壁上的霜溶化了,冰冻的茅草屋顶变软了,往下滴水,并开始冒烟。

“去吧!”

屋子里顿时变黑,空气中弥漫着灰和烟。杰克目瞪口呆,傻傻地定在那里。

透过门口昏暗的光线,只见诗人双手抱胸站着。“我早就说过,要适可而止。”

杰克仿佛觉得遭到重击，尖声喊道：“你竟敢熄灭了我的火！你竟敢毁了我的成果！”杰克觉得有股力量从脚下涌起，冲击着全身，他心中狂喜，他做任何事情——任何事情——都会胜过这个老笨蛋，而这个老笨蛋竟然瞧不起他杰克这样伟大的魔法师。

诗人扬起手杖，平静地说：“打住吧，我连跨海而来的梦魇都能击退，你最好不要知道我会怎样对付一个初出茅庐的学徒！”

那力量消失了，杰克跌倒在地，感觉自己好像独自在黑暗的大海上漂泊，四周全是汹涌的海浪。他不过是一只在漂流碎木上扭动的虫子。他怎么会想要伤害那位一直帮助他的人呢？他怎么会这样愚蠢呢？他开始放声大哭起来。

“哦，哎哟，哎哟，哎哟哟。”诗人说道，“你还是个孩子，我把你逼得太紧啦。”他跪下来，把手放在杰克的额头上，杰克马上觉得仿佛有条柔软的毛毯盖在身上，立刻觉得又安全又暖和，想裹在里面再也不出来了。

“听着，孩子，”老人温柔地说，“你必须有自知之明，不然的话会对自己造成莫大伤害。我给你施了一道护身符，让那些游魂野鬼看到我的标记就远远走开。”

杰克一个字都没有听进去，两耳灌满风声，好像有许多声音相互呼唤。还能听见火焰在噼啪作响。他感到火的温暖——切切实实的温暖而不是虚假的怒火。

*　　　*　　　*

在漫长的夜晚，杰克一遍遍去取夏天拾来的漂流木。诗人要在晚上讲故事，他喜欢在暖融融的火光下讲故事。他说：“这些故事很残忍，讲的时候要有火光、好朋友和好心情。”

杰克搞不明白,诗人怎能带着愉快的心情讲残忍的故事呢,可他又不敢质疑。“先生,您不是说过在爱尔兰受过训练吗?”有一天晚上他鼓足勇气问道,“那您是怎么碰上……嗯……北方国王的?”

“你指的是无骨伊瓦?”

“是啊。”杰克不愿意提起这个名字,这名字听起来就吓人,像是一条长长的在沼泽里蠕动的绿色肉虫。

“我那时和你一样,又年轻又愚蠢,”诗人说,“我荣获了吟游诗人学院的竖琴,还因为法术娴熟获得槲寄生金奖。我告诉过你吗?”

“是的,先生。”

“我做好准备要去冒险,冒险的机会就来了,傻人总是有冒险的机会。有位北方骑士来到学院,想请一位吟游诗人前往主人的城堡。听起来太棒了。赫鲁斯加是位有权有势的领主,住在金殿里,那可是世上独一无二的啊。

“金殿有上百套房间大小,住满了勇猛的骑士和侠女,光是炉膛就能放进一整棵橡树。赫鲁斯加很是慷慨,赏金戒指给追随者,为投靠其门下的人举行盛大宴会。不过,赫鲁斯加就是缺少一位一流的吟游诗人。我告诉过你我因法术娴熟而获槲寄生金奖的吧?”

“告诉过,先生。”杰克答道。

“因此我是这一殊荣的当然人选。旅行对我来说不在话下,这是吟游诗人的本分嘛。我乘船来到赫鲁斯加的王国,那里比人们描述的还要好。他的宫殿俨如荒漠中的一盏巨灯。”

杰克屏息聆听,罗马老屋的四壁在冬季风雪中颤动,悬崖下深处海滩上的石头咔嚓作响,仿佛军队碰撞着盾牌。尽管杰克细心地用帚石南和羊毛把缝隙全都塞住,但风总是能钻进屋来。炉火正旺,墙上火光舞动。

但是赫鲁斯加的宫殿毫无冬意。它像坚果一样严密,像夏日的午后一样暖和温馨，四处回荡着欢笑声，吟游诗人到来后更是一片欢声笑语。

“我本该知道，”诗人哀叹道，“我本该猜到。”

“猜到什么？”杰克忍不住问道。

“我告诉过你，生与死总在争斗，这个世界不可能只有幸福存在。金殿太完美了，因此也和所有美好的事物一样，会招来毁灭。阴森的大泽深处，住着一个叫格兰的怪物。”

“是个巨魔吗？”杰克吓得大气都不敢出。

“不完全是，”诗人说，“他的父亲是个食人妖。不过，怪物都讨厌光，听不得笑声，宴会的味道也令他们愤怒。等人们全都睡着后，格兰潜入宫殿，把睡在门口的十个骑士的脑袋咬下来。杰克，你不要缩成那样。”诗人说道，“以后你转述这个故事时一定要显出信心来。”

“对不起。”杰克说。

“格兰把尸体拖回家当晚餐。我跟你说，宫殿中的欢乐嬉戏由此笼罩上阴影。骑士们发誓要为同伴们报仇。可那天晚上，他们看见一件可怕的事情。格兰刀枪不入，他有魔咒护身。骑士们挥舞刀剑向它猛砍，刀剑都砍断了，可它的鳞片却毫发无损。”

“几个星期过去了，”诗人说，“每当这怪物饿了，他就到赫鲁斯加的宫殿找吃的。再也没有人请我唱歌了，他们沮丧极了。”

“您不害怕吗，先生？”杰克好像觉得诗人受到了慢待，或许他想多了。

“当然害怕！但绝不能向恐惧低头，否则就像打开门说：‘请进，格兰大人，您是想吃我的胳膊还是大腿啊？’不！必须用生去搏斗死，生就是勇气，就是快乐。我跟你说，赫鲁斯加和他的手下处理事情的方式令我厌恶。他们像兔子一般躲在楼梯下，直躲到贝奥武甫的到来。”

“贝奥武甫?”杰克说。炉火弱了下来,摇曳的炭火投下怪怪的影子。像往常一样,当光线暗淡时,壁画上的鸟儿便仿佛展开了翅膀,羽毛在微风中轻轻抖动,这微风与屋外的狂风暴雪全然不同。杰克赶紧起身,往火中添加漂流木。

“贝奥武甫。啊,他可是个武士!”诗人说着,两眼炯炯发光,“他绝不躲在楼梯下。赫鲁斯加拥抱了他。王后为他端来一杯泛着泡沫的蜂蜜酒。午夜时分,当所有的人都被恐惧折磨得精疲力竭,疲惫地入睡了,只有贝奥武甫……和我。”

“贝奥武甫坐在门口,格兰进来时,武士一把抓住它的胳膊。任何钢铁武器都伤不了这个怪物,而正直人的手却能杀死它。格兰受到惊吓,转身逃跑。贝奥武甫死抓不放,把格兰的胳膊扯了下来。”

听到这里,杰克努力使脸上的肌肉不再抽搐。

“那怪物尖叫着,跌跌撞撞回到沼泽,钻到水里,还没到泽底就死了。”

“好哇!”杰克喊了起来。

“等等,还没讲完呢。”

“还没讲完?”杰克问,“您的意思是说所有的人都在庆贺?”

“当然啦,大家都在庆贺。”诗人说,“不过,人们并不知道,格兰还有个母亲。故事由此有趣起来。”

*怎么会有趣起来呢?* 杰克暗自揣测。刚才的故事太可怕了,杰克的心现在还怦怦直跳。

“格兰的母亲高呼着报仇,冲出沼泽。她破门而入,把门闩撞得稀巴烂。骑士们还在摸索着长矛,她一眨眼工夫就冲过大厅,一把从墙上取下格兰的胳膊。赫鲁斯加把那只胳膊作为战利品钉在了墙上。真的,我提醒过他那不是个好主意。”

“请接着讲,先生。”杰克在座位上坐立不安。

“母怪杀死国王的密友,回到沼泽。贝奥武甫因为睡在后房,所以什么都没听见。”

“天亮以后,骑士们策马来到夜魔们居住的荒山野岭。蟾蜍在黏滑的坑穴中呱呱地哀号,树根在泽地盘绕,阴暗的崖上挂着冰凌,像一把把利剑,仿佛随时都会跌落。贝奥武甫吹响战斗号角,各种各样的蛇和带鳞带甲的动物嘶嘶地叫着,全都冒了出来。赫鲁斯加和骑士们用斧头和弓箭进行战斗,把它们统统杀死了。不过,还有一个怪物没有死。”

“格兰的母亲。”杰克低声说道。

“我告诉过你她的名字叫弗鲁西吗?说过她是个半巨魔吗?”

# 第六章

# 狼头人

杰克朝火边挪了挪。漂流木燃烧时发出蓝色的火苗，木头在海里泡久了就会这样。诗人从挂钉上取下一个山羊皮袋子，美美地喝了一大口后递给杰克，让他也喝一口。因为靠近火，口袋里的苹果酒被烤得暖暖的，这让杰克想起了使苹果成熟的阳光来。

"直到后来我才知道弗鲁西是谁。"诗人说，"我只知道泽底住着一个残暴的怪物。贝奥武甫吹着号角向她挑战。'胆小鬼!'他喊道。但是水面只是微微波动。无论是沼泽、树林，还是山野都悄然无声。'既然她不出来见我，我就去找她。'他宣布道。"

"贝奥武甫人很出色，"诗人说，"但是脑筋不大够用。伟大的武士都是这样。他们会一拥而上，与比自己体大十倍的龙作战。他们有时会取胜，但多数时候是龙得手，用他们的剑来剔牙。"

"'贝奥武甫，'我对他说，'你全身铠甲，会像石头一般沉入水中，而且你下到水里怎么喘气啊?!'

"'我不在乎！这场战斗我不是扬名竖威，就是战死沙场。'他怒吼着。

"'老朋友!'我说，'咱们不要老想着死行吗？我想我能帮你。'我给他施了一道咒符，让他如鳟鱼般敏捷，鳝鱼般灵活，令他的宝剑闪闪发光，好在黑暗的沼泽里给他照路，我赋予他水里呼吸的能力。"

"这些您全能做到？"杰克喊道。

"短时间可以，我只能暂时扭转世界的法则，但不能改变它们。"

杰克兴奋极了。在此之前，诗人只是暗示他能施些魔法。要是老人能做这么了不起的事，那他就不能——就不会——教他的徒弟如何做吗？

"贝奥武甫潜入沼泽。黑暗吞噬了他，随后是一片寂静。蟾蜍不再鸣叫，风也停息下来，好像万物都在观看，都在等待。'快点儿啊！'我心想。贝奥武甫只有很短的时间来完成任务，要是拖得太久，魔法就会失效，他就会被淹死。

"寂静之后还是寂静，间或传来细浪拍打泽岸的声音。赫鲁斯加和他的手下开始痛哭起来。'可怜的贝奥武甫啊！他就像我的儿子啊！'国王号啕大哭。'我们会铭记他，会在火边颂扬他。'然后收起武器，上马回家了。

"我无法相信，他们会像狗那样夹着尾巴偷偷溜走。我压根儿不知道他们是一群知难而退的家伙。我起誓再也不为赫鲁斯加唱颂歌了。"

"贝奥武甫怎样了，先生？"杰克问。

"哎呀，我都给忘了。'怎么办，怎么办呢？'我在想。我没有剑，应该说，我除了头脑，手无寸铁。我必须到泽底走一趟，看看是什么困住了我们的英雄。于是我将灵魂附在了一条狗鱼身上。"

"您变成了一条鱼？"杰克问。

"不，不。我只是借鱼身一用。我的灵魂看见一条坏脾气的老狗鱼，与它互换了一下。孩子，这可是个险招。在动物体内待的时间越长，就越会忘记人的本初。有些还在学徒的吟游诗人在游考试周里就再没能离开所附身的动物。”

“贝奥武甫怎么啦?”杰克耐心问道。

“我潜到泽底,看见一座高耸的大殿,柱子和屋顶都坚固无比,足以撑得住水。某种魔法使里面保存着空气。这时保护贝奥武甫的咒语已经失效了,可是他也不用在水里呼吸了。而我那时正困在鱼体内。

“壁炉里火光熊熊,借着火光,我看见贝奥武甫站在那里,如同一座石雕,剑从手中脱落,嘴张得大大的,面前是一位前所未见的绝代美女。”

“弗鲁西。”杰克低声说道。

“她目不转睛地盯着贝奥武甫,就像猫盯着美味的鸽子。贝奥武甫被她的美色所迷惑。他压根儿没想到会在泽底看到女人,嗨,有点儿怪!”

“您不能警告他一下吗?”杰克喊道。

“忘啦?! 我那时是狗鱼! 我在水里。弗鲁西轻轻抚摸着贝奥武甫的脸,如同猫在戏弄无助的耗子。这下我知道自己看见什么了。那不是女人。人不可能撞倒赫鲁斯加的殿门,撞碎铁门闩。我看见的是一个半巨魔。

“这种怪物脚踏两界,可以随意变换身形,眼下是人形,转眼之间就会变成巨魔样,瞬间就会夺了贝奥武甫的性命。

“她走近贝奥武甫,我知道自己该怎么做。我一下子冲进大殿,在地板上扭动着身体,来到弗鲁西的脚下,狠狠地咬住她的脚踝。

“她尖叫起来,注意力分散了,变成了手脚像树干的巨魔,贝奥武甫大喝一声,往后跳开,抄起宝剑,开始搏斗。我就不细说啦。总之是你劈我砍,互相咒骂,骨头破裂,血浆四溅,和一般的战斗没什么两样。最后贝奥武甫给了她致命一击。可我要赶紧扭回水里,不然我的借身就死啦。

“我赶紧浮出水面,回到自己体内。不一会儿贝奥武甫也兴高采烈地爬了上来。我当然把自己的妙计告诉了贝奥武甫,他自然也向我道了谢,他举止高雅。可我真该管住自己的嘴。”诗人叹了一口气。

火弱了下来,杰克拖来一截木头,小心地放好,免得火星儿乱飞,引燃茅草屋顶。他兴奋极了,真想绕着屋子跑上五圈。诗人真的会施魔法！杰克迟早也能施魔法。我要变成什么动物？他心里想。变成鹰我就能看见整个村子？变成海豹我就能捉鱼啦？等等！变成能把铁匠的儿子吓得尿裤子的熊不是更好吗？

“不要胡思乱想啦,让我把故事讲完。”诗人说。

“对不起,先生。”杰克坐了下来。

“贝奥武甫获胜的故事传遍四方,我得提一下,这得益于我写的那首好诗。后来,故事传到约顿巨人国,也就是巨人王国。”

“哎哟!”杰克惊呼。

“弗鲁西有个姊妹。”

“弗丽斯?”杰克猜道。

“我想正是她。许多年过去了,弗丽斯一直没忘给死去的姊妹报仇。她派出了一条喷火龙摧毁了贝奥武甫的国土。约顿人全都长寿,弗丽斯又正值当年,可贝奥武甫却已老迈。他撑不住这场战斗,死去了。”

故事太长就有问题,杰克心想。早晚会发生悲剧。当然,当他,杰克成为诗人后,一定会在大家正兴高采烈时就打住不讲了。

“那时,我正在无骨伊瓦的宫廷效力。不要紧锁眉头,孩子。”老人说,“诗人也得像其他人一样工作。那时,伊瓦还不太坏,是个头脑简单的家伙,但他有荣誉感。自从被弗丽斯控制后就变了。弗丽斯美丽动人，宛如一艘扬帆的船。当然啦，那不过是错觉。她抓住伊瓦，吸干他的精气，把他变成如今这样半疯的暴君。或许他做的最后一件好事就是救了我一命。”

“是指您到我们村子来吗？”杰克问。

“正是。伊瓦用船载我出海，然后把我放到一条单薄的圆形小舟上，任其漂流。也许他以为我会淹死。我可以打包票，他对弗丽斯也是这么说的。可我宁愿认为他给了我一条生路。”

“您来到这里，我真的好高兴。”杰克满怀感激地说。

“我也一样。”诗人取下竖琴弹奏了一曲为村民们在夏天集市上跳舞时伴奏的曲子。火光随着舞曲在罗马老屋的墙壁上摇曳，画中的鸟儿也展开翅膀，左摇右摆。

竖琴用鲸鱼胸骨雕刻而成。老人弹奏的曲子渐渐悲壮起来。杰克弄不清那音乐是不是久已去世的鲸鱼想起了自己的身世，也弄不清那音乐是出自诗人还是来自大海。

* * *

杰克沿着海边跑啊，跑啊，只是当海浪没过脚面时才停过一次。三月的天空一片碧蓝，迁徙的鸟儿在空中鸣叫不休。杰克跑向一排礁石，正值退潮，是捡拾海螺的大好时机，赶海袋就搭在肩头。给诗人当了一年多学徒的他觉得这回自己终于有资格好好玩耍玩耍了。

他跑到礁石附近，累得一下子就趴在上面，大口大口地喘着气。“天气真好啊。”杰克自言自语地说。海风徐徐，春意盎然，阳光明媚，海草碧绿，随波而动。杰克背靠沙丘，看到一排大雁从头顶飞过。他能够把大雁唤下来，他甚至能够杀死一只当晚餐，但他不敢，因为诗人说过，那样运用生命力是邪恶的 。

这个冬季如此寒冷，还得受诗人长时间驱使，就连父亲都感到高兴。今天杰克还是头一遭设法逃脱。别人还以为他在捡拾海螺和海带呢。再要是时间够用,他想练练呼唤雾气。

“我……实在……讨厌雾气。”杰克仰望着天空说道。过了一会儿,他感到内疚,便站了起来。海面上像是有什么东西,他把手搭在额头上,发现那东西很小,在浩瀚的大海上几乎看不见。一开始杰克还以为是只鸟儿呢,当海浪慢慢将其推近,他才看清那是一只盒子。

盒子里或许装着宝贝吧！或许装着一枚能实现三个愿望的戒指！或许装着可以隐身的帽子吧！杰克脱去衣服,跳进海里。他可是游水好手,划几下水便抬头看看盒子的位置,很快就把盒子拿到了手。

游回岸上后杰克迫不及待地研究起来。盒子上了锁,晃动时里面有水声。盒子的五个面没有图案,第六面画着一个人。

至少杰克认为那是个人形,身体粗壮,有脚,穿着鞋子,手持宝剑,但浑身是毛,长着一颗狼头。

男孩儿打了个寒战。盒子发出一股奇怪的味道,确切地说,不是腐臭味,味道很奇特,一种又甜又苦的味道。起先他想用石头砸开盒子,可又一想,他最好还是请教一下诗人,便赶紧收拾些海螺,跑回家去。

诗人只看了盒子一眼便冲出屋外来到悬崖边上,他凝视着大海,自言自语地说道:“来了。”

“什么来啦？怎么啦?”杰克高声喊。

“我看不见他们,但我知道他们就在那里,他们要杀……要烧……死亡像赤潮一样蔓延。”

“先生,求求您！告诉我发生了什么事情。”

诗人将目光转向盒子,有水从盒子上的一条细缝中滴出。“我真希望再不要闻到这种味道。”诗人在盒子上摁来摁去,盒子轻轻发出啪的一声,只见刻着狼头人身的那面滑开了,盒底有一团绿色的叶子。诗人控干里面的水,说道:“孩子,这就是香杨梅。”

杰克大失所望,他本以为和魔法有关呢。

“这,这……”诗人轻轻地敲了敲盒盖儿,说道,“这个家伙就是盒子的主人。”

“他是约顿巨人吗?”杰克问。

“约顿巨人眼下还不是我们的麻烦。这个家伙是个狂暴斗士,从盒子的状况看,我敢说,他离这儿不远。”

杰克跟着诗人回到屋里,希望老人能把事情说得更明白些。“狂暴斗士是人还是狼?”

“问得好,”诗人说,“他们平时是人,可喝下这种植物做的饮料后就变得像疯狗一般。他们能咬破盾牌,赤脚在犬牙交错的岩石上奔跑而全然不知。无论是火焰,还是刀剑都不能阻止他们。那时,他们认为自己是狼或是熊。可在我眼中,他们不过是一群卑鄙呆傻的恶棍。不过,他们真的很危险。”

“他们有一伙人在离这儿不远的地方上岸了。孩子,赶紧去向村民们报警,告诉他们我随后就到。告诉他们,把亲人送到森林里,拿上斧头、锄头,所有能当武器的东西都带上,很快就会派上用场。”

# 第七章

## 世界末日

但是，根本无须杰克向村民们讲什么。杰克遇到铁匠的儿子——科林，他正在路上狂奔。“杰克！杰克！快去喊诗人，大事不好了！”科林停了下来，上气不接下气。

“他就在路上。”杰克说。

“了不起的老诗人，”铁匠儿子说，“我爹说他知道该怎么办。他会把这些海盗赶到海里喂鱼。”

“海盗？来了？”杰克惊呼。

科林用衣袖擦了擦鼻子，然后就用这只胳膊搂着杰克的肩膀说：“你知道他们？哦，当然啦，你是诗人的徒弟嘛。”

科林似乎对海盗的出现并不担心。杰克注意到他头一次表现出了友善，心里暖暖的，杰克再也不是受人欺负的农夫崽子了。他是诗人的徒弟，用不了多久就会成为一名真正的有法力的诗人，谁要是惹他不快就让他们变疯，让他们浑身长疖子。

“他们还没到呢。”铁匠儿子说着抬起胳膊，又擦了擦鼻子。杰克赶紧离他远些。“我爹说会有一场恶战。我们幸运不？这么多年过去了，一丁点儿有意思的事都没有发生，但现在我们能像古代英雄那样打仗了。说不定国王还会册封我们为骑士呢。”

杰克知道遥远的北方有一位国王,可是没有人见过他。据说南边也有一位国王。不知哪位国王会来到这里册封他们为骑士,杰克也和科林一样,因这种可能而兴奋不已。

两个男孩儿一路跑进村子,看到村民们全都聚集在了村长家门外。男人们手里拿着大头棒和锄头,有几个人背着猎鹿用的弓并佩着刀。甚至连爸爸都高举着一把长柄大镰刀不停晃动,显示那是多棒的武器,露西在欢呼。

杰克突然觉得很冷。那镰刀将要割下来的不是无害的谷物,而是四肢。猪被宰杀时杰克就会感到头昏脑涨,现在他感到同样天旋地转。到处都是嘈杂声,马在嘶叫,乌鸦聚在战场上空,呱呱地叫个不停。

"杰克,你没事吧?"是母亲的声音。

他抬起头,发现大伙都盯着看他。他正跪在地上,伸着双手,要推开可恶的幻影。他赶紧爬起来,说道:"我在寻找海盗,这是吟游诗人要做的事。"

看见大家露出笑容,他很受用。"他们快来了吗?"露西拍着手高声喊,"啊,我真想看到一个!"

"孩子,告诉我们海盗从哪儿来。"村长恭恭敬敬地问道,连爸爸都没得到如此殊荣。杰克觉得惭愧,他根本不知道海盗在哪里,他不过是随口说出脑子里第一个闪现出的念头罢了。

"我们要制定一个战斗计划,"村长说,"他们是从罗马古道来,还是在沼泽里?"

杰克想努力感应出海盗在哪里,可是没有成功。他猜对的几率只有一半。要是猜对了他就会成为英雄。要是猜错了,村民们回家时就会发现狼头人在等着他们。

"你们是怎么知道海盗要来的?"杰克问道,为的是拖延时间。

“弓箭匠约翰在寻找制箭用的木头，”村长说，“天擦黑儿时，他看见一艘船，船身很长，有好多桨。那船顺风而行，快得像归巢的鸟儿，是朝咱们这儿来的。我没有见过海盗船，但我听人们说过。”

“不是渔船，我敢肯定。”弓箭匠约翰说，他是少数带弓的人。

“好啦，他们在哪儿？”村长问。

杰克明白，事到如今他不得不承认自己一无所知，倘若犯错就太危险了，他正要张嘴说话。

“我不是告诉过你，没有我的允许不得施魔法吗！”诗人说道。杰克倏地转过身，解脱和感激令他两脚发软。老人不想让他出丑。“敌人在罗马古道，噢，村长。不过您不要和他们作战。您的武器只有在最需要的时候才能使用。召集您的家人，拿着所有搬得动的物品，躲藏到密林里去。”

“我不喜欢躲躲藏藏。”村长说。

“我也不！”铁匠喊。

“我也不！”另外几个人也在喊。

村长说：“我们撒克逊人不会像狗那样溜走，我们以这片海岸的主人而自豪。”

“你们曾经是，”诗人说，“曾经。现在你们的战技已经生疏，刀剑已经生锈，标枪已经腐朽，人已经和羊一样发福起来。”

“你若不是我们的诗人，我决不会让你说出这样不要脸的话！”村长喝道。

“可我是你们的诗人，”老人平静地说，“你们要与之作战的人和你我不同。他们是狂暴斗士。”人群中一阵骚动。很明显，人们没有听说过狂暴斗士。诗人拿出杰克发现的盒子，村长传给大伙看，每个人都嗅了嗅盒子的气味，他们打心眼儿里不喜欢那种味道。

“他们……真的……长着狼头？”村长问道。杰克看出他表情上极力想显得勇敢,但信心早已荡然无存。

“没人知道。”诗人说。杰克明白不确切要比确切知道自己的敌人是半人半兽更糟糕。“据我所知,狂暴斗士既不怕火,也不怕兵刃。据说他们就是为了战死沙场而生的。其他任何死法对他们来说都是耻辱,所以无论他们的伤口有多么严重,他们都会战斗下去。据说即便砍下他们的头,他们的头也会死死地咬住对手的脚踝。我不知道这是真是假,但多少让你们心里有点儿数。”

“的确,”村长说,他脸色一片苍白,“的确。”

“回避这样的敌人根本算不上耻辱,”诗人说,“您的目的是保护妇女和儿童。明智的领袖靠的是谋略,把徒有虚名的伟业留给邻村的土包子吧。”

“他们就是土包子,是吧?”村长说。

“他们的村长现在可能正带领着他们打仗呢——一群笨蛋!”诗人说。

“我可不想犯傻,”村长吩咐道,“铁匠!你带领妇女们清理家什。我们把羊赶到山里。”

“动作要快。”诗人说。

“对!大家伙儿赶紧行动。我们要让那些海盗看看,他们甭想偷袭我们!”

诗人示意杰克和他待在一起。“他们的事一完我们的事就来了。”诗人低声说道。杰克注意到,妇女们正在用大车运家什,把它们藏在田地间的树篱里。姑娘们跑到海边,把盆盆罐罐埋藏好。男孩们把呱呱乱叫的母鸡丢进笼子。铁匠四处大呼小叫地发号施令,其实,妇女儿童们自己干得井井有条。

在一片忙碌中,杰克看见远处有一个人正沿着大路跌跌撞撞地行走,那人走到上坡处险些摔倒,使劲用手杖撑住,拖着身子继续往前走。“看,先生。”杰克指着路小声说。

“啊! 老天爷,是位修士。”诗人说着带上杰克挤过人群。没有人注意到那个人。

走近后杰克才发现修士的长袍不是他以为的黑色,而是沾满烟灰。一团浓烟朝他们滚来。修士又摔倒了,这次没能爬起来。

诗人急忙走上前说:“放心吧,我们是朋友。”

“完了,全都完了,”修士呻吟着说,“死啦,烧成灰了。”

“杰克,快去找人帮忙。这个人走不了路了。”

很快那修士就躺在了临时用干草铺成的床上。杰克的妈妈给他喂生菜汤,好减轻他的痛苦,铁匠的老婆往他烧伤的地方涂着鹅油。杰克的爸爸和村长跪在他身边。

“我想这人是神圣岛的艾登兄弟。”村长低声说。

“没错! 没错!”修士高呼,“那是我的名字。”他双腿直蹬,碰翻了鹅油罐子。“快逃,所有的人。世界末日到了。”

“您来到时我们正准备逃离。”诗人坐在一旁的石头上说道。

“神圣岛怎么样啦?”村长问。

“完啦。”艾登兄弟呻吟道。

“神圣岛怎么会完了呢?”爸爸说道,眼睛瞪得圆圆的。

“死了,烧成灰了。”

“那不可能!”爸爸踉跄着站了起来,看上去随时都会晕倒。“没人能攻占神圣岛,那是世界上最安全的地方。上帝保佑着它,上帝不会允许这种事情发生!”

“安静些,贾尔斯。这个人没有力量和你比嗓门儿。”诗人说。

修士断断续续地讲述着可怕的故事。那天风和日丽,修士们在田间割草。修女们有的在打黄油,有的在缝制新的圣坛布。仆人们用石头垒新的牛圈。

中午时分，有人发现船只，有四条或五条。它们快速向岸边驶来。有客人，有人说。这真是意外惊喜。

艾登兄弟跑去告诉厨师，好让厨师为不速之客准备饭菜。可是当船驶到浅水处，船上的人蜂拥上岸，挥舞着斧头，大声叫骂着。“他们把看到的第一拨人剁成了肉酱。”艾登兄弟哭诉道。

这些冷酷的士兵把其他人系上石头后丢到大海里。他们杀死路上碰到的一切：男人、女人、仆人，牛、羊。接着，他们拆毁房屋，扯下丝挂毯，然后用脚踩踏，还把彩绘玻璃窗户砸碎。

“别砸窗户啊！”爸爸叹息道。

“砸啦，还不止呢！”艾登兄弟说，“他们掀翻圣坛，往书本上撒尿，冲进图书室，撕毁修士们花了五十年时间誊抄的手稿。”

“我当时正在图书室里，”艾登兄弟说，“我躲在阁楼里。他们撕毁手稿，放火焚烧。我不敢离开，蜷缩在屋顶下，烟越来越浓，热浪快烤着我的袍子。我再也忍不住了，跳到火里，拔腿就跑。”

这时整个岛已是一片火海，男修道院、女修道院、教堂、谷仓、仓库和田野全都烧着了。艾登兄弟踉跄着东奔西走，想看看还有没有人活着，但是一个都没找到。长船载着财宝和宰杀的牲口驶走了，剩下的只是冒着烟的废墟和尸体。

“啊，太可怕了，太可怕了。”爸爸高声大喊，双膝跪倒。母亲放声大哭。铁匠老婆奔到其他还在打点的村民那里，告诉他们这些噩讯。不敢相信确有其事的叫喊声和号啕大哭声如山火蔓延开来。杰克也哭了。他从没有见过神圣岛，没有几个村民见过，但神圣岛一直像一盏友好的灯火，在这个变化莫测的世界里为你闪亮。

杰克猛地想起诗人的话来：世界上不可能只有幸福单独存在。金殿太完美了，因此也和所有美好的事物一样，招致灭亡。他高声喊道：“和赫鲁斯加宫殿一样！”

“太对了,”诗人说。杰克发现只有诗人没有哭。“你的智慧有时真让我吃惊。”

“我本该待在那里,”爸爸呜咽着说,“我本该当修士,像殉道士那样死去。啊,太可怕了!”

“贾尔斯,你这个笨蛋。你若当了修士,哪能娶这么好的女人为妻,哪能有这么好的儿女。你现在不是也躺在灰烬里啦。”诗人站起身,双臂伸向天空。远处传来一只乌鸦刺耳的叫声,不一会儿乌鸦飞过来,绕着头顶飞了几圈,落在一棵树上。

“它可能刚刚饱餐过死尸。”爸爸说。

“我们该走了。”诗人对村长说,没有理会爸爸。

村长晃了晃身子,漠然说道:“是啊。”

“我让男孩们做一副担架,这样你们可以带上艾登兄弟。”

很快,村民们排成一队,许多人仍在哭泣,向森林走去。喧闹声、鸡鸣声、马嘶声和牲畜的叫声渐渐远去,田野里又是一片寂静。

杰克心里悲痛,每每想起神圣岛便热泪盈眶。神圣岛令人向往,那里的人们吃着迷迭香烤羊肉,花楸果布丁和果子冻——最好吃的,带肉豆蔻末和奶油的那种。好心的修士们在彩绘玻璃窗下为病人祈祷,玻璃窗在阳光照射下色彩斑斓如彩虹一般。

“女人们干得不错。”诗人赞许道,杰克的思绪被打断。“当然啦,是我训练的她们,她们练习了好几个月了。”

“您知道这种事会发生?”杰克问。

“不那么确切。我知道冬季风雪过后会有麻烦的。我也向其他村庄发出了指令,但愿他们听从。”

“现在干什么?”杰克说,他想用说话排除鸦雀无声的村庄带来的压抑。

“现在我们要造你前所未见的最湿最浓的雾。”

## 第 八 章

# 护 身 符

他们在罗马老屋外坐下，呼唤着生命力。地下，暗河流速加快；空中，气流开始翻腾。杰克从没有感到它们是如此强大。生命力的神奇和美妙令杰克泪流满面，雾气也像泪水一样，快速滚落脸颊。

一群乌鸦如中箭一般从空中直落而下，笨拙地停在屋顶，抓住茅草，嘴一张一合，惊吓得都叫不出声来。

崖下深处海浪翻滚，在雾中朦朦胧胧，好像一条白丝带，一闪即逝。冰冷的湿气渗进杰克的衬衣，这湿气来得正好。杰克想笑，而他也真的笑了，乌鸦用微弱的嘎嘎声回应。

"咱们该休息了。"诗人说。

杰克醒来后发现光线很暗。太阳都落山了！一整天过去了！他站起来，感到浑身乏力，像是同一百只黑脸母羊打斗过。他四肢酸痛，头痛欲裂，全身皮肤没一处好受。

诗人缩成一团，杰克知道老人已经精疲力竭。"我把火生起来，先生，"他说，"我给您做点儿吃的。"他拿起火石和火镰（他没有气力用生命力起火了），很快就燃起熊熊火苗，粥在大锅里冒着气泡。他让诗人坐在火旁，捧住诗人的手握着一杯热气腾腾的苹果酒。杰克饥肠辘辘，可他更关心的是让诗人恢复元气。

“啊，愿弗蕾和弗蕾娅保佑你。”老人叹了一口气说道。他喝下热苹果酒，同意杰克用勺喂他粥喝。“你也累坏了吧。”他最后说。

“我们今晚还用再多造些雾吗？”杰克说。

“我无能为力了。我要靠黑夜保护我们。”老人拖着身子走到外面去方便，杰克拿着火把跟着，以免老人跌落悬崖。夜漆黑一团，好像在铅矿里一般。

他们回到屋里，诗人往矮床上一躺就睡着了。杰克封好了火，把剩粥拿到一边，留作早餐。不会再有村民送吃的来了。

村民们在哪里过夜呢？杰克一边盯着画中的鸟儿在画中的树梢上挪动，一边揣测着。村民们是露天待在湿雾之中吗？露西会不高兴的。她一向要睡在又软又暖的床上。*我是迷路的公主*，她总是这样说。*迷路的公主们要有自己的床*，露西抱怨道。露西在家里很讨人喜欢，因为她那么小，那么漂亮，可在密林里这样抱怨，爸爸妈妈就不会觉得她讨人喜欢了。

在乌鸦抓挠屋顶的声响中杰克睡着了。

“起来啦！”诗人喊道。杰克坐起身，见屋内洒满阳光，他高兴了一阵子，随后便想起他们需要的是坏天气。

“我把粥热上吧，先生？”

“没时间了，咱们就凉着喝吧。”

杰克用力把黏黏糊糊、疙疙瘩瘩的粥从锅里舀出来，粥带着炉火的烟味，这也不错，杰克心想，至少可以填饱咕咕叫的肚子。他把一块硬面包泡到苹果酒里。

“随我来！”诗人说，“狂暴斗士不会在早饭上浪费时间的。”

*我又没浪费时间*，杰克心中郁闷，*我又累又饿*，村民还在林中休息呢，*可我却得工作*。他知道这么想不对。村民们肯定像一群惊慌

失措的绵羊挤作一团。他见过一群离家很远的羊失去头羊时的样子。

他叹了口气,跟着诗人来到屋外,开始呼唤生命力。这次容易多了,大地和空气立刻就有了反应,仿佛一直在等待着似的。雾气滚滚而来,快得吓人。要是不能让雾散去该怎么好?杰克心想,要是太阳从此不再照耀,大地永远被黑夜笼罩该怎么办?

“怎么啦?”诗人问道。

杰克睁开眼睛,突然刮来一阵海风,把雾撕成碎条,头顶也现出一道道蓝色的缝隙。

“你刚才在想什么?”诗人问。

“哎,啊,只是想雾太浓了,”杰克支支吾吾地说,“可能散不了了。”

“孩子,听我说。生命力无时无刻不在变化,改变着形态,只有死亡是不变的。”

“可——可是如果它不散去,”杰克感到难以言状的恐惧,“那,就,就会永远黑下去,那爸爸说的,罪人被投入外面黑暗世界里的事情就发生了。”

“雷神托尔的锤与砧啊!别让我听见贾尔斯的蠢话!”诗人扬起双臂,像是乞求雷神见证贾尔斯的愚蠢。乌鸦在屋顶上——它们在那儿待多久了?——呱呱地大声鸣叫,听上去像笑声一般。

“那也有可能,不过微乎其微……”诗人说道。

“什么?”杰克喊了起来。

“小声点儿。她会想方设法对付我们,她会把意念传过大海,不过经过大海后法力就减弱了。我还没有觉察到她的咒语,因为太弱了,影响不了我。这么远的距离她只能影响脆弱的心灵。”

“嗯。”杰克应道。

"我来收拾她。她要是胆敢再施法,我就祭起一道防线,撞掉她那口烂毒牙。找到啦。"诗人在衬衣里摸出一条带坠儿的链子,把它套在杰克的脖子上。

虽说和老人相处有好几个月了,可杰克从没有见过这个坠子。他托着坠子,惊得嘴都合不上了。坠子呈四方形,沉甸甸的,用金子打造的,上面的图案像是四射的阳光,但每一道光都带着分杈,犹如一棵萌芽的树。瞧着瞧着,坠子忽地不见了,杰克倒吸了一口气。这是真真切切的魔法,脖子上仍能感到金坠子的重量。

"那是个护身符,"诗人说道,"我穿越爱尔兰的狂人谷时就佩戴着它,其他人都走火入魔了,可它让我守住了元神。你留着它吧。"

"那不行,先生。"杰克觉得又要流泪。从没有人认为值得送他这样的礼物。爸爸捡到的那枚罗马金币肯定会留给露西的。"要是弗丽斯攻击你怎么办呢?"

"不要说出她的名字!一提到她的名字她就会飞来。不用担心我!"老人厉声说道,"我这一辈子不止把一个怪兽的皮扒了下来。现在我们造雾吧。"

不知道是护身符在起作用,还只是因为得到别人关心而高兴,他觉得力量倍增,心情愉悦。他唤来地下的水,扯下空中的云,感到湿湿的雾水打在脸上,浸透了衣服,头发湿成了一团,垂了下来,水顺着下巴往下滴,流进鞋子里,可他却高兴得像只在洒满阳光的池塘里栖息的青蛙。

他听见一阵刺耳的咳声,猛地睁开眼睛,却什么都没看见。四周已黑成一团。一阵恐惧向他袭来。随后他又听见咳声,是诗人在咳嗽。

夜幕降了下来,杰克在这个纯洁、简单、无邪的夜晚里专心施展魔法。他唤来的雾浓极了,一丝星光都透不过来。杰克摸索着找到房门，咳声从房门传来。

屋里，只有炉中闪着小小的火光。“先生，你还好吗？”他小声问。在这种情形下似乎就应该小声说话。

“在床上呢。”诗人说。

杰克摸到矮床旁，碰到了诗人的脸，滚烫滚烫的，吓了他一大跳。“先生，我把火拨旺，给您煮点儿药喝。”

“你是个好孩子。”诗人有气无力地说。

三下五除二，杰克把火拨旺，往锅里加了柳树皮，把水煮开，为了减轻苦味又加了些香菜。这个办法是从妈妈那儿学来的。妈妈教他这些事情时爸爸总是不高兴，说这是女人的诀窍，对男人没用，对虔诚的基督徒也许不安全。妈妈一笑了之，继续教他。

“嗬。”诗人尝了一口叫道。

“妈妈说过这药肯定能退烧。”

“我相信能退烧，可这不等于说我一定喜欢喝啊。”老人喝完了药，又哐哐地咳了一大阵，咳得连腰都直不起来，可把杰克吓坏了。

“拿着坠子。”杰克喊道，“您比我更需要保护！”

“不行，”诗人费尽力气说道，“一旦给出去就不能再要回来了。总之你要拿着它。”说完躺了下来，杰克给他盖了一张羊皮。

杰克把屋子另一头的储藏室翻了个遍，他得把豆子泡上，早上还要去捡贝类。无法从村子里得到食物，他们还能撑多久？又怎么能知道狼头人是不是已经走了呢？

杰克支起大锅，用小火慢慢地炖着干豌豆、洋葱和芜菁。他往锅里放了一大块咸猪肉，咸猪肉放得太久了，都有些发绿了。食物的味道更让他饿得发疯，可要等好几个小时才能炖熟呢。杰克找到一大块邦邦硬的干面包，便把它泡在苹果酒里，等到变成了糊糊，喂诗人吃下去。

杰克太累了,脚底下都不利索了,老是绊到东西,两眼也模糊起来。干起活儿来两只手也不听使唤了。不过,他还是抽空儿点燃一束款冬,放在诗人床边的石架上,让它冒烟,好让诗人呼吸起来舒服些。

杰克记不起自己什么时候躺下的,他原本想再多拿些柴火进来,可却不由自主地坐了下来,顺势躺倒在地板上,头枕在一袋豆子上就熟睡起来,就在这时梦魇来了。

# 第九章

# 梦魇骑手

杰克正在梦乡，先是听到风声。风从海上刮来，呼啸着掠过房子，刮得屋顶不停晃动，又从门脚钻进屋里，冷气沿着地板漫开，炉火砰的一声旺了起来。接着便听到一阵嘎吱声，如同卵石在岸边滚动一般，声响越来越大，最后如同巨雷在杰克耳旁炸响。

杰克跳将起来。一阵狂风从门下袭来，把炭火从炉槽刮散，杰克赶紧把它们扫回炉槽。屋顶咯吱作响，一大块茅草屋顶被风掀起刮跑了。待在那里的四五只乌鸦一下跌进屋里，拍打着翅膀跑到诗人床边躲避。远处传来嗒嗒的马蹄声，声音很恐怖，而且越来越近，响彻整个天际。

杰克能看见天空，罩着屋顶破洞的天空又黑又冷，原本被浓雾遮住的星星却在无情地眨着眼睛。他必须做点儿什么，但做什么呢？他无法思考，嗒嗒的马蹄声响使他大脑一片空白，他只想逃跑。他往后退了一步，踩到燃烧着的木炭，疼痛使他一下子清醒过来，意识到发生了什么事情。

这是梦魇。她趁着黑夜来了。她发现了诗人的弱点，便前来要把他置于死地。杰克握住脖子上的护身符。好奇怪，它很温暖，不，应该说很烫，就像晌午的太阳，把热量传遍杰克的全身。

杰克听见诗人发出一声长而凄厉的哀号,那声音令人毛骨悚然。老人剧烈地扭动着身子,有如被鹰爪抓住的兔子。那些乌鸦紧紧抓着盖在他身上的羊皮。“走开,你们会抓伤他的!”杰克吼道,可乌鸦呱呱地叫着,就是紧抓不放。

雷声几乎就在头顶炸响,比冬季最猛烈的暴风雪还要可怕,比撞击悬崖的海浪还要狂暴。杰克以前从没有听过这么巨大的声响,不知如何是好。他死死地抱着床,直勾勾地盯着屋顶的破洞,也和乌鸦一样动弹不得。

突然,从天际闪现出一个身影,又大又可怕,杰克吓得大叫起来,乌鸦们也吓得尖叫不停。那是一匹马,挂在马身上的冰柱折断了,噼里啪啦掉进屋里。马身是灰色的,马鬃蓬乱一团,挂满蛛网,长着好多条腿!杰克没有数,可他知道要比马该有的多得多。

马背上坐着一位比夜空还要黑的骑手,真是太黑了,就连星光都被吸走了。满是刺的双腿紧紧夹着马腹,刺得马腹直淌鲜血。血是白颜色的,慢慢地往外渗,像脓一样。马凄厉地嘶鸣着,杰克倒在地板上,脑子一片空白,神志全无,只有贴在胸口的护身符发出阵阵温暖。

杰克在黑暗中醒来,火熄灭了,透过屋顶的破洞看见的只是星星,梦魇已不见踪影,真是感谢上苍。空气一片平静,似乎压根儿就没有发生过暴风雪。

杰克摸到矮床边,诗人呼吸均匀,像是睡着了,杰克放下心来。他摸索着找羊皮被子,碰到一只乌鸦,被啄了一口。

“滚开!”他大声吼道,伸出手掌向乌鸦劈去。黑暗中他听见几声低沉的呱呱声。“没人请你们来。”杰克喊道,他本想用扫帚赶走这些东西,可转念一想,还是有个伴儿好,哪怕是坏脾气的乌鸦呢。

他不知道自己在看到梦魇背上的东西之后，是否还能耐得住孤独。

我不能老想着这事，他告诫自己。诗人说过，不要老琢磨坏事情。最好想想美好的事，像阳光啦，绿树啦。虽然还不知道是什么赶走了梦魇，但至少她走了，老人没有受到伤害。明天他俩会想出对策，打败梦魇。

杰克东摸西摸，找到了火石和火镰，把熄灭的木炭拢在一起，重新点燃。那锅汤已经冰凉，不知是他昏迷的时间太久了，还是梦魇把汤的热气吸走了。

绝不能这么想。绝不能这么想，杰克告诫自己。

杰克把找到的灯草蜡烛全都点上了，蜡烛带来的变化真太大了，甚至让乌鸦都高兴起来，它们蹦跳着钻出矮床，慢慢走近火炉，若有所思地看看大锅。“甭想吃锅里的东西。”杰克说。乌鸦们则张嘴呱呱地叫着，好像在说：“咱们走着瞧。”

杰克没有睡觉，屋顶的破洞渐渐变成灰色。得去拾些茅草补屋顶，他心想，又给自己本已不轻的活计加了一件重活儿。他再次抬头望去时，天空已是一片蔚蓝，显然他刚才打了个盹儿。

“先生，我知道咱们该造雾了，”杰克揉着僵硬的四肢冲着诗人说道，“不过您要休息，我要去找吃的。吃过早饭我就去海边。”他搅动着大锅，豆子已经煮成了诱人的豆泥，洋葱和咸猪肉的味道令他的肚子咕咕直叫，有一只乌鸦较其他乌鸦胆子大些，蹦跳着过来。

“走开！”杰克说，向它挥着勺子。一团粥被甩了出来，那只乌鸦一下子扑了上去。“嘘！这是给人吃的，不是给你吃的，你要是饿了就去吃海螺。”杰克盛了满满一碗，把沉重的铁锅盖盖在了锅上。他边向矮床走去，边用脚把乌鸦踢开。他还没见过有这么胆大的动物。

诗人躺在床上，睁着双眼。“您能坐起来吗？”男孩儿礼貌地说，“那样喂您更方便。”诗人眨着双眼，抽着鼻子，胡子边淌着一道口水。

“我来帮您。”杰克说着用双膝夹着碗，免得乌鸦偷吃。他伸手握住诗人的胳膊。

“呜——嘟。”老人说。

“您说什么？水？”杰克问，“您要喝水吗？”

“呜——嘟。”

“我不明白。”男孩儿说道，顿时害怕起来。

“嘎。”诗人说，惟有胡须上那道口水说明他对粥有兴趣。

“您病啦？要是您病得说不出话来，就点点头。”

“呜——嘟。”看上去诗人生气了，眼睛冒着怒火，撅起嘴巴。杰克觉得五雷轰顶。他人怎么啦？这种病杰克完全无法理解。是梦魇偷走了诗人的理智？还是偷走了他的灵魂？

“求求您，先生，您别吓我。只要您能坐起来，我就能帮您啊。”但是老人仍旧发着怪声，很快就气得满脸通红，像孩子似的大发脾气，大喊大叫。

杰克设法用勺子把食物送到诗人的嘴里，老人把头扭向一边，粥喷得满床都是。“嘎！”他尖声大叫。

“粥很好喝，真的很好喝。看，我先尝尝。”杰克赶忙说道。粥的确味道很好。杰克饥肠辘辘，真想再喝些，但他必须控制住自己，别让碗见底儿。他又试着喂诗人，又一团粥吐到杰克的脸上。乌鸦呱呱地一阵聒噪。

“敢嘲笑我，就凭你们？”杰克大声喊道，备感挫折。他把碗猛地掷向乌鸦，它们正求之不得呢，呼啦一下扑向洒出的粥上，一眨眼就啄了个精光。

“我怎么这么笨呢？”杰克差点儿哭出来。几乎没有什么吃的了，他一怒之下又扔掉一些。他无法把着了恶咒的诗人唤醒。“至少该喝点儿什么。”杰克说。他把一小块儿羊毛布浸到水里，让水滴进老人的口里。露西小时候妈妈就是这样喂她的。诗人紧紧握住羊毛布，拼命地吸吮着。

“终于管点儿用了。”杰克自言自语道。他继续往布上倒水，直到诗人喝够为止，然后又盛了一碗粥，这次他把羊毛布浸到粥里，然后让诗人嚼。

就这样，浸完了喂，喂完了浸，好像用了好几个小时，每次都要撬开诗人的嘴。最后老人吐出羊毛布，打起饱嗝，眼中露出困乏而满意的神情。杰克坐在粥锅旁，让自己饥肠辘辘的肚子大大满足了一番。

他现在该做什么？一个人造雾吗？到森林里去寻求帮助吗？他不知道留下诗人一个人是否安全。

乌鸦都从屋顶的破洞飞了出去，只有一只乌鸦留下来，站在杰克踢不着的地方，用犀利的双眼盯着杰克。这只乌鸦很漂亮，一身黑色的羽毛梳理得整整齐齐，惟一的缺陷就是左脚缺了一爪。杰克心想，它一准是离狐狸太近了。

“好吧，你可以吃一勺粥，就一勺。”杰克说。他把勺子伸过去，乌鸦像猫似的优雅地吃着。“谁教的你？”男孩儿高兴地喊道，又给了乌鸦一勺。“可能是诗人教的。人们说他能与鸟儿说话，不过他从来没教过我。”

“我希望你能告诉我该做些什么，”男孩儿接着说：“我得保护村子，还得保护诗人，可没有吃的，我坚持不了多久。施魔法让人饿极了。”乌鸦一上一下地点着头，好像在说：你说得对。杰克笑了，又给了它一点儿粥。

“我该把诗人弄到森林里，”杰克一边思考着，一边自言自语大声说道，“这样他就会平安无事，我也能保护村民了。”某种东西在男孩儿心底涌动，那感觉就好像在严寒的清晨听见苍鹰的鸣叫，或是看见海豚越过浪头一般。这是一种未曾有过的激动,既恐惧又奇妙。我一个人就行,他想。我已不是个学徒了,我会成为一名真正的吟游诗人。

乌鸦单脚跳到门旁,用喙啄着门板。"你是对的,"杰克说,"我们越早走越好。"他猛地推开门,天空一片晴朗,太阳当空,已近正午。

杰克用力将诗人拽起来。然后让他走路就是了。为此,杰克在诗人腰间系了一条绳子拉着他走。老人缓慢但稳稳地一步一步走着,显然很愿意走一走。"呜——嘟。"他十分威严地说。

"您说得太对啦。"杰克说着,领着诗人下到通往村庄的路。

杰克原本打算穿过村子前往森林。可诗人走得太慢了,他开始担心天黑之前到不了。他们从下面经过杰克家的农场。男孩儿热切地抬头看望。这地方多美啊!房子盖得多结实啊!每幢房子,每道篱笆,每块田地都是爸爸亲手打造的。可现在看上去竟如此荒凉。杰克用袖子擦着眼睛,闷闷不乐地用力拉了拉系在诗人腰间的绳子。

没有反应。杰克转身看见老人执意要坐下。"现在不行。"男孩儿说,"我知道您累了,先生,可是我们抵达庇护所之前无论如何不能停下来。"

"嘎!"诗人说,两眼盯着房子。

杰克顺着他的目光看去,只见出烟口冒出一缕白烟。房子着火啦?杰克扔下绳子,冲上山坡,真的是火,他能闻到。他用力撞门,可门是插着的,于是便用拳头砰砰地敲门。

"别动,露西。"一个杰克熟悉的声音小声说。

"是我,妈妈!是杰克!出什么事啦?你们为什么在这儿呀?"

静了片刻,接着传来拉铁门闩的声响。父亲探出头小心观看。杰克看见他手里握着一把长柄叉,准备刺向门外的人。母亲在他身后，端着一锅滚开的水。

露西尖叫着从父亲身旁挤出来。“啊，亲爱的。”母亲说着把锅放下。

“欢迎回家。”父亲随和地说道，好像用叉子指着家人是再平常不过的事了。

“真是太好了。”露西又蹦又跳地喊道，把杰克拉进屋子里。房间里空空如也，大多数家什不是埋起来了就是藏到森林里了。只有几张帚石南床摆在壁炉旁，一袋吃的靠墙戳着。

杰克有些不解，问道：“大家全都回到村子里啦？”

“只有我们。”父亲说。

“我们是聪明人。”露西说。

杰克看看母亲，好像只有母亲显得不安。“因为露西。”母亲说。

“森林里糟透了！又湿又冷，”露西喊道，“地上全是石头。那可不是失踪公主待的地方。”

“对失踪公主来说那可是安全的地方啊。”杰克说。他马上就明白了原委。露西第一次碰上不舒服的情况，哭着喊着要回来。他知道露西有多拧，会嚷嚷个不停，嚷得你都想扇她耳光。可你又不能，因为她那么小，那么漂亮。“我觉得留在这儿真是一个坏主意。”杰克说。

“我知道，可——”母亲指了指父亲。拐子贾尔斯显然受不了露西的央求，他对这个女儿一向有求必应。

“我不回去！”露西大喊大叫，“可不要再像昨天晚上那样！”

“可是真的发生了可怕的事情。”母亲说。

“就像世界末日，”父亲用空洞的声音说，“它凄厉地叫着，从天而降，落下匕首般的冰柱，星星都被遮住了。人们四处乱跑，撞到树上。铁匠的儿子撞得不省人事，马挣断缰绳跑了。今天早上大家还在找马呢。”

“是梦魇。”杰克小声说。“啊，天啊，我都忘了。诗人昨天晚上遭到攻击——是什么魔法吧，我弄不明白，但是他失去了理智，我正要带他去森林。”他猛然想到。

他们往下来到路上。老人站在那里一动不动，像截树桩。“您要不走的话狼头人就会把您抓走。”杰克说着抓住诗人的胳膊拽他走。

“呜——呜——呜——呜——！”老人大叫。

“咻！不要出声。”杰克想要捂住诗人的嘴，可他却张口猛咬。

“呜——嘟！”

“我立马给您呜——嘟回去，”杰克一边揉着手一边喊，“不，我不会的。我不是那个意思，您都快把我逼疯了。我知道您中了魔法，先生，所以我不会生气的，可您就不能稍稍帮帮我吗？”

“跟他讲道理没有用，他就像只羊。”拐子贾尔斯一下把老人抱了起来往家走，任凭他又喊又踢。尽管父亲脚瘸，可常年的劳作使他筋骨强壮。他嘿的一声，一下子把老人撂在地板上。“儿子，你说得对，他没有理智了，全部丧失了。你说过是梦魇给弄的吗？”

“我不知道。也许是中了咒语。”

“也可能只是上了年纪，休息休息加上照料会好的。”母亲轻声说，她用湿布给诗人擦脸，把斗篷卷起来放在诗人的头下当枕头。

杰克坐在地板上，想理理思绪。这可不容易做到，因为露西爬到他身上，没完没了地讲着她在森林里的遭遇。“雾大得好吓人啊！到处都是，可村长他不让我们生火，他真坏！”

“诗人唤来雾保护你们。”杰克说。

“喊！”露西不屑地说，“什么东西都能通过那雾。怪兽啦！巨魔啦！”

“不要提巨魔。”

“我想提就提。巨魔！巨魔！还是巨魔！”

杰克真想给她一巴掌。

“让他一个人待会儿，宝贝儿。”母亲说着，掏出一把榛子转移了露西的注意力。小女孩儿专注地用石头敲开榛壳儿取出果仁。

“你说雾是诗人唤来的？”父亲说，“那可不是敬畏上帝者的行为，那是巫术。”

我为什么没有管住自己的嘴巴呢？杰克心想。任何与魔法沾边的事情都会让拐子贾尔斯喋喋不休：那是邪恶的；会遭受地狱的磨难；长爪恶魔会来抓人的。

“我希望他没把你领到邪路上，”父亲说，“地狱炼火等着违背上帝戒律的人。”

“那就是平常的雾，”杰克疲惫地说，“我不过是想向露西讲讲道理。”他觉得眼下的情况要把他压垮了。他的家人身陷险境，诗人又丧失了理智，而狼头人此时此刻可能正沿着罗马古道疾驰而来。他觉得好累好累。

“你是不是到园子里坐坐，吃点儿东西？”母亲说。杰克意识到，她了解的情况要比说出的多得多。他突然理解了诗人与母亲之间的默契。她是一位聪慧的女人，能用魔法引来蜜蜂和野兽。为什么他以前压根儿就没想到呢？或许是因为运用了生命力，他变得聪明？现在他明白了，童年时代他身边就充满了魔法，比如母亲唱歌就能退烧啦；母亲摸过的饭菜，哪怕最普通的，也会可口好吃啦。

“谢谢您，母亲。”杰克说。很快他就坐在芳草园里，享用着热气腾腾的苹果酒和涂抹着蜂蜜的面包。母亲向北望着罗马古道，虽然一言不发，可她全都知道：危险将会从那里降临。

母亲刚一离开，杰克就站了起来，他又累又疼。此时他希望的是能再变成一个小孩儿，无忧无虑。但那是不可能的事，那段时光一去不复返了。现在，立在村民们和狼头人之间的只有他，他责无旁贷，义不容辞！

## 第　十　章

# 一字眉奥拉夫

杰克就像一只逃避狐狸的野兔，藏在罗马古道附近的坑里，四周全是欧洲蕨。没有人能看见他，可杰克想使自己更加隐蔽。他呼吸着土壤和蕨类散发出的绿色气息，用心感受着潮湿的树根，呼唤着：来吧，到我这儿来吧，用你那灰色之躯笼罩大气，将大海与天空连在一起。

他感觉到，而不是看到，雾气冉冉升起，阳光渐渐变弱，先变成珍珠白，再变成野鸽羽灰，最后变得昏昏暗暗。湿气涌进他的肺，水汽聚在蕨类植物上，圆溜溜的水珠顺着叶梢滴落，在青苔上形成道道白线，空气也随着悲泣，随着瑟瑟作响。

杰克从来没有这样沉浸到生命力之中，他宛如小鱼游弋其中，仿佛一只就想活着的森林动物。这就足够了，而且太够了，那种美丽和奇妙令他欲罢不能。

"杰克……杰克……"

那声音从遥远的地方传来，杰克转身避开，不想再变成人类。

"杰克……哦，求你啦！我现在好冷好害怕啊！"

杰克清醒过来，心里一下涌起一股无名怒火，有人竟敢打扰他！

耳中的啜泣声令他心如刀绞。是露西！她就在附近，罩在雾中，那雾又浓又重,连杰克都害怕了。他这次表现得的确超乎寻常。“露西,我在这儿。”他喊道。

“‘这儿’是哪儿啊？太黑了,太吓人了,我知道肯定有妖怪。”她开始抽泣起来。

“露西,不要动,一直说话,我就能找到你。”

“我出门时天还晴着呢,我以为你在园子里。爸爸说你在园子里,可你不在!”露西的惧怕有一些转成气愤了。

杰克绊到一块石头上,跌倒了,被树枝划伤。

“我打老远就看见你。”露西说,“你走得很快,我想喊你,可我不想让妈妈知道我在外面。她今天对我好凶。不让我到外边玩。”

杰克心想母亲一定着急死了,她知道他们所处的危险。其实,父亲也清楚,不过,他的做法是视而不见。

“我往罗马古道走,可你又不见了。你走开了,把我撂下。坏杰克！后来大雾来得真快,天黑下来,我害怕了。是你在施魔法吗？父亲说巫师才施魔法,将来要下地狱的。你想下地狱?”

“雾这么大我可找不到地狱。”杰克喃喃自语。他用脚探着路边往前走,不一会儿便看见露西蹲在石头堆上。他碰了一下露西的胳膊,露西尖叫起来。“是我。”杰克边说边躲开露西挥来的拳头。

“你干吗这样悄悄地过来?”说罢她放声大哭起来。

“我没有悄不做声啊,哦,好啦。你听我说,我现有重要的事要做,你可要安安静静的。”

“我总是安安静静的,可以好几个钟头不张嘴说话。爸爸说我像一只可爱的小老鼠。他说我住在宫里时,被一个坏仙女变成了小老鼠,不过又被好仙女变了回来。”

“现在你能不能就安静下来?”杰克说。他似乎觉得空气开始流动,或许是骤然刮起了海风。

“这个故事很动听，我真的讲得很好。父亲说我识的字和十岁孩子一样多。”

“嘘！”杰克把她拉进欧洲蕨丛中。

“我身上弄湿了。”露西喊道。

“别出声，有人顺着大道来了。”杰克低声说道。“说不定是怪物。”他又加了一句。露西钻到他的怀里，再也不敢抱怨衣服湿了。他们听见远处有人说话。太远了听不清说些什么，不知为什么那声音令杰克汗毛倒竖，紧接着更可怕的是有人在附近吹响了猎号。

露西拼命往杰克的衣服里钻，杰克紧紧地搂住她，感到露西在发抖，自己也在发抖。远处有一只号角在应和。

“*Hva ðer Petta*？”说话的人就在身边，杰克差点儿叫出声来。他听见好几个人在说话，有四五个吧。雾确实变得稀薄了，杰克可以看见路上有人影在动，他们全身是毛，脚步沉重，杰克还能听见刀剑的碰撞声。

*来吧，到我这儿来吧，用你那灰色之躯笼罩大气。*他呼唤着生命力，但无法集中意念，恐惧令他崩溃。他们是狼头人，真的是狼头人，他们正向村庄走来。

“他们是骑士吗？”露西小声问道。

“不。别出声。”杰克心想，即便没有雾，他们躲在蕨丛中也很安全。他们能够逃脱，可是父亲母亲会如何呢？诗人又会如何呢？

“我觉得他们是骑士。”露西说。

“他们是怪物。安静点儿。”

“*Hvað*？”大道上有个人说，他大步走到路边向他们躲藏的蕨丛张望。

“*Ekkert. Petta er bara kanína.*”另一个人说。

听起来好像是撒克逊话，杰克用的语言。杰克从小到大，在村头集市听到过路的行人说过几种话，像威尔斯语啦、埃尔斯语啦、皮克特语啦，当然还有拉丁语，他都听过。不过他哪种话都不会讲。行人们说的话和杰克的本地话一点儿都不一样，可现在这种很像，他可以肯定，第一个人说的是：什么？第二个人回答说：没什么，就是只兔子。

露西在他身边扭来扭去，他把她抱紧。坑上面狂暴斗士的身影越来越清晰了。他们披着羊皮斗篷，皮帽下是长长的浅发，腰带上系着刀剑和战斧。其中一个还只是个男孩儿。

这群人商量了好一阵子，然后不可思议地按原路返回。他们没有看见村子！杰克紧紧搂住露西，露西小声说道："他们走了。"

"嘘。"杰克说，这时那个男孩儿转过身再次打量蕨丛。

"*Komdu*，索吉尔。"其中一个人喊道。

"他们是接我回城堡的骑士，"露西突然高声喊道，"我在这儿，在这儿！"

路上的男孩儿高声喊："*Parna er kanínan*！"他握着刀，跳进蕨丛，一把抓住露西。杰克想把他打昏，可那男孩儿抓住露西的头发猛地将她提起，把刀架在露西的喉咙上。这时那些大人们全都跑回来。

杰克曾有一个瞬间——仅有一个瞬间的机会可以逃走，任凭露西落在狂暴斗士的手里。可他做不到，露西是那么小，那么无助。他是露西的哥哥，虽然他根本打不过这么一群狂暴斗士，可他可以和露西待在一起，虽然没什么用，至少他们可以死在一起。

突然一个大树般的巨人来到杰克跟前，一下把他打昏过去，那个巨人额头上横贯着一道浓浓的眉毛。

*　　　*　　　*

地面在晃动，先是把他抛起，然后又将他抛落，颠得让他直恶心。

杰克深吸一口气，不料却喝了一口又脏又臭的水，结果真的吐了。他爬跪起来，才发现自己原来是俯卧在一个臭水坑里，浑身又湿又冷。地面又开始晃动起来。

"*Prællinn er vaknaður.*"有个人说。

杰克头痛欲裂，他往下一看，只见鲜血正往令人作呕的水坑里滴。他摸了摸头发，黏糊糊地结缠在一起，这是怎么啦？

"*Hei Præll! Þú hefur svolitið kettlingaklór Þarna.*"话一说完便是一阵狂笑和其他人的应和。

杰克努力想弄明白他们在说些什么，他们说的有些像撒克逊语，可口音粗野，三个字他大概只能听懂一个。他们说的*Præll*是不是*thrall*，杰克拼命地思索，如果是，那么这个字的意思是"仆人"或是"奴隶"，这可不是什么好字眼儿。*Kettlingur*和*kettlingaklór*，很接近，意思可能是"小猫"，那小猫和他有什么关系呢？

他抬起头向上看，可头痛得厉害，不敢抬得太高。地面又开始颠簸起来，透过一排木栏，他看见一大片灰色水面，往另一侧看去，水面更阔。

原来他在船上！杰克在海边划过小船，落潮时他会驾着小船到小岛上捡鸟蛋，拾海螺，可从来都没有往远处去过。眼下他一个岛屿都没有看见，只有波浪翻滚的灰色大海和头顶阴森昏暗的天空。他哀叹一声，把头埋起，不敢再看这恐怖的景象。

"*Skræfan Þín.*"

*Skrafan thin*，杰克很快就将其翻译成自己的语言，意思是乡村里男孩儿对骂时最爱说的话——"胆小鬼。"没错，他就是害怕，有谁能不害怕呢？他不记得自己是怎样上的船，漂泊在茫茫的大海上。

他转过头，想看看是谁在说话，可一下子就缩了回来，说话的是个巨人，或许算不上真正的巨人，据说巨人的手掌大得可以抓起一头牛。不过,这个人的确要比杰克见过的人都要高大,肩膀上垂着很多条金黄色的辫子,胸前是一把大胡子,脸上横贯着一道浓眉。

杰克现在想起来了,露西被刀抵住喉咙,他眼前一黑的时候,一个长着一条大眉毛的巨人向他猛扑过来。就是他!一个活生生的狂暴斗士。和故事里说的一样可怕。杰克看见他身后的人正在划桨,个头比他小一些,但同样狰狞可怕。

露西!露西怎样啦?难道他们——?他不敢往下想了。连仁慈的修士都敢杀害的人,杀死一个小女孩儿又算得上什么呢?杰克闭上眼睛,他没有救下他最应该保护的人,他那纤弱的小妹妹就像一只毫不起眼的小老鼠,被丢在一旁。

他发现闭上眼睛更晕船。

杰克挣扎着站起来,摇摇晃晃走向护栏。只要稍微一使劲就能翻到栏杆的另一侧。为什么不呢?他活着还有什么意义?露西死了,或许父母也死了。他不清楚在他昏迷时发生些什么,将来一片渺茫,狂暴斗士会杀他取乐,甚至会吃了他。

痛苦和绝望令杰克眩晕,他辜负了所有人,包括诗人在内。要是诗人没有把护身符给他,或许他老人家能扛过梦魇。

杰克摸了摸脖子,护身符还在,虽然看不见,但摸上去依然很暖。真可笑!为什么要救他的命?他败得很惨,让狂暴斗士杀死了自己的妹妹,让梦魇偷走了诗人的理智。可怜的老人原本能四处流浪,最后会找到狂人谷,在那儿他至少能交上朋友。

杰克的嘴乱撇起来,他这是怎么啦?他没有什么事可值得高兴的,不过想想要是诗人在狂人谷搞个聚会,所有的人都"呜——嘟"和"嘎——嘎"地说着,煞有介事地不停点头,不是有点儿滑稽吗?不,一点儿也不,杰克严肃地告诫自己。

"是,是滑稽。"杰克嘴上说,嘴角不停地往上撇。

他感到隐形的护身符散发出热气，给他带来一丝渺茫的希望。毕竟他不确定父母是不是真的死了，诗人可能已经康复了，生命是宝贵的，不能轻易放弃。

这时杰克沿着船身望去，看见杀死露西的男孩儿，他踉踉跄跄地往前走，可发现无法通过那些大人，他们正好坐在中间，每人手里握着一副桨，巨人则坐在前面一个木箱上。

"*Hvert ertu að fara*?"巨人说。

"你要去哪儿？"杰克听懂了。

"去杀那个男孩儿。"杰克用手指着说。

巨人似乎琢磨了一会儿才明白过来，然后睁大双眼说："*Að drepa þetta brjóstabarn. Ha*！*Ha*！*Ha*！*Ha*！"

"*Ég er ekki brjóstabarn*！"那男孩儿愤怒地说道。

"*Jú það ertu*！"

大人们似乎觉得特滑稽，全都大喊大叫起来。那男孩儿则用更尖更高的声音抗议。

"*Það er gott*，"巨人边说边抹去眼泪，将树干般的粗腿挪向一边，并且示意其他的人也这么做，"*Að drepa þetta brjóstabarn*。*Ha*！*Ha*！*Ha*！*Ha*！"

他们是些什么人呢？他们明明知道他要去杀人，却愿意让他去杀！他不知道 *brjóstabarn* 是什么意思，但是 *drepa* 的意思肯定是"杀"。他在狂暴斗士的腿间迈来迈去，从他们的胳膊肘底下往前钻，不清楚走到了那儿之后该怎么办。

他从最后一个散发着臭味，披着羊皮外套的胳膊下钻出来后，一下子绊在露西身上，她蹲在船底的脏水里。"你早该来啦，"她抽抽搭搭地说，"我难受得要命，你倒好，就知道睡觉。"

"你还活着！啊，谢谢老天爷！"他把小妹紧紧搂在怀里，露西顿时放声大哭。

“我一直想让这些骑士们带我去城堡。”她哽咽着说。

“他们不是骑士。”杰克说，不知道应该告诉露西多深多浅。

“你说得没错！他们身上的味道和猪一样，叫喊起来跟狗似的，他们还嘲笑我。让他们立刻送我们回家。”

“我想他们不会听我的话。”杰克说。

“*Hei prðll! Pví drepurðu ekki petta brjóstabarn?*”

“他在问你为什么不杀我，”那个男孩儿用地道的撒克逊语说，“你要是敢，我就割下你的脑袋来。”他一边说一边划桨，那桨和其他的不一样，是挂在一种铰链上，直接插在水中。

“你是 *brjóstabarn*？”杰克问他。

男孩儿没有回答，而是往杰克的肚子上踢了一脚，接着又往他的脑袋上打了一拳。“你这个下贱的俘虏，我随时都能杀了你。”

这一下震开了杰克头上的伤口，杰克想还手，可他太虚弱了，只能捂着肚子，努力不呕吐。

“你这个怪物！你，你是 *brjóstabarn*！”露西尖叫着，爬过巨人森林般的胳膊和大腿，拽着巨人的辫子爬上他的大腿。

“不……不要……”杰克呻吟着。他想巨人一定会把露西扔进大海里。

“你得做点儿什么！”露西高声喊道，“你是我的骑士，应该带我回城堡。从箱子上下来，去打那个 *brjóstabarn*！”

巨人不但没有生气，反倒又是一阵狂笑。他把露西放下，向船尾走去，庞大的身躯使小船左右摇晃，让人直反胃。“*Hann er prðllin minn*，索吉尔。”他一边说着一边狠狠揍了那个男孩儿一拳，打得他就地转了个身，说了声：“*Púmátt ekki drepa hann.* ”又拖着沉重的身躯走回到箱子。

索吉尔咬牙切齿,可没吭一声。他瞪着杰克,眼里充满仇恨,杰克都能感觉到。这时露西已经走回来,蹲在脏水中,拍着杰克的胳膊说:“我会保护你的,我毕竟是公主嘛。”

血渐渐止住,杰克也从腹部受到重击的疼痛中缓过来。他现在惟一想做的事就是为了露西而活着。露西根本不知道他们处境非常危险。在她看来,这不过是一场不太舒服的冒险。

过了好久,索吉尔回到杰克身边,再次用地道的撒克逊话对他说:“我不会杀你的,因为你属于一字眉奥拉夫,只有他有权利杀你。不过,这个女孩儿是我的奴隶,”他冷笑着说,“你要是惹我不高兴,我随时都可以宰了她。”说罢又走回去摇他的独桨。

# 第 十 一 章

## 庇 护 少 女

他们航行了一整天，其间因桨手需要休息而暂停了几次。天空依旧灰蒙蒙的，不过云已渐渐散开，杰克能够看到左舷远处的陆地。他们经过一座岛屿，岛上仍冒着一缕缕烟，那是神圣岛吗？太模糊了，无法辨认。

有一次，桨手们停下来休息，一字眉奥拉夫拿出熏鱼、奶酪和一种杰克从没见过的扁面包分给大伙。杰克觉得面包很好吃，后来才知道那是从一个倒霉的村子里偷来的。奥拉夫翻出一罐蜂蜜，给露西的面包抹上蜂蜜，其他人都没有得到这种待遇。

“小奥丁神侍者。”巨人声音低沉地说，胡噜着露西的头发。

“是公主。”露西纠正道，两人互视笑了笑。

“讨厌鬼。”桨边的男孩儿说道。

杰克仔细地打量着索吉尔，他表情冷冷的，很英俊，蓝蓝的眼睛，头发若不是太脏，一定和露西一样是金黄色的。狂暴斗士全都脏兮兮的，靴子的味道像腐肉，羊皮袄散发着臭汗味。穿着一身蓝色衣服的露西就像一朵掉进猪圈的鲜花。

他会把露西怎样呢？杰克自己可以游到岸上去，但是他不能丢下露西不管。有可能说服一字眉奥拉夫，让他放了露西。但露西并不属于他。狂暴斗士很看重所有权。有一次索吉尔为了试探杰克的反应,掐了露西一下,奥拉夫全然没有干涉。

他们在灰色的大洋中继续向北行进,傍晚时分太阳突然出来了,他们掉转船头驶向陆地时,又圆又红的太阳挂在天边。杰克看到岸边有一片浓密的森林和几处火光。另外的两艘船已经靠岸,上面的人喊叫着欢迎他们的到来。

武士总共有四十个大人和七个男孩儿,岸上的人在炫耀自己的战利品——绣花披肩、项链,甚至于把一双双精美的女鞋当做战利品挂在脖子上。他们又蹦又跳,欢呼哄笑,还相互指来指去。其他抢来的东西全在沙滩上展示:金属制品、陶器、勺子、色彩斑斓的布匹和一副可能抢自神圣岛的镶嵌着珠宝的十字架。森林边上,有一群挤在一起,被捆绑着双脚的俘虏。

杰克被推搡到这群人中,露西被当做稀罕物展示给全体武士看。奥拉夫把她举过头顶,用低沉的声音说道:“小奥丁神侍者!”然后把她放下来。每一个人都夸赞她。露西向他们鞠躬,他们也鞠躬回礼,露西拍拍手,他们便笑起来。露西还沉浸在自己的公主梦里,可杰克却焦虑万分,因为他不知道狂暴斗士的真正意图。

“她是个小美人,对吧?”说话的是个妇女,人很瘦,眼中充满悲伤。“我原来有一个女儿,她没有你妹妹漂亮。”说罢便沉默起来。杰克觉得自己猜到发生了什么事:那妇人的女儿不够漂亮,没能保住性命。

“这个女孩儿和我们一样也是奴隶。”一个身穿破烂修士袍的男人说,“他们把她当猪喂养,然后卖掉她。”

“至少她还活着。”杰克说。

“有时死了倒好。”

“不,那可不一样。”

修士大笑，笑声刺耳。"你们大伙听听！这毛孩子竟敢教训长辈。听着，小子，活得长只能犯下更多的罪孽。活得越长，撒旦在你耳边说的话就越多，你的灵魂就越重，就会沉到地狱里。死得越早越好，最好受完洗就死，可以升入天堂。"

"我的女儿就在天国里。"那位眼中充满悲伤的妇人说道。

"对，不过也说不准，"修士说，"即便再小的孩子也会行恶。"

"我肯定她在天国里。"那位妇人凶狠狠地说。

"我相信你，"杰克说，"我想这要看人们是不是有意做坏事。我妹妹露西会把人逼疯，可她骨子里没有一丝坏念头。"

"人之初，性本恶。"修士用空洞的声音说道。杰克没有回答。这种话爸爸总是挂在嘴边。

狂暴斗士们贪婪地吃着烤肉，肚皮撑得鼓鼓的，连胡子都油光闪亮的，还大口大口喝着蜂蜜酒，喝得东倒西歪，接着便开始打架。破着嘴唇、流着鼻血睡觉的不止一个人，可他们觉得很好玩。不过，杰克注意到有些人并没有参与。

一字眉奥拉夫的手下独自扎营，没有人开玩笑打斗他们，或往他们的头发上扔沙子，也没有人冲他们这儿发嘘声。看来奥拉夫的部下太重要了，不能跟着胡闹。

索吉尔是个例外，一个头发削得短短的少年从奥拉夫部下的营地跑过，向索吉尔扔了个石子，索吉尔大喝一声，一跃而起，追赶那个冒犯他的家伙。他们跑了一圈又一圈，最后索吉尔终于抓到了那个挑衅他的男孩儿。

"*Hœttu*！"短发男孩儿喊道。

"*Aldrei*！ *Nei*！"索吉尔喊道。

其他人围成一圈，边跳边唱："*Dreptu hann*！ *Dreptu hann*！"

"他们在说：'杀了他！杀了他！'"修士平静地说。

“你懂他们的话?”杰克问。索吉尔渐渐占了上风,因为他更为狂暴。

“哦,是的,我曾经向这些……畜生传过道。”

这时那个短发少年企图逃跑,可索吉尔把他揪了回来,一个劲儿地狠踢猛打,残暴得令人生厌。围观者的喊叫声改成“*Nóg*! *Hœttu*!”

“他们说:‘够了! 住手!’可她不会住手的。”修士说。

“她?”杰克一下子从这场惊心动魄的打斗中惊醒过来。现场的杀气越来越浓,索吉尔把男孩儿的头往后拉,企图扭断他的脖子。

“啊,是的,那是个女孩儿。”

“*Nóg.*”一字眉奥拉夫低声吼道,就像抓起一只小猫似的,一把就将索吉尔从打斗中拉开。短发少年连滚带爬逃跑了,众人也散开了。

“我很惊讶,”修士说,“奥拉夫通常都让打斗有个结果。”巨人把索吉尔紧紧夹在腋下,缓缓地经过沙地走了回来。

“怎么会是个女孩儿?”杰克说。他知道村子里有些女孩子的脾气很暴,可谁都不会参加这么凶险的打斗,其实为了这点儿小事就连男孩儿都不会打斗的。

“她是庇护少女。”修士说。“一个要在地狱里永受火灼脚踵之苦的小恶棍。她千方百计想达到奥拉夫的要求,所以要比男武士加倍好战。那些男武士个个都不是等闲之辈。”修士盯着那伙人许久。眼下大多数武士早已醉得不省人事,东倒西歪躺在沙地上。只有奥拉夫的部下将布铺开,井然有序地睡下。

他们排成方形,好像睡觉时也要成战斗队形。索吉尔睡在中间,露西挨着她,身下铺着一条毯子,枕着真正的枕头,盖着一条绣满花的单子,有可能是从教堂餐桌上抢来的。

“*brjóstabarn* 是什么意思?”杰克问道。

“好怪的问题。”修士说。

“奥拉夫就是这么叫索吉尔来着。”

“啊。”修士明白了,忧郁地点点头说道,“意思是‘吃奶的小屁孩儿’。他这么叫索吉尔就是为了让她生气。惹人生气是北欧海盗最喜欢的消遣了。”

“那——”杰克顿了一下,在想那个字,“那 *kettlingaklór* 是什么意思?”

修士苦笑道:“‘小猫挠痒’。意思是‘一拳把人打倒’。我想你被一拳打倒过吧。”

“是的。”杰克答道。

“你看上去还没什么事。相信我,你可不要想尝尝被大猫挠痒是什么滋味。”

说罢,修士又陷入深思,不再理睬杰克。杰克看着摇曳的火苗、摊开四肢的武士、奥拉夫和部下躺成的整齐方阵。

俘虏由三个人看守着,这三个人不许饮酒。逃是逃不掉的。再说,杰克躺在又凉又湿的沙地上想,他不可能丢下露西不管,可他根本不可能把露西从奥拉夫手下的方阵中解救出来。

* * *

他们在海滩上驻扎了几天,出海的船只总是满载战利品回来,直到武士抢来的东西再也装不下时,才一起扬帆北上。

杰克和其他俘虏像扎紧翅膀、捆紧腿的开膛鸡似的被塞在一起,十分不舒服。他们仰面躺着,只能望见天空,感觉冰冷的海水在背下哗哗流响。船只不停地渗水,俘虏被轮流放开,往外舀水。轮到杰克舀水时,他发现海水就差一点儿便能漫进来,可把他吓坏了。船装得太满了,再多装一匹布就会沉到海底。

那竟是个女孩儿,他看着索吉尔心里暗想。现在他知道了她摇的桨原来是控制方向的舵,她的力气摇不动真正的船桨。杰克拼命在想她穿上连衣裙会是什么样子,可做不到。她太粗野了,男人们说着荤话相互谩骂时,她骂得比男人还花哨;男人们啐唾沫、放响屁的事也都有她的份儿。

总而言之,杰克见过的男男女女就数她最让人讨厌。他总是要时不时介入到她和露西之间,因为索吉尔的最大乐趣就是制造疼痛,她从不(或很少)让人流血,露西的两只胳膊被掐得青一块紫一块的。

杰克对小妹保持乐观的能力感到惊讶,现在她肯定知道自己并不是前往城堡,至少她肯定很想妈妈爸爸。露西每次挨掐后都能振作起来,擦干眼泪去找奥拉夫。她像对爱犬那样把奥拉夫支使得团团转,要是巨人实际上没有服从她,她也假装服从了,这情景既令人好奇,又令人不安。

和奥拉夫在一起可不安全,他惩罚起人来出手很重,是打掉牙齿,还是打断肋骨要随他的心情而定。看见露西和这个怪物在一起,杰克就觉得厌恶,可又无可奈何。

第三天刮起了狂风,船颠簸得吓人,海浪从船舷溅进来。桨手们奋力往岸边划,俘虏们都在拼命地往外舀水。那个眼神忧伤的女人崩溃了,她从一开始就不太坚强,奥拉夫揪起她,一下就割断她的喉咙,把她扔到海里,杰克看了惊叫起来。

杰克和其他俘虏全都给吓呆了,好一会儿才缓过来,趁奥拉夫还没有注意到他们,赶紧加倍使劲儿舀水,即便这样,还是离岸边远远的。桨手们往前划三尺就会被狂风刮退两尺,索吉尔紧握着船舵,大海企图从她的手中夺走船舵,但她咬紧牙关,拼命抗争。

"愿天使带你到女儿身边,"修士一边拼命舀水,一边低声说道,

“愿你不会在炼狱里久待。”

他在为那个被杀的可怜女人祈祷。泪水伴着雨水从杰克眼中滚落，他不知道她叫什么，也记不清她的长相，杰克在心中默念着从诗人那里学来的话：愿生命力把你捧在手心，愿你随着太阳回来，重新降生人世。

这样的祷告爸爸是不会喜欢的，要是听到他这么说，会变着样地揍他一星期。杰克觉得求助于两种宗教是正确的，也是明智的，要是其中一个不灵，还有另一个。

露西被放在皮毛和布匹堆中。透过暴风雨杰克能听见她的哭喊声，此时风强雨烈，他看不到船尾。他尽量不去想那死去的可怜女人。他现在的责任就是不要让露西遭受同样的命运，换句话说，要是他俩不被淹死的话。杰克已不像被抓头几天时那样害怕了。对他来说，现在最好的办法就是用麻木和愚钝对待苦难。

奥拉夫从船头走向船尾，给手下分钱币。

“我们现在真有麻烦了。”修士嘟囔道。

“他付给他们工钱？”杰克问，他已经累得都不觉得痛了。

“他发给他们金子，免得他们两手空空的到海神殿。可撒旦会抢走金子，然后一脚把他们直接踹到地狱里。”修士冷笑着说。

杰克心想，现在就是有一丝地狱之火也是好的，他冻得发僵，舀水的桶不断地从他手上滑落，他累得两眼冒金星，可他害怕昏倒，昏倒就意味着死亡。

“*Land fyrir Stafni*！”有人高呼。在倾盆大雨的间隙中他们看到其实离岸边很近了。不一会儿，杰克感到船底碰到了沙子，水手们跳下船，奋力把船推到安全的地方。

*　　　*　　　*

他们躺在海滩上，好像许多被淹死的老鼠。没有一个人，即便是狂暴斗士,再有气力挪动了,他们尽量把船拖得远离海浪后便瘫成一团。杰克铆足力气走到露西身旁,把她搂在怀里。大海仍在咆哮,狂风仍在怒吼,瓢泼大雨仍在倾下。船上有可以搭雨棚的油布,可没有一个人去拿。

天色渐黑,他们上岸时太阳就已经快下山了。杰克觉得露西抖个不停,便设法在沙地挖个坑,用沙子把她盖上,至少可以使她不会越来越冷了。他坐起身,看见有几个武士恢复了体力,其中有奥拉夫,他们站了起来,一边大声命令,一边用脚踢。俘虏们忍着疼痛,挣扎着慢慢站起,那些站不起来的被粗野地拖到潮水淹不到的地方。

这时,天几乎完全黑了,杰克感到有绳子绑住脚踝,和其他人绑在一起,万幸的是露西没有被带走,他再次把她搂紧。杰克松了一口气,因为他觉得头顶有了遮挡风雨的油布,狂暴斗士不想让自己的货物生病。

"好啦,好啦。"杰克悄声对不住发抖的露西说,他的嗓音因先前在暴风雨中喊叫而嘶哑。

"他们为什么不带我去城堡?"她说,牙齿不停地打着战。

杰克大吃一惊,她肯定不再相信这事儿了。他顿住了,不知如何回答是好。

露西开始哭起来。"我跟他们说了一遍又一遍,可他们就是不听。"

"亲爱的,他们不是骑士。"

"哦,他们就是!是坏骑士。"

杰克咬了咬嘴唇,决定说出真相:"他们是奴隶贩子。"

"别说这个!"露西号啕大哭起来,"我不想听!"

"我们必须面对现实,亲爱的,我们现在就是奴隶。"

“我不要听！”露西抽泣起来，一直哭得精疲力竭，紧紧靠着杰克，浑身发抖，不住地呻吟。杰克想不出任何方法帮她。就在这时，露西出人意料地用几乎镇定的声音说：“我知道这些人不是骑士。我看到了——看到那个可怜的女人死了。我知道索吉尔恨我，而且知道——知道她可能会杀了我。我死后会上天堂，对不？”

“当然啦。”杰克的嗓子一阵发紧，真想大哭一场。

“这就好啦，只要没有死，我就不愿去想它，你明白吗？我要是弄明白了就活不下去了。”

杰克明白，露西和爸爸一样。爸爸对自己的瘸腿倍感痛苦，只得编造故事。露西因为自己所知的一切被撕碎而痛苦万分。杰克也一样，可他年龄大些，挺得住，而露西与疯癫之间仅靠一线希望相隔，他很快做出决定。

“大多数公主回城堡前都要先受磨难。”杰克说。

“有时还是可怕的磨难。”露西打了个哈欠，依偎得更紧了。

“她们被食人恶魔抓走，甚至被蛟龙吃掉。你想想，还有什么比被绑在黑黢黢的深洞前的树上更糟糕的事吗？”

“从洞里往外直冒烟。”露西的话有些含糊不清了。

“又黑、又臭、又恼人的烟。”

“可一定会有骑士来救她们。”

“对，一定会。”杰克说，他眨了眨眼睛，免得泪水流出来。露西抓着他外衣的手松了下来，很快杰克就听到她发出轻轻的鼾声。

他决不能哭，决不能哭。露西现在全靠他了，他决不能让她失望。杰克摸了摸脖子，护身符将热气传到他手上再传至手臂。能照顾露西真的很不错，要比举目无亲好得多。好奇怪啊，杰克心想。他就像被链条拴住的狗，无法掌控自己的生命，可能照顾露西使他觉得……嗯……觉得坚强。

我希望诗人能讲明这一点,杰克想。雨点儿仍噼里啪啦地打在头顶的油布上,他叹了口气,准备挨过这漫漫长夜。

# 第十二章

## 奴隶市场

休息了一天以后,他们沿着海岸继续北上。陆地变得越发荒凉,这一带几乎没有什么村落,少数几个村庄贴附在多岩石的岸边,好像愿意被风吹走似的。

雨停了,太阳也出来了,可海浪依然很大。俘虏们换着班地往船外舀水,真是个没完没了的苦活儿。杰克偶尔看见远处小山上有些圆塔,孤零零的,让人略感害怕,但一直却没见到塔四周有人迹。

"它们是皮克特人的据点。"情绪低落的修士说。

杰克见过皮克特人,他们有时会沿路来到村子里,用铁器换取食物。皮克特人身材矮小,神神秘秘的,浑身全是蓝色的图案,据说永远不会脱落。这图案能让他们像动物一样轻松融入斑驳的树影中,几乎是来无影去无踪。杰克从来没有见过他们两人以上在一起。

"他们人多吗?"杰克这样问纯粹是为了应景。

"没有人知道。"修士说,"他们在黎明和傍晚时外出,避开当午的太阳,有人说阳光会使他们虚弱。不过他们可是凶猛的武士。"

杰克饶有兴趣地观看那些圆塔,希望看到一缕炊烟或是其他什么有人的迹象。但是那些山上只是云彩飞移,毫无生机。

暴风雨之后,杰克觉得卸下了肩头的重担。他的处境并没有变好，他离家越来越远，但是海上的空气似乎充满希望。他已经明白了海浪的运动方式，也明白了船是如何回应，他不再恐惧，实际上他开始喜欢起来，如此快速航行真奇妙啊。

“*Pað er gott. Pú ert hrifinn af sjónum.*”奥拉夫在他身后声音低沉地说道。杰克不由自主地害怕起来。

巨人说的是：“很好。你喜欢大海。”杰克越来越能听懂北方话了，就好像细细观看泛着涟漪的溪流，一旦习惯了涟漪带来的变幻后，水底的影像也就清晰可辨了。

“*Mér Líkar hann.*”杰克回答说。我喜欢海。

这话似乎让巨人感到高兴，他花时间教给杰克更多单词。“*Skip.*”他朝着船挥着手臂说。“*Vígamenn.*”他指着武士。“*Brjóstabarn. Ha! Ha! Ha! Ha!*”他一边指着索吉尔一边说着。索吉尔气得牙关紧锁。

甚至索吉尔暴风雨后也显得不一样了，不再总是折磨露西了，常常冲着大海发呆，很少加入狂暴斗士酷爱的打嗝放屁之类的游戏。要是杰克不得不给个说法的话，他会说她不高兴。

她究竟因为什么不高兴呢？杰克有些纳闷儿。她和自己的族人在一起，而且正在往家赶。看来像索吉尔这样的蛮人不高兴时脾气会好些。

一天，他们绕过一个海角，驶进一处宽阔的海湾，远处尽头有一座大镇子和相当不错的码头。在暴风雨中走散的其他狂暴斗士的船只都已到达。奥拉夫站起身，吹响战斗号角，一片欢呼声随之响起。船儿像归巢的鸟儿一般平稳滑进泊位，缆绳抛了出去。摔跤比赛又开始了，有的武士被扔出船外，又爬回去继续角力。

这真是一次欢乐的聚会，杰克都忘记了自己的身份，原来他看见岸上另外有一群俘虏被绑在一起，这才意识到自己是奴隶，露西是奴隶，他们没有欢乐的份儿。这个地方蛮大的，他们可能会在这里被卖掉。

奥拉夫的俘虏被推搡着走下船，加入到其他俘虏群中。武士们在欢庆，而他们足足等了一整天。有人过来直勾勾地盯着他们。杰克被人戳着捅着站起来，转动身体，牙齿被仔细检查过，眼皮也被扒开看看是否有病（杰克猜想）。他想，他要不是被绑着，那些人一定会扔出棍子让他去捡。

可他身上的绳索并没有解开，囚犯在这个地方有可能逃走，因此看管得很严。只有露西没有受到买家指指点点。最后快到傍晚时分，城池外又来了一群人。

数不清有多少人，房屋投下长长的蓝色影子，与一片黑色的树影交会，在这片黑色树影之下，陆陆续续出现了一伙人，他们身上似乎缠绕着葡萄藤，看上去好像森林正在醒来一般。杰克不禁汗毛倒竖。

这伙人像群鹿，小心翼翼悄无声息地走近。这时杰克才发现他们赤裸着身子，或者说几乎赤裸，皮肤上画着蓝色的原始图案充做衣服。

"皮克特人。"他小声说。他们不像在村子里躲躲闪闪的买卖人，人数极多，天色暗下后数量越来越多。这些皮克特人忽地一下涌向俘虏，捏捏他们，看看他们有多肥。

"*Hættið*！"一个狂暴斗士吼道。住手！杰克头一次对狂暴斗士的出现感到高兴，他们把皮克特人推到一边，一字眉奥拉夫挺身挡住他们。

"*Ekki núna*！"他咆哮着。现在不行！

什么时候都不行，杰克暗想，心怦怦地跳着。

"*Farið*！"滚开！

皮克特人发出嘶嘶声，退下去了。刚刚他们还在巷尾，转眼间就消失在森林之中。

不管怎样都比被他们买走要好，杰克在胡思乱想。他宁愿一辈子在铅矿受苦受累，宁愿搬重石头，宁愿扔粪肥，那也都比被皮克特人带走好。

奥拉夫让手下把俘虏们拾掇拾掇。俘虏们被赶进冰凉的水里，用难闻的肥皂清洗头发，再让浑身湿淋淋发冷的俘虏们站在噼啪作响的篝火旁烘干。然后发给他们面包，外加一块美味的炖肉。

这是杰克几周来吃过的最好的东西了，他狼吞虎咽地吃完，连手指都吮得一干二净，一袋袋苹果酒在他们中传递，想喝多少都行。最后，杰克和其他俘虏酒足饭饱，晕头昏脑地倒在地上。

我就像农场里的牲畜，杰克心想，丰盛的食物在胃里直翻腾。我没有谢恩祈祷，我没有为生命之灵祭上一份供品，我就像被喂苹果催肥的猪一样胡吃海塞。

他站起来，观看着篝火溅出的火花。他想呼唤生命力，可肚子太胀了，也太累了。我已变成名副其实的奴隶，他伤心地想着，渐渐睡着了。

今天正值镇上有集市，农夫们带来一筐筐苹果和芜菁，面包师搬出一盘盘香气扑鼻的热面包。鸡装在篓子里排成一行。马、羊、猪由人牵着，让买家查看。但是今天的大买卖是出售奴隶，这种买卖大概不会常有。

俘虏们被分成几组：年轻的男人女人一组，上年龄的一组，怀孕的女人一组。“*Tveir á verði eins.*”奥拉夫喊着。买一送一。买卖实际上由奥拉夫的朋友负责，他叫复仇者斯文，会讲几种语言。

至于孩子那组只有杰克一人，露西被留了下来，杰克不知道是为什么。保佑我们不要分开，杰克祈祷着。一对慈眉善目的夫妇对他颇感兴趣，满意地把他转来转去。后来妻子说了些什么，丈夫耸耸肩，他们朝大人堆走去。

杰克不懂埃尔斯话或拉丁话，但有些人讲撒克逊话。杰克能听懂只言片语，意思好像是孩子不中用，孩子身单力薄，容易生病，买回一个缩成一团回家就死的东西就是白扔钱。

俘虏们不断被卖掉，被新主人领走。身强力壮的被最先买走，其次是怀孕的妇女。然后是上年龄的和不太健康的，可他们的经验弥补了不足。其中一人是修鞋匠，另一个人会驯马，一位体弱的老妇会做六种布丁，还会酿啤酒。

但也有没人买的。有两个男子后背全是疤痕，显然不是省油的灯。一个妇人瘸着一条腿，这让杰克痛苦地想起了父亲。还有一个人，只要有人一靠近就啐唾沫。而修士根本没人过问。杰克听一位男人说，修士会给人下咒，会把牛奶变酸。

这一天快结束时只剩下几个人了。索吉尔终于带着露西出现了。这位庇护少女坐在地上，用一把样子吓人的刀修理趾甲。露西紧贴着杰克，看到妹妹他当然高兴啦，可他还想着皮克特人。太阳就要落山了，他知道他们肯定会来的。

市场空荡荡的，镇里人大多都回家了，只剩下几个出售劣等动物的小贩，他们专注地盯着树林，树影好像微微在动，杰克赶忙握紧露西的手。奥拉夫站在篝火前等待着。

巨人显然不喜欢那些身上有图案的人，可他到集市上来是为牟利。皮克特人悄然从林中冒出，带来叮当作响的各式武器和成袋的饰物，全都摊开摆放在篝火前的地面上。

"巨魔的狗崽子。"索吉尔喃喃说道，两眼闪着奇怪的光芒。

杰克不得不承认皮克特人的武器很漂亮，上面镶嵌着奇特的图案，和他们身上的图案非常像。让杰克想不到的是，他们这样野蛮的人,居然能够做出别针、胸针、耳环和手镯等如此精美的饰物来。或许他们不至太坏吧,但是当他盯着他们阴森的双眼时便知道这伙人绝无善心可言。

皮克特人检查着俘虏,他们似乎对背上有疤痕的男人和瘸腿的女人不感兴趣。另外一个女人冲着他们尖叫,他们吓了一跳,闪开了,又立马带着诡秘的笑容返回来。很显然他们喜欢肥胖的修士,把他浑身捏了个遍,发出尖叫与嘶嘶声。复仇者斯文翻译着,谈好了价钱。

然后就轮到杰克和露西了。

一个胸部宽阔、胡子蓬乱、长着下八字眉的皮克特人上前审视他俩。他似乎是皮克特人的头领。他摸了摸露西美丽的头发,又赞赏地摸了摸她的小手小脚。杰克双拳紧握,恨不得一头撞向那人的肚子。

皮克特人头领面带笑容,拿出一件还没有展示的武器。这是一把好剑,沿着闪亮的剑锋镌刻着一条龙,剑柄是黑木嵌金,索吉尔不由得屏住了呼吸。

"你自己决定。"奥拉夫低声说道。

"好。"索吉尔双眼闪着奇异的光芒。

"你要是留下这个女孩儿,王后会高兴,我也会高兴。"

"我知道!"索吉尔一脸怒气拿起这把好剑,借着跳跃的火光转动着剑身,用手指捋着龙纹。

"做工精细。但中看不中用。"奥拉夫评论着。

"好啦!好啦!我知道你想让我怎么做。"索吉尔大喊着,扔下武器,一把抓住露西的头发,将她拖走。

皮克特人首领把剑放回袋子,然后拿出一把做工粗糙的小匕首,他指了指杰克,杰克显然不太值钱。

“开玩笑!”奥拉夫说。首领又拿出一枚色泽暗淡,别毯子用的金属别针。“再加点儿。”巨人说。两人不断讨价还价,直到地上摆放了匕首、别针和一枚细细的铜戒指,奥拉夫才举起手打算成交。他看着杰克,好像在盘算能不能再多要点儿。

不!不!杰克心想,他就要被从露西身边带走,他就要和他们一起走进幽暗的森林和那寂静的山头堡垒。忽然间他明白了奥拉夫的每一句话。

几个星期以来,他一直在听,在翻译。北欧海盗的语言和他的语言差别不大,可他不敢讲,怕被人笑话!这种想法多愚蠢啊!“别卖我。”他说。

奥拉夫把手放下。“什么?”

“我说,别卖我。”

一字眉奥拉夫嘿嘿笑道:“为什么别卖?”

杰克飞快地转动着脑筋,他明白什么都比哀求强。狂暴斗士最讨厌苦苦哀求的人。他没有一技之长,除非有人让他去抓羊。且慢,他有一个本事,他懂音乐,他不知道这能不能打动狂暴斗士。

他想都没想便唱出了诗人教过他的咒文。虽然用的是撒克逊语,可这也是没有办法的事,反正复仇者斯文会翻译的。

我会念咒,可老爷夫人却不会。
第一叫助战咒,
　　助我战斗,助我除难。
第二是制敌咒,
　　能将对手的刀刃变钝。
若敌人铐住我的双脚,
第三咒会让我行走自如,
　　锁链也会从两臂脱落。

奥拉夫看上去惊愕万分,说道:“我猜得不错吧?”

“是魔咒。”斯文惊恐地说。

“我以前听过,可记不起来在哪儿听过了,”奥拉夫说,“会伤害我们吧?”

“还是别冒险。”斯文说。

“你是吟游诗人?”奥拉夫问杰克。杰克吟唱了《贝奥武甫》的开头几句作为回答。这是他最拿手的诗歌之一,内容充满冒险刺激、曲调跌宕有致。他觉得自己的声音也相当不错,比他最后唱给吟游诗人听时还要好。

“得！把你的破烂拿走!”奥拉夫喝道,噔的一声踢开匕首,“滚,不然我一斧砍下你的脑袋。”

皮克特人小心翼翼地收拾好物品,他们的个头虽然还不到奥拉夫的一半,可对奥拉夫的威胁毫不在意。巨人一把将杰克提溜起来,大步走向狂暴斗士的营地。杰克最后看见的是修士,火光之下,他面色苍白,一脸的不快。

## 第 十 三 章

# 奥拉夫讲述来世

他们第二天起航，风很大，把大帆吹得鼓鼓的，船快得惊人。奥拉夫的船乘风破浪，遥遥领先，把其他的船只甩在南方的薄雾之中。左侧的陆地断裂后形成大小不一的海湾、海峡，海水也变成了浑浊的绿色，空气清新而狂野。船前飞着三三两两的海鸥、燕鸥和海鹦，经过礁岛时甚至会有几只乌鸦盘旋着飞起。

“奥丁神的鸟。”奥拉夫指着说。

杰克点点头。诗人告诉过他。这位北欧海盗的独眼神很少离开其位于偏远北方的城堡，可他的黑羽忠仆远飞到各处，带回战争、流血或其他足以令他们残忍主人高兴的消息。

右侧的海面出现一个灰色的鼓包。俊脸埃里克高声喊道：“嘿，鲸鱼！”他是个身高体笨的怪物，脸上斜斜地划刻着一道疤痕。

“转向！转向！”奥拉夫大吼。武士们急忙抓桨，因为一路顺风就没有用桨。他们开始追赶，那个灰色的鼓包往前逃，后来便潜入水中。“我们可把它撵得够呛，”奥拉夫回到杰克身边的座位上说道，“要不是装的东西太多，我一定会捉住它。”

“那是鲸鱼？”杰克问。他以前听说过这种动物，可绝没想到近看它是如此庞大。

“没错,年轻的斯考尔德,”奥拉夫答道,在北方话中“斯考尔德”的意思是吟游诗人。“巨魔把它们当马骑。它们长有上好的海洋象牙,还能提供村民一冬天照明用的灯油。”自打发现杰克的才能以后,奥拉夫便花更多的时间向他解释种种事物。他还教杰克词汇和诗歌。巨人会背诵很多诗歌,虽然他的声音谈不上甜美。“我希望到颂唱我的时候你有词可用。”他解释道。

杰克并不喜欢被关注,但总比被皮克特人带走强。

被留下来的奴隶只有他和露西。那些眼神凄惨的俘虏都被换成了毛皮、陶器、铁制工具、药品和一袋袋的粮食,此外还有更早时得到的战利品。所有的狂暴斗士全都富裕而高兴地往家赶,只有索吉尔不一样,她坐在船尾的岗位上,一脸绝望。有时脾气上来就揪一把露西的头发,但大多时间杰克可以保护他的小妹妹。从知道他是吟游诗人后,奥拉夫也能耐心听他的抱怨了。

其他狂暴斗士也都小心翼翼地对待他,好像杰克能放出闪电灼伤他们的皮肉。他巴不得能用一个霹雳把他们烧焦,可是他不会。*我真希望诗人教过我如何使人变疯*,奥拉夫喋喋不休地讲着海洋象牙种种用处时,杰克已想入非非了。*我把他们扔到海里喂鲸鱼*。

“我想吃面包和蜂蜜。”依偎在杰克膝头的露西说道。她学起狂暴斗士的语言比杰克还快,还用它向狂暴斗士发号施令,语气充满自信,宛如真正的公主。只有杰克知道,她正常的神志全靠这脆弱的外壳保护。只有他能看见她绝望的迹象。露西的面容变得苍白憔悴,而且还有些苍老。她的声音尖厉,近乎歇斯底里。“我现在就要吃面包和蜂蜜。”露西说。

奥拉夫笑着掀开食篮的盖子。“我要是不给你拿你会怎么办呢?”他揶揄道。

“我让我哥哥把你的胡子弄光。”

“别胡说。”杰克低声说，生怕有人让他施魔法。

“哎哟！吓死我啦。”奥拉夫说着，把她要的食物递过来。

“你表现得不错。”小女孩儿说道。她先把蜂蜜舔得一干二净，然后开始啃硬邦邦的面包。

“奥拉夫。”杰克支支吾吾地说。

“你也饿了？你们这些孩子比一群狼还能吃。”

“我不饿。”杰克不知该如何向奥拉夫说起这件事。大多数时间这个人显得很友好，可也会勃然大怒。“我是想——你并不需要露西。我的意思是她太小了，我一个人可以干两个人的活儿。我还能唱颂你。你能不能——能不能放她走？我是说把她送给修道院，好有人照顾她。”杰克看见奥拉夫的脸涨得通红，便一口气说完。“无论如何我会报答你的，我不知该如何报答，可我会的。求求你……”

杰克挨了一拳，打得他身子一歪跌进船舱，两耳轰轰直响，可他清楚奥拉夫在最后一刻收了劲儿，他不过又被小猫挠了一下，要是被大猫拍上一爪，恐怕就会上西天了。

“住手！住手！”露西尖声喊着，“我不许你伤害我哥哥！你是个，你是个大坏 *kindaskitur*！”这个诅咒完全让奥拉夫惊呆了。他笑着，吼着，摆动着身体，抱起小女孩儿直绕圈，像是跳舞，船左摆右晃得厉害。

“这么说我是一堆羊粪蛋儿啦，小奥丁神侍者。你肯定是跟索吉尔学的。”巨人一下子把她撂到一捆毛皮上。杰克爬了起来，这事值得一试，可现在他明白了，身为吟唱诗人并不能事事都保护自己。

杰克用衣袖擦干鼻血，他不敢哭，北欧海盗最讨厌的就是哭哭啼啼了。杰克抱住自己免得发抖，他俩要想活命的话，他就得泰然处之。

现在，奥拉夫坐下来继续给杰克上课，好像什么都没发生似的。

“你得学会我们讲述重要事物的方式。”他说,“光说‘船’是不行的,那不显尊敬,所以我们称其为‘海洋骏马’或‘大洋战车’。同理,剑不能叫剑,而叫‘战斗巨蛇’,为的是赞美其咬人的能力。”

杰克一直观察着索吉尔。他打断这个肯定没完没了的讨论,问道:“她怎么啦?”那个女孩儿有气无力地靠在船舷边好几个钟头了,她一动不动,一言不发。

巨人手搭着凉棚往船尾望去,说道:“你是说那个吃奶的小屁孩儿吗?她不高兴,因为她没有战死沙场。”

“我不明白。”

“她没有死,没被杀死。”

“我现在可真糊涂了。”杰克盯着那毫无生气,灰头土脸的庇护少女说道。

“我告诉过她再等等,”奥拉夫说,“我们出征时,第一次不会全都死掉,但迟早会死的。可她就是不听,总是这么闷闷不乐。”

“为什么会有人想死?”杰克尖叫道。

“这是进入英烈殿的惟一方法。你肯定听说过英烈殿吧?当然啦,你从小信的是基督教。”于是奥拉夫开始解释北欧海盗想要去的种种天堂。最好的是奥丁神的堡垒,被称为英烈殿。最棒最出色的人在那里终日激战,互相残杀。到了晚上,死者会站起来与杀他们的人通宵宴饮。有吃不完的烤野猪,喝不完的蜂蜜酒。那是个好地方,只有战死沙场的人才允许进入。

“有些武士和勇敢死去的女人被弗蕾娅女神挑走,住进她的世界。”奥拉夫解释说,“就我个人来说,我觉得那很无聊。弗蕾娅是司爱之神,所以那里没有战争。你得种田驯马,女人们纺线缝衣,与日常生活一样,只是没有苦难。”

“听上去不错。”杰克说。

“如果死于海上，会被海神埃及尔和他的妻子兰恩带走，”奥拉夫说，“那儿也是个好地方，啤酒不错，要是喜欢吃鱼的话，会觉得宴会很丰盛。各种天气都可以航行，再也用不着担心被淹死，因为你已经淹死了。要想真受欢迎，你得给兰恩带一份礼物。”

“所以在咱们的船要沉的时候你要分金子。”杰克说。

“太对了！你在用心听。”巨人满脸笑容。

“可俘虏没拿到。”

“当然啦，他们只不过是奴隶。”

“那么奴隶会去哪儿？”杰克问道。

“下地狱。”奥拉夫回答得很干脆。

“你难道不知道吗？”杰克心想。狂暴斗士把人抓去当俘虏，毁掉人的一生还不够，他们还要把人的死后世界搞得一团糟。杰克并不相信自己会进入奥拉夫所说的某个天堂。诗人说过人终究会来到所期盼的死后的世界，所以选择一个好的很重要，他说他打算隐退到极乐岛，和爱尔兰古代的国王与王后们待在一起。

巨人不再说话，举目凝视着大海，蓝色的眼睛目光柔和。天气不错，海浪不大不小，又是顺风，满载战利品的船只上方大帆张得满满的。

杰克看到露西睡着了，手里还拿着啃了一半的面包，他站起来为她盖上张毛皮。然后便站在那里，冲着深邃的海水沉思，真希望他压根儿就没有遇到奥拉夫和他的手下。与此同时，汹涌的海浪又唤起杰克灵魂深处某种思绪。他的双肺充满清新的凉风。活着真好，即便身为奴隶，这个世界也是个美丽的处所。太阳和空气对你和对索吉尔来说，都一样温暖和芬芳，说不定更好，瞧她那副苦相。

“父亲常常提到地狱，”杰克停了一会儿说道，“坏人才下地狱。”

“地狱是恶魔，不是地方，”奥拉夫纠正道，“她网罗胆小鬼、言而无信的人和不要名誉的人。她的城堡叫冰世界,里面雾气弥漫,一片黑暗,永远冰冷,除了蛇爬行的声音,周遭一片寂静。"

"我们的地狱很热,可我觉得那倒无关紧要。"杰克说,"因为那个讨厌的地方是为你不喜欢的人准备的 。可我还是不明白索吉尔为什么想死。"

"你还是没有仔细听,"奥拉夫说,"武士必须战死沙场。如果像放羊人那样病死或老死的话,就会被当做懦夫,要进入地狱城堡,与奴隶在一起。索吉尔心中的理想是进英烈殿,进不了那里她就不会高兴。"

奥拉夫命令杰克往船外舀水。这是个停不下的苦活儿,现在没有成年奴隶了,所以北欧海盗也得轮流干。和杰克一块干活儿的是傻脸埃里克,他的双臂肌肉发达,一次舀出的水是杰克的五倍。埃里克的牙齿残缺不齐,吹着不成调的曲子,有一条腿受过重伤,好像是被什么动物狠狠地咬了一口。

杰克鼓足勇气(因为他知道北欧海盗全都易怒)问道:"那是怎么弄的?"

**"啊?"**埃里克说,他的耳朵因常年斗殴而发背,所以他说起话来总是大喊大叫。

"那是怎么弄的?"杰克指了指伤疤说。

埃里克的脸上现出不和谐的笑容。"巨魔咬的。"他回答说。

"它——它这么大呀。"杰克估算着得多大的嘴才能咬出这样大的伤疤来,心中扑通扑通直跳。

**"不大,只是个小东西,牙在这儿。"**埃里克抬了抬用皮条系在脖子上的一块东西。那是一枚尖牙,样子像是公山羊的角。埃里克不太健谈,又继续舀起水来。

*这些人全都疯了,杰克一边舀水一边想。我就算知道如何把他*

们弄疯我也办不到啊。他们像狂人谷里那伙人一样，已经疯了。他们就该在英烈殿里消磨来世。

最后，这三艘船驶达一座孤岛，岛上有个小群落。用泥炭建的矮屋凸出地面，看上去像是小丘。也可以说像坟头，杰克想着，不由得打了个寒战。

这是船向东航行前的最后一站了，以后航行时就看不见陆地了，他们独自航行在灰色的大洋之上，只能与鲸鱼，既奥拉夫称作的"巨魔马"的鲸鱼为伴了。

武士们换来了淡水和鱼干。陆地渐渐远去，杰克最后又看了一眼。那是个大风不断的不毛之地，不过在最西端显出一片微光，似乎有什么东西在大海的尽头发光，那是古代诸神治理的极乐岛，古时的男女英雄们依然住在那里。或许诗人也在那里，正在苹果树下坐着呢。

东方，也就是他们航行的方向，天空灰蒙蒙的，没有一丝光亮。杰克叹了口气，摸了摸护身符。到目前为止，它仍在起作用。他和露西没有被杀，也没有被关在皮克特人黑洞洞的塔楼上。当然，他在受苦，而露西也快疯了，不过护身符只能保命，不能保人快乐。

# 第 十 四 章

## 迷 途 之 鸟

无边无际的海水让杰克感到一种恐惧。在这船过无痕的茫茫大海上,离家一天远过一天。即便能用魔法掌控了船,可他一不会划桨二不会收帆,而且根本找不到回家的路。

杰克觉得很无助,像一只趴在叶子上随波逐流的虫子,任何意外都会让这片叶子打着旋儿下沉。或许会蹿出一条海蛇怪把船吞下。奥拉夫信誓旦旦说在海上见过。

露西两眼无精打采地望着灰茫茫大海,说:“我要树,我要船停下不走了。”

“我也是。”杰克说。早先晕船的感觉又回来了。船上下颠簸着,令人的肠胃翻江倒海。船要是没有正面迎上浪头,便会有一侧抬起,船底的污水便会洒溅到大伙的脚上。杰克现在知道了为什么北欧海盗的靴子会那么臭。

起初,徐风稳稳地刮着,把帆吹得鼓鼓的,武士们全都懒洋洋的,玩起一种叫“狼和羊”的棋。棋盘上有七排小孔,孔上插有可移动的棋子。中间的棋子是狼,周围是十三只羊。羊要把狼围到陷阱里,而狼则要设法把羊吃掉。游戏很有意思,杰克不晕船时便会在一旁观看。

很快风便大了起来,浪头上开始泛起泡沫。啊,不! 千万别再遇上暴风雨,杰克心想。桅杆发出不祥的嘎吱声。奥拉夫下令收低船帆。武士们拼命划桨。巨人在杰克头顶瓮声瓮气地说:“现在该是你显身手的时候了。”

杰克明白奥拉夫的心思,希望他把海浪平息下来,可他不知怎么办。他还不是真正的吟游诗人,尽管先前他让奥拉夫认定他是。

这个令人恐惧的北欧海盗立在甲板上,从他的臭靴子、树干般的粗腿到浓密的一字眉下紧盯不放的冰冷蓝眼,无一不露出杀机。杰克知道他必须赶快做点儿什么。

“我需要绝对的安静!”杰克说道,心里却怕得直发抖。

“全他妈的给我闭嘴!”奥拉夫冲手下吼道,“我要是再听见一个字,我就送他去见埃及尔。还有什么?”他问杰克。

“我要露西到另一头去,给她点儿糖果或别的什么吃的,让她别出声,她太小了,不会明白。不过,我要是听见索吉尔折磨她,我就不施法了。”

“行!”奥拉夫说罢便踉跄着走向船尾去威吓索吉尔。

现在风更大了,海浪开始溅进船里。两名武士停下划桨,开始舀水。

我只会造雾,杰克绝望地想着。雾有什么用? 这儿连树木和陆地的影子都没有,该如何是好? 这时就好像有个声音在他耳边响起,他立时想起诗人说的话:我正在告诉你生命力是如何在地底深处的河溪中流淌的。是生命力孕育了广袤的森林和花香四溢的草原;是生命力唤来花朵和酷似花朵的蝴蝶。鹿儿寻着生命力的走向吃草;獾和鼹鼠寻着生命力的走向筑巢,甚至燕子都被生命力带到大海中央。

在大海中央! 要是鸟儿能在空中感觉到生命力,他肯定也能在这里将它呼唤下来。杰克合上双眼，心里想着环绕四周的大洋，呼吸着风中浓烈的气味。他听见了，是的，真的听见了！听见了鲸鱼在海上沿着自己的路径行进时的呻吟。他将意念投射到光线不及的地方，发现下方深处有一道火流。来吧，他召唤着，到我这儿来，请灰色的你遮住大气，将大海与天空连在一起。

阳光暗淡下来，风势也减弱了，是风离他而去，还是他离风而去了呢？湿气沁入肺中，水汽浸湿了他的衣服，但那是干净的湿气，不像舱底污水。过了一会儿他睁开眼睛，看见奥拉夫一脸的惊恐（这怎么可能呢？）。

浓雾笼罩着大海，船在轻轻摇荡。当然会这样啦。雾和风不能一同出现。杰克对此毫不知情，他歪打正着，使出这个能让海浪平息的方法。我做到了，我现在是真正的吟游诗人啦，他暗自狂喜。

不过，他记起当初在罗马古道旁停止唤雾后的情景。风再度刮起，吹散了浓雾，将他和露西暴露给北欧海盗。

杰克又合上眼睛，他找到了生命力，发现它无处不在。它在大海深处的暗流中旋动，携带着一群在黑暗中幽幽发光的生物。他以前从没有见过这种情景。他不明白为什么现在能看到它们。他感到有一群鱼贴着水面快速游动。他感觉在浓雾上空有一只乌鸦在滑行，阳光之下黑色的羽毛闪闪发亮。

一只乌鸦？一只陆地上的鸟儿为什么要远离海岸？据他所知乌鸦不会游泳，和海鸥不一样。他记得看见在农田堤坝的水里有一只淹死的乌鸦，树上满是它的伙伴，嘎嘎地叫个不停，好像举行葬礼似的。它们的举动让杰克深为感动，他蹚进水里，把可怜的乌鸦捞起，放在一块石头上好让太阳把它晒干，让它在天空下安息似乎好些。与此同时，其他的乌鸦全都在树梢上坐下，一边叫一边在树枝上倒着脚步行鞠躬礼。

这只鸟儿，雾上方的这只鸟儿一定是被暴风雨刮走的。杰克感到它已筋疲力尽，双翅酸痛，呼吸困难，不可能再飞远了。下来吧，杰克心想，到我这儿来。他不知道自己为什么要这样做，也不知道那只鸟儿能否听见。他连自己和露西都不能保护，更别说一只筋疲力尽的乌鸦了，但是让这个生灵跌入海中，他似乎有些于心不忍。

到我这儿来，到我这儿来。杰克在心中呼唤。他感到那只乌鸦摇摇晃晃，接着便从空中跌入雾中。杰克感觉到它的恐慌。不要紧，我会救你，到我这儿来。乌鸦盘旋着，越飞越低，它在盲目地下降，张开嘴正想啼叫……

……它一下撞到帆顶上，顺着湿漉漉的帆滑落到甲板上。离它最近的几个武士好像被蜇了似的跳将起来。"不要伤害它！"杰克高声大喊，他踉踉跄跄走过摇晃不停的船，把乌鸦抱在怀里，乌鸦浑身发抖，但并不挣扎离开。

这时杰克才注意到奥拉夫的眼珠都快瞪将出来。"那是奥丁神的鸟儿。"他厉声警告道，要不是他块头儿大，模样凶，杰克也许会笑出声来。"它是找你的，到这儿来找你，这里是不会有乌鸦的。"

"是我唤它到这儿来的。"杰克说罢便发现，这么一来他在北欧海盗心中的地位又提升了。

"这本事是和谁学的？"奥拉夫问他，这时乌鸦用喙发出咔咔声，把他吓了一跳。

"和我师父学的。"杰克骄傲地答道，"他教了我许多东西，比如兽语，呼风啦。还有如何对着一小捆稻草吹口气就能让人发疯啦。哎哟！"那只乌鸦用喙啄杰克的手。"这只乌鸦饿了，我也饿了。我们想来点儿鱼干和面包。"

杰克盘算着，如果要撒谎那就该撒个大谎。看到奥拉夫赶紧照办，他很是得意。不一会儿杰克便撕起鱼干喂起狼吞虎咽的乌鸦了。

乌鸦吃饱了,又喝了口水,然后钻进谷袋间的缝隙里睡着了。

杰克转身回来看望露西。“你自以为很聪明。”索吉尔用撒克逊话说。杰克早已注意到,每当她有意生事时便会说撒克逊语。她知道奥拉夫不喜欢有人威吓他的吟游诗人。

“我真的很聪明。”杰克高兴地微笑道。索吉尔回应他的是双唇紧闭。

她靠在舵上,此时她的技艺派不上用场。北欧海盗全都卸下船桨,舒展开手脚。这时简直可以算得上风平浪静。“你注意到没有,他们并没有把帆升起。”她说。

“为什么要升帆呢? 没有风啊。”杰克说。露西爬上他的膝头,吸吮着大拇指,茫然地望着船四周的灰暗。

“他们也没有划桨啊。”

杰克的心里浮现出某种感觉,某种仍无法看清的威胁。“为什么呢? 难道没有头脑的狂暴斗士也会累?”

索吉尔的脸色变得比平时更加难看。杰克知道自己在嘲弄她,可他不在乎,看看她敢不敢伤害他!

“你以为自己安全了。要是雾不散去,你知道奥拉夫的好心情能持续多久?”

“我让它散,它就会散。”杰克说。

“我纳闷儿。我纳闷儿一个真正的吟游诗人到底能教一个用人多少小把戏。或许你不过是偷学了一两个容易的招数吧?”

“我不是小偷!”杰克气哼哼地说。

“你说你能和动物说话,还能往稻草捆上吹气让人变疯。要我说的话,你这个吟游诗人也太年轻了吧。我只见过一个吟游诗人,长着一把又长又白的胡子。就是他也不是我们的对手。我们的国王把他逐放到大海之上。”

“等等。”杰克心里闪现出一个可怕的念头。“那是多久以前的事？”

“三年前。”索吉尔说，“王后本想烧死他，可国王对他很仁慈。换了我可不会！伊瓦王上了年纪后心肠变软了。”

杰克不禁脊骨冰凉。“伊瓦王……无骨……？”

“当着他的面可不能这么叫。”索吉尔大笑，笑声刺耳，就像从地板上猛然拔出一枚钉子。“遇到王后前他可叫勇者伊瓦。王后是真正的武士，我长大后要当王后的狂暴斗士，要杀死成百上千的敌人。”索吉尔的脸上第一次泛起某种幸福的神情，人似乎变得漂亮了。

“无骨伊瓦。”杰克轻抚着露西的头发，喃喃地说。

小女孩儿依偎在杰克的怀里，她说：“听起来好可怕啊。”她的手臂那么细，脸颊的皮肤也松下来。他知道自看不见陆地以后，露西几乎就没有吃过东西。

“他的确很可怕。”索吉尔俯下身子，享受着恐吓露西的乐趣，“他的眼珠就像剥了皮的鸡蛋，正中央点了两个淡淡的蓝点。他发疯时，他总是发疯，在大厅的另一头都能听见他咬牙的声音。”

“露西，我不会让他伤害你。”杰克说，尽力不让声音带出恐惧，“我受过吟游诗人的训练，伊瓦虽然把他扔进海里，可他却像软木塞一样漂到我们那儿。”

“你！”索吉尔大呼起来，“你受过——奥拉夫！奥拉夫！”她一跃而起，用北欧海盗的话高声大喊：“这个奴隶说他受过龙舌的训练！”

奥拉夫嗵——嗵——嗵走到船尾，将露西扒拉到一边，一把揪住杰克的外衣，把他提溜起来。奥拉夫的脸紧冲着杰克，连眉毛都看不清了，呼出的鱼腥味杀得杰克的眼睛生疼。片刻后，巨人把他丢进舱底，吼道：“现在许多事情都明白啦。”

复仇者斯文放下船桨,也来到船尾:“王后认定那个爱惹是生非的老家伙骗过了那伙人。”

“所以她才派梦魇去消灭他。我看到梦魇了,我以为……”奥拉夫摇了摇头。

“我们也都这么以为的。”斯文说。

“派我们去是要恐吓当地人,让他们知道收留王后的敌人是不明智的。我应该确认龙舌真的死了。我犯懒了,没有完成任务。”

“奥拉夫,不要自责了。”斯文说,“看到这么多好东西可抢谁会放过呢?以奥丁神的眉毛起誓,我们开心极了。”

“是啊,可我应该找到尸体。”巨人懊丧地说。

“我看见了梦魇。”露西突然说道。杰克用手捂住她的嘴,怕她泄露出诗人活着。“别拦着我!”她抓下杰克的手喊起来:“它在天上尖叫,到处都在下冰。我想回家,可爸爸说不行。我就哭啊哭啊!”这时露西抽噎得说不出话来。

“梦魇可不是随便说的。”奥拉夫的语气温和,大大超出杰克的意料。“它的武器是铐住人的头脑,会让剑从最强壮的武士手中脱落。如果它——她——找到了龙舌,那他活命的机会就微乎其微了。”

“她的确找到了他。”杰克说。让露西不停地哭吧,他默默地祈祷,别让她坏了我编的假话。“我当时在场,看见他倒下。”杰克低下了头,希望给人那是致命一击的印象。从某种程度上说,诗人的确死了,他失去了理智,他什么都不是了。

“噢。那么就没什么事啦。”奥拉夫说罢高兴起来。

“可这个奴隶是他的徒弟。对他我们该如何向王后禀报?”斯文问道。

“一字不提。”奥拉夫答道,“我们完成了任务,又抢到一船的财物。干吗要打乱整个计划?"

"我觉得隐瞒事实是胆小怕事。"索吉尔说。

"要是惹恼王后就不妙了。"奥拉夫赔着小心说,"这个年轻吟游诗人对我们有用,再说,吃奶的小屁孩儿,你其实是说我是个胆小鬼,那也不妙啊。"巨人的话里带有明显的威胁。

索吉尔的脸涨得通红,但什么也没说。她狠狠地瞪了杰克许久,杰克心想,那表情看上去为了能折磨他,索吉尔不在乎惹恼王后。

"相信我,让王后生气会毁掉你成为王后手下的机会。"奥拉夫说。

索吉尔皱起眉头,说:"你总是高我一招。"

她回去继续看舵,奥拉夫和斯文也回到船头的岗位。杰克抱起夹在篮子和袋子之间的露西,回到他原来待的地方。

大雾仍萦绕在海面上,四周什么都看不见,他们被灰蒙蒙的湿气团团围住,就像被困在洞穴里一般。天色渐暗,太阳快下山了,可仍无法辨认东西,武士们懒洋洋地坐在桨边,也不怎么讲话,似乎有什么烦恼。

"龙舌是谁?"露西问道。

"你不认识。"杰克说,指着缩在谷袋间的乌鸦让小妹看。露西想和它玩,杰克用一小条鱼干把她岔开。她听话地吮了吮,随后就把它扔到正在睡觉的乌鸦身边的甲板上。

"我想吃妈妈做的饭。"她说。

"小乖乖,你一定得吃点儿东西啊,用不了多久我们又能回到陆上了。"

"我们永远也到不了陆上。"露西哼哼着说,"我们要永远待在这里,和那些臭烘烘的怪物待在雾里,永远,永远,永远!"露西把消瘦的小脸藏到杰克的怀里。

“真正的公主可不会这么说,”杰克说,“她知道这不过是历险,魔法会在她需要时出现。”天啊,这话听起来真像父亲,杰克想。

“魔法最好快点儿出现。”露西说。

“已经出现了。这只乌鸦是从极乐岛飞来的,它被派来守护你。”

“它能满足我三个愿望吗?”露西说着从北欧海盗在村子里抢来的衣服中扯出一件斗篷。杰克帮她把斗篷披在肩上。

“机会合适时才行。”杰克说,“它现在很累,飞了好远的路。”

“我要一间温暖的屋子,里面有火,有软床。我要妈妈和——和——爸——爸爸。”她又开始哭起来。

“记住,愿望不总是能马上实现的。”

想必是鱼干的味道钻进了乌鸦的梦乡,它啪地啄了一口,弯了弯爪子,可眼睛还是闭得紧紧的。

“看它的爪子。”露西小声说。

杰克不由得颈后汗毛倒竖。光线越来越暗了,可他还是清清楚楚地看见那只乌鸦的左脚的爪子没有了,像是被狐狸咬掉的。他认识这只乌鸦,就是吟游诗人丧失理智后留下没走的那只乌鸦,就是那只向杰克骗取食物、倾听杰克讲述焦虑的乌鸦。

据说吟游诗人得从鸟那儿获得消息,虽然他从来没有教杰克如何获得。“我真希望能听懂你的话,”杰克说着伸出手捋顺了它湿漉漉的羽毛。“我真想知道你为什么一直跟我到海上。不过你这样做我真高兴。”而这只睡梦中的乌鸦仿佛听见了他的话,抖了抖羽毛,在谷袋之间躺得越发舒服了。

# 第十五章

## 勇　敢

杰克睡得很香，他现在已经习惯了，随便找个角落，蜷在那里就能睡着，海的波动非常轻柔，几乎完全感觉不到。当第一缕光线爬到船上时，他醒了。

这缕光线并不透亮，雾从四面八方压过来，用湿冷笼罩着一切。水从绳索上滴下来，渗进杰克的衣服里，将他的头发打湿，黏成一团。他往船外望去，只见天海融为一大团厚厚的蓝灰色，无论从哪个方向，都只能看几英尺远，觉得船好像飘在云中一般。

他听见武士们也醒了——有人伸懒腰，有人咳声叹气，有人打嗝，还有人往船外小便(现在仍没有一丝风)。他们谁都不说话，这很反常，先前他们醒来总要随口骂上两句，开些粗俗的玩笑。

露西在斗篷下动了动，杰克没有叫醒她，她睡得越久，躲避在梦乡中的时间就越长。那只乌鸦一条腿跳到栏杆上，蹲在那儿，焦躁地嘎嘎直叫 。杰克确信它是只"公乌鸦"，尽管说不出为什么。

"你不要从这儿飞走。"杰克说。乌鸦像人说话似的轻轻咕了一声，把杰克逗笑了。他为吟游诗人观察野生动物好几个月，所以颇能理解乌鸦的心情。"这雾气就像巨魔的口水一样讨厌。昨天我巴不得风快停下来，可今天我却巴不得风快点儿刮起来。"

“唤风是你的活儿。”身后传来奥拉夫低沉的声音。杰克连忙抓住栏杆免得吓成一团。这位武士块头儿这么大，可走起来却毫无声息。

“我还以为你希望风平浪静。”杰克做好了挨打的准备，因为奥拉夫不喜欢别人顶嘴。

“没错，可我现在想要阳光。”

“雾气向来不会停得太久。”杰克赔着小心说。他不知道如何呼唤风，他想争取时间，“我相信下午会散的。”

拳头没有落下，可奥拉夫的那只巨掌捏得杰克肩膀同样生疼。“听好了，小吟游诗人。我们被困在这里，分不清东南西北。如果我们划错了方向，我们就到了无边无际的大海上。用不了多久淡水就会用光，到时我们就只好喝你的血了。”奥拉夫声音不高，很平静，可比他大喊大叫更吓人。

“好吧。就按你说的办。”杰克答道。那只重重的手掌移开了。杰克坐在谷袋上，心怦怦直跳。乌鸦仰起头，发出一串咕噜声。

“你要是觉得可以做得更好，那我就让你试试。”杰克说。

乌鸦上下晃动着身子，好像在说，*不是我，小伙子，那是你的事*。

“没错，是我的事。在这儿，我是吟游诗人。”杰克不停地说话，想以此来平息越来越强烈的恐慌。他根本不知道该怎么办。“你不是想待在这儿吗，我最好给你起个名字。叫……‘歪歪’好不好。”

乌鸦嘎嘎地高声大叫了好几声，整得北欧海盗赶紧握住脖子上戴的护身符。被巨魔咬伤他们可以一笑置之，可一只平常不过的乌鸦却让他们惊恐万分。“你*真*是个歪歪，你一只脚的爪子被狐狸咬掉了，你连路都走不直。”

乌鸦猛地朝杰克的脸啄了一口。

“噢，太好了。我觉得你一定进行了勇敢的反抗，那我就叫你勇敢吧。”

乌鸦听到这么说向后翻了个筋斗，落到栏杆上，耸起了羽毛。看上去对它的新名字非常满意。

“你若不介意的话，我现在有事儿要干。”杰克说。

他静静地坐在谷袋上，心想：怎么办，怎么办？勇敢沿着栏杆直跳到杰克眼前，向空中扬起双翅，发出哀号，好像看见了老鹰似的。这只鸟能发出这种声音，真是太不寻常了。

“那是什么意思？”杰克说，“我可没有时间玩耍，你若想吃东西，得等我忙完再说。”说罢杰克闭上眼睛，准备将意念投到生命力上。出乎他的意外，他一下子就找到了生命力，可谓是轻车熟驾了。

他感到下面深处有火，而且不仅仅那里有火，生命力在海里，在空中，在四面八方散发着，好像音乐，一起流动着，使万物充满欢乐。杰克觉得自己同时出现在十几个地方，既跟着一群在高空中排成人字形的大雁一起飞行，又随着一大群鲱鱼在水中游着，先是往一个方向游，受到惊吓后全体一致转身游向另一方向。真是太奇妙了！好像活了上百次一般。

最后，他想起自己的任务，将意念向更深的地方投去。回到我这儿吧，杰克默默在想，将海与天空分开吧，将云与雾召回吧。杰克不知道这些话是怎么来的，只是觉得这么说好像没错。他感到有一股暖意从深邃的火里升起，穿过寒冷的黑暗，将冰冷的洋流推到一边，向他而来，暖意通过时，鲱鱼四散开来。暖意就像一张撒开的巨网，在这儿，在那儿，在各处捕捉雾气，海面泛起无数的涟漪，他听见人们在远处叫喊。

“杰克！杰克！”露西摇着他哭喊。

他睁开眼睛。水一个劲儿地往下流，他几乎什么也看不见。北欧海盗一边咒骂着一边奋力保护易坏的物品。大雨如注，奥拉夫命令每一个人开始舀水。

“让雨停住吧。”露西吓得瞪大双眼,高声喊叫。

杰克把她紧紧抱住。他的意念拒绝停下,他只能眼睁睁地看着身边遭到的破坏。勇敢跳到杰克的膝头,用喙去顶露西的胳膊。“他喜欢我。”小女孩儿暂时分了心。

杰克心想,乌鸦只是不想被弄湿罢了,可他嘴里却说:“它当然喜欢你,它来这里就是为了保护你。”露西冲杰克淡淡一笑。船里的水几乎到了她的膝盖,要是再深些船就会沉了。

“你!诗人!想想办法!”奥拉夫吼道。杰克合上眼睛,拼命寻找生命力,而在大地中流动的力量却无法强行接近。杰克试了又试,但只能听见哗哗的雨声,只能感到船上的积水慢慢爬过他的双膝。无论武士们多么飞快地往外舀水,雨水落得更快,现在船已满载,刚刚冒在海面上,每一滴水都让它更贴近灭顶之灾。

就在他们似乎无法再撑下去时,雨忽然停止。北欧海盗继续奋力舀水,很快船底只剩下一英寸的污水在他们早已湿透的靴子间荡来荡去。四周仍然雾气缭绕,但头顶上方现出了一道裂缝,亮出一小块儿蓝天,表明他们没有完全与太阳隔绝。

“你差点儿淹死我们!”奥拉夫用脚踢着一堆湿透的衣服,大声咆哮着。“一半战利品都被你毁了!”他怒气冲冲,横冲直撞,船也跟着摇晃。

“小孩子脾气。”露西小声说。

她的评论太出乎意外,太准确了,杰克不由得笑出声来。他已惧怕得太久了,已经都不知道什么叫惧怕了。奥拉夫就像一个蹒跚学步的巨大婴儿,一会儿踉踉跄跄地走路,边走边大吼大骂,湿淋淋的胡子搭拉着,像一条条老鼠尾巴。一会儿又一屁股坐在甲板上,两腿又蹬又踹。杰克直笑得上气不接下气,等他回过神儿时,发现其他北欧海盗也都一边互相拍着后背,一边哈哈大笑,只见奥拉夫愣在那里。

“你们——你们——”他气喘吁吁地说,接着面部抽动着,也大笑起来。他仰着头,笑声犹如雁鸣一般:嘎——嘎——嘎嘎——笑得泪水从脸颊流落到湿淋淋的胡子上。还可以听见露西稚嫩的笑声,就连勇敢也都蹦上蹦下个不停,陷入狂喜。

这种情况持续了几分钟,杰克感到生命力在他们四周闪动。每一个人心里都很高兴,他们还活着!呼吸着新鲜的空气,面前的大海犹如一条通往无尽可能的大道。笑声过后,武士们倚着船舷喘个不停。

“嘿!年轻的吟游诗人,你这一招可是够悬的。”奥拉夫终于开口说话了。“不过你真的让雨停了,所以我不会杀你。”

杰克清楚自己刚才什么都没干,只是天上的雨下光了而已,但他不会告诉奥拉夫的。

天边的乌云依然堆得很厚,无法看清太阳在哪里。奥拉夫往挂在脖子上的荷包里摸着什么,杰克靠过去,巨人注意到他感兴趣,便伸出双手。杰克看见一块纯净的长方形石头,像冰块一样闪闪发光,透明但并非无色。

杰克想摸摸这块石头,奥拉夫一下攥住,说:“嘿,不许摸。我可不能让你吸走魔力,这是我的太阳石。”他高抬手臂,让石头冲着云层中蓝色缝隙,光线透过石头,呈现黄色,有如猫的眼睛。奥拉夫缓缓地转动身子,转到某一点时,石头里的光线变成了蓝色。杰克看得目瞪口呆。

“你不是惟一有魔力的人。”巨人嘟囔着转动身体,那块石头变回原来的颜色。奥拉夫转了一圈又一圈,直到满意后才停了下来。“它能指出太阳所在的方向,”巨人解释道。“在那儿,”他指着说,

“那是东边，太阳就在那儿。你看，颜色很蓝。”他转动着身子，杰克看见石头由蓝转黄再转成蓝灰色。“那是西边，我们就是打那儿来的。”“好啦，你们这群懒猪！赶快干活儿吧！”北欧海盗立刻架好桨，开始划船。

他们向东方进发，奥拉夫时不时地查看一下方向。不一会儿云开了，奥拉夫便收起石头。阳光令每个人精神抖擞，武士们一边划桨一边唱道：

有时我来得太早。
有时我来得太晚。
啤酒不是被喝光，
就是还没有酿好。
人生苦短啊，朋友，
人生苦短。

有时我应邀赴宴，
可我在家已吃饱，
腹中已塞满火腿，
桌上的不觉再好。
人生苦短啊，朋友，
人生苦短。

他们唱完这首后（这首歌有好几段歌词），又开始唱起另一首，嘹亮的歌声响彻海上：

牛会死亲人会亡，
房屋也会化成灰。
惟有勇士的名声，

万古流芳。

船只会沉入海底，
王国会化成粪土。
惟有勇士的名声，
永垂不朽。

名声永不朽！
名声永不朽！
名声永不朽！

最后几句歌声响彻蔚蓝的天空，杰克不禁全身战栗。他突然明白了是什么在驱动这些凶猛武士。他们的生命短暂，但每时每刻都激情燃烧。他们知道自己在劫难逃。有一天，现在对他们笑脸相待的奥丁神会给他们套上心锁。奥拉夫也这么说过。奥丁神是个诡计多端的神，他支持他的斗士，不过他的真实意图是为其殿堂挑选最棒的斗士。总有一天剑会从他们手中跌落，无力抵抗面前的敌人，然后被召到英烈殿进行永无休止的战斗与死亡。

明知如此，北欧海盗仍旧要战斗。这是勇敢、是疯狂、是愚蠢至极，但也是高贵。

风好像对激昂的歌声有所回应，将红色米色条纹相间的船帆吹得鼓鼓的。北方人欢呼起来，因为海神埃及尔和他的妻子兰恩回应了他们。他们高声谢过这两位海神，放下手中的船桨。

*名声永不朽！*杰克发觉自己被感动了，这真令人气愤！他怎能同情起这些杀人狂呢？他应该恨他们才对，可是他恨不起来。

*你的防护被撕开了*，很久以前诗人就对杰克说过，*现在，任何事物，无论是雏鸟跌出巢穴的窘境，抑或老鹰俯冲而下要叼食雏鸟的可*

怕雄姿,都足以震撼你的灵魂。不幸的是,你还没有做好准备去面对种种现实时,却不得不面对它们。

“如果事实真的这样,我也就不多想了。”杰克对乌鸦说。勇敢把头歪向一边。“你现在可以舒展舒展翅膀了,”杰克告诉它,“我希望其他的羽毛也能很快干起来。”

当他看到谷袋湿得一塌糊涂时,心情沉重起来。谷袋上面虽罩有油布来保护,但下面受到水的浸泡。成袋的面包摊成了一堆,干鱼湿透变软,豆子已经开始膨胀。杰克想起村民们生产这些食物付出何等的辛苦,而北欧海盗为了抢夺这些食物又是如何杀害了他们时,他真想抄起船桨向一字眉奥拉夫的脑袋抡去。

全都完了。所有的残暴行径到头来不过是竹篮打水一场空。

杰克找到一块奶酪哄露西。北欧海盗一个劲儿地啃着发软的干鱼,想必是要在烂掉之前全都吃到肚子里。傍晚时分,在船头瞭望的俊脸埃里克大叫起来,说他看见了陆地。杰克眯起眼睛向风雨欲来的东方看去,看见一团白云从海面升起,驶近一些后,云团就像一条向上缓慢流动的白色河流。杰克看得出神。原来是雾向上漫过林木葱郁的山丘,他听见远处有海浪碎成浪花的声音。

“我们现在在哪儿?”奥拉夫问道。

“从山的样子看,我觉得我们进了恶爪马格努斯的地盘。”一个武士说。

“不对,不对。从那个峡湾流来的洋流成S形,”另一个武士反驳道,“我们是在碾拇指者吉祖尔的地盘。”

“那个不讲信用的坏家伙!”奥拉夫喝道。

“这两个人不是曾被人称作‘好人吉祖尔’和‘快乐的马格努斯’吗?”杰克暗想。

“还是请咱们的高手出马吧。”复仇者斯文说。

船桨尽头站起一个人来，杰克先前几乎没有注意过他，纳闷儿他在船上能干些什么。他太老了，好像划桨也划不动了，更别说挥剑上阵了。他头戴一顶皮帽，帽下搭拉着几缕凌乱的头发。他骨瘦如柴，两只手上尽是老人斑。他弯着腰，吃力地慢慢走过来，因为在桨位上坐得太久，关节都僵住了。

"鲁内，您能帮帮大伙吗？"奥拉夫礼貌地问道。杰克好生诧异，这位巨人从不求人，常常带着威胁的口吻发号施令。

"行。"鲁内声音很低，杰克得竖起耳朵才能听见。接着他看见老人脖子一侧有一道可怕的疤痕，鲁内能喘气就令人称奇了，更别提说话了。

武士们帮老人脱去衣服。如果说他穿着衣服显得可怜兮兮的话，那他赤裸着身体时更叫人惨不忍睹，浑身上下不是刀伤就是斧伤，皮肤皱巴得像干苹果，膝盖和肘部因老人常患的骨痛而肿胀。

人们在他腋下系了一条绳子，把他从船舷放下。杰克听见他入水时扑通一声。"慢点儿。"奥拉夫吼道，"我们可不是在这儿钓鲸鱼。"杰克听见鲁内用手臂哗哗地划着水，听到他把嘴里的水吐出去。每一个人都静悄悄地站着，等着。几只好奇的海鸥在船顶上盘旋，天色已晚，它们飞了几圈便返回陆地了。

"好了吗，老朋友？"奥拉夫问道。

鲁内肯定说的是还没好，因为北欧海盗没什么反应。最后老人被拽回到了船上，浑身滴着水，瑟瑟发抖。奥拉夫赶紧用毛皮裹住他，递给他一袋酒。"海水不像我们年轻时那么暖和了吧，嗯？"他说。

"它从来都冷得像巨魔的屁股。"鲁内细声细气地说。

奥拉夫大笑，问道："你能给我们讲讲吗？"

"海水有松树和杉树的味道。这味道是一条源自高山上的急流带来的。水流弯弯曲曲的，好像蝰蛇爬过沙地似的。水流是黑色，海水是绿色，因为来自雪地，所以水流沉在下面。空气中有熏鹿肉和新挖出的泥炭味道。一阵微风从北边不远处的山谷吹来，飘浮在水面上，沿河而上。”鲁内不停地说着，细节讲述得令人惊叹，他最后说道：“我们现在进到碾拇指者吉祖尔的地盘。朝北航行一小时就可抵达他的村庄。”

武士们围在老人身边，太阳已经下山，灰色的夜笼罩着大海，与仍弥漫在葱郁山区的雾气连成一片。星星已零零散散在天空闪现。

“谁想去撒撒疯？”奥拉夫轻声问道。

# 第 十 六 章

## 碾栂指者吉祖尔

“我去！我有权利去！”索吉尔说。船已被拉上海滩，武士们亮出武器，借着一小股火光进行检查。

“你的权利是我的命令。”奥拉夫说，“我要你护船。”

“为什么让我？”

“那让谁看你的奴隶？”

“我不想要她！”索吉尔高声说道，“她瘦小无力，毫无用处，我本想用她换把剑，可你不让换！”

“你太会利用我和你父亲的友谊了。”奥拉夫说道，语气平静而温和。杰克已经发现，当他要发怒时便用这种语气说话。

索吉尔肯定也意识到了，因为她软了下来，说：“我只是想让你为我骄傲。”

“我是为你骄傲，但你必须学会守规矩，”奥拉夫说，“宽肩埃里克和鲁汉埃里克留下来陪你。他俩怕黑，去了也没什么用。鲁内也留下，盯着你好好对待露西。”

“鲁内。”索吉尔嘟囔道。

“你若还需要武士，我可以照顾我妹妹。”杰克满怀希望地说。要是走运的话，这位庇护少女可能会战死沙场。

“我,不用。你要一块儿去。”奥拉夫说。

“我?”杰克喊道。

“他?”索吉尔也同时尖叫起来。

奥拉夫提着索吉尔的脚踝骨,将她头冲下提起,直抖得她喘不上气,连人都骂不了。“规矩。”他嘟囔了一声,将她扔到沙地上。

他把杰克拉到营火旁,挑了一把刀让他带上。“刀是用来护身的,你不要参加战斗。”奥拉夫说。

“别担心。”杰克说。

“我知道抢劫有多么刺激。”巨人拨弄着杰克的头发,慈爱地说。那力道好像是一记重拳。“无论你多么想加入进去,都要忍住。”

“我不会参加抢劫,你放心吧。”

奥拉夫蹲下身,直到与杰克脸对着脸,两眼在火光的照映下闪闪发光。“我希望你能为我写一首颂歌,虽说你是年轻的吟游诗人,可鲁内的喉咙被毁了,我们就指靠你了。”

“当时他也,”——杰克咽了一下口水——“也在观战?”

“对。他当时本应该作诗,可是他忘记了,径直参加了战斗。我不会怪他,他曾经是最棒的武士,可骨痛病征服了他。总有一天,我会带着他去偷袭,让他手里握着宝剑死去。”

“你太好了。”杰克说。

“可不是吗?”奥拉夫满脸笑容地说道,“记住把这也写进颂歌里。”

杰克看着武士们拿上武器,多数人拿的是剑,也有几个人只拿着短柄利矛,所有的人全都带上了斧子。有一个人带了一捆火把和一罐点着的煤炭。每一个北欧海盗都披挂了两副盾牌,一副在前胸,一副在后背,盾牌是用木头做的,看上去不怎么结实。

最引人注目的是一字眉奥拉夫,他的手下戴着皮帽护头,而他戴的是钢盔。钢盔的顶部有一道隆起，好似鸡冠一样，两侧各有一块护板，用来保护脸颊，但最令人生畏的是附在头盔前面的鹰脸面罩。鹰喙向下罩住奥拉夫的鼻子，他的双眼透过孔洞凝视着，令他看上去神秘而可怕，好像是天外来客。

与其他人不同，奥拉夫披戴着锁子甲。腰上挂着巨剑和两把飞斧。看上去就让人胆战心寒。杰克心想，不管是谁在半夜碰上这个巨人武士，都会被吓死过去。

午夜时分，弦月西挂，奥拉夫说吉祖尔的哨兵应该睡着了。要是能用复仇者斯文背着的那袋半烂的鱼把看护犬引开的话，武士们就可以随意活动了。

“那样的话，不用战斗就可以想拿什么就拿什么。”杰克说。

奥拉夫一拳把杰克打个四脚朝天。“你把我当成不知荣辱的畜生了吗？要是我不用战斗就拿吉祖尔的东西，那和贼有什么两样。那就是不尊重他——虽然他是个背信弃义的人。”

杰克坐起来，努力让头脑清醒，他永远都无法了解这些怪物。

“还有一件事你必须明白。”昏头昏脑的杰克听到奥拉夫说，“我们还要喝狼茶。”

杰克抬头看见一位武士把一口锅从火上搬开，热气围着他的脸往上冒，空气中半苦半甜的气味向他飘来，他不禁汗毛直立。他闻过这气味！就是他在海上找到的那个盒子的气味。

狂暴斗士是人还是狼？杰克问过诗人。

他们平时是人，老人答道，可喝下这种植物做的茶后，他们就变得像疯狗一样。他们能咬穿盾牌，赤脚在犬牙交错的岩石上奔跑而全然不知，无论是火焰，还是刀剑都不能阻止他们。

“我们喝了后，”奥拉夫说，“我们就变成别的……和现在的我们不一样了。”

“你们变成了狂暴斗士。”杰克说。

“我们一直都是狂暴斗士，”奥拉夫解释道，“我们生来就是狂暴斗士，世代相传。不过，我们可以选择什么时候发狂……或是说我们大多数能这么做。”巨人面部扭曲，杰克认为他很痛苦。“索吉尔的父亲是我们当中最棒的，但会不由自主地发狂。索吉尔出生前，她哥哥索里尔在父母房前玩耍，那时他才三岁，父亲进入狂暴斗士的狂暴状态，杀死了他。”

杰克震惊得说不出话来。

“那不是他的错，他命该如此，他儿子刚好挡住他的路。总之，这件事得出的教训就是别挡住我们的路。”奥拉夫摇着头说，“当我们喝过狼茶后，我希望你在身上涂抹上这种树的树叶，这样你的味道会和我们一样。我们变成狼后，我们的鼻子非常灵，凡是味道与我们不一样的就是敌人。”

武士们围着火蹲着，当铁锅传到面前时，每一个人都大喝一口，轮到杰克时，奥拉夫捞出树叶，揉碎涂在杰克的胳膊、腿和脸上，并把碎渣倒在男孩儿的外衣上。茶汤很温热，但被海风一吹很快就变凉了。那气味令杰克神经兴奋，心跳加速。他一下子能注意到十几种事物：野兔悄悄穿过灌木丛时的窸窣声，岸边海浪的嘈杂声，还有气味——死鱼、林中树叶、松树和火的味道，尤其是死鱼的气味。

杰克很想在这堆烂东西里滚一滚。

他听见一种奇怪的响声，看见武士们开始大口大口地喘气，眼睛在火光中闪着黄光，舌头从嘴里伸出。奥拉夫一声低吼，令杰克不禁毛骨悚然，可同时又令他兴奋异常。他想跑啊跑，不停地跑，浑身上下充满着渴望。

奥拉夫一跃而起，其他人也跟着奔出，杰克根本不可能跟上他们，可他听见他们在前面奔跑，听见重重踩在沙地上的脚步声。他们在海边掉转方向，越过一座草丘，蹚过一条小溪，咔嚓咔嚓地蹚过一片长满欧洲蕨和沙草的田野。青草的气味从地面升起。他们来到一处悬崖边上，忽地止住脚步。

这段路真够长的，杰克赶了上来，跑得上气不接下气。狂暴斗士们仍在喘息，互相激动地推搡着，像是一群等候命令要将鹿扑倒的猎狗。

悬崖之下，借着月光隐约可以看见一片房屋。山谷充满牛、马、狗和人的气息。清爽的森林和大海气味之后，是浓郁的粥食味道。这气味让杰克感到高兴，可又说不出缘由。平日场院的气味总是让他讨厌。

复仇者斯文背着那袋烂鱼爬下悬崖。过了一会儿，杰克便看见他黑色的身影沿着房屋下方的海滩移动，他身后有一些较小的影子在跳动，为得到一份美食而呜呜地哀叫。

奥拉夫把火炬点燃，分给手下。他的头盔在火光中闪着红光，而眼洞黑黢黢的，好似空洞一般。

“出发！”他吼道。

狂暴斗士尖叫着，顺着溜滑的石头向悬崖下冲去。他们争着向房屋跑去，口里仍然尖叫着，将火把扔到屋顶。十几处茅草屋顶被点着了。有一扇门开了，一位村民一边拔剑一边往外冲，可他被石头击倒了。狂暴斗士在悬崖上备足了不花钱的弹药。更多的村民踉跄闯出，他们或被棍棒打死，或被短矛击死，或被利剑刺穿，或被斧头砍得脑浆迸裂。这一切发生得太快了，杰克一时都没有回过神儿来。

村民们也没回过神儿来，他们被这场突袭弄得晕头转向。他们东突西窜，高呼救命。而狂暴斗士却把他们摔倒在地，把他们剁成肉泥。血流遍地——在跳动的火花中，血的颜色是黑的。

房屋开始猛烈燃烧，里面传来妇女和孩子们的哭叫。有些人想逃，却同样遭到粗暴的对待。杰克站在悬崖上，无法移动，也无法将目光转开。他看见奥拉夫站在一个女人面前，把她的孩子抛进火堆；他看见火星四溅的屋顶塌落下来；他看见狂暴斗士驱赶着牛群，他们怒气未消，便砍杀这些牲畜来出气。

杰克不知道自己在悬崖上站了多久，当他回过神儿后，他看到天已放亮，房屋塌成一堆堆冒烟的废墟。狂暴斗士围着废墟拨弄着，找寻被埋的银器，他们从没有被烧的库房里抢出成袋的谷物和干鱼。有一棵树上拴了三头牛，还有一匹背上贯着一条黑纹的白色骏马仍然活着。

仅此而已。

杰克以前听那位来自神圣岛的修士说过，他听过神圣岛被毁的可怕故事，可并没放在心上，那不过是个故事，就像父亲喜欢一遍遍重复的那些有关圣徒的可怕传说，或像贝奥武甫与格兰的战斗。可这次是真的。

他爬下悬崖，来到岸边，走到海水里。他能游到海天相连之处，越游越远，直到筋疲力尽，无法漂浮为止。然后循着只有已故灵魂才知道的路径，他或许来到极乐岛。诗人会拿着竖琴坐在那里。他会说：嘿，你好，小伙子，天气不错嘛。不过，他更可能会说：你是怎么啦，为什么留下妹妹一个人受苦受难？

“她不会有事的，”杰克告诉老人，这时冰凉的海水在他双腿之间泛着白沫，“她那么漂亮，就连北欧海盗都喜欢她。索吉尔打算把她献给王后。”

我没听错吧？诗人会说，我们说的是格兰的姨娘弗丽斯吧？

杰克继续往海里走，一个浪头劈头打来将他掀翻，鼻孔里灌满苦咸的海水。护身符荡了起来，打在他的嘴上，它的热和海水的冷一样令人震撼。他挣扎着站出水面，蹚着海水，一面咳嗽一面喷着水，这时护身符的热量传遍了全身。

头顶上一群燕子在清晨的云间盘旋。其中一只像箭一般直冲而下,直到近得能与杰克对视才掉头飞去,拍打着尖尖的双翅,又回到空中的伙伴之中。

*必须用生去搏斗死,生就是勇气,就是快乐。*诗人会坐在苹果树下这样说。

杰克奋力走出大海,一边走一边说:“没有人告诉过我活着比死还难。”他坐在海滩上,在温暖的阳光下把衣服晒干。

“我希望你在思考,然后赞美我。”一字眉奥拉夫说着扑通一声坐在地上,用沙子擦干剑上的血污。

## 第 十 七 章

# 鲁 内

杰克待在相对安全的船上看着北欧海盗在岸上进行庆祝。首先他们把刚抢来的东西摊开进行欣赏,从废墟中挖出相当多的银器,成袋成袋的干豆和谷物在沙地上摆成一排。复仇者斯文把它们摆成不同的图案,然后退回几步看看效果。他用粮袋沿着银器摆了一个大大的弧形。宽肩埃里克虽然怕黑,可杀起那三头幸存的牛来却毫不手软。鲁汉埃里克挖了一个深坑用来烤牛。

最有意思的要数在仓库的屋檐下找到了一块块脏兮兮白花花的东西。起初杰克以为是一种奇怪的面包,可是武士们兴奋的举动说明它们根本不是面包。“盐!”奥拉夫叫道,每只大手各拿起一块跳起舞来。

“盐!盐!是盐!”其他人也尖叫起来,把盐坨扔来抛去,有时停下来舔一舔。

“盐!”索吉尔头上顶着一坨盐,大声尖叫。

“盐有什么稀罕的?”露西紧靠着杰克小声说,杰克伸手搂住她。

“他们真是疯了。”杰克说。

北欧海盗对盐坨又啃又咬,连胡须都粘上白花花的盐末。普通人盐吃得太多会恶心的,杰克真希望他们呕吐,可他们并没有。过了一会儿,他们对盐巴的疯狂减弱了,便恭恭敬敬地把它们码放好。

船上已经腐烂的食物全被扔掉了,招来一大群海鸥和乌鸦。抢得最凶的有勇敢。说来也怪,在这一大群乱哄哄的鸟中,杰克怎么就能够认出它来。勇敢比其他鸟更快,更聪明,或者说更勇猛。"我猜它要飞走了。"杰克说。

"不,它不会的,"露西说,"它是极乐岛派来找我们的。"

杰克觉得这只乌鸦是因为筋疲力尽才落到船上的,可他并没有说出来。

武士们庆祝了一整天。他们狼吞虎咽地吃着烤牛肉,喝着伊比利亚产的甜葡萄酒,吼着赞美神灵的颂歌,这些神灵似乎和那些崇拜者一样放荡。一首长诗描述的宴会和杰克与露西现在看到的十分相似。海神埃及尔酿了一大锅啤酒,诸神不仅喝得醉醺醺,还和邪恶之神洛基比赛谁骂人骂得难听。洛基骂奥丁神说谎,奥丁神骂洛基变态。接着洛基说爱神弗蕾娅一害怕就放屁,还说巨魔把船神尼约德抓住,用他的嘴当夜壶。每一段词都会引来阵阵狂笑,北欧海盗笑得互相捶打着后背。

夜幕降临了,在船上观看的杰克自言自语道:"什么样的人才需要龌龊的神灵?"

"就他们这种人。"露西垂着头打着哈欠说。几周以来这是她头一次吃了顿饱饭。勇敢也吃饱了,闭着眼睛在栏杆上栖息。"我们现在能逃吗?"露西说。

"能往哪儿逃啊?"杰克苦涩地说。

"我不知道。啊……"露西又打了个哈欠。"也许可以逃到被他们抢过的那个村子。"

"村民们都逃跑了。"杰克没有告诉妹妹碾拇指者吉祖尔的臣民到底怎么啦。

“我们要是找到他们,他们会帮我们的。”

“我们永远不会找到他们,该睡觉了,乖乖。”露西顺从地蜷缩在皮毛堆里。

天黑下来,可狂欢丝毫没有结束的迹象。诗句越来越不堪入耳,杰克庆幸妹妹睡着了。最粗俗的要数索吉尔了,她假扮成弗蕾娅大吼大叫地说:“哎哟!哎哟!我好怕!”一边吼一边放屁。

“奥拉夫很快就要听他的颂歌了。”一个微弱的声音从杰克身后传来,他急忙转过身,看到鲁内站在桅杆旁边。光线过于昏暗,而他又过于消瘦,似乎与桅杆合为一体。勇敢睁开眼睛,嘎地叫了一声。

“你为什么不和其他人在一起?”杰克问道。

“骨痛。”鲁内简短答道,“而且我不再觉得抢劫有什么乐趣。”他停下来呼呼地喘着气,说话显然是十分吃力的事儿。“也许这是龙舌的过失,他总是享受生活,我想是他让我变坏了。”

杰克把目光转向岸边的狂欢作乐。一字眉奥拉夫扮成一个害相思病的女巨魔。勇敢侧着身在栏杆上一点儿一点儿挪到杰克身边。它拉了拉杰克的衣袖,冲着鲁内待的地方直点头。

“你这只宠物很不错。”这位老武士低声说道,“龙舌过去常和乌鸦说话。”

“他也教会我这个本领。”杰克说,有显露自己重要的机会就不要错过。

“他是个好人,他和我们完全不同,但他是真正的武士。”鲁内突然说道。

杰克没有做声,却已热泪盈眶。

“我知道你无法为奥拉夫写颂歌。”这位北方老者说。杰克转过身看着他,或者说在昏暗的光线中,只能看见他的身影。“龙舌绝不会颂扬他所恨的人,他太诚实了。”

“奥拉夫会怎么处置我?”杰克没有反驳鲁内的结论。每当他想起对吉祖尔村的血洗,他就感到恶心。

“把你喂鱼。”鲁内回答道,“再说,你不完全了解我们的语言,你学得已经不错了,但还会出错。”

“你是说让我逃走吗?”杰克不知道为什么,但直觉告诉他可以相信这位老武士,他骨子里有一种几乎与诗人一样的令人难以抗拒的东西。

“要是逃走你绝对活不下来。南面是恶爪马格努斯的疆土,北面是敛耳者埃纳的地盘。埃纳一直想扩大干耳朵的收藏数量。”

“我明白了。”杰克说。

“我想送你几首颂歌。”鲁内说,“我以前曾是吟游诗人,虽然不如龙舌那么伟大,但也相当不错。日复一日这些诗句在我心中涌动,可我没有声音颂唱出来,你以后就是我的声音。”

武士们欢宴的喧闹声似乎远去,世界小得似乎只能容纳三人:杰克、他的妹妹和这位令人惊诧的新盟友。“我想奥拉夫不会介意吧。”杰克说。

“不要告诉他!”他一着急引起一阵长咳,杰克来回倒着脚,不知如何是好。最后鲁内缓了过来,颤巍巍地喘了几口气。“奥拉夫希望有自己的吟游诗人,像吉祖尔的那匹马,他希望你归他一人所有,这样可提高他的声望,要是他觉得你做不来就会杀了你。”

老武士说的那匹马就拴在银窖的旁边,那是一匹骏马,像盐坨般雪白,脊背上贯着一条奇特的黑纹,一双黑亮聪慧的眼睛盯着那些摇摇晃晃的北欧海盗。

“那……我谢谢你啦。”杰克很感动,可同时也痛恨别人把他看做了财产。

“我们开始吧。”鲁内小声说。

这节课一直持续了好几个小时。勇敢睡觉去了，杰克真想和它一块儿去睡。他从昨天晚上就没有睡觉，又干了一整天的活儿。到后来，海滩上的火都烧成了灰，杰克看到北欧海盗将布单铺开，成行成列地躺下，准备入寝，不禁打了个冷战。这意味着他们能够出其不意地出现，且能奋勇战斗。

鲁内终于对杰克的进步表示满意。杰克一头栽到衣堆里，几乎没等头着地就睡着了。

他们沿着海岸线继续北上，走过敛耳者埃纳的地盘后，再上岸扎营。抵达这里以后便再没有人敢发动攻击了。

奥拉夫和手下无需着急了，觉得应该休整一下了。那匹一直被拴在船的中央，奥拉夫称为云鬃的骏马，现在也每天被牵到岸上啃食青草。

武士们在岸边的阴暗森林里打猎，带回鹿和野猪，用网在河中捕鳟鱼。鲁汉埃里克把一块盐坨碾碎来调味。杰克再次看到北欧海盗对盐的渴望要甚于酒，这其中必有缘由。

“我们那儿没有盐。”鲁内解释说。

“我们用海水晒盐，”杰克说，“你们为什么不晒盐呢?”

“阳光不够。”这位老武士说罢便转过身去。他不愿意将气力花在这种无聊的话题上，他要保存声音来念诗。每天晚上他都避开奥拉夫的视线，反复地教杰克，诗句复杂得令杰克惊诧。任何事物都不能直呼其名，想出的变化越大越好。在一首诗里要把船称为“船首猛兽”、“海洋骏马”、“尼约德的天鹅”，打仗要说成“铠甲和剑尖的碰撞”。真是令人困惑，在杰克看来，毫无意义。

“不对!”鲁内气喘吁吁地喝道，原来杰克把“金戒赏赐者为了使铠甲和剑尖相遇，驭驾着尼约德的天鹅行进穿过鲸鱼之路”念成了“国王跨海作战”。“不!不!不对!”鲁内又是一阵猛咳，咳得腰都弯了下去,杰克为戏弄了老人感到很愧疚。

“不对。”鲁内缓过气后说,“你不单单是吟唱,你是在施魔法。”

“魔法?”杰克立刻打起了精神。

“龙舌肯定告诉过你,每一首诗歌都会从乾坤树,也就是那棵穿越九界的大树汲取能量。”

“我从来没有听说过乾坤树。”

“龙舌应该称其为生命力,它会给你创造力。好了,你把我累坏了,浪费了不少时间。”鲁内不再说话,专心调整呼吸。他的呼吸声,听起来刺耳、痛苦,令人害怕。老人每呼吸一次都要停顿一会儿,好像是要积攒力气进行下一次呼吸。

“对不起,先生。”杰克说。

鲁内挥手让他走开。

杰克怀揣着上百个疑团回到营地。北欧海盗并非只知道杀人越货,他们也相信乾坤树这类事情,乾坤树是生命力的另一种称谓。真的有这么一棵树吗?要是真有,能看一看该有多好啊!他能向谁请教呢?

杰克看到复仇者斯文和俊脸埃里克在演示砸开骷髅的诀窍。索吉尔大受启发,她把鹿头排成一排,用击棍把它们一一砸碎。向他俩问生命力的事毫无用处。他正暗自叹息,忽然看到露西正在玩耍奥拉夫为哄她高兴而削制的小木偶。

小木偶中有一头牛、一匹马、一个男人和一个女人。露西用小树枝围了一个篱笆,在沙地上画了一所房子。勇敢全神贯注地看着她,它叼起牛又把它扔下。露西尖叫着,乌鸦跳上跳下的,显得很高兴,接着又把马叼起来。

“别让它叼!”露西说着伸手去打乌鸦。乌鸦一下就跳开了,让她够不着。杰克从勇敢的嘴里将马夺下,放回妹妹面前。勇敢整理着羽毛，看上去对木偶毫无兴趣，可刚一眨眼，它就叼起男形木偶，飞到附近的一块岩石上。

露西尖叫起来，吓得复仇者斯文把斧头落到俊脸埃里克的脚面上，引发一阵狂吵。

“住手！你没看见她不高兴吗？”杰克喊道。我为什么和一只笨鸟说话呢！他心里想。可勇敢听懂了！它飞了回来，把木偶放在露西面前。

“早该这样。”露西嘟囔着。

复仇者斯文和俊脸埃里克一下子止住争吵，各自握着佩在脖子上的吉祥物。斯文喃喃说道：“*Seið er.*”他俩走开了，还不时紧张地回头瞄望。

“*Say-thur.*”杰克重复了一句斯文说的话，“这是什么意思啊？”他问索吉尔。

“意思是巫师，”正在玩儿砸头骨游戏的索吉尔抬头说道，“我们不喜欢巫师。有时——”她面带微笑，说道：“我们会把他们扔到沼泽地里淹死。”

正说着，勇敢从她头顶飞过，她惊叫着赶紧低头躲闪。“看！我说什么来着！你就是巫师，这只乌鸦就是由你驱使的小鬼！乌鸦夜里不睡觉就是怪事！和乌鸦说话也是怪事！你们俩都该扔到沼泽地里淹死。”勇敢又从她头顶飞过——这回伸出了爪子——索吉尔赶紧用手护着脑袋跑开了。

杰克僵直地站在那里，看着她抓住奥拉夫的胳膊，开始争论，不幸的是，巨人正在干着什么重要的事，却被她打断了，气得巨人把她打翻在地，吼道：“少说什么巫师不巫师的屁话！”庇护少女嘴里骂骂咧咧地爬起来，一瘸一拐地走了。

杰克坐下来，心里想索吉尔不会善罢甘休，肯定要伺机报复，他得想办法保护自己。

他看不出和动物说话有什么不对。妈妈向来都是这样，唱着歌儿来安抚蜜蜂或受惊的母羊。她教过杰克一些小魔法，杰克从来没有多想。这就让他成了巫师啦？勇敢是怎么回事？天黑以后它的确能像猫头鹰一样到处飞。

现在，勇敢正卧在露西跟前，在嘎嘎地小声叫着。“我知道农场里应该有鸡，可奥拉夫没有雕刻啊。”露西回答说。

乌鸦又是一阵嘎嘎嘎。

“我可以用贝壳当鸡，这是个好主意。”

杰克发起愁来，露西现在和乌鸦说话，武士们会把她当女巫。“该睡了！”他一把将玩具推倒，口气不容分说，露西大声抗议，杰克把她拽到毛皮堆上，说：“我给你讲故事听。”

“讲一个好听的。”露西说。

勇敢朝附近拴着云鬃的树飞去，落在云鬃头顶的树枝上。云鬃不安地倒着蹄。勇敢嘎嘎地叫了几声，云鬃又闭上了眼睛。这只乌鸦为什么会做这些，真是令人不解。它每天都会飞走，杰克巴不得不再看到它，可它总是能飞回来。

我希望诗人在这儿，杰克伤心地想，我希望他在极乐岛上过得高兴，我希望我真是个巫师。我要把每一个北欧海盗——（鲁内除外），全都变成癞蛤蟆，把索吉尔变成一条让人恶心的蚯蚓，来喂奥拉夫。

# 第十八章

## 巨魔海

天气变冷了，他们越往北走，天上的云也就越多，雾也起得更早，停留得更久，海岸也越发陡峭。奥拉夫催促手下人使劲划桨，他高声喊道："我们就要到家了！我们满载而归！我们载誉而归！我们是王后的狂暴斗士！"武士们随即唱起那首以"*名声永不朽*"结尾的歌来。

"王后的狂暴斗士？我本以为你们是为国王效力。"杰克说。

"是啊，可他结婚以后就不大一样了。"奥拉夫承认道。

"所以我们才称他为无骨伊瓦。"斯文说。

"只是不当他面叫。"巨人说，"我特别想听听你为我写的颂歌，我有点儿等不及了。你可以在欢迎宴会上颂唱。"想到能在国王和王后面前炫耀自己的吟游诗人，奥拉夫便一脸的得意。

杰克努力显出热情来，多亏鲁内相助，他有一首好诗，可诗中好多词太复杂，他肯定会搞砸了，要是搞砸了那就会必死无疑，鲁内告诉他，把话音重重地落在"*必死无疑*"上。

雾气很快便拢在一起，不浓但很湿，令人心情沮丧。杰克现在知道了北欧海盗为什么不能自己晒盐了。有时雾气散开，展现在眼前的是一副可怕的景观。海浪敲击着峭壁，击起浪花。海岸的裂隙延伸成阴森贫瘠的峡谷，看上去像恶龙喜欢的地方。

“那些是峡湾。”奥拉夫说道，要享受庆功大宴，得到赞颂的他一直面带笑容。

“有什么东西住在那里面吗？”杰克盯着一处特别阴森的峡湾问道。

“不是什么好东西。”巨人说着大笑道，“当然我们也住在一处海湾的尽头，我们也不是好人。”

说得太对了，杰克心想。

奥拉夫说：“我第一次和约顿巨人打斗就是在其中一道海湾，我那时还是个毛头小伙，而那个巨魔也是个乳臭小儿，嗨，这都是多少年以前的事儿啦。”

“我想是你赢了。”

“那当然。打不过巨魔的武士会被吃掉。以后我再和你细说，你好写诗。”奥拉夫继续追述自己的年轻时代，他熟悉沿岸的每一块岩石，每一棵树木，他的记性太好了，杰克很快就后悔自己不该提问。

他们来到一个地方，陆地突然中断，海况越发险峻，一阵风起，吹散了雾气，目力所及没有一点儿宜人的景色。怪异而浑浊的天空下，汹涌的巨浪自北方滚滚涌来，海水呈浅绿色，风中夹杂着冰的气味。他们掉转船头，沿海岸向东行使，船身倾斜得吓人。

“我们管这里叫巨魔海。”奥拉夫说。

“他们住在那里？”杰克问道。

“他们从那儿出来。现在他们住在大雪终年不化的高山上。”

“我不知约顿人还会造船。”杰克以为他们身高体笨。人们觉得（或希望）他们很愚蠢。

“他们走路。”奥拉夫说。

“在水上走？”杰克惊呼。父亲说过只有非常纯粹的修士才能在水面上行走。神圣岛曾有一位修士能做到,可他为了免犯傲慢之罪不再这么做。万没想到卑劣的巨魔也拥有同样的能力。

“不是在水上,而是在冰上。很久以前这片海面是封冻的。”奥拉夫说,“人类没有见过这种场面,不过约顿巨人老早就在这里生活了,他们的老家在极北,附近有一座会喷火的山。”

“你在讲笑话吧。”杰克说。

“确有其事。鲁内在意大里亚见到过。他说喷火山里住着一条龙。总之,巨魔的山因喷火太多而裂成两半,他们的土地沉到海底,约顿巨人只好从冰上逃命。”

“或许这全是他们编造的呢。”杰克说,他不相信无边无际的大海北面曾被封冻住。

“巨魔不说谎。”奥拉夫简短答道。

“他们又杀人又吃人,难道他们品德高尚得都不会扭曲事实吗?”

“我的意思是他们无法说谎。尽管有些巨魔学会了我们的话,可是他们都不能像我们这样谈话。他们在想别人。”

杰克想起诗人很久以前谈到巨魔时说道:它们能溜进人们的脑子,知道人们的心思,还没等人们反抗,便知道人们会在何时何地动手。只有极特别的武士才能战胜他们。“他们会进入你的内心。”杰克说。

“说得对!”奥拉夫说,“他们不会遭伏击,因为他们知道你想干什么。不过他们也不能欺骗你,因为他们不能想对你说谎。”

杰克抱着栏杆思考着。船在浅绿色的海上颠簸着,可怜的云鬃被拴在桅杆上,四蹄不住地打滑。右侧手边的悬崖上覆盖着繁茂的林木。河水泛着泡沫,沿着山坡奔腾而下,成群成群的海鸟在河面上盘旋。“如何与知道你一举一动的敌人打斗呢?”杰克困惑不解。

“啊！这时狂暴斗士就派上用场啦。”奥拉夫说，“我们狂暴起来根本不知道要干什么，也记不住做了些什么，约顿巨人无法读取我们的心思，因为我们根本就没有心思！”

这就是诗人所说的特殊武士了，杰克心想。他瞄了奥拉夫一眼，只见奥拉夫正挺直腰板，自豪地掌着舵。风将巨人的白须往后吹，也吹乱了他那道浓眉。奥拉夫看上去充满期待，像个期盼圣诞节的孩子，双颊冻得通红，双眼湛蓝，目光兴奋。

这样的奥拉夫很难让人憎恨，难以想起他杀死过修士，将整村的人和牛马全都杀光，或许他确实记不得自己干了些什么。有一个好奥拉夫，曾为露西削刻玩具；有一个坏奥拉夫，昂首站在山头，喘着粗气，俯视着吉祖尔的村庄。

杰克必须时刻牢记，这两种奥拉夫都非常危险。

“要是没有狂暴斗士，人类根本不可能在这里生存。”巨人说道。“你知道巨魔以前管我们叫什么吗？叫‘双脚鹿’。另一个名字叫‘约顿点心’。最早的人类被他们当做牲畜猎捕，太瘦的就关在圈栏里养肥。”

杰克浑身一激灵，问道：“这些巨魔现在……嗯……还这样做吗？”

“现在更像是一种运动。他们知道我们是人而不是动物。年轻巨魔要打倒第一个人类才能在眉棱上刺青，他现在仍可吃掉战利品。哦，看！那是我们舰队的战船。”

奥拉夫指着一艘正从峡湾飞速驶出的突袭船说道。奥拉夫舰队的三艘船在漫长的海上航行中走散了。“我敢打赌，长矛厄及尔一定以为我们是敌人，正出湾迎战。”奥拉夫说，喊出那艘船船长的名字。“他知道自己错了，他的脸不红才怪！”

当厄及尔认出是狂暴斗士时，脸色甚是惨白。他隔着海高声道歉。“你得认罚一袋酒!”奥拉夫吼了回去。好的奥拉夫此时没有失控,厄及尔摸着脖子上的吉祥物,感激地承诺送巨人一袋酒。

两条船一块儿向前行驶。第三条船毫无踪影。厄及尔高喊着,他觉得是不是在风暴中沉没了,没有一个人,至少没有一个狂暴斗士听到这话觉得难过。索吉尔说,这些人很幸运,因为他们现在正在海神埃及尔和兰恩的宫殿里狂欢呢。“可我更愿去英烈殿,”她说,“那要光荣得多。”

杰克心想,*我真希望你已经在那里了*。她定会把露西献给梦魇骑士弗丽斯。*杰克还记得飞越诗人屋顶的那个东西,它骑在一匹马上,挂在马身上的冰柱折断了,噼里啪啦掉进屋里,那骑手比夜空还要黑的,真是太黑了,就连星光都被吸走了。满是刺的双腿紧紧夹着马腹,刺得马腹直淌鲜血。血是白颜色的,慢慢地往外渗,像脓一样。*

杰克吓得有些眩晕。他知道实际上并非是女王,而是她的魂魄骑着梦魇,要是越洋跨海而有所减弱的魂魄都如此可怕的话,那么近在眼前的它将会怎样?杰克摸摸脖子上的护身符,它如同一个小太阳贴在他胸前散发着温暖。

他是不是应该把护身符给露西戴上?要是她落到弗丽斯手里的话,会比自己更需要它。可一旦给出便再也不能要回。他看着露西,露西正和俊脸埃里克玩儿藏猫猫儿。这个冷酷的武士用咸猪肉般的双手捂住破了相的脸。每当他露出双眼时露西就尖叫“找到啦!”这时俊脸埃里克便低沉地“**嘿!嘿!嘿!**”发笑。这个游戏对露西来说太幼稚,可杰克知道,对这个脑筋迟钝的北欧海盗来说再适当不过了。

露西实在太小了,不可能理解护身符的重要作用,惟一能让她产生兴趣的应该是明闪闪的黄金,而只有他把护身符往露西的脖子上套时她才能看得到。

“你手里一直握着什么?”传来索吉尔的声音。

杰克立即把手放下来。

“你藏了什么,给我!”她想掐住杰克的喉咙,杰克用脚踢她。索吉尔立马扑在杰克的身上,尖叫着,用拳头猛打杰克。

杰克奋力保护自己,可他根本就不是庇护少女的对手,不仅因为她受过良好的训练,还因为她投入战斗时全然不顾。杰克发现自己倒在甲板上,两耳嗡嗡作响,鼻子向外喷血。她将膝盖压在杰克的胸口上,又要抓杰克的喉咙。

“啊——!”索吉尔尖叫起来,把手缩了回去。“他烫我!他烫我!”这时奥拉夫赶了过来,看了看鼻子淌血的杰克,又看了看一脸痛苦不堪的索吉尔。她将手抬起,手掌上有一块方形的焦痕。“把他扔下船!”她尖声喊叫着。

“看起来你也没占到什么便宜。”奥拉夫说。

“他使用巫术!他使用损招儿!”

“我告诉你不下十几次了,不要和我的奴隶打架,”巨人说,“为此你要挨罚,在欢迎宴会上不准坐主桌,只能和高级奴隶一起坐在门口儿。”

“那不公平!我恨你!我要杀了你!”索吉尔哭喊道。

“再这么说,你会和猪一块儿吃饭。”奥拉夫说,“要是这小子用点儿巫术来保护自己,嗯,那也是吟游诗人该做的。你现在到船尾去,进港之前不准离开。”

索吉尔大声哭着,跌跌撞撞朝船尾走去,杰克朝她吐了吐舌头。

“你,”奥拉夫用大手将他提起,“不许再招她了。我得维护船上的秩序,不然你就得满甲板找牙。”他把杰克提到桅杆前,将他绑在云鬃旁边。

接下来的时日,杰克闷闷不乐地坐着,脖子上套着绳索。他用衣袖擦干流血的鼻子，抚摸着身上的淤伤，有一颗牙也松动了，露西也不得和他说话。

受处罚对杰克来说已不是什么新鲜事了，但是像马一样被拴着却是头一回，他深感耻辱。“你不觉得什么，因为你不够聪明，不会觉得受辱，只要有料吃就一切都好。”杰克对云鬃说。

云鬃用深色的双眼盯着杰克，抽动着鼻孔，像是嗅到一股难闻的味道。

“咱俩谁都没洗澡，可别拿我出气。”杰克嘟囔着，船继续沿着海岸向东行进。

# 第 十 九 章

## 还 乡

第二天一早，他们看到第一个证明已接近伊瓦王国的迹象：一艘宽体笨重的船经过时向奥拉夫和厄及尔欢呼。杰克已被从桅杆上解下来，他靠着船舷往外看，只见那条船上堆满鱼干，划桨的人身材粗壮，面容不像奥拉夫手下的人那样消瘦和凶恶。

"那是条咔嚓船，"奥拉夫解释道，"之所以这么叫，是因为在海上航行时，这种船木总是咔嚓、咔嚓、咔嚓地响个不停。听久了也就习惯了，船上的人说这声响像音乐。还有一种船叫 *tolfaeringr*，又叫十二桨艇。呸！"奥拉夫探出船舷外，朝一条相当体面的小船啐了一口。"依我看，那条船就是给孩子玩的，很可能在捕鲱鱼，看见渔网了吗？"

杰克点了点头，问道："那我们的船叫什么啊？"

"叫快飞，"奥拉夫高兴起来，拍拍杰克的后背，后背上被索吉尔打得淤青的地方又痛了起来，"我们的船又长又细，速度又快，它最大的好处是能沿河而上，还能拉到沙地上，用来突袭最合适不过了。"

"那个呢？"杰克指着前面沿着海岸行驶的一条大船问道。大船的船帆血红血红的，船桨多得数都数不过来。船桨齐刷刷地打在海浪上，激起一道明亮的水花。船身的线条简明优美，有如鬼斧神工一般。杰克转身看见一字眉奥拉夫一脸绝望，好像病了一般。

“那是龙船。”

杰克这才看到船首优雅地翘起，好似龙头一般。

“我们叫它水蜘蛛，它是伊瓦王的船。”奥拉夫脸上一丝笑容都没有了。索吉尔被限定在船尾，而他被限定在船首，尽管无处可躲，杰克还是往后退了退。“我才不会跟在那艘龙船后面进港呢！”奥拉夫高声大吼，“我不会让那些乘船兜风的胆小鬼抢了我的风头！胜利而归的是我！勇敢面对危险的是我，而不是那个——那个——”

“无骨的东西。”斯文替他把话说完，不料却挨了一拳。

“他除了抚弄弗丽斯的头发，最近还做过什么危险的事？”巨人怒气冲冲地从船头走向船尾，拳头四处乱挥，每一个人都尽量压低了身子。最后，他的火气稍稍小了些，便下令开进一个小港湾，长矛厄及尔的船跟在后面。

整个下午巨人都在篝火旁沉思不语。傍晚时分，在鲁内的催促下，杰克唱出颂歌的开头：

戴戒指的勇士且听我言，
我要说光荣的战斗，还要说英勇的奥拉夫。
他慷慨无比呀又令敌人胆寒。

“打住！”奥拉夫喊道，面色红润得像个年轻小伙子。“我不想在庆功宴前打开礼物，”他一边用矛拨弄着篝火一边说着，“不过，这个开头很美。”

杰克和鲁内对视了一下，整个下午蹑手蹑脚走来走去的厄及尔微笑地看着他们。

“还有别的吧？”巨人问道。

“哦，当然啦。”杰克说。

“好多呢。”鲁内气喘吁吁地说。

“听听另一首倒也不碍事。”奥拉夫说。于是杰克唱起贝奥武甫大战格兰的故事，这首诗也许并不是最佳选择，不过它却让奥拉夫感到振奋。

“我敢肯定这是龙舌写的，”巨人说，“我听得出这不是用我们的语言写的。”

“我把它译过来了。”杰克说。

“译得还不错。”鲁内低声说，“不过‘忧郁’和‘呱呱叫的蟾蜍’你用词不当。”

“可怜的龙舌，”厄及尔说，“要不是他吹嘘夸耀，弗丽斯也许永远不知道是谁杀了她的妹妹。他从来不知道什么时候应该闭嘴。”

“至少他有勇气反抗她吧。”巨人大声说。

杰克很是惊讶。这些人似乎很喜欢诗人，他们肯定不喜欢王后。“弗丽斯，我的意思是，王后若是个半巨魔，那么她能不能知道谁不喜欢她呢？”杰克心生一计，问道。

似乎有股寒意笼罩篝火。“如果问的是她能不能看穿人的心思，答案是不能。”奥拉夫说，“半巨魔与其父母截然不同。他们——你是怎么说的？”

“讨厌的玩意儿。”厄及尔说。

“约顿巨人为人诚实。他们又笨又野又丑……”

“非常丑。”厄及尔说。

“……但是他们守规矩，这么说吧，要是已经约法三章，我更愿和巨魔做邻居。”奥拉夫说。

“半巨魔会变形，”鲁内低声说道，“它身形不定，痛恨一切。”

“那么……弗丽斯会说谎吗？”杰克问。

“弗丽斯不知道诚实和美德是什么意思。”奥拉夫说，“听我说，孩子，你听好了，我们可以在这儿议论她，我们上殿时，你可一定要管住自己的舌头，也别让她看见你喜欢的乌鸦。她讨厌乌鸦，认为乌鸦会把她的事情告诉奥丁神。”

“我们尊重昔日的伊瓦，不过他把王国糟蹋了。”厄及尔说。

人们要求杰克再讲一个故事来结束这一夜。杰克没有翻译其他的诗，于是讲了个父亲睡觉前讲的故事。圣劳伦斯殉难的故事深深地打动了北欧海盗。“圣劳伦斯被架在文火上慢慢地烧烤，”杰克讲着，武士们围坐在他四周，听得津津有味。“异教徒在他的脚趾缝中塞上蒜瓣，像烤鸡似的往他身上涂抹油脂。”

“在我听来这像巨魔干的事。”奥拉夫说。

“那么什么是异教徒啊？”复仇者斯文问道。

杰克讲到圣劳伦斯说，“我觉得我已经烤熟了，你们什么时候想吃就吃吧。”武士们高声欢呼起来。

“那才叫武士呢！”长矛厄及尔说道，“那样的人会直接进英烈殿的。”

“我想他会进基督的天堂。”杰克说。

“如果天堂上的人都是这样，那我也愿意当基督徒。”奥拉夫宣称。

总而言之，这一夜过得很不错。

第二天是在营地里度过的。每个人都到海里洗了澡，梳理好头发，来迎接隆重的返乡。杰克把露西带到一处隐蔽的海滩。她身上穿的衣服是妈妈一针一线精心缝制的，现在已经破烂不堪了。奥拉夫先前送给她一件漂亮簇新的绣花长裙。

杰克把长裙拿起，心里有种怪怪的感觉，就好像做衣服的人留下自己某一部分似的。新衣服在风中飘荡着，有如隐隐约约的音乐。

"啊,太漂亮了!"露西喊道,一把抓到手里,随手把妈妈缝制的衣服丢在一边,连看都不看一眼。嗨,她太小了,杰克心想。他把母亲做的衣服拿到潮水浸泡不到的高处埋掉了。

索吉尔在一块岩石后面,用肥皂洗澡,肥皂是在一个撒克逊人村庄抢来的。索吉尔在阳光下晒着头发,那金灿灿的秀发令杰克惊讶不已。她差不多和露西一样漂亮,可是她随后高声咒骂了杰克一顿,令杰克的好印象荡然无存。

杰克坐到云鬃旁边,观看着人们在做准备,勇敢在马背上栖歇着。"你千万不要让弗丽斯看见,"杰克告诉乌鸦,"我希望你真的能听懂。你看上去很聪明,可是你不过是只鸟,其实不过是一种黑鸡而已。"勇敢根本不理他,继续在云鬃背上找着扁虱。

时候到了。他们每划一下桨,就向面对无骨伊瓦的可怕时刻贴进一步。杰克闷闷不乐地看着海岸飞速离去,而武士们却越划越起劲儿。他们个个盛装打扮,别上胸针,戴上臂章和戒指,总之戴的越多越好,还用金发卡换下油乎乎的皮帽子。奥拉夫披了一件漂亮的斗篷,右边用别针别上,好让用剑的右臂活动自如。就连索吉尔也在褪色的袍子外戴上了一条做工精细的银箔项链,一头秀发在风中飘动,看上去真是楚楚动人。

杰克想告诉她自己的感受,不过他知道戏弄她的后果。

他们途中遇见大大小小的船只,但没有一艘像伊瓦王的龙舟那样华丽,也没有一艘像奥拉夫和厄及尔的船那么大。他们来到峡湾入口,成群结队的小渔船纷纷让开路,渔民们冲他们欢呼,奥拉夫傲然挺立在船头。

他们沿着峡湾深入陆地,把大海的喧嚣留在身后,海浪不见了,水面很快就如湖水一样平静。峡湾两侧的群山长满阴森森的树木,随处可见苍鹰在高空中翱翔。北方远处则耸立着白雪皑皑的高山。

“约顿巨人国。”奥拉夫说道。

巨魔国，杰克翻译过来，心一个劲儿往下沉。

现在，人们看见山冈高处的农场和陡峭牧场上成群的牛羊。在峡湾一个转弯处，牧场也随着山坡降到水边，那儿有一个大码头和许多房屋。一个孩子看见他们来了，一边沿街往回跑，一边高声呼喊。屋里的人马上全都跑了出来，男人、女人、小孩儿和狗全都冲向码头，呼喊声、犬吠声连成一片。

“有伊瓦的人影吗？”奥拉夫问。

“还没有。”复仇者斯文回答。

岸上的庆祝在进行着，人们渐渐疯狂起来，但也有些人不那么高兴。他们将手搭在前额上，从这艘船看到那艘船。杰克猜想他们是在找可能沉没的第三艘船，或在找可能获救的家人。

“伊瓦在那儿。”斯文说。

城镇后面有一处山肩斜突在峡湾之上。那是一块深蓝色的石头，像金属般阴森森的毫无生气。石头上有一座长屋，杰克先前没有注意到。屋外站着一群人，离得太远，看不清楚。

“他这是等你去见他。”斯文说。

“被巨魔打服的软骨头。”奥拉夫低声地嘟囔着。

尽管国王没有到场，武士们仍受到热烈的欢迎。妇女们拥抱亲吻他们；男人们，大多上了年纪，则挥起拳头，友善地捶着他们；父母迎接儿子；妻子（有些武士有两个或三个妻子）迎接丈夫；孩子们尖叫着到处跑。那些亲人没有归来的人则站在一旁默默地流泪，或许他们的亲人仍在路上，或许不然。

杰克紧紧握住露西的手。人群在他们四周涌动，把他们挤过来挤过去。“多漂亮的小奴隶啊！”一个妇女轻抚着露西的下巴大喊。

“走开！”露西尖声叫道。

“脾气还不小啊。”那女人称赞道。

杰克把妹妹拉出人群，来到房舍之间，他不知如何是好，感到孤单和害怕。这个城里没有人关注他俩，他俩是牲畜，或被卖掉或被宰杀。但他必须克制住自己，这样才能保护露西。他环顾四周，想看看有什么能平息一下自己烦乱的心绪。他看见索吉尔沿着街道缓缓走来。她也是孤身一人，没有人来迎接她，她似乎连朋友都没有。

杰克的心绞了一下。怎么会有人如此孤单？不管他和露西的处境有多么绝望，他们至少还拥有彼此，还有思念他们、为他们伤悲的父母，他们还有一个村庄，在那里他们会像返乡的北欧海盗一样受到乡亲们的热情欢迎。怎么会有人回到举目无亲的家呢？

他们正沿着街道快速行走，杰克看见了一群狗，它们和杰克见过的完全不同，也和码头上那些欢蹦乱跳的卷尾巴狗大不相同。它们身体硕大，几乎和他一样高，脑袋又细又长，耳朵很小，狗毛缠结成块，灰不溜秋的。

杰克把露西挡在身后，那群狗好像马似的朝他们奔来，但在最后一刻忽地停住，围着他俩打转，又吠又跳。

“砍刀！煞星狼！地狱女妖！碎片儿！”索吉尔高声喊叫着。狗朝她扑去，舔个不停，兴奋地吠着，叫声又短又急。它们把索吉尔扑倒在地，而她则挥舞双拳回击。这时有一只狗（杰克觉得是碎片儿）从混战中离开，回到露西身边，两只前爪趴在地上，屁股撅着，来回扭动，尾巴更是摇个不停。

“乖狗狗。”露西说。

“我可不这么想。”杰克说，心怦怦直跳。

“离他们远点儿！”索吉尔一边吼叫一边从混战中挣扎出来。“他们是我的朋友，我的！和下贱的奴隶毫不相关。”她往前跑去，一边跑，一边回头喊："来啊，朋友！到我这儿来！"那群狗像箭一般飞奔而去。

杰克盯着她的背影，庆幸这些巨大的野兽走开了。"乖狗狗。"露西说。

"咱们去找奥拉夫。"杰克说。杰克忽然想起刚才索吉尔喊的：来啊，朋友！到我这儿来！用的是撒克逊语。

# 第二十章

# 女智者

奥拉夫把他俩带到自己位于村庄高处的农场。几个奴隶(全都戴着奴隶项圈)在搬着一箱箱的战利品。杰克不知道自己会不会也被套上这样一个项圈,若真的戴上了,那将是不可洗刷的奇耻大辱。每个人一看到他就会知道他的身份。

杰克原本对主仆之间的友谊还心存幻想,可是这些奴隶的名字一下子就把这幻想扫除得一干二净:猪脸、脏裤子、粗腿,还有一对夫妇被叫做笨瓜和女笨瓜。女笨瓜把云鬃牵到马厩,就连马的名字都比他们的好听。

奥拉夫主屋的墙壁向里弯成弧形,屋脊好像一艘扣过来的船,屋脊的两侧各雕着一个龙头。其他建筑,如马厩、仓库、厨房和客房则散落在主屋四周。

屋内,和父亲建的房子一样,地板低于地面,两侧摆放着桌椅,挨着最里面的墙摆放着一架做工精美的织机。屋里处处都展现出奥拉夫的雕刻技艺:横梁上、柱子上全都装饰着他雕刻的马、鸟、鱼和龙。

大厅中央有个石头砌成的长石槽,石槽里生着火,屋里虽然温暖舒适,可是却烟雾腾腾,杰克和露西一进屋就开始咳嗽。“这对肺有好处!”奥拉夫一边用手捶着胸脯一边大声说,“咳个痛快才说明我到家了。过来,夫人们,看看我给你们带回了什么!"

奥拉夫的三个妻子和孩子们全都围了过来,奥拉夫至少有十二个孩子,头发全都是亚麻色,他们围在父亲的身边,吵着要看给他们带回了什么。"该打屁股了!"巨人大声吼着,可孩子们却一点儿也不害怕,继续爬上他的大腿,吊在他的胳膊上。

最后妻子们把孩子扯了下来,才开始分发礼物。礼物中有披肩、上衣、成匹成匹的布料和日常家居用具。女人们看到一堆盐巴时,不禁欢呼起来,杰克后来得知她们分别叫多蒂、萝蒂和海蒂。奥拉夫把绣花发带送给儿子,把头巾送给女儿,每个孩子都得到一把新刀。他把项链、手镯和胸针抛向妻子,哈哈大笑地看着她们你争我抢。"奴隶给谁啊?"多蒂问道。另外两个女人也回过头来热切地盯着杰克和露西。

"他是我的吟游诗人。"奥拉夫说。

"哦!你自己的吟游诗人!"多蒂惊呼。

"你有资格,真的有资格!"萝蒂由衷地说。她俩长得就像是一棵树上结的苹果:金发碧眼,面满腮红,双臂滚圆。

第三位妻子则长得不同:脸庞又大又平,双眼上挑,一双浅蓝色的眼睛在古铜色肌肤衬托下越发引人注目。不同之处还不仅如此,当她看杰克时,杰克感到空气在震动,一股慵懒欲睡的暖意慢慢流遍全身,奥拉夫的声音似乎越来越小,一切都不存在,眼前只有这位深皮肤的奇怪妇女在盯着自己。接着她笑了,昏昏欲睡的感觉随之消失了。"我喜欢则(这)个男孩儿。"她口音重重地说。

"行啦,海蒂,我不会把他给你。"奥拉夫说。

"这个男孩儿不似(是)你能给予的。"海蒂说。

"也不是你能得到的,老婆,瞧,我照你的吩咐带回了香草和药品。"

海蒂点头称是,接受了礼物。"这女孩儿呢?"她问道,声音又低又哑。露西紧握着杰克的手,大拇指放在嘴里,她两眼瞪着屋子中央慢慢燃烧的火焰,不知又在做着什么白日梦。

"她是索吉尔的。"

"索吉尔?"多蒂和萝蒂异口同声喊道。

"这是她抓到的第一个俘虏。"奥拉夫说,"这比什么都让她高兴。"

"任何东西都不会似(使)索吉尔高兴。"海蒂说道,声音飘忽不定。

"说得对,可是,我不想坏规矩要走她的第一个俘虏。"

杰克看得出奥拉夫对海蒂处处赔着小心,他觉得好奇。奥拉夫对手下动不动就打,他也可能掴多蒂和萝蒂巴掌,但是这个女人却与众不同,奥拉夫有些怕她。

"那索吉尔——(她把名字拖得长长的)打涮(算)怎么处置这个孩子呢?"

"把她献给弗丽斯。"

"不!"另外两个妻子高声喊道,奥拉夫看上去一脸歉意。

"她想成为王后的狂暴斗士。"奥拉夫说,"这是她最大的愿望。我可以邀她一起出海,可我没有权利接收她。献上露西(是这个小东西的名字)这份礼,她会获准加入的。"

"这么做可不怎么样。"海蒂说,"这可傻透了,我的北方呆牛丈夫啊,最后会酿成大祸的。"

说到这儿,杰克本以为奥拉夫会打她,不料他只是做了个鬼脸,说道:"你别用巫术来整我,海蒂。我又累又脏,我现在只想蒸个桑拿,好好出出汗,再喝一桶蜂蜜酒。"

奥拉夫心里想的就是"一桶"。多蒂从库房中倒了满满一小桶,奥拉夫喝得顺着胡子直往下滴。“以海神埃及尔的阔肩起誓,真是好酒啊!”他说,“自家酿的蜂蜜酒就是好喝。”萝蒂连忙给他递上面包和奶酪。

“知道就着什么吃吗?”奥拉夫说,“*Graffisk*,给我拿点儿 *graffisk* 来!” 萝蒂奔出门外。“孩子,我要款待款待你。在海上时,好多次我做梦都想吃这道菜。现在能吃上它说明我真的回到了家里。因为我喜欢你,所以要请你尝尝。”他对杰克说。

“谢谢。”杰克将信将疑地说,他特想吃面包和奶酪,可没让他吃。突然从门外飘来一股难以置信的臭味,像是脚趾甲、烂牙和陈年船舱积水的味道。杰克不知该如何形容,他竭尽全力才没有从屋里跑出去。

萝蒂端着一个碗,蹦跳着来到屋里。“我新打开一桶。”她柔声细气地说道。

新鲜的? 杰克心想。满满一碗黏糊糊的灰色液体,上面漂着一块块紫色的东西,样子和味道一样可怕。

“*Graffisk*!”奥拉说着往一块面包上抹了一些,三口两口吞将下去,大胡子间漾出一道心满意足的微笑。“吃点儿。”他把碗递了出来。

“我——我不饿。”杰克说。

**“吃点儿。”**

于是杰克拿起一小片面包,在碗里轻轻蘸了一点儿汤,送到嘴里。他想一口吞下,可吞得不够快。那味道黏在嘴里,那感觉就像打扫牲口棚时污泥黏在腿上一样,杰克冲出门外,弯下腰,拼命干呕。

“哈! 哈! 哈! 哈! 吃奶的小屁孩儿!”奥拉夫说罢开怀大笑,他的妻儿也跟着一块儿哄然大笑。过了一会儿海蒂同情起杰克 ,端来一杯水。

“这是他最喜欢和外乡人开的玩笑。”她说。杰克跟着她踉踉跄跄地回到屋里。他最后终于弄明白了 *graffisk* 是什么意思了：“粪鱼”，也就是死鱼、烂鱼。

“*Graffisk* 是我们没有盐时的做法。”奥拉夫一边用面包抹着那令人作呕的玩意儿，一边解释道。他真的喜欢这玩意儿！“有时我们发现鲱鱼群，成千上万的鲱鱼啊，海水都变稠了，把斧头放在水面上都不会沉下去。真多啊！我们就把鲱鱼运回来。然后呢？只能吃下那么多，要是碰上雨天，剩下的又不能晾成鱼干。

“于是乎我们就把鲱鱼装到木桶里，然后埋到土里。等上几个月鱼就像上好的奶酪一样变熟了，变成紫色，味道美极了，埋的时间越长，味道越美。”

“吃了不会中毒吗？”杰克问道。他心里想：我真希望你们中毒。

奥拉夫拍了拍肚皮，咧嘴笑着说：“我们北欧海盗身体棒，不像撒克逊人。”这期间男女笨瓜已烧火把桑拿准备好，笨瓜来到门口，巨人站起身，抖掉胡子上的面包渣儿，随着一脸苦相的奴隶走进桑拿房。

杰克走过去坐在露西身旁。她全神贯注地盯着屋子中央的火。“露西？”

没有回答。

“露西？”他抓住露西的手，她样子很怪异，好像人不存在似的。

“真美啊！”她盯着火说。奥拉夫的一个女儿走了过来，一把将露西推下板凳。

“嘿！”杰克大喊。

“蟾蜍脸。”女孩儿说，“我就这么叫你，蟾蜍脸。该轮到我给奴隶起名字啦。”

“离他远点儿。”海蒂说着，她人已像狼一般悄无声息地来到他们身后。女孩儿赶紧溜走了。杰克把露西抱回板凳上,露西仍旧盯着火,好像什么都没有发生。

“她怎么啦?是不是病啦?”杰克高声大喊,心中暗想:她是不是疯啦?

“她的魂飞了。”海蒂说,“在一个奇异的地方游荡呢,我觉得应该是个好地方。”

“父亲过去总是说她是个失踪的公主。”杰克说完不知怎的感到安心一些,“他说有一天骑士会来找她,把她接回城堡。我担心露西信了他的话。”

“我以前见过这种事。”这位皮肤黝黑的女人说,“我家乡的冬季又长又昏暗,人的魂会到处游荡,这样就不会疯掉。春天来了,魂也就回来了。”

“我希望露西的春天会回来。”

“有你的帮助,会的。你是个特别的男孩儿。我知道的,我能看到人的内心。”

“那你是个女智者?”杰克问。

海蒂笑了起来,笑声同话音一样飘忽。屋子里其他人全都停下来,似乎每个人都有点儿怕海蒂。“谢谢你没有说我是女巫。”她说,用手指着屋子里的其他人,“他们就似(是)这么想的,不绰(错),我会 *seiðer*。”

“你是说……巫术吗?”杰克问道。

“那似(是)女人的魔法。而吟游诗人所做的似(是)男人的魔法。只有两者合起来才叫巫术。”

杰克不知道自己是不是听懂了,但他放下心来。他是个吟游诗人,所以他施魔法是理所当然,索吉尔不能指控他了。“你是哪里人?”他问。

“奥拉夫在芬马克得到我。我父亲似(是)村长,奥拉夫似(是)用皮毛换的我。”

这么说这个巨人并不总是杀人越货,杰克心想。

“追我的人很多,很多。女智者似(是)很有用的。但是我的心选择了奥拉夫。我本该恰(嫁)给别人,可似(是)——”海蒂耸了耸肩,“他又高又大又英俊,可我不喜欢她们。”她皱起眉头看着正在给孩子捉头虱的多蒂和萝蒂说:“我和她们可不一样,这个大笨牛对我好,我就留下,要是欺负我,我就会离开。”

海蒂说罢回到药草罐旁。杰克留下看护着露西。小露西盯着火看,好像十分高兴。杰克把奥拉夫给她雕刻的木偶拿过来,她便坐下玩起木偶来。杰克向萝蒂讨要面包和奶酪。他还没弄清楚自己的身份,也许奴隶要吃的会挨揍。不过萝蒂给他拿来面包和奶酪,还外加了一杯酪乳。杰克用酪乳喂露西喝。

由于海蒂对杰克感兴趣,使得杰克和露西得以独处,没有人再把露西推下板凳,也没有人再威胁叫他蟾蜍脸了。

当天晚些时候,索吉尔露面了,得知她和奥拉夫一家住在一起时,杰克吓坏了。索吉尔闯进屋里,满脸通红,浑身大汗,因为刚刚和那几条狗打闹过。海蒂要她去洗洗桑拿。鲁内也过来吃晚饭。杰克现在了解到,他也是奥拉夫家的一员。“我妻子几年前去世了,我们的孩子全都夭折了,”他小声说道,“奥拉夫的家就像夏日的下午那样永远暖和温馨,就像荒野中的一盏巨灯。”

杰克浑身发抖,他曾听说过这些话。“您是说它像格兰入侵前的赫鲁斯加宫殿吗?”杰克问道。

“我引用了那首诗吗?是的,我可能引用了。那是龙舌最棒的作品。”鲁内把脚伸向屋中央的火槽,“我活了这么大岁数,知道什么都不能持久。奥拉夫这样的欢乐迟早会烟飞云散。但是我也清楚,若是欢乐之时哀叹命运不济，对欢乐视而不见，那也罪过不小。”

海蒂为他端来一杯热气腾腾的药汤，让他润润受损的喉咙。他俩相视一笑，杰克感到老武士和女智者间的空气在抖动。

那天的晚餐丰盛无比。为了使这顿晚餐不同凡响，奥拉夫的妻子和仆人忙碌了一整天。巨人的座椅被拉到火槽的上手端。桌子两边摆放好木盘、木勺和木杯。每个人要用自己的刀子，但给杰克摆了一把刀子，因为他的刀子早就没了。

仆人们端上精细的白面包、一片片的乳酪、茴香烤大马哈鱼、香喷喷冒着油的鹅肉、飘着小茴香和大蒜香味的炖肉，而且还在不断地上菜。酪奶、苹果酒、啤酒和蜂蜜酒，只要开口就给上，每张桌子上都放了几钵苹果。杰克还是头一次见过这么丰盛的食物，也算是补偿了先前吃过的可怕粪鱼。

奥拉夫坐在火槽上手端的大椅子上，鲁内和杰克坐在一侧，另一侧则坐着为争好肉而你争我抢的儿子们。妻子和女儿们不用从外面的厨房端菜时，便规规矩矩地在大厅另一头用餐。海蒂照看着露西，甚至奴隶们也在门口附近入座，就杰克的目光所及，看到他们的食物没什么两样。

聚会一片兴高采烈，人们即兴唱了很多歌，只有一个人独自坐在一旁，没有加入众人的欢庆。索吉尔坐在男女家庭成员的中间，奥拉夫曾威胁说让她与奴隶坐在一起，可后来还是发了慈悲，不过没有像杰克那样坐到上位。她孤零零地坐在那里，有些凄凉。她的家人呢？杰克暗自揣测。

“你可以帮助收拾收拾。”海蒂对闷闷不乐的女孩儿说。

索吉尔一听这话，一下把木盘摔到地上，喊道：“我可不干女人干的活儿！”

“干这活儿不丢人，不管你愿意不愿意，你和我们没什么两样。”

大伙顿时鸦雀无声，一时间大厅里静得令人透不过气来，只有炉火在噼啪作响。

"捡起来！"奥拉夫猛然吼了一声，在座的每一个人都觉得震了一下。

"我和她们不一样，我是庇护少女！"索吉尔大声吼叫。

"你是我好心收留的孤儿，要是我手下有谁敢像你这样做，我就会把他的脸按在你刚才扔的东西上。**现在就捡！**"

索吉尔掀翻板凳，夺门而出。没有人试图拦阻她。海蒂摇摇头，弯下身子，收拾干净溅了一地的炖肉和面包。

杰克坐回原处，心怦怦直跳，胃中在一个劲儿地翻腾。他就坐在奥拉夫旁边，刚才巨人的那声大吼震得他耳朵仍在嗡嗡响。更糟糕的是，索吉尔的愤怒和悲痛竟让他感觉好像遭受了重击，他不知道这是为什么。

他所受的训练是要利用生命力，心情平静时，他可以感觉生命力在空气中、在土地里流动。他也能在鲁内和海蒂之间感觉到生命力，这并不奇怪。海蒂是女智者而鲁内是吟游诗人，他喜欢他们。

他当然对索吉尔恨之入骨，她又残忍又恶毒，一心以死为荣，性格也没有丝毫招人喜欢的地方，而且……杰克想起她独自走在街上，没有一个人前来迎接她。奥拉夫说她是个孤儿，就是说她没有家。他斜眼瞥了鲁内一眼，见他正若无其事地用面包蘸着肉汤，便问道："她会去哪儿啊？"

"索吉尔吗？她睡在桑拿房里。"这位老武士似乎并不担心，"要是月光够亮，她就会到山上和国王的狗挤在一起。"

"那是她的兄弟姐妹。"奥拉夫的一个儿子说道。这个小伙子身体壮实，刚开始长胡子，两眼微微上吊，杰克猜他母亲一定是海蒂。"只有它们才能忍受她。"

“够了，斯卡基，”奥拉夫说，“她忍不住火，像她父亲一样，奥丁神知道，狂暴斗士没有一个好脾气的。”

大伙全都喃喃称是。“国王的狗是不是个头很大，毛是灰色的？”杰克问。

“这么说你见过它们了。”奥拉夫说。

巨人片刻之间就能从勃然大怒变得兴高采烈，着实令人称奇。可杰克知道，他也会在片刻之间再变回去。“今天下午它们朝我和露西跑来，可并没有伤害我们。”杰克说。

“它们从不伤害小孩儿，”斯卡基说，“你就是把希尔达放在狗食盆里它们都不会吠一声。”说着用手指了指正在萝蒂怀里大声吃奶的胖娃娃。

“可是别让它们看见狼，”奥拉夫说，“要是看见狼就连雷神托尔都拽不住它们。”

“你还是给他讲讲那个故事吧。”萝蒂边说边给希尔达换奶，一时吃不上奶的希尔达便哇哇大叫起来。

奥拉夫往大椅子上一靠，弄得椅子咯吱作响，好像要散架似的。“索吉尔的父亲，”他开始讲起，“是有史以来最伟大的狂暴斗士，名叫索格林。他总是头一个冲入战场，最后一个离开。十六岁时他就有了一条巨魔牙齿项链了。可是他致命的弱点就是控制不住火气，当他发起火时，对周遭的一切既听不见也看不见了。”

“我记得就连您也阻止不了他。”斯卡基说。

“他没有明媒正娶的妻子，因为没人愿意嫁给他，”奥拉夫讲道，“可他有个奴隶，是个撒克逊人，我忘了她叫什么了。”

“叫阿莉森呀，亲爱的笨牛，”海蒂说，“你真的记不住女人的名字。”

“不管怎么说吧，这个阿莉森为他生了个儿子，叫索里尔。有关他的事我告诉过你了。”

“是的。”杰克想起那次可怕的凶杀。

“打那以后阿莉森就全变了，对身边的一切好像都视而不见，生下这个女孩儿后只说了声‘吉尔’，这是她给孩子取的名字。”

“可她是奴隶，没有权利取名。”斯卡基说。

“产婆把她抱给索格林，他把她扔了。”

“扔了？”杰克失声惊呼。这种事真是闻所未闻，不管孩子长得有多丑，都是上帝的恩赐，必须爱她。

“那是父亲的权利。”奥拉夫说着一脸严肃地看着自己成群的儿女。显然他从来没有扔过孩子，看上去孩子们对此也毫不担心。

“他想要个男孩儿。”鲁内低声说道，大伙也都安静下来听他说话，“他想要个男孩儿取代索里尔，可生的是个女孩儿，他便下令把它扔到森林里。”

杰克震惊得连话都说不出来。

“于是产婆把孩子放到离房子很远的一棵树下，”奥拉夫接着讲述，“先前有人献给伊瓦国王一对爱尔兰猎狼犬，母狗刚产崽不久，它到林子里溜达，碰到了这个婴儿，我猜当时它正在哭吧。”

“像我的希尔达。”萝蒂喂好奶，慈爱地说。

“母狗趴下来喂它奶吃，好像把它当成了小狗。饲养员找到母狗时看见它正蜷在孩子身边给它取暖。”

“为什么你说到这个孩子时总是用‘它’呢？她不是个女孩儿吗？”杰克问道。

“还什么都不是，还没有被承认。”鲁内说。

“不过这时索格林遇到了一个麻烦，”奥拉夫说，“我们的法律规定，孩子只要喂了奶就不能抛弃，不管喜欢还是不喜欢，王犬喂过了它，索格林必须把她抱回家——现在要称她了。他给她取名索吉尔，将她交给阿莉森。”

“阿莉森从不多看她一眼,”海蒂说,“她只是给她喂奶,索吉尔的父亲对她也是不闻不问,给她爱的只有那条母狗和后来的那群小狗。”

故事讲完了！简直和诗人讲给杰克的故事一样令人称奇,可以写成一首好诗,只是太过悲伤了。需要有个高兴的结局,杰克要求自己找到一个高兴的结局。

话题又转到其他事上。没过多久,温暖和美食让杰克昏昏欲睡。海蒂把他领到屋外的一间小屋里,给了他一堆干草和一条粗毯。几个年轻的奴隶已经鼾声大作。露西被放在大厅角落的床上。

毯子上全是跳蚤,杰克感觉到它们在乱跳,可他太困了,顾不上那么多了。他浑然不知猪脸、脏裤子和粗腿是何时带着一身酸啤酒和汗味钻进草堆里的。

## 第二十一章

# 金鬃毛

第二天杰克便知道了自己无论在宴会上受到多高的待遇，但终归是个奴隶，而且永远是奴隶，在任何人眼里也将永远是个奴隶。天刚放亮，脏裤子就粗暴地把他从床上拽起来，带到农场的铁匠炉旁，打造了一副奴隶项圈套在他的脖子上，然后用钳子把项圈口封上，他说："我做得大，够你长的。打扫猪圈去，苹果园旁边的那栋房子就是。"

杰克离开铁匠炉，踉踉跄跄往前走，目光呆滞而绝望。他的脖子被脏裤子弄伤，现在还发痛，铁项圈太大，衣服盖不住，贴在皮肤上冰凉冰凉的。

他昏头昏脑地朝远处脏裤子所指的那栋房子走去，生命力似乎离得很远，甚至就连隐在胸前的护身符也因铁项圈而变得冰凉。一群乌鸦从猪圈飞起，一边盘旋一边大声叫着，接着落了下来：有什么好怕的，不过是个奴隶来清扫猪圈罢了。

其中一只乌鸦沿着屋檐跳过来，样子比其他乌鸦优雅，羽毛也更光亮。"勇敢！"杰克喊道，"你不记得我吗？我是杰克呀。"可这只鸟冷冷地看着他，不肯再往前一步。

肯定就是这只乌鸦，它的左腿的脚爪没了。"我知道是你，勇敢，”杰克说，“我把你从天上唤下，救了你的命。我告诉露西你来自极乐岛，你也许真的来自极乐岛，你太聪明了。”

杰克站上一只木桶，试图去够屋檐，他的指尖碰到乌鸦的羽毛，乌鸦飞开了。杰克没站稳，摔了下来，眼看着乌鸦飞过树梢后不见了。这不过是件小事，可杰克遭遇了种种厄运，乌鸦的离弃又是刚刚碰到的厄运。杰克蜷缩在地上，放声痛哭。“没错！没错！我就是个奴隶，连鸟儿都知道，我和脏裤子、猪脸没什么不同！嗨，我当初要是掉到海里淹死就好了，至少还能到极乐岛去找诗人啊。”他用的是撒克逊语。现在除了和露西说话外，他很少用撒克逊语，全都用北方话了。

杰克觉得有人揪他的头发，他抬头看见勇敢飞上飞下，又蹦又跳，用乌鸦的语言说个不停，一会儿哀叫，一会儿低鸣，一会儿飞下来揪揪杰克的头发和衣服，还耸起羽毛，前后摇摆。杰克在想，如果勇敢是条狗，那一定是在地下打滚，表示对不起啊。

“没关系。”杰克坐起来，抚着乌鸦的羽毛说道，“我知道，你找你的乌鸦朋友去了，不记得我了。你更喜欢它们，这很自然。”

乌鸦跳到杰克的膝上，依在他的胸前，低鸣转成呢喃，杰克打了个冷战。

“你知道，我没有生气，我是伤心，”杰克说，“这可大不一样。有谁戴上可怕的奴隶项圈会不伤心呢？可只要我有朋友，戴多久我都能忍受。”勇敢上下敲打着喙以表它对奴隶项圈的看法。“我现在得干活儿去了，”杰克说，“我不清楚这儿对偷懒的奴隶会如何处置，肯定很可怕。你要是愿意就去看我干活儿吧。”他看见猪圈墙边立着一把耙子，便拿在手里走进了猪圈。勇敢跟他进去后飞到了房梁上。圈里有三头猪满怀期待地扬起了头。

和杰克的村庄一样，夏天这里大多数牲畜也是散放在外面觅食。

人们猎取在林中四处游荡的猪作为消遣,但在春天会捉些小猪崽养起来。猪很聪明,会跟着人到处走,要是挠挠它们的耳后,就会满意地呼噜呼噜叫。但到了秋天时困难就来了,因为所有的猪都要杀掉,只留下怀孕的母猪,因为要为圣诞盛宴准备乳猪。

母猪扒在栏杆上,和杰克过去见过的矮胖矮胖的黑白花猪大不一样,它们毛色苍白,腿部很长,健壮灵活,耳朵机警地竖着,眼中闪着好奇,用长长的鼻子冲着他,似乎只要他稍不留神就想把他撞倒。

"看看这么多粪便。"杰克叹道。母猪的膝盖都陷到粪便里了,臭气熏得杰克直流眼泪,母猪们肯定也不舒服,杰克知道其实猪是很爱干净的,只要有可能,它们就会保持清洁。他看见边上有一个干净的小圈,知道在他收拾猪圈时要先把它们赶到那里。

杰克走到外面想找点儿什么把母猪引开,看见脏裤子、猪脸和笨瓜都坐在篱笆墙上,很是吃惊。显然他们为有个新手可供驱使而高兴,他们肯定有一阵子不用干活儿了。"找东西喂猪吗?"笨瓜问道。杰克点点头。笨瓜向一片野芥菜地指了指。

"换圈时可要把门关上,别让猪跑了。"猪脸说。杰克拔了一把芥菜回到猪圈。臭气熏天,臭得都能把天上的飞鸟熏下来。杰克看到勇敢聪明地躲在屋顶的洞口旁。

关上门后,只有洞口能透进些光亮。黑暗使得猪圈有些阴森,挂在椽子上的农具影影绰绰,让杰克想起父亲说过的躲藏起来等候坏灵魂的小鬼来。

"我这是胡思乱想了,"杰克自谴自责道,"那是一条绳子,那是一把镰刀……不管怎么说,我想是件锋利的东西。那是把锯子。"杰克爬到干净的小猪圈里,把野芥菜放到地上,母猪们急切地呼噜呼噜直叫。

杰克找到两个圈之间的门,把门打开,母猪们一拥而进,把他撞倒在地。活儿干到现在相当容易。"好好享用,女士们。"看着它们贪吃的样子杰克笑着说道。

勇敢忽地从歇脚的地方飞起,杰克也警觉地跳了起来。他看见一个巨大的家伙从远处一个猪圈的粪堆里站了起来,只见它身体两侧淌着污物,张着大嘴,龇着巨大的獠牙冲着他的脸猛扑过来。杰克想把门关上,可那家伙过于凶猛,忽地冲过门,转过身朝杰克冲过来。

杰克爬上了篱笆墙,他必须当机立断。他可以跳到另一边的粪堆里,不过那个家伙肯定会冲回来;他也可以跳到横梁上。杰克选择了往上跳,他挣扎着爬到了横梁上,手上扎进许多细刺。他把一只脚悠到梁木上,然后脚钩手抱地攀住细细的梁木,摇摇晃晃地保持着平衡。

下面到底是个什么东西?杰克眯起眼睛往暗处看,只见那家伙正仰着硕大的头,嗷嗷地嚎叫着。原来是一只大公猪!即便是只公猪,也比杰克看到过的猪都要大。污物下面还露出一撮金色的毛发,要不是浑身沾满粪便,这头猪应该很漂亮。公猪又尖叫起来,杰克差点儿从梁木上掉下来。这个姿势他坚持不了多久,他倍加小心,缓缓地转动身体,直到能坐起身来,他用双手撑着屋顶,以免掉下来。现在他的屁股和手掌一样痛了。

公猪在下面踱着步,昂着头,龇着牙,凶巴巴地叫着。那些奴隶在哪呢?杰克心想。他们不知道他身处险境吗?杰克听见外面有声音,便张嘴想大声呼救。

是笑声。这帮奴隶在笑呢!他们早知道有头公猪却没有警告他!——杰克现在明白了,根本不需要关上圈门。两个小猪圈就可以把猪圈住。黑暗才是要害。奴隶们知道公猪会藏在粪堆里,知道关上门后杰克就几乎什么都看不见了。

"我真傻。"杰克哀叹道。可话说回来,他怎能料到会有人这般歹毒呢？他从来没有得罪过他们，他们也是奴隶，他们共同的敌人应该是奴役他们的人呀。

“他挨咬了吗？”脏裤子说。

“我巴不得他挨咬，这个小滑头竟然和主人一起坐在主桌。”猪脸说。

“我们是不是应该救他。”笨瓜说，“他毕竟还是个孩子。”

“算了吧，金鬃毛要是想干什么事就得让它干到底，”脏裤子说，“再说了，我们也不能留下证据啊。”

“就算你说得对吧。”笨瓜说。

金鬃毛一定是这头公猪的名字，杰克心想。好显赫的名字，但是它目前的处境却一点儿都不显赫，身上沾满黑色的污垢，好像穿了一身铠甲。

勇敢在屋顶的洞口鸣叫。

“我钻不过去，”杰克说，“我也不能像你那样飞到洞口，老朋友。我得等着有人来找我。”虽然嘴上这么说，可心里沉甸甸的。为了尽力保持姿势，他的胳膊都酸疼了，他这样能坚持几个时辰呢？真会有人想起来找他吗？

勇敢又鸣叫起来，对乌鸦来说，那声音可谓异常甜美了，杰克从来没有听过。“你想告诉我什么呀？你想告诉它什么呀？”因为杰克看到金鬃毛竖起鼻子，一个劲儿地盯着勇敢。“你喜欢听它叫。”杰克说道，心中诧异。

他灵机一动。母亲用唱歌来安抚公羊和母羊，割蜜前用歌声来安抚蜜蜂。她教过杰克这种小魔法，可杰克没太在意，因为和诗人传授的知识相比太微不足道了。

杰克开始唱起安抚蜜蜂的咒语：

　　空中的慷慨精灵，

殿堂富足而充实

你从远野返回时，

连风都落在身后。

接着他又唱起一首安抚新生羔羊的摇篮曲，唱完后不知从哪儿来的灵感，即兴唱了一首充满欢乐和活力的歌曲。歌中赞颂了茂密的森林，橡树下厚厚的橡实，斑驳的阳光和待人们采挖品尝的韭葱。唱罢感到轻松愉快，好似亲身跑过树林一般。

他往下看，只见金鬃毛轻声地呼噜着，用崇拜的目光望着自己。这家伙的变化太大了。母猪吃完了芥菜，仍四处嗅着，还想再吃。杰克断定：它们是没有灵魂的东西，而金鬃毛则截然不同，它噜噜地叫着，声音迷人，显然是在说“再唱”。

于是杰克又唱了一首，边唱边沿着椽木尽量往外移（臀部因此扎了好多刺）。他还没有脱离金鬃毛的攻击范围，可他得到一个在金鬃毛逮住他之前跑到外层篱笆墙的机会。

杰克跳到地上，可没跳正，脚底滑了一下，他马上站稳，不过金鬃毛速度更快，它跃向篱笆墙，横在杰克和逃路之间。

男孩儿和公猪互相对视着，随后金鬃毛上前一步，抬起下巴，又是喘气又是呼噜，和祈求关注的小狗没有什么不同。杰克小心翼翼伸出手，挠了挠公猪的下巴，金鬃毛噜噜地哼了起来。

“你这个老好人。”杰克像对待自家的猪一样，低声唱了起来。“我会把你挠得酥酥的。”说着就去挠金鬃毛的耳后，公猪闭上眼睛，一副恍恍惚惚的样子。“得，看吧，”杰克说，“那些奴隶一定会大吃一惊的。”他把母猪和金鬃毛关进干净的猪圈，然后爬到外面，打开了圈门。

猪脸、脏裤子和笨瓜惊得直往后跳。

“你刚才在唱歌，”脏裤子说，“发生什么事啦？”

“你没挨咬吧。”猪脸失望地说。

“没有啊，我怎么会呢。”杰克两手叉腰站在他们面前，得意洋洋。

“可我听见金鬃毛尖叫过。”猪脸嘟囔着。

杰克虽然怒火中烧，可他不想显露出来，他另有打算。

几个奴隶笨手笨脚来到里面，“呸！真臭！”笨瓜说。

“那可不是我的错，”猪脸说，“那头公猪太喜欢吃人肉了，它就是头巨魔猪，我可不想靠近它。”

“要是奥拉夫让你做，你就会做。”脏裤子说。

“那是这个新来小子的活儿。嘿，小子！过来，你的活儿还没干完呢。”

杰克走了进去，随意往篱笆墙上一靠，金鬃毛冲他小跑过来，扬起下巴要他挠痒。“乖乖猪。”杰克小声哄着它。那三个奴隶看得眼珠都要瞪出来了。

“妖术 *seiðer*，”脏裤子低声说，“他刚才唱歌就是在施妖术呢。”

“所以海蒂才对他感兴趣。”笨瓜悄声说道。

“这是吟游诗人的法术，不是什么妖术 *seiðher*。”杰克虽然嘴上这么说，可心里一点儿底儿都没有。“我是吟游诗人，打扫猪圈的活儿不是我干的。”他把耙子递给笨瓜，笨瓜也就自然而然地接了过来，“要是你们冒犯我，我就让你们浑身长疖。要是想害我，我就让你们发疯，甚至更惨！”

这三个奴隶满脸惊慌，显然他们是在想“更惨”会怎么样。“要是我告诉奥拉夫你们刚才干的好事，他会把你们剁成肉酱。”这三个奴隶脸色惨白，杰克知道他们还真信了。“我现在要去大厅吃早饭。你们要在天黑前把猪圈打扫干净，再往金鬃毛身上浇几桶水，浑身是粪它可不喜欢。”

杰克迈步而行,头都没回,好像自己就是龙舟船的船长。在这险恶的地方,他没有任何有利的条件可依赖,要是能让这三个奴隶怕他,那再好不过了。他一点儿都不欠他们的。

刚一离开他们的视线,杰克便瘫坐在树篱下面,心中充满生死一线的恐惧,他浑身发抖,泪流满面。为什么这么多人要和他过不去?面对这么多敌人他如何才能生存?他抬头看见勇敢,勇敢在附近自顾自地叫着。“至少我还有一个真正的朋友。”杰克说着用衣袖擦干了眼泪。“也许是两个,如果算上金鬃毛的话。”

杰克把手掌扎的刺拔出,借机平息平息自己的情绪。他听见猪圈传来咒骂声和喊叫声,金鬃毛已不是什么乖乖猪了。杰克心情为之大振,他优哉游哉地来到大厅时心情也高兴起来。勇敢一路跟着他,不再像往常一样跟着其他乌鸦走了。

## 第二十二章

# 海蒂的预言

“事情可不太妙。”海蒂一边调整着奥拉夫华丽的大红斗篷一边说道。天色已近傍晚,全家人正为参加伊瓦王设的接风宴准备着,如果称得上是接风的话。虽然奥拉夫早已将礼物呈上,可伊瓦王过了两个星期才答谢这位凯旋的英雄,像是有意要羞辱他一番。

“你准备把巨魔猪献给伊瓦,可是国王要是见到这个男孩儿,肯定也会把他要去的。”海蒂边说边精心梳理好奥拉夫已饰好绶带的胡子,然后给他拿来赴宴戴的头盔。杰克看到头盔便浑身发冷,这个头盔也带有铁栏的鹰面,只不过这个头盔是包金的,头盔两侧刻有武士行军的图案,盔顶饰有精致的盔缨。

“他要颂唱我的丰功伟绩呀,老婆。要是没人颂唱那还有什么意思呢。”

“可似(是),那——”海蒂拉长了声音,有如海风般悲泣,“你有吟游诗人而国王没有,那他会怎么想?”

“伊瓦还行。”奥拉夫不安地说,“我效忠了他一辈子,他是个正人君子。”

“他过去似(是),”海蒂叹了一声,“在她来之前。”

“你说得对,好啦,就这么定了。孩子,把我的剑拿来。到了宫殿大门我还得把剑解下,不过配斗篷还是很好看的。”

斯卡基从抢来的十字架上抠下宝石,把剑鞘装饰一新,这样配起斗篷来就更好看了。杰克几乎拿不动宝剑,而奥拉夫毫不费力就把剑佩好。前去赴宴的斯卡基也是一身盛装,配了一把他自己缴来的宝剑。他可能永远不会像他父亲那样高大,但英勇绝不输他。

杰克喜欢他,他有母亲的智慧,对弟弟妹妹很亲切,对奴隶们更是想不到的和气。奥拉夫遗憾地说过斯卡基没有遗传到他狂暴斗士的秉性,不过他还是为他感到骄傲。

多蒂和萝蒂可谓珠翠满身,每根手指都戴上戒指,还戴了手镯和项链、别了三枚大大的胸针,两枚别在裙子吊带上,一枚别在裙子中间。三枚胸针下是条铜链,上面挂着杂七杂八的东西:钥匙啦、梳子啦、剪刀啦、刀子啦和一把小银勺。多蒂说小银勺是挖鼻屎用的,她们还是从海蒂那得知这是鼻屎勺,觉得非常有用。

鲁内身穿白袍,背着竖琴,十足的吟游诗人派头,他虽无法吟唱,但从来是手不离琴。就连索吉尔都一反常态地换上了干净的绿色大衣,把她特别喜欢的那条闪闪发光的银箔项链戴在脖子上。而杰克脖子上却是那只奴隶铁项圈。

想到要见王后,杰克就感到紧张,不过他吟唱完毕便可躲进人群中,但一定要唱得完美无缺,鲁内警告再三。真正的问题是露西,要把她献给王后,而杰克又无力阻止。奥拉夫说弗丽斯喜欢漂亮的孩子,或许是她没有孩子的缘故,她不生气的时候对孩子很好。可她生气的时候会怎样呢,奥拉夫只字未提。

“太好啦,太好啦,我要回我的城堡啦!”露西大声叫喊,“我要去见我的亲生父母啦!”

“爸爸妈妈就是咱们的亲生父母啊。”杰克说。

“不,他们不是。”露西称道,杰克不忍心将实情告诉她。

杰克见海蒂仍穿着汗迹斑斑的工作服，便问她："你不去吗？"

"王后不愿意看到我，"海蒂用沙哑的声音答道，"那会让她紧张。"

杰克感到失望。要是身边有人能使王后紧张该有多好啊。

"亲爱的笨牛，我还有话要说，"见奥拉夫准备出门，海蒂接着说道，"如果你把这个男孩儿和他的妹妹带到王宫，你必遭厄运。我说了好几遍了，可你就是不听。现在我最后一次求你，不要带他们去见王后。我看到你倒在密林深处，全身的鲜血都渗入了土地。"

鲁内惊呼道："奥拉夫，你可没和我提过这件事呀。"

"女人的胡言乱语。"奥拉夫说。

"我想还没有人说过海蒂会胡言乱语呢。"

"听好了，老朋友，受到保护的人总是害怕危险。要知道，我们狂暴斗士就是为危险而生。我们的灵魂驱使我们扬帆出海，航行在咸波之上。我们在冒险中求得幸福，如果我们活下来，返乡时会备感幸福。但每个人终归会有一死，惟一的选择就是勇敢面对。无论怎么做都会面对死亡。"

鲁内眼里泪光闪闪，说道："吟游诗人为你写出多美的诗歌你都当之无愧。"

"那倒是，不是吗？"奥拉夫说罢顿时容光焕发。

"真该在你屁股上踢上一脚，"海蒂喊道，"是谁让男人们满脑子都是这么愚昧的想法？为什么就不能避开麻烦，改日再战呢？"

可是除了杰克，没人听得进去。

那天下午，晴空万里，天气暖和，原野上群蜂飞舞，农场里马匹沿着篱笆撒欢跳跃，就连较比内向的云鬃在他们经过时都在低声嘶鸣。奥拉夫一马当先，怀抱着露西，身边是斯卡基，紧随其后的是多蒂、萝蒂、鲁内、索吉尔和杰克，最后是一辆牛拉的吱嘎作响的牛车，车上是关在笼中的金鬃毛。粗腿、脏裤子和笨瓜走在车旁，虽说衣着不算华丽，却也干净整齐。猪脸的腿被金鬃毛咬了一口，留在家里养伤。

他们一行往山上走，一路穿过片片松树林和草场。旅鼠在野蒜堆中蹦来蹦去，驼鹿躲在云莓和蔓越橘藤蔓后面，一只老鹰在天上盘旋，然后一头俯冲下来，从草丛里抓起一只吱吱叫的小鼠，杰克见状，回身去看望金鬃毛。

“看上去还不错吧，猪猪？”他小声说，那公猪也哼了一声作为回应。

“别喜欢上它，”笨瓜说，“它要献给弗蕾娅做祭品。”

“祭品？”

“这家伙太凶，样子再好看也不能留着。”脏裤子说。这几个奴隶知道杰克不会找他们麻烦后，对杰克也友好起来。

“我以为它是——你知道——用来生小猪的。”

“没错，用它生过小猪。”笨瓜窃笑道。

“它可不是普通的公猪，”粗腿解释说，“公猪就够凶的了，可它这种公猪是随约顿人漂洋过海来的，单属一个种，被抓时咬死过一个人，后来还吃了两个放猪娃。”

*所以你们把我和它关在一起。*杰克心里这么想，嘴上却没有说出来。“我想那不会比被杀了吃肉还惨吧。”

“嗨，可比那惨多了，”脏裤子说，“他们会将它连车扔到弗蕾娅的沼泽里，它会慢慢往下沉，有时要好几个小时，到时候它就知道是这么回事了，猪都很聪明。”

“那——那太可怕了！”

“它活该，这个吃人魔，”笨瓜说，“只是猪脸看不到了，真可惜。”

杰克走在猪身边，小声唱着歌。他不想引起索吉尔注意，他唱的是极乐岛，说那里从不下雪，空气永远清新，水永远像天空一样清澈。金鬃毛好像听懂了，轻声哼哼起来。

他们走出树林，来到空旷的原野。索吉尔立刻跑开去找国王的猎狼犬。有一块人称尖牙的悬崖突显露在峡湾上方，悬崖之上伊瓦的宫殿隐约看见，相比之下，周边的房屋都显得矮了一大截，连奥拉夫的府邸都被比了下去。宫殿的拱顶至少宽上两倍，每边至少有二十几根柱子支撑，虽然壮观，却难看无比。杰克觉得那些柱子就像巨型潮虫的脚。宫外有十几个火道，全都冒着烟。

其他的客人全都高声打着招呼，他们是复仇者斯文、长矛厄及尔，还有一个从未见过的人，大伙叫他树脚。树脚腰板像啤酒桶，胸脯宽阔，长满又红又鬈的胸毛，最引人注目的是他的左腿，腿的下部由一截雕刻精细的木桩取代，上面雕刻的图案和奥拉夫大厅房梁的图案一样奇特。

**“哈！哈！哈！”**树脚一边拖着腿走路一边大笑，他拍着奥拉夫的后背说，**“你把那些笨蛋全都骗了。”**

“腿怎么样？”奥拉夫问道。

**“相当不错，你真是个雕刻大师。”**

树脚显然和俊脸埃里克一样耳背，所以当他出现时杰克就不得不捂上耳朵。离开这两个大喊大叫的人很远后，杰克问鲁内：“他的腿怎么啦？”

“被巨魔咬断了，”鲁内说，“就是想咬断俊脸埃里克腿的那个巨魔。”

来的人越来越多，人们围着火槽走来走去，享受着烤猪肉、烤鱼、烤鹅和烤鹿肉的香味。鲁内弹响竖琴，人们聚拢过来唱歌。大伙唱得很开心，杰克不由得注意到，没有人走进伊瓦的大殿。杰克从敞开的大门望去，里面黑得邪乎，北欧海盗的大厅不太注重窗户，但总会有明亮的炉火。伊瓦宫殿里有一道长长的炉槽，炉火很弱，好似周遭过于黑暗，连火光都挣扎着要逃离似的。

此时正值盛夏，太阳落得很慢，即便落到山后，微光依然留在天际。雪山朝北的那面染成一片红色。那是约顿巨人国，杰克心想，咬断人腿的巨魔族人的家乡。红色渗入天空，将大地的颜色都变成血渍一般。

“我想咱们还是进去吧。”奥拉夫说。

# 第二十三章

## 奥拉夫的胜利

到了晚上，伊瓦宫殿大厅里面看上去就不那么恐怖了，大厅中间燃起一道长长的火，到处摆放着灌满鱼油的石灯，可油灯并没有明显改变大厅里的那股酸味。沿着四壁是一条沟，形成狭窄而隐蔽的睡觉空间。尖牙崖毫无遮掩，当然相当寒冷。杰克觉得在沟里睡觉简直就像在坟墓里睡觉。

大厅最里头是一座高台，四周环绕着彩柱。伊瓦的座位哪能是炉火前的简朴椅子，他下令筑起一座高台，他和王后接见客人时要高高在上。

宫殿的柱子和墙壁也雕刻着图案，但不是奥拉夫家那种可爱的动物图案，而是没有脑袋，长长的扭曲的身躯，它们或扭动挣扎，或相互用爪子抓扯，就算见到一个脑袋，也像个洋葱头，面色苍白，目光呆滞，嘴角搭拉。

四面墙上挂着挂毯，工艺虽然精湛，却不讨人喜欢；挂毯上的怪动物形状怪异，虎视眈眈地瞪着大厅；就连挂毯上的人，头上也都长着怪角，手持武器在跳舞。杰克不知道这些画有什么寓意，但肯定不是什么好事。挂毯上还随处可见八腿马的图案。

最里面的高台上坐着两个人，杰克还记得诗人对伊瓦王的描述：

他的眼睛浅蓝如海冰,皮肤白得像鱼肚,赤手空拳就能掰断人的腿骨,身上披着用败敌胡须编织的斗篷。奥拉夫及其一行作为当晚的嘉宾被安排在离高台最近的一张桌子,所以那件斗篷杰克看得一清二楚。斗篷混杂着棕色、黑色、金黄色和白色,看上去脏兮兮的。伊瓦的模样不像能把人的腿扭断,他靠在椅子上,好像压根儿就坐不直,好像真的无骨似的。

杰克尽量拖延不往另一把椅子上看。他能够感觉到,她就像一扇通往冬夜的门,炉火给大厅注入了温暖,但一点儿都不能让她有丝毫暖意。他感到寒意在吸吮脖颈上的护身符。他抬起头来。

她真美。

她真的太美了。除非迫不得已很少关注女孩儿的杰克这回看得目瞪口呆。他怎么会认为她邪恶呢?这般丽人不是神仙下凡,便是天女下界(要视信仰而定)。她的皮肤白嫩如凝脂,她的头发——她的头发泛着金红色的波纹,如闪闪的瀑布,一路倾泻在地板上,令露西的头发看起来像干草一般。

弗丽斯王后微微一笑,杰克便身不由己,立刻站起来向她鞠躬行礼,连鲁内拉他坐下,把他的头强扭到一边都浑然不知。

真奇怪,这时寒意又袭来。当他不看王后时,便从头冷到脚。

“不要盯着王后看,孩子。”鲁内悄声说,“她会把你拉到她的所在——两个世界之间。专心背诗,把诗句念一遍。”

于是杰克把诗句背了一遍又一遍,但他实在想再看一看弗丽斯王后对他的微笑。

宴会开始了,烤全猪和烤全鹿放在巨大的盘子里端了上来。每张桌子都上了鹅套鸡鸡套雀雀套菜这道菜,蜂蜜酒、葡萄酒、啤酒随便喝,但是鲁内一口都不让杰克吃,好让他头脑清醒以便讴歌奥拉夫。

最后，正当杰克以为饭菜已上全了，御厨又端来蛋奶麦片粥。“蛋奶麦片粥。”露西细声细气地说，这是她今天晚上说的第一句话，“最好吃的那种，带肉豆蔻和奶油的。”

杰克特别想哭，但他强忍了下去。

伊瓦王站了起来，大厅一片寂静，“今天，我们在这里欢迎好友一字眉奥拉夫归来。”

“**好！说得好！**”树脚在大厅的另一头高呼。

“身先士卒的是他，最后撤离的是他；当年大山女王把我关在山洞里，救我出去的是他；单枪匹马逼精灵王归还盗走牛群的是他。”杰克惊讶地望着奥拉夫，这些故事他可闻所未闻，“索格林死后，率领狂暴斗士的也是他。”伊瓦王将牛角酒杯高高举起，说道：“我今晚特为他设此盛宴，并期盼听他的凯旋诗。为奥拉夫干杯！”

国王一饮而尽，大厅欢声雷动。“**为奥拉夫干杯！**”树脚和俊脸埃里克声如炸雷。

“我也要敬他。”甜美的话音有如夏日拂过苜蓿原野的微风，尽管人声鼎沸，可杰克听得一清二楚，很显然，每一个人都听见了，大厅再度安静下来。

“奥拉夫一向慷慨，一向勇猛。”弗丽斯用柔美的声音说道。杰克想抬头看，却被鲁内强摁下去。“他送我们金戒指和上好布料，他带来一头肥硕的巨魔猪做仲夏牺牲。现在他又给我们带来一个真正的吟游诗人。这个宫廷已经好久没有听到音乐了，伊瓦王也好久没有吟游诗人效力了。”

*等等，杰克想，没说要把我送给国王啊。*

奥拉夫站起身来，杰克注意到他也没有抬头看，他的目光落在王后的脚上——就连脚也那么可爱，在她的裙下若隐若现，接着在她的身后也有什么东西忽然显现——一只巨猫！它挤到前面，一边在弗丽斯的裙边蹭来蹭去，一边大声地呼噜着。高台后面的阴影中现出更多的猫，它们全是一身金红色的长毛，用浅金色的眼睛瞪着大厅。

“伟大的王后，在我的吟游诗人颂唱之前，我有件大事要做。”奥拉夫说，“这是索吉尔首次出征抓到的第一个俘虏。她知道您喜欢漂亮女孩儿，一定要把这个俘虏献给您而不留作己用。我向来认为索吉尔又慷慨又勇敢，若您能恩准，我希望她成为狂暴斗士的一员。”索吉尔起身行礼，心情兴奋，面色绯红，因刚刚和狗玩耍过，衣服有些不整。奥拉夫把露西从座位上抱了起来。

不！杰克暗想，既然事已至此，那不管结果如何，他都要把妹妹抢回来。就在这时他抬头看见了王后。

她就像五月的清晨，那样美丽，那样清纯，她绝不会害人的。

索吉尔拉着露西的手来到高台台阶下，那群猫一起拥上前打量着她俩，杰克似乎觉得它们看见索吉尔有些畏惧，显然那些猫不喜欢她，或许是因为她身上有狗的气味吧，它们耳朵后竖，嘶嘶地龇着。露西弯腰向前，抚了抚其中的一只。杰克心头一紧，担心出事，不料它却蹭着露西，呼噜起来。

“它们喜欢你。”王后说。

“我被从城堡偷走后，有一只猫为我保暖。”露西告诉她。

“啊！这么说你是公主啦。”

“我是你的公主啊，傻瓜，”露西说，“你不记得啦？当我还是个婴儿时巨魔把我从你身边偷走了。”

听到露西说出傻瓜二字，大厅里所有的人全都屏住了呼吸，杰克心想还没有人敢如此冒犯弗丽斯，不料王后却哈哈大笑起来。“你这么一说，我倒好像想起是有一个女儿。真奇怪巨魔没有吃了你。”

你是个半巨魔，你应该知道。杰克心想。可看着弗丽斯，实在不敢相信她有如此可恶的祖先。

“啊，他们是要吃的！”露西说，“但是他们相互打起架来，‘我们是用苹果塞住她的嘴把她烤着吃呢，’他们说，‘还是用她做馅饼？’‘馅饼！馅饼！’一半巨魔吼道。另一半则喊着要烧烤小孩。他们打了起来，很快就都被打晕了，正巧我爸爸路过，看见了我——我是说我另一个爸爸，他现在不在这儿。”

露西好几个星期都没有说这么多话，她轻轻松松地就转换到公主的角色。当然啦，她从小一直练到现在嘛，杰克想。露西走到王后身旁，从容大方地抱住她的膝头。

“真富有想象力！”弗丽斯惊叹，“我看你挺会让人开心。谢谢你，索吉尔。这真是件上好的礼物。”

索吉尔嘟囔着什么，干巴巴地在那等着，社交礼仪向来不是她的强项。

“还有事吗？”王后问道。

“我能——我是说，您能——您肯——准我加入狂暴斗士吗？”

“你还是个大孩子！”弗丽斯用妙曼的声音说道，“你更应该学学女红，像缝纫啦、编织啦和烹饪啦。”

好像王后特别清楚怎样就会激怒索吉尔。只见这位庇护少女在努力控制自己，憋得满脸通红。杰克觉得她会控制不住自己。

“伟大的王后，”奥拉夫插话道，“她是索格林的孩子，还没有哪个狂暴斗士能超过索格林，她继承了其父的精神。”

“说得对，”弗丽斯有些冷冷地说，“我不认为一个庇护少女会戴银箔项链这样女人味的饰物。”

这是她耍的花招，杰克心想，他不再看王后。这件事让他头脑明晰了好多。她想要索吉尔的项链。

索吉尔摘下项链，呈给弗丽斯。杰克看出她很不舍得。“我不需要它，”她不情愿地说，“这是女孩儿戴的丑八怪。”

“我戴应无伤大雅，”弗丽斯柔声细气地说，“那就谢谢你啦。你可以回到座位上了。我现在特别想听奥拉夫的颂歌，都有点儿迫不及待了。”

索吉尔踉踉跄跄走下高台，一屁股坐在板凳上，气得脸色发青。奥拉夫将手按在她的肩膀上，轻声说道：“以后再说，我的奥丁神侍者。”听到奥拉夫的赞扬，索吉尔的脸色略有好转，但仍是怒气冲天：她舍弃了自己第一个俘虏和漂亮的银箔项链，却仍不能成为王后狂暴斗士的一员。

* * *

杰克向大厅望去，至少有一百多人回望着他，其中不少是伊瓦的手下。奥拉夫让树脚和俊脸埃里克坐到自己那桌，警告他们唱诗时不许出声。为了听得更清楚，人们摘掉了宴会头盔。鲁内下巴顶着竖琴，慈祥地微笑着，这也将会是他的胜利，尽管没有人知道。索吉尔还在生闷气，但无关紧要，反正杰克也不是歌颂她。

杰克清了清嗓子，他虽没看到但却感觉到王后就在身后。*我千万不能想着她*，杰克心想，觉得一股寒意沿着脊椎骨一节一节往下窜。他开始唱道：

戴戒指的勇士且听我言，
我要唱光荣的战斗，唱英勇无比的奥拉夫。
他慷慨无比呀又令敌人胆寒，
能入座奥拉夫家是何等荣光，
与他分享光荣、财宝和荣誉。
狼头人尊他为首领，
奥丁神的拾颅使者称他为朋友。

杰克越唱越兴奋,忘记了听众,忘记了王后。虽然内容血腥,可生命力却在身边跳动。杰克多少以为,是鲁内的壮丽诗篇唤来了生命力,生命力使每一句诗更加美丽,使杰克的声音更加洪亮。他隐约感到,一位奥丁神的拾颅使者——一只乌鸦停在头顶高处的椽木上,杰克受到的很大干扰,不过很快就忘到了脑后。

这首诗非常长,唱完之后,大厅里鸦雀无声,就连炉火都不再噼啪响。紧接着大厅里响起一片喝彩声。"太好了! 太好了!"树脚连连高呼,激动得用胡子擦眼角。

"太令人激动了,是不是?"俊脸埃里克附和道。

"我最爱听劈开头颅那一段了。"长矛厄及尔说。

"还有蹚过深及脚踝的血泊那段。"复仇者斯文说。

"这不公平!"索吉尔高声说道,"杰克什么都没做却得到所有的荣耀。他没打过一次仗,没抢到一件东西!"

鲁内坐在那里,面带笑容,一脸平静,赞美声就像热乎乎的蜂蜜在他身边流动。杰克希望把这些赞扬还给鲁内,可此时此刻这么做太危险了,或许有一天他能表达自己的感激之情。

"多么迷人的旋律。"身后传来王后银铃般的声音。不知为什么,她的口气使鲁内的成就显得既不值一提又荒唐可笑。杰克猛地转过身,想为老武士的艺术辩护,他及时意识到这么做的危险,便顺势鞠了一躬。"露西,你觉得这旋律好听吗?"正趴在王后膝头打瞌睡的露西站立起来,点了点头。

"近来的生活好乏味,"弗丽斯说道,"有了这位新吟游诗人,我们以后一定会欢乐融融。"

"他是我哥哥。"露西骄傲地说。

"那就更有理由让他和我们住在一起了,你说是吧,陛下?"

奥拉夫,快想想办法,杰克暗自着急。

伊瓦站立起来，面色惨白，有气无力，好像已病入膏肓，他问："奥拉夫，这个吟游诗人送我行吗？"

"不行，老朋友。"巨人直截了当地说，"我聚藏的财宝大部分都献给了你，可我心甘情愿。我在约顿巨人国边界捉到一只肥硕的巨魔猪，把它送给你作为弗蕾娅的牺牲，这难道还不够吗？"

伊瓦点点头，说道："我为自己的贪婪感到惭愧。"

"我可从来不认为你贪婪呀，老朋友。"奥拉夫说。

"这么说就是我贪婪啦。"王后说着站了起来，把露西甩到了地上。群猫从阴影中出来，围着她的裙子一圈又一圈地打转，好像流动的金河。露西哭了一会儿便安静地吮起了拇指。

弗丽斯走向杰克，用指尖轻轻触了一下他的嘴唇，一阵冰冷瞬间传遍了全身，与护身符的热量较量着。"多么美妙的声音啊，要是听不到这声音颂扬你该多么遗憾啊，伊瓦。"现在，那些猫又轻轻擦着杰克的双腿绕圈，它们身高到杰克的腰部，个头好大呀，不停的绕动令杰克感到头晕。"好啦，这样吧，是我贪婪，但这都是为了宫廷的荣耀，我亲爱的夫君。这个吟游诗人我本人要了。"

"伟大的王后。"奥拉夫开口说道，杰克发现他称伊瓦为老朋友，可和弗丽斯讲话时就没有那么亲热了。"伟大的王后，请您不要提这般要求。"

"可我偏要提。"

"要点儿别的东西吧，"伊瓦王说，但王后只朝他瞥了一眼，便让他跌坐到椅子里。

"我新得到一匹战马，"奥拉夫说，杰克发现他这么说时和索吉尔放弃银箔项链一样不情愿，"我想那匹马的父系来自精灵国，我本打算送给我的儿子斯卡基。您放了这位吟游诗人，留下那匹马吧。"

"尊贵的奥拉夫，我可不想讨价还价，"王后说，"天啊，我又不是集市上的卖鱼妇。送我马当然不错,可和这个男孩儿毫无关系。”

“不,有关系。”杰克说道。他害怕极了。他要与王后的意志抗争,要与那些在他腿边转个不停的猫抗争。此外,他还要与她的美貌抗争,由于生命力仍在空气中流动,让他的抗争容易些。有生命力在,弗丽斯的魅力有所减弱。杰克看到她身后的影子根本就不是人形。

“贵国法律规定,”杰克费力地说,“伊瓦是国王,他已经告诉您别要我了。”他吓得喉咙都快锁死了,不过他听到大厅里有人小声表示赞同。

“爸爸总是告诉妈妈做什么。”露西叽叽喳喳地说。大厅里响起一阵笑声,但很快就平息下来。

“伟大的王后,我愿意颂扬您,可我也要遵从伊瓦王的旨意啊。”

弗丽斯的身子稍稍晃动了一下,鱼油灯的火光便摇摆起来,炉火似乎也暗淡下来,片刻之后一切又恢复正常。“看来你不仅懂音乐,而且还很聪明,”王后说道,“我暂时接受这个提议,孩子,为我唱首颂歌,看看我是不是喜欢。”

杰克觉得自己就要崩溃了,他已经没歌可唱了,脑子一片空白。猫继续围着他转,一会儿用身子撞他一下,一会儿踩一下他的脚。“您能……您能把猫喊开吗?”他嗫嚅地说。

“猫不是我的,”王后娓娓说道,“它们归属弗蕾娅,为她拉牺牲车,听从她的旨意。我当然不能告诉女神该做什么了。她的兽喜欢你,事情就是这样。”

杰克可不认为这些猫心里“喜欢”他。它们粗暴地冲撞他,狠狠地踩他的脚。他以前回家时和农场里的猫玩耍过,它们有时兴致很高,高高兴兴的,可一转脸就把你当成猎物,发起进攻。

不过,他别无选择。*我唱些什么?我唱些什么?*他在想。他会的赞美诗全都是关于勇敢行为的，或是和弹竖琴、游泳的技艺有关，虽说是男女适用，可没有一首适合弗丽斯。他能撒谎吗？不能，杰克在想。诗人的技艺来自生命力，不可以对生命力说谎。

那还有什么可唱的？唱她的美丽。赞美诗中一般都是笼统地提及女人的美丽。这些都是现成的，都还不错。更主要的是颂扬她的性情，可弗丽斯只有淫欲和贪婪。那么，就只好颂扬她的美貌了。

杰克开始笨嘴拙舌地唱起来，他得一边编一边唱。他扬起头，看见椽木上躲着一只乌鸦，是勇敢！肯定是它。它肯定从奥拉夫的大厅一路跟到这里。勇敢跳上跳下，似乎很烦躁。因为有猫，它不可能高兴，猫会一口把它吃掉，然后喵喵叫着说还要。

“你为什么停下了？”王后问道。

杰克转过身看见露西又依偎在她的膝头，当然是露西自己依偎上的，弗丽斯做不出这等慈爱的举动。妹妹的生命就攥在她的手心，他必须哄她高兴，不然的话，他就会看到弗丽斯发怒时小孩会有什么下场。

他直视着王后，她的美貌依然像刚才那样令他惊诧。他开始了颂唱，先是夸赞她那白皙的玉臂，接着夸赞那张标致完美的脸，其实算不上完美。谈到女人，诗人们经常提到的是她们的眼睛，可弗丽斯的双眼却像两扇通往虚渺的门。

她的头发！对，他可以颂唱她的头发，那头秀发的确值得颂唱，它像金红色的河水在她的身上流淌，仿佛是精灵编制的斗篷，而后倾泻在地上，又像从她那白皙的额头洒下的阳光，即便弗蕾娅的猫也稍逊风骚。

刚一提到猫，其中一只就掉头咬住杰克的腿，杰克惊得大叫，魔咒破除了，那原本就是魔咒。杰克感受到生命力特别强劲，像他召唤雾气时一样强烈。弗丽斯的头发变得更加金黄，越发优雅地倾泻，倾泻。

魔咒破解了，弗丽斯的头发径直从她头上脱落，随着一声轻叹落到地上。

赴宴的宾客全都屏住呼吸，弗丽斯表情茫然，好像还不知发生了什么事似的。“是 *seiðer*！”索吉尔一声大叫打破了沉默，“看，他认识的那只乌鸦在椽子上！”

勇敢狠狠地呱呱叫着，飞出门外。

“乌鸦？”弗丽斯说，感到纳闷儿。她摸了摸头，接着便尖叫起来，那叫声太恐怖了，根本就不是人能发出来的。她的身体有十几处开始膨胀，面孔开始抖动，像墙上雕刻的野兽一样扭曲变形。脑袋变成苍白的球茎，双眼圆睁，张着嘴哀号。她一阵阵尖叫，大厅里已空无一人，武士们你压我我压你地爬出来，还呜呜哭泣，丝毫没了英雄气概。

杰克想去拉露西，可他被奥拉夫一把抓走。巨人为夫人和朋友开出一条路，由斯卡基断后。树脚和俊脸埃里克架着鲁内，这位老武士太虚弱了，根本无力冲出慌乱的人群。奥拉夫带领他们冲到宫殿外，来到森林旁，看着参加宴会的宾客们在距宫殿相当安全的地方聚到一起。

尖叫声停息下来，夜空繁星密布，当空挂着一轮满月，天际还有一道微光，表明即便到了午夜，仲夏的太阳也未走远。没有人说话，杰克也不敢发问。眼下会怎么样？露西会怎么样？

最后鲁内低声说道：“我还是头一次领教到这么大的火气。”

这句话打破了紧张的气氛，奥拉夫后悔地大笑道：“海蒂说得对，她总是对的，我不该带这两个孩子去赴宴。”

“这是命中注定。”鲁内说。

“对不起。”杰克说罢等着挨揍，但奥拉夫两眼正紧盯着伊瓦的宫殿大门,顾不上揍他。

"我去把奴隶找回来好吗,父亲?"斯卡基问,他是最后一个说话的。

"好吧,"巨人答道,"带上杰克,你解牛套时他能安抚巨魔猪。"

他们回到宾客中,杰克问大家是否知道露西的情况。没有人知道,也没有人愿意到宫殿里去找她。杰克擦着眼泪,跟着斯卡基一路来到载着金鬃毛的牛车。粗腿、脏裤子和笨瓜全都藏在车底下。

"那是什么声响?"笨瓜抽抽搭搭地问。

"王后发怒了。你们现在可以出来了,"斯卡基说,"把牛解开,我们离开这里。"众人忙着解牛,杰克则轻声给笼子里的金鬃毛唱歌,他边唱边用刀子割断捆笼门的皮绳。最后,斯卡基喊杰克撤离。

"再见,猪猪,"杰克小声说,"祝你好运。"

一行人静静地穿行在森林里,一轮明月照亮小路,两旁的树影浓浓郁郁。夜空很是清净,不像伊瓦王宫那样阴森诡异。杰克看见一只乌鸦掠过月面,不远不近地跟在奥拉夫一行的后面。

# 第二十四章

## 探　险

第二天一早，奥拉夫把云鬃送到国王那里。“这也许会让国王息怒，但不能指望让弗丽斯息怒。”

“我们应该乘船逃往芬马克，”海蒂说，“我的兄弟们会保护咱们的。”

“我的爱妻，我毫无冒犯之意，可我真不愿意和你的兄弟们挤在一个臭烘烘的帐篷里，我也不愿意被别人叫做胆小鬼。”

“逃跑是惟一明智的办法。”海蒂把最后一个字拖得长长的。

“那太可耻了，我是伊瓦王的部下，不是背信弃义的人。”

“所以，你宁可我们被杀，也不愿让你的宝贵名誉蒙羞。”只有海蒂敢顶撞奥拉夫，其他人都甘拜下风。

“荣誉是男人的一切。再说，你也不会死啊。我了解伊瓦，他或许会惩罚我，当然也会惩罚杰克，这也就到头了。”

不管芬马克在哪儿，杰克当然都希望有机会乘船逃到那里，他不会介意永远住在臭烘烘的帐篷里，但由不得他选择。他被禁闭在大厅里，用一条皮带把奴隶项圈拴在沉重的桌子上。*好像我是一条狗*，杰克心想。

索吉尔也被监禁起来，不过人们相信她会服从。奥拉夫一直因她在伊瓦宫殿里的大喊大叫而生气。奥拉夫对她吼道:“生怕事情还不够坏,竟然指控他施 *seiðer*!”

“他和乌鸦说话。”她嘴里嘀咕道。

斯卡基一头冲进屋里。“你们绝对想不到发生了什么事!金鬃毛撞开笼门逃走了,王后暴跳如雷。”

“真是雪上加霜。”奥拉夫叹道,“要不说人要倒霉,连喝凉水都塞牙啊。”

“国王让您进宫。”斯卡基说,“让杰克和鲁内也去。”

“鲁内?”

“因为他学识渊博,是吟游诗人魔法的专家。他还让索吉尔去,因为她做了 *seiðer* 的指控。”

“我?”索吉尔气得大叫。

“你就是学不会什么时候该闭嘴。”海蒂说道。

大伙儿赶快装束好,鲁内因事关魔法而身着白袍。他们拖着沉重的脚步穿过树林,奥拉夫拉着杰克的皮带,像一条狗,杰克再次想着。他不知道王后会如何惩罚他。或许会像对付诗人那样偷走他的灵魂,或许会把他扔到弗蕾娅的沼泽慢慢淹死,或许放在火上烧烤。杰克想出了十几种可能的死法,每一种都非常可怕。

至少金鬃毛逃走了。它的确是一只凶恶的公猪,或许的确不值得同情,可杰克偏偏喜欢它,连猪都喜欢自己的诗,这是多么令人高兴啊。

国王和王后坐在高台上,大殿里站着成排成排的武士,最前面是奥丁神的祭司和弗蕾娅的祭司。“祭司不能解除这道咒语。”国王说道。

看到露西待在王后的脚下,杰克放下心来。露西抬起头来,杰克发现她的心智涣散,目光呆滞,没能认出他来。她的灵魂哪儿去了?

不在这座城堡里，当然也不在把半巨魔弗丽斯作为母亲的幻觉里。

他看了王后一眼，立刻被王后的目光抓住并且锁定，无法移开。她已然恢复人形，但不再像先前那样美丽，看上去粗俗臃肿，活像没有揉开的面团，头上蒙了一块头巾，而头发则放进地上的一个篮子里。

“我要让他受到惩罚。”王后厉声说道。她身后的空气在颤动，杰克看到她那可怕的力量丝毫没有受到损害。“我要让他受到人们未曾受过的惩罚，我要他长期受苦，我要他感到绝处逢生，然后再陷入绝望。”

“您要是这么做，那您就永远无法恢复美貌了。”鲁内说。

“那怎么可能呢？他一死，咒语也就自然解除了。”

“我觉得恐怕不会，”鲁内说，“这可不是一般的巫师施的魔法，杰克是龙舌的徒弟。”

“龙舌！”弗丽斯尖声大叫。武士们全都低下头，捂住耳朵。伊瓦王也面如土灰。“他死了！他死了！他死了！”王后不停地大喊大叫。

“他的学问没有死，”鲁内说，“他是中土大地法力最高的吟游诗人，杰克是他的传人。”

“现在我只想让这小子去死！”

“伟大的王后，”奥丁神的祭司说，“咒语要是龙舌施的，那只有下咒的人才能解除。”

“确实如此。”弗蕾娅的祭司附和道。

弗丽斯没有接话，好像在聚集力量，她身后的影子也不再晃动。“那么好吧，孩子，”她用近乎甜美的声音说道，“你还在等什么呢？”

奥拉夫把杰克推到前面，杰克感到阵阵寒意向他袭来。“我——嗯——我——”杰克开始语无伦次起来。

“去，把魔咒解除了。”

“我不知道怎么解除。”杰克吞吞吐吐地说。

“什么？”

杰克咽了咽口水，说：“我不知道怎么解除。”

这时王后尖声大叫，每一个人，就连奥拉夫都跪了下来。

“那，那就一切都完了。”奥丁神的祭司说。

“对不起，孩子，”奥拉夫叹道，“我本以为我们还有机会。”

“还有办法，”鲁内说，索吉尔搀扶鲁内站起来，掸掉他膝盖上的土，伊瓦宫殿的地上满是骨头和筋头儿筋脑儿的东西，更别提跳蚤了，“杰克眼下或许不会这道魔法，但他可以从秘迷尔井学到。”

“秘迷尔井？”祭司大吃一惊，“那可是在约顿巨人国啊！”

“我可没有说这事好办呀。”

“进入约顿巨人国要多危险有多危险，”伊瓦王说，“我可知道，我曾到过。”

“我也是。”奥拉夫说。

“不过，要是有信物或许就可能办成。”鲁内说。

所有的人全都转向弗丽斯，她怒气冲冲地瞪着众人。“我一点儿都不喜欢约顿巨人国。我的亲生母亲把我赶了出来。”

“她不是赶你走，”伊瓦王耐心地说，“她是把你嫁给了我。”

“一回事，”弗丽斯不屑一顾地说，“我本想嫁一个强壮的吃人妖，或嫁个小妖怪，可都没嫁成。母亲硬把我嫁给了一个可怜巴巴的人类。”伊瓦王用手遮住眼睛，这样的争吵好像已发生过多次。

“看来——”尽管弗丽斯姿色大减，仍足以让杰克满脑空白，看到她要把注意力移到自己身上，杰克清了清嗓子说道：“看来您获救的惟一机会就是让我去找到秘迷尔井，然后——然后——我该怎么做呢，鲁内？”

“喝下井里的歌蜜水，”老武士柔声说道，“那可是每一个吟游诗人梦寐以求的啊，我都想了一辈子了——嗨，成不了的事后悔也没用。歌蜜水滋润着乾坤树的树根，那可是穿越九界的树啊，用龙舌的话说，那可是纯洁的生命力啊。”

鲁内说话时，杰克有一种奇怪的感觉。好像风吹过了海面，雄鹰收起双翅俯冲而下，远山笼罩在雾气之中，他能看见自己走过高大的枞树林，大气充满来自冰川的冰味。天啊，杰克心想，我想我喜欢这次冒险。这感觉太非同一般了，他都觉得自己是不是病了。

他睁开眼睛，看到索吉尔跃跃欲试，她说：“找秘迷尔井，多棒的探险！”就连奥拉夫都显得心驰神往。

“听起来确实奇妙，”伊瓦王叹了口气说，“唉，我再也做不到了。好啦，我的小巨魔花儿，你能不能给杰克一个信物，好让你的亲人知道他是客人，而不是，嗯，两脚鹿呢？”

弗丽斯满脸怒气，百般刁难，众人只好又拍又哄，伊瓦保证给她好多礼物，最后她好歹同意了。她从袍子里拿出一枚金棋子，是她从母亲那偷来的。“这枚棋子是王后，我希望母亲无法再用那副棋。总之，她会认出来的。不过我要确保你会回来，不会背信弃义，悄悄溜走。”

“我们不是背信弃义的人。”奥拉夫吼道。

“巨魔猪晚上逃走了，”弗丽斯说，“现在也许正在去约顿巨人国的半路上，这就是说我没有什么来祭司弗蕾娅了。”

真倒霉，杰克心想。

“我本想用云鬃，”王后看见奥拉夫神色惊慌，一边笑着一边说：“后来我想到一个好主意，索吉尔，你送的礼物已经没意思了，她什么话都不说，太无聊了。于是我想，‘为什么不把露西献给弗蕾娅呢？”

“不!”杰克高呼。

“我好多年没有献祭人给众神了,露西是个漂亮孩子,弗蕾娅不会介意她傻。”

“你不能那样做！我不让你那样做!”杰克试图冲上高台,却被王后发出的巨大邪恶力量击倒,他大口大口地喘着气,被污秽的黑暗和寒冷团团围住,多亏有护身符才没有被冻僵。

“您要是杀了他,探险也就无法进行了。”鲁内说。

死一般的黑暗退去了,杰克睁开眼睛,看见自己全身裹着冰晶,眼见它们在融化。

“我会等到秋收节的。”弗丽斯说,“这样你有时间到达约顿巨人国,找到秘迷尔井,然后返回。要是你回来晚了,或是夹着尾巴逃走了,我就把露西装进祭礼车,亲自把她扔到弗蕾娅的沼泽里。”

是我的错,全是我的错,大家穿越森林往回走时,杰克心中暗想,诗人把护身符给了我,结果失去了理智;我使露西被北欧海盗抓走;我在弗丽斯面前把魔法搞砸;我要是不把金鬃毛放走,露西就不会成为祭品;我现在又拖累众人前去一个会被咬断腿的地方,去做这愚蠢的探险。我肯定找不到那口井,就算找到,也会跌进井里淹死。

一个黑影从杰克头上罩下,停在他的肩膀上,勇敢的爪子很尖,“哦,别抓我!”杰克高呼。乌鸦飞进了近旁的树丛。奥拉夫、鲁内和索吉尔都停下了脚步。

“或许他真的会 *seiðer*。”巨人说道。

“我告诉过你嘛。”索吉尔说。

“胡说。他不过是和动物说话。”鲁内轻声说道。他在伊瓦王的宫殿里说了很多话,现在嗓子几乎发不出声了。他坚持若他们能从约顿巨人国凯旋的话,应该得到奖赏。他有法律依据,又得到奥丁神和弗蕾娅祭司的支持,而褒奖英雄行为则是国王的职责。

鲁内争辩说，如果杰克成功了，他和露西都应获得自由，被送回家。“您若希望杰克回来，那么给他的承诺就要比奴隶的生活光明。”王后本不愿意答应，她也不能理解为什么有人会为他人牺牲生命，所以在她看来，奖励（或用她的话来说“贿赂”）是有道理的。

“我听说龙血能赋予人和鸟儿说话的能力。”鲁内低声说道。

“我也听说过，”奥拉夫说，“龙舌说过，有一个叫西格德的人杀死了一条龙。西格德刚要收剑，不小心划破了手指，便把手指放到嘴里吮血，因为手指上沾有龙血，西格德马上听懂了两只云雀的对话。”

“我记得这个故事。可从没有人指责西格德会 *seiðer*。”鲁内说。

“也从没有过卑贱的奴隶杀死过龙。”人们继续走路，索吉尔边走边嘀嘀咕咕。

多蒂和萝蒂又见到了奥拉夫，两人都长长舒了一口气，一下扑到他的怀里，紧紧相拥，痛哭流涕。就连海蒂都吻了奥拉夫一下，说道：“亲爱的笨牛！你逃出虎穴了！”当听说探险的事后，妻子们就不怎么高兴了。

“你刚刚回家，”萝蒂号啕大哭道，“你为什么又要去找巨魔啊？”

“这是国王的命令，”奥拉夫说，让萝蒂和多蒂分别坐在自己的膝头，“我们必须找到秘迷尔井，这样杰克才能治愈王后。”

“谁愿意治好她啊？”多蒂撅着嘴说道。

“问得好。”海蒂说。

“我们要是不去，小露西就会祭献给弗蕾娅。”奥拉夫颠着双腿，他的两个妾坐在腿上忽高忽低的，像小孩骑马似的，兴奋地直叫，要求再来。

“这会是一次伟大的探险，”索吉尔说，两眼放光，“我们会遇到巨魔、小妖怪和食人妖，我们会抢到侏儒炼炉里的黄金。我还可能在战斗中光荣地倒下呢。”

“你怎(真)是太傻了。”海蒂说。

“杰克会饮下秘迷尔井的歌蜜水。”鲁内小声说道，“那可是我梦寐以求的东西啊。”

“要是别人愚昧也就罢了，你怎么也这样呢。”海蒂摊开双手，说罢便走开织布去了。海蒂的织布机固定在墙角，经纱末端用石头坠得紧紧的，纬纱用手穿过，然后再用鲸鱼骨推压到位。海蒂织的是红、黄、蓝三色相间的格子布，比母亲织的布都好看。

母亲，杰克伤心地思念着，他不知道母亲或其他人是不是还活着，他要回家就必须先过约顿巨人国这一关，在那儿随时随地都能碰到小妖怪和食人妖，就像在父亲的农场碰到羊那样容易。他绝对过不去，绝对。

# 第二十五章

## 约顿巨人国

奥拉夫下令把那艘细长的“快飞”拉上岸，他用一绺绺动物毛和羊毛填塞住裂缝，铲掉船底附着的藤壶，检查绳索有没有磨损；多蒂和萝蒂修补船帆的破洞；斯卡基和海蒂张罗给养；杰克则跑来跑去，哪需要就在哪帮忙。

因为这次并不是战斗出航，所以需要的船员不多，有六个人自告奋勇，其中包括复仇者斯文、俊脸埃里克和鲁汉埃里克。一周之后，他们收拾停当准备出发，码头上挤满欢送的人群，当他们经过时，小船上的渔民们全都高声欢呼。就在村庄淡出视野之际，勇敢高声大叫着落到甲板上。

“我不是有意要留下你，”杰克解释道，“我是觉得这次航程对你太危险了。我们会遇到巨魔、食人妖等等，那不是鸟儿去的地方。”乌鸦听罢把身子一扭，以拉屎作为回答。

“别和它说话了，弄得我好紧张。”复仇者斯文吼道。

索吉尔驾船驶出峡湾进入大海，因为要到最后才通过陆路到达约顿巨人国。据奥拉夫说，若翻山越岭走直线，对人类来说太危险了。

“巨魔海。”他们从峡湾出来，杰克看到灰绿色的汪洋大海时喃喃自语。

“现在这海是我们的，”奥拉夫说道，“从前结冰时这海是他们的。约顿人不喜欢深海，也不喜欢阳光，他们就是为冰和冬天而生，有人管他们叫霜雪巨魔。”

“原来霜雪巨魔是这么回事。”杰克说，“诗人告诉过我他们躺在那里，等着人类，呼出雾气迷倒他们。他还说在黑暗的冬季，不管你心里有多想，绝对不能躺在屋外。霜雪巨魔会让你睡觉，其实你是快被冻死了。”

“听上去确实像巨魔的伎俩。”奥拉夫说。

不管怎么说，杰克觉得这次航行令人激动快活。一望无际的大海和广阔无垠的天空让他心旷神怡。他喜欢听海鸥的鸣叫，而勇敢并不喜欢海鸥，他从船上飞起，把海鸥赶跑，可它们总是又飞回来。

杰克向武士们学会了下“狼和羊”棋，也和他们一起唱歌，海浪上不停地回荡着“*名声永不朽!*”就连索吉尔都跟着唱了起来，后来鲁内说她的声音很甜美，她便不再开口，生起闷气来。

他们沿着海岸一路北上，越往北走看到的村庄越少，遇到的船只越少，不久就什么都看不到了。树木越来越高，树干特别粗大，一棵树干后就能藏下足足六个人，让人不由得相信，这是约顿人的森林而不是人类的森林。巨大的麋鹿躲在阴影里注视着他们，麋鹿的角比奥拉夫双臂伸开还要宽。有一次杰克觉得自己看见了熊。

一天下午，他们遇到了鲱鱼群，杰克可见识到奥拉夫先前说的放下斧头都不会沉的场面了。成千上万的鲱鱼聚在海里，奋力扭动，使得船根本无法行驶。鲁汉埃里克用网捕捞，勇敢用爪子偷走一条，其实赤手空拳就能抓到。

“这么多鱼浪费了太可惜了。”奥拉夫说道，“以雷神托尔的无底胃起誓，我真想能把它们运回家。”

“雷神托尔现在会是个好伴儿,他知道如何对付巨魔。”复仇者斯文说道。

“约顿人偷过雷神托尔的战斧,你知道吗?”鲁内对杰克说。

男孩儿摇了摇头。

“是巨魔之王西尔姆趁雷神睡觉时偷走的,”奥拉夫说,“你知道,雷神托尔的力量全依仗战斧。西尔姆说如果弗蕾娅肯嫁给他,他就把战斧还给雷神托尔。”

“有谁会把司爱女神交给卑鄙的约顿人!”斯文说。

奥拉夫继续说道:“雷神托尔穿上长裙,蒙上盖头,来到约顿巨人国。‘哟,让我进去呀,你们这些高大魁梧的约顿人啊,’他拿着嗓子尖声细气地说,‘我是弗蕾娅呀,我觉得你们好可爱呀!’他们当然立马就把门打开了。

“‘哦,我想吃点儿东西。’雷神托尔说。他们给他端来八条鲑鱼、一头烤牛、十只鸡、一头猪和一只羊。雷神托尔大吃特吃,还灌下了一桶啤酒。

“‘霹雳闪电啊,这位女神可真能吃啊。’约顿人说。西尔姆掀开她的盖头,看见雷神托尔热辣辣的目光,连退数步,就像碰到烫手的火炉。‘她真热烈啊!’西尔姆喊道,‘我敢说她爱我。’于是巨魔搬出雷神托尔的战斧来交换弗蕾娅。雷神托尔撇开盖头,一把抢过战斧。”讲到这儿,奥拉夫停了下来,用期待的目光看着杰克,其他的武士全都迫不及待地扭动着身体。

“后来怎样了?”杰克问道。

“他把所有的人都打得脑浆迸裂,然后回家去了。”奥拉夫洋洋得意,其他的武士则开心大笑,互相打闹。

“这就是西尔姆的下场,不错吧!”斯文高喊。

“嘭!啪!咔嚓!哗啦!”索吉尔比划着,好像手里拿着斧子。

我永远也无法理解北欧海盗,杰克心想。

“鱼群走了。”俊脸埃里克说。杰克看到鱼群翻腾着、鳞光闪烁着向南方游去,船身一抖,恢复了自由。

“咱们先靠岸吃点儿东西再进约顿峡湾吧,”鲁内说,“恐怕到了那儿就没有时间休息了。”

约顿峡湾——他们驶近了这片神秘而深邃的水域。峡湾远处巍然耸立着一座高山,上面冰雪皑皑,放眼望去,峡湾两岸的悬崖上尽是三趾鸥、海雀、海鹦、鸬鹚和海鸥,岩石上布满成千上万的鸟巢,空中到处都是鸟叫声。海雕悠闲地滑翔着,寻找着猎物。海里尽是鳕鱼、黑线鳕、大比目鱼和大马哈鱼。

“这个地方好像就是两个世界的边界。”鲁内说。

“我不明白。”杰克说。

“我们就要离开中土大地进入约顿巨人国,生命力在这儿最强盛,乾坤树的一根树枝把这处边界围绕起来。”

“我什么都没看见啊。”

“再努力试试。”鲁内说。于是杰克走到船头,努力排除心中的杂念。一开始他什么都没看见,鸟叫声干扰着他,俊脸埃里克的哼唱声也灌进耳内。杰克担心会误把雾气唤来,要是唤来暴雨那就更糟了,因为他不太知道自己在干什么。

现身吧,地与天的众活神。让我看到你们海中的通道,在叶中舒展开来,在阳光中闪烁起来,让大气充满你们的音乐。杰克不知道怎么就说出了这些话。他们就在那里,在四周闪烁,空气像蜂蜜一般黏稠,海水开始翻腾起来。

到处都是树根,四处蔓延,将阳光吸入绿色深处。鱼儿在树根的缝隙间游进游出,树根往上生长,一接触到空气就变成了树枝,上面伸展开的树叶在中土大地前所未见，它们闪烁着绿色和金色的光芒，鸟儿将巢筑在其间。

这感觉太强烈了，强烈得让人无法承受。杰克感到头晕目眩，随后便跌倒了。他醒时看到鲁内正把盛水的皮囊贴到他嘴边，奥拉夫跪在他身边，问道："你刚才在干什么？"

"我——嗯——"杰克被水呛着了。

"他在呼唤乾坤树。"鲁内说。

杰克坐起来，看见俊脸埃里克、复仇者斯文和其他的人全都挤在船的另一头，看上去吓坏了。勇敢立在桅杆上高兴地叫着，显然它对乾坤树的存在毫不介意。

"鲁内说这里的生力很强，让我试着看看。"杰克说。

"不要再看了，"奥拉夫说，"我们听见你在唱诗，空中到处都是翅膀扇动的声音，我还以为是龙发现了我们。接着海水翻腾，斯文还以为我们遭到了海蛇的攻击，我知道你对这些习以为常，可我们不喜欢。"

"对不起。"杰克说。

"是我的错，"鲁内说，"他缺乏训练，可能会做过头。"

"就像把王后变成了秃子。那可做得不错。"奥拉夫笑着说道，"你是个好吟游诗人，要是我们能活着回来，希望能听到你更多的诗歌。"

"我也能写诗，"索吉尔说，"如果我想写的话。"

"你，别逗我笑了，"奥拉夫说，"谁都知道女人不会写诗，只有男人会。"

"男人能干的事我都能干！"索吉尔高声喊叫，气得满脸通红。

"你是一个优秀的庇护少女，有一天会成为伟大的狂暴斗士，不要异想天开。"

“我就是能！别嘲笑我！”

“嘲笑你就不错了，当心我把你扔到船外。”奥拉夫说，语气变得平静而危险。索吉尔不再争辩，一边掌舵一边用恶狠狠的目光盯着杰克。

他们越往峡湾深处行驶，鸟和鱼就越稀少。杰克只看见一条鲑鱼跳出水面捕食苍蝇，不过那条鲑鱼个头巨大。他听到了什么声响——好像是风拂动树梢的声响——太弱了，听不清楚。“这里感觉好奇怪啊。”杰克说罢起了一身鸡皮疙瘩。

“那是因为我们现在在约顿巨人国。”鲁内一向平静的声音，现在越发平静了。

“已经到了？”

“我们已经穿越我们世界的边界，进入到他们的世界。它们。”——老武士指的是森林、群山和峡湾——“属于这里，我们不属于这里，你感觉到的是注视。”

杰克真希望鲁内没有说这些话，现在他感觉到注意力对准了他们的船。树木似乎越发警觉，山更加逼近，但山不可能移动，不是吗？云杉和杜松下面有眼睛在注视，杰克看不见它们，但知道它们在那里。

“它们不喜欢我们，是吧？”杰克说。

“它们侵入我们的世界时，我们也不喜欢它们，”鲁内说，“幸好巨魔在我们的世界里要比在这里虚弱，如果不是这样，恐怕就是俊脸埃里克的牙齿成为巨魔胸前的饰物了。我们绝不可能在金鬃毛的家乡抓到金鬃毛。”

“你是说我们在这里比较弱吗？”

“对。”鲁内说。

船悄然滑进峡湾深处，杰克在刚进湾时看到的雪山现在越发高耸,山顶上闪烁着一种飘忽不定的光。

“大山女王住在那里,”奥拉夫走了过来说道,“弗丽斯的母亲。”

“弗丽斯的父亲是谁?”

“一个可怜的家伙,”奥拉夫说,“他也许会成为一个大英雄。我不知道,他早就死了。”

“约顿人寿命很长。”鲁内说。

“怎么会有人娶巨魔呢?”杰克问道。

奥拉夫和鲁内对视了一下。“没法子的事,”奥拉夫说,“女巨魔的丈夫是抢来的。你知道,她们身材高大,她们常常给自己抢个大老粗。”

“‘大老粗’是他们对男巨魔的称呼。”鲁内解释道。

“不过她们也时不时抢食人妖,甚至抢大个子的人类。”

“像……你这样?”杰克望着奥拉夫说。

巨人咧了下嘴,说:“我全靠万幸逃过一劫。伊瓦王就没这么幸运了。我们四下搜寻,想找个侏儒煅烧炉,希望能弄到点儿黄金。约顿人袭击了我们,我跳下悬崖打算逃跑,可我落到湖里。巨魔以为我淹死了,他们抓住伊瓦,大山女王把他关进山洞里。”

“这么说来抓住他的不是弗丽斯,而是她的母亲了。”杰克说。

“大山女王那时有点儿绝望,因为没有一个大老粗愿意娶弗丽斯,就连食人妖和小妖怪都不愿意。大山女王能用严刑逼迫他们同意,可是这样得来的婚姻很可悲。”

“伊瓦……遭到严刑拷打了?”

“哦,没有!他很高兴,他和别人一样,看不清弗丽斯的真实面目,还以为自己娶到了世上最漂亮的公主了。”

“他一向有些肤浅,”鲁内评论道,“我一眼就把她看透了。”

“我赶到的时候,他们已经成亲了,”奥拉夫说,“我的确打倒了几个约顿人,把伊瓦救了出来,其实他们也没怎么反抗,因为大山女王巴不得女儿赶紧离开她的家。”

他们现在来的峡湾尽头,水面变宽为湖。杰克看见远处有片草原,上面开满一片片蓝色的、粉色的、黄色的、紫色的和白色的花,花香越过湖面飘来。“真美呀。”杰克说,他真希望留在草原里,不再向群山靠近。

“鹿食草、狼青乌头、曼陀罗和巨魔香,”鲁内说道,“在我们的世界,吃了它们才会中毒。可在这个世界,仅仅花香就能把人熏倒。”

“你不是开玩笑吧!”

“这就是巨魔海,每一种东西都更可怕。”

眼见离岸边越来越近,杰克不由得惶恐起来,花儿也比刚才看到的更大,并在微风中轻轻摇曳。(有微风吗?)下面的土地松软潮湿,好像沼泽。“到了另一边,有一片森林还算安全,你可以在那儿扎营。”老武士说。

“我可以在那扎营,那你呢?”

“要是当年我会欣然接受这样的探险,但现在……”鲁内叹息道,“要成功,速度和隐蔽至关重要,所以只有两个人和你一块儿去。当然奥拉夫会去,还有他们中的一个。我们其他人要退到峡湾等你们。这湖看上去风平浪静,其实不宜久留。”

杰克惊呆了。他根本不想来约顿巨人国,可有六个北欧海盗,其中包括奥拉夫、鲁内和索吉尔同行,还算感到安全,可现在要减到两个人!“那我们怎么找到你们呀?”

“我们每天都会来到这里,”鲁内说:“建议你们在看到我们之前最好躲在森林里。”

他们在离湖岸不远的地方停下来,那里的花香不太浓烈。即便如此,每当风向转变时,北欧海盗的行动就会迟缓下来,勇敢也从落脚的地方掉下过几回。

他们带上干粮和一些水，其实到达冰冻之地水随处可得。“到时你会用得上。”鲁内说着把一小瓶用来缓解疼痛的罂粟汁交给杰克。好像是说我到时会用得上，杰克心想。和诗人装灵丹妙药的暗色细颈瓶不同，这瓶子是吹制的，像冰一样透彻，一面还雕刻着一棵罂粟。“疼痛有时会像刀刃一样夺人性命。”鲁内说道。

他交给奥拉夫一个塑成狼头形的瓶子，那气味让杰克全身发凉。里面是已经提炼好，随时可用的香杨梅，看来途中什么时候，奥拉夫要变成狂暴斗士。

“我选择索吉尔和我们一同前往。”巨人宣布道。

“索吉尔！”杰克惊呼，“她不合格！我们需要一个身材高大的武士，不是这……这……这个矬子！”索吉尔朝杰克扑去，杰克闪身躲开，然后弯腰猛拉她的腿。过去几周杰克学了一招半式的打斗功夫。索吉尔转身抓住杰克，两人一块跌到船底。奥拉夫把他俩分开，一手抓住一个，拼命摇晃，就像狗叼住老鼠一样猛甩。

“等见了巨魔再生气吧！我让索吉尔去，是因为我认为她有资格去探险。再说，她想战死沙场，这次探险就是一个大好机会。还有，你们俩都是矬子。”奥拉夫把他俩丢在甲板上，杰克和索吉尔大口喘着气，互相盯着对方。

勇敢扇动翅膀飞到杰克肩头。“你不要去，”杰克喊道，想把它从肩上扒拉下来，“这次出行对鸟不适合。”

“我也不愿意让巫师的小妖跟着。”索吉尔尖声喊道。

勇敢用脚爪紧紧抓住杰克的上衣，不肯离开。男孩儿不再打它，沮丧地往船底一躺，说：“我不能带你去，你就认了吧。”

“我在想，”鲁内费力跪了下来，他看着乌鸦说，“我在想，这只乌鸦为什么要从浩瀚的大海飞到我们身边，它为什么要和我们在一起。”他伸出一根骨节粗肿的手指，勇敢轻轻地啄着，老武士笑了。

“它和我们在一起因为他是巫师的祸根。”索吉尔咆哮道。

鲁内抚摸着勇敢头上的羽毛，乌鸦一会儿鸣啭，一会儿低咕。“我想……即便我们把它留在这里，它也会悄悄跟着你，杰克，它和你的命运相连。”

“你是说让它和我们在一起？”奥拉夫问道。

“噢，不行！”索吉尔大叫。

“我认为我们别无选择，不管我们愿意不愿意，它都会跟着。杰克，穿越草原时你要拿着它，鸟比人更容易中毒。”

鲁内扔来一条口袋，杰克把勇敢装进口袋，套在脖子上，然后喃喃地说：“你的目的达到了，不过你会后悔的。”

## 第二十六章

# 龙

最后一段行程武士们使出吃奶的力气拼命划桨，船全速行驶，一下子就冲到了岸上，俊脸埃里克和鲁汉埃里克跳了出去稳住船身，奥拉夫、索吉尔和杰克脚一挨陆地就狂奔起来。

杰克早先看的没错，地面是一片沼泽，泥巴粘在脚上，无法快速行动。草原上到处飞舞着核桃般大小的蜜蜂，杰克看见一只蜜蜂在一片硕大无比，看上去黏糊糊的树叶上不断挣扎，那树叶似乎正在收拢，要把那只倒霉的蜜蜂裹起。杰克碰到了一片树叶，竟然也被粘住，他惊恐万分，连忙挣脱，不料却碰到更多，到处都是树叶！

他很快就感到疲惫不堪，也许是花香所致吧。他一脚踩到一只和胳膊一样长的蛞蝓上，它仰起头，冲他摇动着眼柄，那蛞蝓身体浅黄，带有褐色的斑点。勇敢将脑袋探出口袋，嘎嘎叫着。“回到袋子里！”杰克气喘吁吁地说着，连忙把它压回袋里。

香气太浓了，熏得杰克视线模糊，神志恍惚，直想吐。不！不！不！我不能停下！他清楚地感觉到，那蛞蝓来者不善，可不是到草地里闲逛的，它在找吃的，有什么比一个受到惊吓的人类男孩儿更可口呢？杰克跌跌撞撞，踉踉跄跄，两眼盯着森林，他清楚自己无法走到那里，两腿一软，跪倒在地。

“没时间打盹儿。”奥拉夫嘟囔着，一把将他从窸窣作响的叶子中拉起，巨人跑过草地，穿过树林，来到一座山丘下。他连跑带跳上到山坡，把杰克放在阳光充足的地方。这里的草很正常，不像草原里的叶子那样可怕。索吉尔在不远处躺着，奥拉夫把勇敢从袋子里拿出，放在杰克身边。

杰克在阳光下舒展身体，让新鲜空气清新头脑，他摸到勇敢，勇敢扇动着翅膀，让他备受鼓舞。“想看船的话就站起来吧。”巨人喊道。

虽然头晕目眩，恶心想吐，杰克还是爬了起来，拖着双腿走到山顶。他看见湖面上有一只船在行驶，奥拉夫挥了挥手，船上也有人朝他们挥手，离得太远了，看不清是谁。武士们在奋力划桨，杰克看到——或自以为看到——船后跟着一个又黑又长的东西，还泛着微微的波纹。

“嗨！我可不想再干这种事了，”奥拉夫说着靠在一块岩石上，“我不知道毒气这么厉害，我上次来走的是另一条路。”

“那我们这次为什么不走那条路啊？”杰克问，他还觉得头晕。索吉尔虚弱得连坐都坐不起来，她试了几次，都没能坐起来，看到杰克恢复得比她快，都快气死了。杰克心想，她要是不把气力用在骂人上，会恢复得快些。勇敢设法站了起来，虽然还不太稳，它嘟嘟囔囔地自言自语着，好像在用乌鸦话骂人，总之不会是什么好话。

“我上次在那条路上看到一窝幼龙，我想它们现在已经长大了。”奥拉夫说罢喝了几口水，然后把水囊递给杰克，“我得先扛着索吉尔走过草地，然后又回来扛你。可把我累坏了。嘎！不是当年的我了。”

杰克特想躺下，可是坐着能让索吉尔生气，那就值得一坐了。他摇了摇头，看看还晕不晕，还晕。“草地里是些什么叶子呀？”

“茅膏菜，它们吃小虫子。”奥拉夫说。

“植物也吃东西？”

“茅膏菜就爱吃。嘿，这听起来好像诗。也许我也会变成吟游诗人。在我们的世界里茅膏菜很小，可这是约顿巨人国……”

“我知道，所有的东西都更可怕。”杰克说。

“我想我们应该在这儿待一天，好恢复体力。我发现岩石间有一个地方便于防守。”奥拉夫站了起来，开始捡拾柴火。

“这种糙活儿应该让奴隶做。”索吉尔高声大叫。奥拉夫没有理睬她。杰克研究起原野四周的树木，它们是一棵高过一棵的枞树，针叶呈墨绿色，树干颜色更深，近乎黑色。毋庸置疑，树下的影子同样幽暗。有什么东西住在那里吧？杰克揣测。他听到奇怪的喃喃声，好像在窃窃私语，杰克先前在船上就听到过这种声音。他竖起耳朵分辨那声响，是不是有人在说话呢？

杰克站起身向奥拉夫走去。

“别丢下索吉尔一个人，”奥拉夫说，“她比你还无助。”

“我才不呢！”索吉尔喊道。

过了一会儿，奥拉夫把她扛到自己在岩石间选好的营地，这是巨人精心挑选的浅洞，洞口被一棵倒树遮住，进去之后外面根本发现不了。奥拉夫用刀敲击火石，生起一小堆火来。他们吃着干鱼和干面包，面包太硬，得像耗子那样啃，杰克啃得下巴都疼了才算吃饱。

吃完东西后索吉尔体力大增，老毛病又犯了，把杰克呼来唤去，直到奥拉夫将她制止。“我们现在是探险，每个人都应该平等。”

“连巫师的那个小鬼也算在内？”她指着勇敢讥讽地说。

“我不知道这只乌鸦会起什么作用，不过鲁内说它很重要，对我来说这就足够了。”巨人把腿伸直，想舒服一下。洞顶太低了，他不能站直，虽然对杰克和索吉尔来说足够高了。因为现在正值仲夏，天黑得晚,黑的时间也短。

这样可能更好,杰克想,谁知道到了半夜会出来什么东西呢?他先是想到狼和熊,后来想到父亲故事里的怪兽:鸡头双腿飞龙、狮身人面蝎尾兽,还有龙。幼龙个头有多大?母龙个头又有多大呢?“我们一开始就不顺,是吗?”他问奥拉夫。

“探险总会有顺利的时候和不顺利的时候,”奥拉夫咕咕哝哝地说,“关键是绝不能放弃,就算往悬崖下跌也绝不放弃。谁知道到了崖底会怎么样呢?”

“或许会光荣死去,前往英烈殿。”索吉尔插嘴道。

“你总是死呀死呀的不离嘴,”杰克说,“活着又有什么错呢?而且听鲁内说,庇护少女在英烈殿的日子也不太好过,只是伺候男人吃饭。”

“收回你说的话!”索吉尔喝道,“根本不是那么回事,奥丁神侍者深得奥丁神喜爱!”

“在我看来她们不过是挂着美名的仆人。”

索吉尔尖叫着朝杰克扑去,她太虚弱了,杰克也一样,后来他俩气喘吁吁,在地上滚成一团。“这可是我看到的最可悲的打斗。”奥拉夫评论道。

日落之前他们入睡了。三个人全都把刀放在手边,奥拉夫在洞口横拉了一条绳子,有不速之客进来就会被绊倒。杰克在短暂的深夜醒了一次。沙沙……沙沙……沙沙……树在不停地发出声响,尽管外面连一丝风都没有。

“哈!今天可是探险的好日子!”奥拉夫边说边走出洞外。杰克也爬了出来,朝空气中嗅了嗅,说:“我闻到了冰味。”空气新鲜洁净,令人神清气爽。勇敢从树里赶出来一只黑松鼠,不停地啄着它的尾巴，追得它围着树干直绕圈，最后钻进树洞里不见了，勇敢抖动着翅膀，鸣叫了几声。

“你说得对，今天早晨的确很棒，”杰克表示赞同，“索吉尔呢？”

庇护少女还在火边蜷着，瞪着奥拉夫和杰克，拖着不起来。“我们去找吃的，”奥拉夫提议道，“你来生火。”说罢他背上弓箭，大步流星往前走，杰克紧紧地跟在后面。离开那个老是不高兴的女孩，杰克甭提多高兴了。要是她再喊他奴隶，一定会爆发严重的冲突。

晨曦中的森林看上去很美，缕缕阳光透过树梢，洒在点缀着金色花朵的地衣上、紫罗兰上和带斑点的粉色兰花上。还有许多杰克不认得的植物，硕大的蝴蝶（真的非常硕大）在花间飞舞。“它们中有的有毒吗？”杰克问。

“在这儿一刻都不能掉以轻心，不过我发现这个森林还很安全，”奥拉夫说，“这个山谷很隐蔽，比约顿巨人国大多数地方都暖和。在我们面对岩石和冰雪之前，要好好享受享受。”

他们来到一处地方，树干东倒西歪，树干间的空隙长满茂密的灌木。突然，什么东西发出一声尖厉的长叫，接着便是噗——噗——噗——的声响和杂乱的脚步声。杰克吓了一跳，差点儿撞到树上。“听到了吗？”奥拉夫轻声说，“是松鸡，这里到处都是。”

一只松鸡，不就是一只鸟吗，不会比一只鸡大到哪儿去，杰克想着，努力平息自己怦怦直跳的心。当然，片刻之后他就意识到，这可是约顿巨人国的松鸡。那只松鸡呼啦啦飞了起来，足有三英尺长，翅膀扇动的样子很是难看。奥拉夫一箭把它射了下来。

巨人把松鸡搭在杰克肩上，继续狩猎。松鸡的分量像一只羊，爪子钩住了奴隶项圈，嵌进脖子，可他不敢停下。奥拉夫在前面匆匆走着，男孩儿觉得几道划伤总比被落下好。

他看见树干上长着一个硕大的蘑菇，白得发亮，一只褐色斑点的蛞蝓正在吃蘑菇，一只松鸡在灌木丛中蹿出来，奥拉夫一箭将它射死。"这下应该够了，"他嘟囔着把松鸡背到肩上，"我吃一只，你和索吉尔吃一只。来，我给你看点儿有意思的东西。"

他们往高处走，来到一个峭壁跟前，上面的树木全都折断了，下面的岩石裸露着。杰克看到一条巨大的U形峡谷，谷底有一条河蜿蜒流淌。就在峭壁正下方，一片倒伏的树干堆在一起，好似堤坝，坝里的水分成许多细流，从坝的另一头流出。一只麋鹿（一种长着巨角的大兽）从倒伏的树堆当中走了出来，一路小跑，逆流而上。

"那里面是空的，"奥拉夫解释道，"麋鹿下到谷底啃食青苔时就在那里藏身。我们明天沿河北上前，可以藏在那里。"谷里的岩石颜色暗蓝，上面点缀着片片白雪，远处是一座巍峨的雪山。

有什么可躲的呢？杰克思量着。这块地方过于贫瘠，过于险恶，似乎几英里之外就能看见敌人，哪儿来的危险？

"咱们歇一会儿吧，"奥拉夫说，杰克很高兴能把松鸡放下。"我累得不行了，"奥拉夫说，"约顿巨人国根本不适合人类，所以我才这么累，可能还因为有些担心。"

奥拉夫还会累？杰克心想，他的意思或许是现在只能连根拔出一棵树而不是两棵吧。杰克希望如此。一想到要是遇到巨魔而奥拉夫又力气全无，杰克真是焦虑极了。

过了一会儿，男孩儿看见有东西从远处一个峭壁脱开，慢慢向河谷滑去。那东西长着一对金灿灿的翅膀，一条鞭子似的长尾来回摆动着，好在气流中保持平衡。"我猜得对吗？"杰克小心问道。

"是龙，"奥拉夫悄声说，"我就是以它为模型为伊瓦的船做的龙头。"

"那是你做的？"

"那是一种荣誉，被弗丽斯迷惑之前伊瓦是一位伟大的国王。"

麋鹿抬起头，察觉到危险，拔腿就跑，寻找藏身之地。那条龙收拢翅膀，身子左右摇摆，速度越来越快。它抓住麋鹿，展开双翅，闪出一道金光，呈弧线向上疾飞，眼见飞到奥拉夫和杰克的头顶，杰克想逃，被巨人死死抓住。“盯着它的眼睛！”

龙飞过时，杰克看见那布满鳞片的巨大龙头扭转过来盯着他们，它的眼睛睁得大大的，眼底燃烧着火焰，随后便飞了过去，向远处的悬崖滑翔而去，爪下的麋鹿痛苦地不停吼叫。

奥拉夫叹了口气：“能看到这种场面并能活下来的人绝无仅有。”

杰克吓得浑身发抖，他从父亲和诗人那听说过龙，可根本没有想到龙有这般巨大。

“太好啦，它吃过东西了，”奥拉夫解释道，“龙差不多每周进食一次，其他时间全都睡觉，挺像猫的。”

“还——还——有更多的龙吗？”杰克问道。

“我们去的路上没有了，”奥拉夫高兴地说，“幼龙长大后，母龙会把它们赶走，这是它的峡谷，它可能在那个崖上有个窝，大多数小龙活不下来，因为它们互相残杀。”

巨人面带微笑看着山谷。今天是好奥拉夫值班。他看上去开心极了。杰克决心问一个犯忌的问题。“为什么索吉尔这么讨厌我呢？”他问道。

“她讨厌你因为那是她本性，”奥拉夫解释道，“还因为她以前也是奴隶。”

“索吉尔曾是奴隶？”

“孩子，我可不是授你把柄去伤害她，你要是吐露一个字，我就把你的脖子扭断。”

奥拉夫从不把威胁当玩笑，杰克恭恭敬敬地点头称是。

“女奴隶的孩子还是奴隶，索格林压根儿就没有给她自由。”

“那是为什么？”杰克问。

“伊瓦王向蛇眼西格德国王发动了战争。身为狂暴斗士，我和索格林当然要冲锋陷阵了。他真是个好人啊！时时刻刻都以最大的勇气保护我。不过，在我的颂歌里不许提起。”

“当然不会。”杰克应道。

“渴望战斗的索格林冲在大伙前面，用战斧左砍右劈，砰——砰——砰——敌人的盾牌一个个应声开裂。与此同时，我也正劈砍着一两个敌人的头颅，不过我还能看见他。后来索格林被包围了，当伊瓦王和我赶到时，他受到致命一击。

“他要求举行英雄葬礼，伊瓦王当即应允。他还要求有体面的陪葬品，也就是说阿莉森要陪同他前往死后世界。索格林还要求有一匹马和一条好狗。”

“知道了。”杰克说。怎么会以无辜的女人和忠诚的动物为牺牲呢？这是何等高傲自大的观念啊，杰克对此深恶痛绝。太骇人听闻了。杰克原本对北欧海盗的厌恶又都回来了。

“‘那索吉尔怎么处置呢？’我问他。”奥拉夫说。

“‘谁？’他问。索格林早把他的女儿忘了。

“‘阿莉森的女儿啊。’我说，‘我想收养她，也好纪念你。’要知道，我担心他也会要她死。

“‘噢，那个奴隶呀，’他说，‘给你吧，我第二好的剑也一同给你。’

“我们把他的尸体运回家，为他举行了隆重的葬礼。”回想起往事，奥拉夫热泪盈眶。“我们把他的船拖到墓场，装满他喜欢的东西：酒、武器、皮毛；阿莉森的尸体摆放在他身边，马和狗则放在他脚下。伊瓦王给的是那条救了索吉尔的母猎狼犬，我觉得相当不错。

我们一把火把这些全都烧了，送他的灵魂到了英烈殿。”

多么十足、透顶恶心的故事，杰克暗想。索格林不仅要走了索吉尔的母亲，还要走了惟一给她爱的动物，然后把自己的女儿像破鞋一样扔掉。杰克沉默良久，生怕哪句话没说对，把隐身的坏奥拉夫招引出来。

更多的麋鹿在谷底的河边觅食，它们并不知道自己已经安全了，还不时抬头张望，行动惊慌，或许它们嗅到了血腥味。

“我马上就给了索吉尔自由，”奥拉夫打破了沉默，“那是三年前的事，所以她对当奴隶的滋味还记忆犹新。”

杰克摸了摸脖子上的项圈和被松鸡爪子划出的伤痕。

奥拉夫看到了杰克的举动，便说：“我应该在出发之前给你取下，我让脏裤子给你戴上它是为了保护你。”

杰克望着他，一脸茫然。

“自由的吟游诗人会受伊瓦的差遣。如果是奴隶，就得先通过我。顺便提一下，我从来没有想过让你去打扫猪圈，那是猪脸的主意。”

“我不知道你知道这件事。”杰克说。

“噢，海蒂想知道的事总会知道的。如果你向我抱怨，我会把所有犯事的奴隶全都杀了。可你没提，我也就作罢了。你不跟地位较低的人计较，很有气度。”奥拉夫站起来，帮助杰克扛上松鸡，再扛上自己的那只，径自走了，也不回头看看男孩儿是不是跟在身后。

受到奥拉夫的赞扬，杰克竟荒谬地感到高兴。地位较低的人，这就是说，他，杰克的地位较高。巨人没把他看作奴隶。杰克头一次对这次探险燃起激情。他们三人是为了光荣与名誉前去探险的武士，他们地位平等，他们的名声也将永垂不朽。

## 第二十七章

# 树堆

返回途中奥拉夫又打到一只松鸡,所以他们现在肉多得都不知道该如何处理了。奥拉夫在草地又点起一堆火烧烤松鸡。"不要让肉味离睡觉的地方太近。"他说,可没有说为什么。

杰克在拔三只松鸡的毛,奥拉夫则用木头削烤肉叉和Y字形烤架,好用来烤鸡。索吉尔无所事事,杰克拔完了一只,奥拉夫把它丢到索吉尔跟前说:"把它收拾干净。"

索吉尔不屑一顾地说:"我不干奴隶的活儿。"奥拉夫一把抓住她的脚踝,把她倒着提溜起来。

索吉尔挣扎着想摆脱,奥拉夫不理会她,说:"你从来没有探险过,所以还不知道探险的规矩。大伙儿什么事都要干,干得再慢也得干。当伙伴们忙碌时,就连雷神托尔都要煮饭,明白吗?"

由于血液涌到头部,索吉尔满脸通红,她气喘吁吁地说:"懂啦。"巨人把她放下,她气哼哼地清理着松鸡,鸡血和内脏溅了她一身。

"雷神托尔都不会让血和内脏溅到身上,"奥拉夫评论道,"松鸡味会引来狼。"女孩儿依旧气哼哼地干着活儿。

最后,三只松鸡全都上了烤架,杰克到附近的小溪清洗,随后奥拉夫也过来清洗,但索吉尔不来,她决心刁难到底。可没过多久,她身上就开始发出腥臭味。当然,晚饭棒极了,奥拉夫烤前在松鸡肚子里塞了许多野蒜,肉多得吃不过来,就连勇敢都可以享用骨头上的残肉。

饱餐之后,奥拉夫把没动过的食物放进袋子,杰克爬到树上,把袋子藏在高处。随后他们回到洞穴,奥拉夫在地上画出“狼和羊”的棋盘,用杜松子当棋子。索吉尔赢了几盘,高兴得大喊大叫,说赢这个头脑简单的对手实在容易,索吉尔是个赢也赢不起,输也输不起的人。

半夜时分,他们被噼里啪啦的声音吵醒,远处有一个大家伙在撕扯树枝,奥拉夫轻轻拔出了剑。“那是什么?”索吉尔轻声问道。奥拉夫示意让她别出声。外面的森林一片漆黑。

杰克想,他们的火现在虽然只剩下发红的余烬,可在黑夜里仍很醒目,不过横倒在洞口的树或许能保护他们。杰克备好刀,又随手从地上抓起一把沙子,不管什么东西冲进来就往它眼睛上扬。

噼里啪啦声持续了一段时间才停下来,随后便再无声响。天将破晓,森林也开始亮起来,待完全看得清时,他们便熄火离开,沿着树影幽蓝的小径,匆匆穿行在树间。小路蜿蜿蜒蜒,不时从树丛自然形成的开口穿过,最后来到杰克昨天看到的U形峡谷。

天光大亮,眼前是一片阴森、光秃的岩石,阵阵冷风从雪山刮来。不过,能看到阳光还是令人高兴。杰克庆幸没有困在森林里,那里可能藏着各种东西。勇敢站在杰克的肩膀上轻轻叫着,好像也为来到空旷处而释然。

“晚上的声响是什么东西弄的?”索吉尔又问了一遍。

“喜欢烤松鸡的东西弄的。”奥拉夫答道。

杰克想起来他们没有回到藏吃的地方,感到有些不安。那袋松鸡肉他已经尽可能藏到高处，不管什么东西发现了它，都会因为个头太大，穿不过树枝的，要想够到就要折断树枝，可那都是粗大的树枝啊。

奥拉夫带领他们穿过谷底，劲风灌进衣服，刮起阵阵沙尘，吹得杰克直流眼泪。温度变化太大了，在森林里时还温暖如夏，可这里却显然永远都是冬天，冰在阳光照不到的地方闪烁着，成片成片的雪在暗蓝色的石头上构成了鲜明的图案。杰克朝山顶望去，只见越往上石头越少，冰雪越多，最后是白茫茫的一片直抵约顿巨人国的中心。

他们来到死树倒落的地方，杰克回头仰望昨天他和奥拉夫观看龙的巨崖，崖顶上树木繁茂，多年来，无疑有数以百计的树木从崖边坠落，堆积在这里，树干、树枝、干苔和细枝堆成一座小山，杰克还能听见前面有湍急的流水声。

“这是上山前的最后一个掩体，”奥拉夫说，“咱们先歇会儿吧，索吉尔，你也该去洗个澡，再把衣服擦擦干净。”

“那还不把人冻死！”她高声大喊。

“要是在森林里洗就不会这么受罪了，”巨人说，“昨晚的骚动就是个警告，上面还不知道有什么东西饿了，有你在，它不难找到我们。”

松鸡的血和内脏经过一夜已经臭不可闻，杰克心想，在大山女王家门口都能闻到索吉尔身上的味道，真不知道索吉尔怎么受得了。不过，依索吉尔固执的本性，她可能认为这样会使她更显彪悍。杰克巴望着早点儿听见她下到河里时的惨叫。

奥拉夫带着他们走进乱木堆中，可勇敢拒不进去。他们沿着曲折的通道，来到一处像洞穴的凹地，上面遮盖着树干和枝叶，中间有条黑河穿流而过。杰克不安地抬头观看，可以看见零零碎碎的天空，那些木头好像稍有动静就会垮塌下来。可奥拉夫说这个凹洞已经存在多年了。洞底堆满厚厚的松针,洞内散发着淡淡的场院味道,杰克还看到几处动物躺过的痕迹。

这里谈不上暖和,但稍微好些,杰克和奥拉夫转过身去,好让索吉尔洗澡,转身之际杰克心中暗喜,他听见索吉尔大声倒抽着气,随后便是哗哗的水声和连声的咒骂,还听到她用潮湿的苔藓擦拭着衣服。

"你们可以转过来了。"她喊道,味道还是很不好闻,可总算过得去了。

"你知道什么东西跟着我们?"杰克问道。

"也许什么都没有,"奥拉夫说,"要是幸运的话,那东西是惧怕龙而没敢出来。"

"龙!"索吉尔惊呼。

"别那么大呼小叫的,我和杰克昨天看见了一条。"

"你们为什么没告诉我?"

"你昨天没心情谈话,"奥拉夫说,"总之,那条龙还在消化麋鹿呢,至少有一个星期不会捕猎,不过还真不知道森林里那玩意儿是什么。"

"什么是那玩意儿啊?"杰克特想知道。

"我要是知道就告诉你了,"奥拉夫愤愤地说,"我们歇一会儿就出发。大山女王那儿要用三天时间,路看上去很近,但最后一段可是又陡又滑。"

奥拉夫扒拉开松针,在地上画出行进图,线路一目了然:一直沿着河走到山脚,如果没有遇到巨魔,就往山上爬,直到遇到巨魔为止。"约顿人定期巡逻,"奥拉夫说,"他们走近时能感觉到,我说不太准,总之,心中觉得痒痒的,又好像是有人在窃窃私语。"

"窃窃私语?"杰克说,"我们刚一到我就听见了。"

“那可有意思了，我一直没有听见，”巨人说，“或许因为你是吟游诗人，感觉比较灵敏吧。”

“或许还因为他是个巫师吧。”索吉尔说。

“这件事我一直都想问，”杰克说，“一旦我们真的碰上了巨魔，该怎么做才能免受攻击？”

“首先，我们不要想着躲避，这样他们会觉得好奇，便会在打出我们的脑浆之前，先问我们干什么来了。这时我们就有时间拿出那枚棋子。”奥拉夫满脸笑容地讲着自己的策略。

“你确定他们会这样反应吗？”杰克问。

“相当确定。”

“我写了一首诗。”索吉尔突然插嘴道。

他俩扭头看她，只见她站起身来，鞠了一躬，好像置身于华丽的宫殿而非简陋的洞穴。

各位请听我说，
说的是奥拉夫能打仗，能唱歌，能航海，
能雕刻，还能玩“狼和羊”
（不过通常不会赢。）
（我玩得更棒。）
总之，好多事奥拉夫都干得棒，
我们都觉得他伟大。

“我们最好还是走吧，”奥拉夫说，“天黑以前还有一大段路要走呢。”

“你不喜欢我的诗吗？”索吉尔问道。

奥拉夫叹了口气说：“算了吧，索吉尔，不管你怎么舒展身体，也永远长不到七尺高，不管你多么使劲挥动胳膊，也永远飞不起来。有些事不是想做就能做的,女孩子就是写不了诗。”

“我能!我什么事都会比杰克干得好!”她高声大叫。

“小点儿声。作为武士你比杰克优秀,可作为吟游诗人你永远都不如他。”

“我恨你!”她尖叫道。

勇敢忽然叫了起来,把他们三人全都惊呆了。乌鸦一面叫一面在树堆上绕着圈飞。听到勇敢这样鸣叫,他们全都亮出了武器。头顶上的树堆在微微颤抖,好像有什么大家伙爬上去了。

## 第二十八章

# 荣耀

“那是什么？”索吉尔低声问道。

“不知道。”奥拉夫低声答道。他将头抵住洞顶，竖起剑，不管是什么东西过来，都会举剑从缝隙刺出去。木头吱吱作响，微微颤抖。

“我们不到外面去？”杰克问。

“在这儿胜算会大些，通道能把它困住。”

他们看见一只毛茸茸的巨脚踏进缝隙，奥拉夫朝它刺去。那东西痛得连声吼叫，缩回巨掌，黑色的爪子刮下许多木片，鲜血溅到杰克的脸上。

勇敢从另一个开口飞过，怪物大声咆哮，前后摇晃，树枝和松针哗啦啦雨点儿般落下。索吉尔抬头盯着，表情既狂野又欣喜。

“要是洞顶塌了，我们就一点儿胜算都没有了。”杰克力劝道。

勇敢第二次飞过时，那个东西又吼了起来。“我猜那只鸟儿在攻击它。”奥拉夫惊奇地说。

“他在为我们创造逃跑的机会。”杰克说。奥拉夫和索吉尔全都扭头看他。

“只有胆小的奴隶才会逃跑。”索吉尔轻蔑地说。

“只有笨蛋才会坐以待毙，”杰克说，“那东西个头太大了，我们三个合手也打不过它。”

“我从来没有,也绝对不会逃离战场,”巨人低声喝道,“我是伟大狂暴斗士中的一员,我不能给子孙蒙羞。”

“要是我们全都死了,你的子孙什么都不会知道。”杰克大喊。

“你可以告诉他们,我允许你逃离,你回去后写首诗,颂扬我如何欣然接受命运的安排。”

“你也可以为我写首诗。”索吉尔尖叫着,她一激动,声音就变得刺耳。

“那这次探险怎么办?寻找秘迷尔井的事怎么办?救露西的事又怎么办?”杰克对于改变奥拉夫的愚蠢想法已不抱任何幻想。他们说话的时候,那个东西在树堆上跳来蹦去,可能在追赶着一面尖叫一面进攻它的勇敢,木堆咔嚓咔嚓响着,掉下许多碎片。

奥拉夫拿出那个一面刻有狼头的瓶子。“啊,不要!”杰克惊呼,“你现在不能发狂,你要设法逃走,去救露西!”但巨人根本不理他,喝下大半,把余下的递给索吉尔。狼茶强烈的味道让杰克感到恐慌,神经紧绷,他想跑,但不知道会逃离危险还是跑向危险。奥拉夫的呼吸开始变粗,索吉尔也喘息起来,瞳孔放大,俩人连声嚎叫。

“我想那是巨魔熊的脚掌。”由于香杨梅发挥了作用,奥拉夫说话如同吼叫一般,“除了龙以外,它们是最危险的动物了。这次战斗我们凶多吉少。”

“我们会死得其所,会被永世颂唱。”索吉尔说。

“名声永不朽。”奥拉夫说。

“名声永不朽。”索吉尔附和道,声音好像吸了毒品。

“为什么每个人都想死?”杰克喊道,“活着又有什么错?”

奥拉夫和索吉尔的舌头已从嘴里搭拉出来,像狗一样喘着气。突然,他们狂吼一声,冲向通道,冲过弯曲迂回的地方时,身体碰得木头啷啷直响。树枝划伤索吉尔的脸和双臂,刮破她的衣服,可她连停都没停一下。奥拉夫吼叫着,口水从嘴角流出,散成缕缕细丝。

杰克跟在后面,但比较小心,等他来到外面时,那俩人已经爬上树堆,从一截圆木跳到另一截圆木,奥拉夫的脚步沉重,踩塌了一小块。

“回来!”杰克高呼,这恐怕比阻止滑坡还要困难。两位武士高声挑战,奥拉夫吼声如雷,索吉尔则像只烫伤的猫。这时,杰克看见他们的对手在树堆的另一头站立起来。

果真是熊,但是个头大得杰克就是做梦也想不到,要比村里集市上跳舞的熊大上一倍,一身漂亮的浅金色毛,它后腿站立,左右摇晃,嗅着空气,长长的黑爪伸张出来,若世上有狂斗熊的话,这只就是!

相比之下,正在绕圈飞的勇敢真是太渺小了。熊的一只脚在不停地流血,一只眼睛也瞎了,显然是被勇敢啄的。杰克希望大增。

接下来几乎同时发生了三件事:勇敢在进攻巨魔熊时被它抓住了翅膀,用力抛过树堆坠到泥坑里;索吉尔冲上木堆,稍没留神,一脚踩空,困在洞隙中,她大叫一声,剑从手中跌落,她试图拔出脚,可根本拔不出,杰克冲向前去救她;巨魔熊四肢着地,向奥拉夫猛冲过来,两者砰的一声撞在一起,奥拉夫又砍又刺,巨熊又抓又咬,可是人类压根儿就没有胜算的机会。巨熊虽瞎了一只眼,伤了一只脚,可毕竟比人大出一倍,它搂住奥拉夫,把他的后背和肩膀抓破。

他们在树堆上滚来滚去,突然轰的一声,山一般的树堆垮了,中心部位塌到洞下,圆木松动了,从四周纷纷滚落,有一根圆木差点儿砸到杰克的脑袋。杰克左闪右躲,连滚带爬。整个树堆重新组合,缝隙开开合合。原来困住索吉尔的洞口开了,可紧跟着一根粗大的树干滚落下来,又把洞封住。

就在那树干落下之前,杰克一把将索吉尔拖出,杰克不知道自己原来力气这么大，他拉着索吉尔，敏捷地跳过仍在滚动的树堆，想都没想就冲过谷底。他顺手把索吉尔放下，自己也不由得跪倒，拼命地喘气。

索吉尔疼得脸色惨白，却不吭一声，她瞪着上方，一脸惊愕，杰克同样一脸惊愕。这一切发生得太快了，他失去了勇敢、奥拉夫，也许还会失去索吉尔，他不知道她伤得有多重。

过了好一会儿他才恢复一些，他检查了索吉尔的腿。她的脚踝断了，除此之外没有别的伤口。“你听得见我说话吗?”他问索吉尔。

索吉尔点了点头。

“我要离开你几分钟，我得去找奥拉夫，可以吗?”

她点点头，泪水夺眶而出。

杰克跑回树堆，通往凹洞的通道塌了，他便往上爬，每当觉得树堆要动，便吓得不敢动弹。他终于爬到上面，往下张望。

中间是一大堆支离破碎的木头，巨魔熊趴在一边，脑袋被一根树干砸烂了。另一边是奥拉夫，身上有十几处在流血，两条腿全断了，胳膊和胸口的伤口深得吓人，可人还活着，还抬手向杰克致意。

杰克爬了下去，这儿的树堆看上去还算稳固。凹洞已经被填满，圆木已无处滚动。“听得见我说话吗?”他问。

“听得见。”奥拉夫答道，气喘吁吁的声音告诉杰克，他的伤势比看上去重得多。“索吉尔呢?”巨人呼哧带喘地问道。

“她的脚踝断了，依我看，除此之外没有别的伤。”

“熊呢?”

“死了。”

“好。”奥拉夫说。

“我带着鲁内给的止痛药，”杰克说，“我把药留给你，我回船上去。”

"浪费时间。"巨人说。

"不,不会的。鲁内是疗伤师,俊脸埃里克和鲁汉埃里克可以扛你。"

"我快死了。"奥拉夫低声说道,杰克也清楚这是实话。奥拉夫身上的伤实在太多了,等到他找到船后(假设能活着走出毒草原的话)显然太迟了。

"至少让我喂你一点儿罂粟汁。"

"好吧,我喝一点儿,"奥拉夫说,"这样会帮我撑……撑到索吉尔过来。"杰克流着眼泪把瓶子递给他。巨人喝了几滴,挥手让杰克离去。

杰克急忙去找索吉尔,途中看到勇敢躺在泥地里,拍打着那只没有受伤的翅膀,试图站起来。"勇敢!"杰克大声叫着,上前轻轻把它捧起,发现右翅虽然受伤了,但并无大碍,泥巴化解了勇敢摔落时的力道。

"我不会丢下你不管。"杰克保证道。他找到索吉尔,发现她也试着想站起来,可她伤得太厉害了。"我知道修士是怎样为我父亲治病的,"他对索吉尔说,"我可以用树枝把你的脚踝绑直,会很疼,可骨头能长正,我父亲的残脚就是因为耽搁得太久了。"

杰克一面取来树枝,从斗篷上扯下几条布,一面喋喋不休地说着,他这么做更多的是为了使自己镇静下来。"我先处理一下,过后再仔细包扎,奥拉夫想见你,我们得赶紧走。"

提到奥拉夫索吉尔才有所反应。"他快死了,"杰克呜咽着说,"不过他把熊杀死了。"

杰克战战兢兢把她的脚踝绑紧,然后拉她站起来,她倒吸了一口气,靠在杰克身上,用那条好腿一跳一跳地往前蹦。每跳一下,就得停下来喘气。杰克发现这么走路特别累,因为他脖子上还有装勇敢的口袋。他们一点儿一点儿地往回走。后来索吉尔能用手臂攀着树堆走了,杰克就感觉轻松了一些。杰克不知道她为什么一声不吭,要是换成他,早就呻吟个不停了,扭断的脚踝肯定疼得火烧火燎。

他们来到树堆中间的大坑,然后往下走。奥拉夫无力地微笑着说:"索吉尔啊,奥拉夫的女儿。"

"您说什——什么?"索吉尔问他。

"我认你做女儿,"巨人说,止痛药似乎使他说话容易一些。"出发前我就对斯卡基和海蒂讲了。"

"可——可是没——没有你我也——也不想活了。"她哭道。

"你就这样表达感激吗?奥丁神在召唤我,我看见了奥丁神侍者站在山顶上。"

"我和你一起死,我要像母亲那样为你陪葬。"

"不!"巨人大吼一声,随后便咳嗽起来,咳出的血喷到胡子上。"不行,"他的语气缓和一些,"我从索格林手中把你救出来可不是为了这个,你既然在战斗中光荣地活了下来,就要继续活下去,你的探险还没有完成。"

"可——可我想——想死。"

"好啦,你不能死,没有人会因脚踝扭断而死的。"

索吉尔放声大哭,用指甲抓自己的脸,杰克连忙把她的手拉开。

"杰克,你一定要带上大山女王的那枚棋子,"奥拉夫说,"它在我的包裹里,太阳石交给斯卡基;索吉尔,我亲爱的女儿,雷神托尔的战斧送给你。"杰克找来这三件东西,最后那件是许多北欧海盗都佩戴的银质吉祥物。

奥拉夫沉默了一会儿,费力地喘着气,杰克让他再喝点儿止痛药,他不肯喝,冲着索吉尔点头道:"她更需要。"

时间渐渐逝去,太阳在天际徘徊,日落天黑的时间只有短短两个时辰。奥拉夫和索吉尔说着话,身体越来越虚弱,杰克悲痛地看着他。紧要事情已经办完,他现在可以分析一下他们的情况了:粮食大部分留在倒塌的凹洞下面,根本取不出来。要走三天才能到达大山女王的宫殿,可索吉尔受伤了,也许要用一个星期才能走到。

一周之内,龙就会把吃下的麋鹿消化掉。

可在这一周里,他们又有什么可以吃呢?前面的山谷寸草不生,他们只能饿着。一旦他们到了雪山(如果在此之前不被巨魔杀死的话),还要求大山女王帮助寻找秘迷尔井。大山女王知道井在哪儿吗?

接下来,他们还要按原路返回,包括毒花遍地的草原,要在秋收节之前赶回,不让弗丽斯拿露西祭神。

要干的事情太多了,杰克垂下头,沮丧极了。

为了转移自己的注意力,他重新给索吉尔包扎脚踝。包扎好后,杰克小心翼翼地把她的脚放下,这时,索吉尔的脸色更加惨白,但仍一声不吭。他从奥拉夫的包裹里取出仅剩的粮食,人还活着就拿走他的东西令杰克感到不安。奥拉夫则告诉他这样做再正确不过了。

"我真希望有个英雄式的葬礼。"奥拉夫叹道。

杰克挺直身体,高声说道:"会的,阁下。你有剑有弓有箭陪伴你,我和索吉尔用不上它们,我们都拿不动。你的脚下是巨魔熊,就连索格林都没有这样的祭品。更好的是,我向诗人学过起火。等时——时辰到了,我会把整个树堆点燃。如此壮观的火葬木堆惟你所有,就连英烈殿里的人也会看得清清楚楚。待我回去后,会给你写一首让人永世传颂的诗。"

巨人两眼放出喜悦的目光,低声说:"我的名声永不朽!"

"永不朽,"杰克向他保证,"你想不想再听一遍我在伊瓦王宫殿唱的赞歌?"

“噢，好啊。”太阳降到地平线时，奥拉夫越发虚弱了，于是杰克站起身，又一次诵唱起鲁内的诗作，此时此刻这首诗听起来更显壮烈辉煌。

戴戒指的勇士且听我言，
我要唱光荣的战斗，唱英勇无比的奥拉夫。
他慷慨无比呀又令敌人胆寒，
能入座奥拉夫家是何等荣光，
与他分享光荣、财宝和荣誉。
狼头人尊他为首领，
奥丁神的拾颅使者称他为朋友。

当杰克提到奥丁神的拾颅使者时，勇敢从口袋探出头哢鸣，杰克唱着唱着，看见天空变得更加深蓝，一阵风吹过树堆，断木发出女声般的和声。

杰克唱完后，低头看见奥拉夫的灵魂已经飞走。杰克拉住索吉尔的手，帮她从凹陷的地方爬上来，再向谷底走去。天色变暗，他们要趁天色还有微亮时赶紧行动。

杰克搀着一瘸一拐的索吉尔走到两块巨石中间，把还在袋子里的勇敢放进一处裂缝里，虽然无法完全挡住冷冽的寒风，但也只好如此了。“我要回去起火。”他对他俩说。

希望能行，他安坐在地上，说了一句。他可以点燃火引，没人的时候他曾经试过，以确认这项技能还在。但这次要困难得多，圆木太粗，而且大多是湿的，不过苔藓是干的，他必须把注意力集中在苔藓上。

杰克在风中瑟瑟发抖，便把斗篷裹得紧紧的。成千上万颗星星在深蓝色的天空闪烁着，杰克朝远处的悬崖望去，看见崖顶有火光，火光从何而来？是约顿人在崖顶扎营吗？是他们在注视山谷吗？杰克猛然想起了龙。

要是能让龙来点火该多好，杰克心想，不，不行。它会把我和索吉尔抓去喂幼龙。这个地方没有一个好东西。噢，杰克想，行动吧。杰克集中意念想着炽热的太阳，阳光像夏天的雨水，洒落在大地，深藏于地下，等待杰克的召唤。

风撕扯着斗篷，企图掀开兜帽，耳朵都冻木，人也快冻僵了。太冷了，杰克很难保持头脑清楚。集中意念，集中意念，他心中在想。

多么糟糕透顶的处境，恐怕都轮不上巨魔咬断他们的腿，他们就死掉了。这是霜雪巨魔的世界，火刚一生起就会被他们弄灭。杰克困意难挨，真想放下这一切大睡一场。躺下吧，孩子，霜雪巨魔在耳边轻轻说道，躺在冰床上多么舒服啊！

“冻死我了。”杰克大声说道。

越想着冷就越冷。诗人说。

“你说得倒轻松，”杰克愤愤不平，“你身处极乐岛，坐在苹果树下，那里冬天向来不去，这里冬天却永远不走。”

你确定吗？诗人问道。

“现在应该是夏天，”杰克认同，“之所以这么冷，都是可恶的巨魔和可恶的冰山弄的，不把所有的东西冻个半死，他们就不高兴。可他们错了，现在是夏天，太阳正在群山那边等待升起。”杰克开始寻找太阳，感受它正午的热度，阳光永远都在那里，就看你知道不知道如何寻找。

杰克信心大增，在这里魔法似乎离地面要近得多，杰克发现他轻而易举就能看到乾坤树，听到周遭有生命在窃窃私语，窃窃私语，窃窃私语。奥拉夫说那是巨魔的思绪，可杰克知道得更清楚。没错，是有巨魔，可还有鹰隼、有树木、有鱼群——有生活在约顿巨人国的芸芸众生。杰克听到生命自身的气息在这块奇异的土地上到处涌动。

杰克向下寻找过往夏季所埋藏的阳光。穿过寒冷和黑暗，杰克看到阳光正在霜雪巨人世界的中心熊熊燃烧。阳光抗争着冰雪，在杰克的召唤下，融出一条路来，沸沸腾腾，咆哮着一路向上，扫除一切障碍……

索吉尔高呼当心，杰克睁眼一看，只见干苔藓引燃起来，树堆到处都是一簇簇火光，火焰迅速蔓延开来，干松针烧得剌剌啦啦、噼噼啪啪，先后引燃细枝和粗枝，最后树干在火海中轰然爆裂，火焰盘旋升起，有如巨柱一般。

杰克惊恐万分，急忙跑到岩缝间躲藏。火柱越升越高，他和索吉尔紧紧搂在一起，哪还顾得上什么恨意。火柱好像大树一样，分出许多枝杈，火星四溅，照亮夜空。高温令人难以承受，他们只好躲在巨石后面。勇敢用脚爪扯开口袋，钻了出来，杰克急忙把它扒拉到安全的地方。

"我应该和奥拉夫一起死！"索吉尔突然大叫着向火堆爬去，杰克抓住她那只好腿的脚踝，把她拉了回来。

"你这个傻瓜！他让你活着！"

"我不管！我要去英烈殿！"

"那我干脆用石头砸碎你的脑袋好了！"杰克勃然大怒，大喊大叫。

"不要！不要！"索吉尔连连高呼，声音真的充满恐惧，"死在奴隶手下的武士去不了英烈殿，而是直接下地狱，这样死太丢人！"

"那就乖乖待在这里，"杰克吼道，"好好活着，他妈的，不然我就用石头砸碎你的脑壳儿！"

"你不会这么残忍！"索吉尔痛哭流涕地说。

"那就试试看！"

突然,一声尖叫打断他们的争吵,接着又是一声尖叫,声音越发响亮。杰克抬头望去,只见一条龙正朝他们飞来。它尖叫着飞过火柱,兜了一圈,又飞了回来。它来来回回地飞着,火光映照着它的肚皮和翅膀内侧,看上去就像在空中飞舞的金片,尖声向大火挑战。

杰克知道这确实是挑战。“它以为另一条龙侵入了它的山谷。”杰克喃喃自语。

“不,它是在向奥拉夫致敬。”索吉尔说道,脸上闪着泪光。杰克没有反驳她,或许龙真的是在向奥拉夫致敬,因为他俩都比一般生灵高大和伟岸。或许奥拉夫此时正站在英烈殿的大门前观看着,认为自己的葬礼场面盛大,在中土大地前所未见。

## 第二十九章

# 冰　原

朝霞映红了雪山，一阵冷风平地而起，将奥拉夫火化后的灰烬卷起，在空中散成一片灰色的烟云。烟云升到阳光照亮的上空后变成白色，向南飘去。从几根烧焦的圆木尚可辨出树堆的轮廓，其余的全都荡然无存。河水从中间流过，好像那里原本就空无一物。

杰克又查看了一遍他们少之又少的食物：一袋干鱼，一囊水和那瓶罂粟汁。至于武器，索吉尔和杰克都有各自的刀，索吉尔的剑掉在树堆里不见了，她还有一把战斧。

"你应该把我留下。"索吉尔说。

"为什么？你的脚踝会好的。"杰克说。

"等不及了，我要留在这里等龙，和它战斗。"

"谁都不在这里等龙，你要跟我走，不然就砸碎你的脑壳儿。"杰克发现索吉尔特别害怕被奴隶杀死，既然如此，他便有了一个对付她的法宝。他根本不会杀她，可她并不知道，她这是以己度人。

"那只能是我们俩都会在别的什么地方被吃。"索吉尔苦笑着说。

杰克拿起索吉尔的战斧，走进森林，要为她找根树枝做拐杖。他找到一棵白蜡树，这种树在寒带森林里非常罕见。他砍下两根树枝，其中一根一头带有分杈，便于索吉尔拄着，另一根他自己用。他原来没有这个打算，可这种多节的树枝让他想起诗人用得发黑的手杖。手握树枝，杰克有一种奇异的感觉，好像在追寻他老人家多年前留下的足迹。

回来的路上，杰克为索吉尔采了一串黄莓。她将黄莓推开，叹道："你吃吧。我吃了黄白费，我快死了。"

杰克懒得和她争论，便和勇敢分吃了黄莓，每人都喝了一大口水。他拉索吉尔起来，可她又立刻砰地坐下，他又把她拉起来。"好啦，你要使劲儿啊！"见索吉尔身体瘫软，杰克不禁大叫。

"别费劲儿了，我要在这儿和龙战斗。"

杰克不由分说，拽起索吉尔，要把拐杖塞到她腋下，却被她丢到一边。

"你要……用……这根拐杖，"杰克咬牙切齿地说道，"你要……跟……跟我走，不然我就……用石头砸烂你的脑壳儿，让你直接下地狱！"他又捡起拐杖，索吉尔又气又疼，一个劲儿地龇牙咧嘴，不过她还是乖乖顺从了。她拒绝帮助，杰克也不管她，他背着勇敢和给养已经够累了。

他们缓慢地走在谷底，杰克在前面带路，勇敢站在他的肩头，它不能飞，或许永远都不能飞了，可它精力充沛，用爪子死死抓住杰克的上衣，嘴里叽叽咕咕说个不停。

杰克抬头看见崖顶腾起一缕烟。他知道龙就在那里，或许正在孵卵，或许已经孵出满满一窝小龙。等不到他们爬上冰山，它就会饿了。

夜里，他们在旷地扎下营。杰克用苔藓和地衣生起一小堆火，但很快就烧完了，他们又置身于寒冷之中。他俩缩成一团，盖上两件斗篷，把勇敢放在中间。他们睡睡醒醒。索吉尔醒来大哭。杰克梦到了龙。睡不着时,杰克就想着巨魔,想着如何在被巨魔咬断腿之前,用金棋子吸引他们的注意。

天色放亮,他们继续前行,现在既没有树木,也没有灌木。积雪的面积更大了,地面因结冰而险象环生,行走速度越发缓慢。杰克发现索吉尔虚弱后,人也好相处多了,不再叫他奴隶了,有一次递给她水囊时,还说了声谢谢。或许她已没有力气使坏了吧。

她现在这个样子还蛮不错嘛,杰克心想。她听杰克讲故事,询问他的生活,尤其对他的父母感兴趣。听到父亲千方百计哄露西开心,感到不可思议。"所以她才这么弱,"她一口断定,"你父亲就应该打她,让她睡在外面,连毯子都不给她盖,让她变坚强。"

"你父亲就是这么做的吗?"杰克问,不敢相信有人会对小孩儿如此残忍。不过话说回来,索格林不就下令把他刚出生的女儿扔到野外喂狼吗。

"当然啦,"索吉尔骄傲地说,"所以才造就出现在的我。"

这话倒是真的,杰克心想。

"不过,我有梅芙替我取暖,"女孩儿说,"我只要在外面睡觉它总能找到我。"

"梅芙?"

"它是条爱尔兰猎狼犬,伊瓦王的。"

"噢,"杰克明白了,就是救了婴儿索吉尔的那条狗,"你知道有一位著名的武士女王也叫梅芙吗?"

"不知道!真的?"

"龙舌告诉我的,很久以前她统治着爱尔兰,龙舌说她现在仍然活着,和其他所有的大英雄一块儿住在极乐岛。"

"我从来没有听说过极乐岛。"

"它们在最西边,是太阳落下的地方,四周的海水像天空一样清澈,永远没有冬天。"

"他们允许狗住在岛上吗?"索吉尔柔声问道。

"我想肯定允许。"杰克觉得喉咙哽咽,不敢再说下去。他们继续穿行在寸草不生的谷地,雪山依然像起程时那么遥远。杰克想着诗人坐在苹果树下,身边是硕大的猎狼犬梅芙。

到了早晨,索吉尔拒不起来,她的脚踝肿胀,眼圈发黑,这些天来她一点儿东西都没有吃。"我要死在这里。"她宣布道。

"你身体虚弱是疼痛造成的,"杰克说,"奥拉夫让我把罂粟汁给你留好,他说我们走完这段行程之前,你用得上它。"

"我愿意受苦,奥丁神喜欢能忍受疼痛的武士。"

"你们北欧海盗真是疯了。"杰克说。

"我们这是勇敢,"索吉尔纠正他,"我的叔叔被箭射中,临死前,他用钳子把箭从胸口拔出,鲜血直喷,可他却笑着说:'看看这颗心多么富有!'说罢站立着死去,不愧是真正的狂暴斗士。"

"让女智者为他疗伤更有道理。"杰克说。

"我不指望撒克逊奴隶能够理解。"

"你也是半个撒克逊呀,你是不是忘啦?"

"我的母亲无关紧要,我是纯纯粹粹的狂暴斗士。"索吉尔说。

杰克差点儿提起她生下来也是奴隶,幸好想起对奥拉夫的承诺。"你知道吗……我想叫你吉尔。"

"什么?"

"那是你母亲给你起的名字,索吉尔是男孩儿的名字,不适合你。"杰克说。

索吉尔坐直了身子,样子很是警觉,这正中杰克下怀,索吉尔不可理喻,只能使用激将法。

“吉尔是个好听而且古老的撒克逊名字。”杰克说。

“我讨厌这个名字!”

“噢,可对你很合适啊,好听的名字正配美丽的姑娘。吉尔! 吉尔! 吉尔!”杰克说着说着手舞足蹈起来,索吉尔气急败坏,想站立起来。她一瘸一拐地追着杰克,追得气喘吁吁,可并不放弃,眼里充满杀机。勇敢嘎嘎大叫,急忙让路。

“噢,吉尔啊,可爱的吉尔啊,亲我们一下吧。吉尔! 你若用缎带束发,头上插花该有多美呀!”

“我不叫吉尔!”索吉尔举起拐杖要打杰克,却砰的一声摔倒在地,她两眼一翻,昏倒在冰冷的石头上。

噢,天啊,我都做了些什么啊? 杰克心想,立刻跪在倒地的庇护少女身边,看看她还有没有呼吸。“索吉尔,我并没想伤害你,”他高声大喊,“求求你,求求你,求求你醒醒吧,我再也不这么做了。”

不料,索吉尔在他手上狠狠地咬了一口,杰克疼得大叫,急忙把手撤回。手流血不止!“你这堆臭狗屎,你这堆羊粪蛋!”杰克吼道。

“疼吧,是不是?”索吉尔咧嘴笑道。

杰克气得浑身发抖,又想揍她又不想揍她,便说:“是啊,很痛。”

“那么我们扯平了。”

“我俩永远扯不平,”杰克说,“不过我们可以停战。我知道,”见索吉尔想打断他,便举手制止她,“我知道狂暴斗士从来不签停战协议,可我们是在探险,奥拉夫说我们应该合作。”

提到奥拉夫,索吉尔的表情严肃起来。她盯着杰克看了好一阵儿,眼睛竟然有些湿润。“你说得对,”她终于说话了,“我的行为不太磊落,我向你保证,今后不会再伤害你。”

杰克全然没有料到索吉尔会道歉,呆呆地看着她。她在开玩笑吧? 又要耍新花招吧?“我希望你不要食言。”杰克嘟囔道,担心女孩儿又会向他发起进攻。

“奥拉夫之女，索吉尔绝不食言。”她神色庄重地说，完全没有打他的意图。

杰克压住手上的伤口将血止住，然后又到冰冷的河水里清洗干净。他一直瞄着索吉尔，对她的突然转变困惑不解。“你知道，这次探险的成员都有责任保持体力。”

“说得对。”她表示认同。

“你应该吃点儿东西。你还要听奥拉夫的吩咐，用点儿罂粟汁，这样你就能走路了。”

“那我就吃一条干鱼，喝一滴罂粟汁吧，龙来的时候，我至少有力气挺身迎战。”

杰克朝崖顶扫了一眼，没有看到烟，可他知道他们的时间所剩无几，要是龙没有找到另一条麋鹿的话，正在龙巢下方坐着的他们可是上好的点心啊。

杰克劝索吉尔吃下两条干鱼，喝了两滴罂粟汁，又为她紧了紧固定脚踝的树枝，看见她脚踝肿得像个馒头，不禁皱着眉头问道：“疼痛对你为什么这么重要？”

“我告诉过你，奥丁神喜欢能忍痛的武士，”这时杰克正将树枝绑紧，索吉尔咬紧牙根说道，“疼痛使人长见识。”

“高兴也使人长见识。”

“那不过是愚蠢无聊的见识。当初奥丁神要获得见识以统领众神时，也要忍受痛苦。他被长矛刺穿，在乾坤树上吊了九天九夜。”

“那才真是愚蠢。”杰克说。

“你们的神也被钉在十字架上，还不是一回事。”

“不，那可不一样。”

“总之，”索吉尔接着说，“奥丁神要获取力量统治九界，就要获取更多的知识,所以他必须喝秘迷尔井的水。"

"秘迷尔井?那可是我们要去的地方。"

"如果我们能活下来,如果我们能找到的话。"

"你不是很乐观吗?"杰克问。

"我现在只能面对现实。除非奥丁神得到极好的祭品,否则他不准别人喝秘迷尔井水。为此他剜出一只眼睛,丢到井里。"索吉尔说,"据说现在还在井里。"

"剜出一只眼睛?"杰克觉得恶心。这样的事情他无法想象,可在北欧海盗看来再平常不过了,就像修指甲一样。

> 你今天在做什么啊,奥丁神老兄?
>
> 哦,我记得午饭后剜出一只眼。
>
> 爽啊。

"等等,"杰克说道,"就不能,嗯,就不能用杯子从秘迷尔井舀点儿水吗?"

"你一定要做出重大牺牲才会获准喝水,"索吉尔耐心地解释着,"可以是右手,也可以是舌头。你也可以承诺日后死于非命,或眼见你第一个儿子被狼吞掉。"

杰克吓得搭拉下脑袋,鲁内可没提这些。这和杰克想象的探险相差万里。他想的是要走很长的路,要忍饥挨饿,受冷受冻,或许还要和巨魔拼打(说实话,他原本指望由奥拉夫对付巨魔),没有人说过还要挖出眼珠子。

"不用发愁,"索吉尔说,"我们多半找不到那口井,鲁内和龙舌都没找到。"

"我不知道龙舌也来过这里,"杰克说,"要是他都没找到,我们更没有希望。"那么露西也没有希望了。想到这里,他心如刀绞。

“这和聪明没有关系,”索吉尔说,“鲁内说通道由命运三女神把守,由她们决定谁能找到井。”

“命运三女神?妙极了。在这个鬼地方又多出一样要把人踩扁或咬断人腿的东西。”

“啊,不是!”索吉尔非常震惊,“命运三女神照料乾坤树的生长,没有她们一切都不存在。”

“那么她们是什么?是又大又可怕的巨魔吗?”

“她们是女人,”索吉尔说,“或者说她们看上去像女人。这是鲁内说的,虽然他也没见过她们。她们在你出生时出现,决定你的命运。”

“我想,我出生时她们的心情一定很糟。”杰克说着背起水囊和干粮。

“我也一样。”索吉尔心情沉重地说道。

他们越靠近雪山,空气就越发寒冷,每当有风从雪山刮来,连呼吸都感到疼痛。杰克用斗篷遮住鼻子,水囊全靠他的体温才没有结冰。

勇敢抖个不停,费力地用挂着冰珠的爪子紧紧抓住杰克的肩膀。“可怜的家伙,”杰克说,“我敢说你一定后悔遇到了我们,我背你一段吧。”乌鸦感激地钻进口袋,杰克把口袋挂到脖子上。

*我觉得自己就是铅矿的驴子,*杰克拖着沉重的脚步,边走边想,*我驮着东西,我又冷又饿,等待我的是更多的活儿和凄惨的命运。命运女神肯定不喜欢我。啊,我现在真是太幸运啦,连索吉尔都要依靠我!*

或许是两滴罂粟汁太多了,或许是腹中空空,身体虚弱的索吉尔承受不了吧。她摇摇晃晃,两眼蒙眬,靠在杰克身上。杰克真担心她会倒在这里,他可背不动她,他自己都站不稳了。*我是世上最倒霉*

的、被命运女神诅咒的男孩儿，正想着，只见索吉尔又摇摇晃晃向他靠来。事情不可能更糟糕了吧。

可是他错了。

# 第 三 十 章

## 从天而降的死神

身躯如此庞大的龙飞起来几乎悄然无声，至少杰克没有听见，因为耳边风声不断，而且自己的呼吸又粗又重。龙就像一片随风飘荡的叶子，从他们背后袭来。杰克都没来得及尖叫就被一把抓起。

龙并没有立刻杀死他们，那太便宜他们了。它把脚爪扣成笼状，罩住他们，然后腾空而起，迅速飞走。杰克一时都没弄明白发生了什么事，只见自己被一根根黑色而且炙热的栏杆围住，大地从眼前消失，耳边风声大作。

他听见一声震耳欲聋、令人胆战心惊的吼声，立刻辨出这是谁的吼声，明白自己正面临与奥拉夫火葬堆上同样的挑战。“这是——这是——”杰克连话都说不出来了。飞行的眩晕感和自身的恐惧让他恶心。

“这是龙。”索吉尔替他把话说完。杰克见她正试图用刀子一点点儿刮削龙的爪子。她头昏脑涨，身体虚弱，可仍试图反抗。

“好烫。”杰克说，的确很不舒服，龙爪发烫，杰克要不停地变换姿势才不致被烫伤。他们现在已远离地面，龙贴着悬崖飞着，每扇动一下翅膀，就会有一股热浪掠过杰克的脸颊；每扇动一下翅膀，龙的骨头就咔嚓咔嚓直响，好像是一艘满帆的船只。它就是一只咔嚓船，杰克觉得这个想法很可笑，奥拉夫几个星期前说的话就在耳边回响："之所以这么叫，是因为船木总是咔嚓、咔嚓、咔嚓地响个不停。听久了也就习惯了。"

这时龙又向高飞，在空中盘旋着，爪子一松，杰克和索吉尔便掉在一圈石头中间。四周有不少又圆又亮的眼睛盯着他们，杰克忽然明白了，也一下恐惧到极点：龙把他们抓来是在向幼龙示范如何捕猎，就像猫为小猫抓来老鼠一样。

"往它们脖子下面胸口鳞片的缝隙扎，"索吉尔悄声说，"这是奥拉夫告诉我的。"

杰克简直不敢相信自己的耳朵，索吉尔竟站起身来，准备战斗，而他却吓得不知所措。小龙满眼邪光，冲着他发着嘶嘶声，脖子抻得老长，还前后晃动，他都被吓傻了。索吉尔怎么还能想着反抗？全完了，他们死定了。

母龙卧在窝的一边，发出沸水滚动的噗噗声，那双金色的巨眼半睁半闭，四条小龙，每条都有两个杰克大，正在鼓足勇气，准备听从母亲的吩咐。

勇敢从口袋探出头，嘎嘎地尖声大叫，母龙好像被蜇了一下，后腿立起。勇敢钻出口袋，跳到地上，大叫一声之后便叽叽咕咕地说起乌鸦话来，母龙则嘟嘟囔囔地回应着。

"它们在说话吗？"杰克悄声说。

"不知道。留心那条绿色的龙，它特别胆大。"索吉尔的注意力全都集中在小龙身上。她说得没错：那条小青龙盯着母亲带来的点心，吐着蛇一般的长舌，舔着布满鳞片的嘴唇，口水（或许类似口水的东西）滴到地面上，嘶啦作响。另外三只则紧张地望着这个兄弟，它们个头较小，也像母亲一样，全身金黄，杰克猜想它们是母的。

勇敢像疯了一般，一会儿大叫，一会儿低语，似乎在努力使母龙相信着什么。只见母龙一声长嘶,摆动着尾巴,猛然起身,冲下山谷。勇敢随即把注意力转向小龙。

这些小龙好像也能听懂勇敢的话,不过它们年龄太小,注意力集中的时间不长,有一只金色小母龙用长长的脚爪挠了挠肚皮,好像要打盹儿。“索吉尔,躺下。”杰克小声说道。

“我可不是胆小鬼。”她说。

“这是计谋,我想它们还不会捕猎,如果我们躺下不动,它们就不会理睬我们。”

“奥拉夫之女索吉尔不会退缩。”

小青龙吐着蛇一样的舌头,拱起脖子,打量着索吉尔,杰克根本不指望能让庇护少女明白,如果她还动的话,她和杰克都会被杀掉。“躺着别动,等它放松警惕后再刺它。”

想必索吉尔认为这话有理,因为她立马就照做了。小青龙盯着她看了好一会儿,后来一只鹰飞过来转移了它的注意力。

勇敢跳到小青龙面前,杰克大气都不敢出,担心勇敢被它一掌打死。可勇敢好像在和小青龙讨论着什么,它又叫又跳,还不时冲着小青龙的妹妹点着头。杰克听不懂它们说的什么,但意思很明白:嗨,看啊,母亲走了,这可是除掉对手的时大好机会啊。

勇敢越是叫得欢,小青龙就越是生气,小金龙们就越是紧张。突然,小青龙以迅雷不及掩耳之势,一下冲到窝的另一头,爪子差点儿碰着杰克和索吉尔,抓住妹妹们的脖子,砰——砰——砰,把它们一个个扔下悬崖。

杰克听见它们哀号着坠下,它们还小,还不会飞。小青龙昂着头,发出刺耳的尖叫……索吉尔一跃而起,举刀向它脖下胸前鳞片的缝隙刺去。胜利的尖叫声戛然而止,它疼得直拍打刀子,这一刀正中要害,它倒在了庇护少女的身上。

杰克立刻抓住它那又小又短的翅膀，把它拉开，幸好这家伙没有看上去那么沉。他看见索吉尔在拼命挠脸，因为有几滴龙血溅到她的脸上，烧起了水泡，他大吃一惊，连忙用水囊的水为她冲洗，并用自己的斗篷为她擦拭。这些做法还很管用，索吉尔只有半边脸和嘴唇起了水泡，谢天谢地，她的眼睛逃过一劫。

索吉尔看上去吓坏了，她目光狂野，对身边的事物好像毫无觉察，不过，她很快就恢复了正常，依在杰克身上，连蹦带跳地逃出了龙窝。杰克帮她躲藏到巨石后面，又跑回去看看能否找到什么吃的。

索吉尔的拐杖被母龙抓住时就断成两截，而杰克的手杖却完好无损。金棋子、太阳石和罂粟汁都还在脖子上挂的小袋子里。吃的全都糟蹋了，水囊也空空如也了，他的斗篷因擦拭龙血被烧出好几个大窟窿，用来装勇敢的袋子也是一样。杰克决定把它们都扔掉。杰克本想抽出索吉尔的刀子，可上面都是血迹，他连碰都没敢碰。

这时，勇敢跳上围着龙窝的一圈石头，"你真了不起！"杰克喊道，"我没想到你能和龙说话。"乌鸦又嘀嘀咕咕起来，杰克吓了一跳，连忙回头看。"好啦，好啦，你真的能和龙说话。"

勇敢昂首挺胸，大摇大摆地踱着步，好像在说："我最棒！我最棒了！我是中土大地乌鸦的佼佼者，在约顿巨人国也是！"

"对，你是，"杰克赞同，"不过你最好还是赶紧跳下来，我们得在母龙回来前找个藏身之处。"说着把乌鸦抱起放到肩上，匆匆忙忙回到索吉尔那里。

他们沿着大石间的缝隙，费力地从悬崖走回来。杰克急于寻找一个山洞或洞穴，任何不让母龙发现他们的地方都行，可最后只找到一堆乱石。索吉尔很快就累了，真不知道她哪来的气力杀死了小龙。她的体力越来越弱，靠在杰克身上的时间越来越长。

杰克也早已精疲力竭，索吉尔靠着他一个肩膀，勇敢抓住他另一个肩膀，高崖上的风又猛又冷，刮个不停，让人呼吸痛苦，走路也痛苦。

奥丁神肯定很喜欢我，杰克心想，我吃的苦头足足抵得上六个北欧海盗的。他们步履蹒跚地走进一个狭窄的深谷，尽量躲在阴影下面，当然阴影下面也特别的寒冷。

“我们得歇一会儿了，”杰克低声说，“我得歇一会儿了，索吉尔你真了不起，我真没想到还有人这么勇敢。”

索吉尔没有吭声。

“享受赞美理所应当，”他说，“奥拉夫就很喜欢，我跟你说，如果我们能活下来，我一定为你写一首诗，武士中最好的诗，当然还为奥拉夫。”

索吉尔发出一种被捂住嘴的声音，杰克弯下身，眯起眼睛在阴影里观看，索吉尔的嘴唇全是水泡，杰克立刻觉得大事不好，连忙说：“索吉尔，把嘴张开。”她张开了嘴，真把杰克吓坏了，没想到她的舌头上也全是水泡。她不说话是因为无法说话。

“哦，不要，不要，不要啊。”杰克搂住她轻声说着，她没有推开杰克说明她太虚弱了。“我没有水，我去找块冰来。”他沿着石头寻找，最后找到了一洼雪，便将雪带回，让索吉尔吃，舌头的肿胀似乎一点点儿减轻了，至少不再觉得憋气了。

杰克背靠着岩石，抬头观看他们藏身之处上方的那一线天空。他不知如何是好，以往只要心情沮丧，他都会习惯地摸摸脖子上的护身符。现在护身符几乎没有温度，在近乎绝望的处境中，护身符都给不了他什么鼓励了。

勇敢蹲下呜咽起来，它从来没有发过这种声音，杰克抬头望去，看见深谷上方有一大团雪。哪儿来的呢？紧接着又看见一团雪，接着又是一团,又一团。咻唔——咻唔——咻唔——呜,呜,呜,第一团在说。

其他的雪团发出汪汪、嘎嘎、叽叽、嘶嘶声回应着。咻唔——!咻唔——!第一块雪团加重了语气。狭窄的天空很亮,看不清是什么东西,杰克隐约看见一个巨大的圆脑袋和一双黄色的眼睛,原来是一只巨大的猫头鹰,足以抓起一只羊羔,也足以攻击这两个精疲力竭的人类。勇敢躲到杰克的身后。

咻——呜,呜,呜,第一只猫头鹰叫道。其他的也都用种种愤怒的叫声呼应着,越叫越发疯狂起来,它们竖起羽毛,耸起双肩,张开翅膀,克鲁夫—咕—咕—咕!一起叫着,一双双毛乎乎的肉腿忽前忽后地跳动着。

杰克低下头,看见索吉尔万分恐惧地瞪着它们。索吉尔害怕了?她刚才还勇敢地与龙作战呢!

悬崖上空发出令人毛骨悚然的哀号,猫头鹰轰的一声全都奋翅四散,杰克听见一阵不祥的咔嚓声,母龙已经发现它的窝被毁了。

"我觉得它发现不了我们,"杰克冲着索吉尔小声说,"悄悄地待着,等它找累了再说。"母龙来来回回地寻找,它的影子在杰克他们头上掠过了几次,可还不见它累。太阳在空中缓缓移动,深谷的阴影也越来越暗。

在龙似乎飞远之后,杰克爬出去用皮囊装了一些雪,将雪水一点点滴入索吉尔口中,也喂了勇敢一些,他自己则吮着从石头上找到的碎冰,他们现在只有这些,而且也只会有这些。

最后龙似乎停歇下来,时不时还能听见它的哀号,可它的位置没有变动。"嗯。"索吉尔抓住杰克的手哼了一声。

"什么事?想喝水了吗?"

"嗯!"还是哼了一声,她仍不能说话,拉住杰克,指着深谷下面。

"那条路不到冰山，"他说，"我想也无所谓了，反正我们爬不下悬崖，会冻死在这里。"下午时分，风再度刮起，在深谷中呼啸。杰克把勇敢捧起，显然它更加虚弱了。这些天他们都没吃什么东西，乌鸦垂着受伤的翅膀，脚步迟缓，它的腿不像猫头鹰的那样有绒毛覆盖。

杰克累得浑身酸痛，但仍用一只手搂着索吉尔，用手杖支撑他俩，勇敢则贴在他的肩膀上。深谷到处都是松动的岩石，令他们行进迟缓。他们一点一点往下走，悬崖则一点一点在增高，走到崖底时已近乎全黑。他们来到一处岔路口——如果称得上路的话。杰克停了下来，他精疲力竭，无法做出判断。

而索吉尔则毫不迟疑，坚决让他向左走，后来他们又遇到许多岔口，都是由索吉尔决定往哪儿走，就好像她认识路似的。杰克毫不在意，至少有人做出了决定。

令他万分吃惊的是，他们竟然来到了一道树木繁茂的小谷，溪水从谷中潺潺流过，两侧全是树丛，上面长满覆盆子和蓝莓，地面上到处都是小小的山草莓。空气既温和又甜美。

"哎，索吉尔啊。"杰克喃喃说道，他扶她坐到一片苜蓿草地上，便赶忙去采浆果。杰克把浆果碾碎，将果汁滴到索吉尔嘴里，勇敢则自己大吃特吃起来，他们仨都饱餐了一顿。

杰克偷偷地在喂庇护少女的果汁里混入两滴罂粟汁，他不知道这样做是否明智，可索吉尔若再不休息就可能没命了，很快她便舒展身体，躺在苜蓿草地上打起鼾来。她的脸比……比任何时候，噢，都要平静，杰克暗自心想。

时到傍晚，天色转蓝，小溪生起雾气，杰克沿着谷地边缘走着，觉得在这个地方不会出事，一切都那么平和，长满青苔的溪岸开着鲜花，普通的鲜花，而不是想杀人的巨魔花，倒伏的树干上点缀着形状不一、颜色各异的蘑菇。

杰克弯下腰往皮囊里灌水,水是温的,不烫,温得恰到好处。他洗了洗脸和手,然后躺在索吉尔和勇敢旁边,他们只有一件斗篷了,但在和风徐徐的小谷已经足够了。杰克抬眼望去,繁星在夜空中闪烁,望着望着便进入了梦乡。

## 第三十一章

# 松　　鸡

那天夜里，森林里没有出现什么恐怖的东西。没有什么恐怖的东西弄断树枝，喷射火焰，咬掉谁的腿。杰克睁开眼睛，看见森林里到处是鸟儿。它们在所有的树上唱啊，叫啊。鸟儿在迎接黎明，空气里到处是啼叫、啁啾和鸣叫。交喙鸟从松树间飞了出来。啄木鸟哒哒哒啄开树皮。鸫鸟和燕雀在白杨树、橡树和桦树间飞来飞去，因为这个暖融融的掩蔽去处很像英格兰的一片森林。

"难道不令人流连吗？"杰克说着，叹息一声，把勇敢的羽毛抚摸一番。索吉尔看样子很是吃惊。"没事儿的，"杰克安抚她说，"只不过和我们所期望的有所出入而已。我不知道你怎么找到这个地方的，但是你能找到，我别提多高兴了。对啦，这河流很暖和。如果你想洗澡，我来帮你下岸。"

索吉尔打量着他，仿佛他彻底疯了。

"哦，我知道。你们北欧海盗喜欢臭气熏天，但是水给人很爽的感觉。我希望我们不会马上离开。至少，我们可以好好休息一下。"

"走不动了。"索吉尔吃力地说。

"你可以讲话了！张开你的嘴，我来看看肿胀消得怎么样了。"索吉尔照办了。杰克对她的进步感到很高兴。她的脸和嘴唇看上去也好多了。燎泡差不多都没有了，只是还有一点点浮肿。

“现在走不动了。”索吉尔说。

“哦！我到树那边去，给你点私人空间。”

“不是那个意思。到山谷外面吧。愚蠢的奴隶。”

杰克瞪起眼睛看她。他应该料得到的。如果什么东西是好的，她一准会反对。“你知道，一个人有刀在手，你叫人家是‘愚蠢的奴隶’，这是很不对的。”

“恨鸟儿。很——很——很恨鸟儿。”索吉尔说，眼泪一下子掉下来。

杰克这下慌了。他顾不得自己，为索吉尔感到难过。索吉尔毕竟从龙爪下把他拯救下来，而且她还找到了那个山谷。她现在是怎么了？“莫非这地儿很危险吗？”他问道，“有什么事情我应该了解一下吗？”

“没有。就是恨鸟儿，没有别的。”

“哦，这算不得什么啊，”杰克说，“我喜欢鸟儿。我甚至喜欢和它们交谈，至少可以和像勇敢这样的鸟儿交谈。我们不休息真的不行了。如果你不喜欢鸟儿唱歌，你用苔藓把耳朵塞上好了。我要去找食物了——我们的又一个小问题，免得你忘记了。”

索吉尔按杰克的建议做了：用苔藓把耳朵堵上了。然后，她盯着河水，眼泪从脸颊流下来。

他把勇敢留下来和索吉尔做伴。这庇护少女有理说不清。她决意苦行，不管各种东西多么美好。杰克顺河走去，情绪渐渐地好起来。生命力似乎无处不在，绿叶蓬勃的树木啦，快活雀跃的鸟儿啦，草莓丛中出出进进的旅鼠和田鼠啦，蝴蝶啦，飞虫啦，甲壳虫啦，等等。这地方一片生机。

杰克找到了浆果，但是他想弄些更禁得住饿的东西。他想到了蘑菇——或许它们是毒蘑？后来，他找到了野韭葱，挖了起来。

他一下子僵住了，因为他听见了什么东西在灌木丛里沙沙作响。慢慢地，小心翼翼地，一只壮观的鸟儿从暗处走了出来，褐色的扇形尾巴拖在身后好不威风，爪子周围有十只花斑的小雏鸟儿。杰克的嘴直淌口水。这是一只松鸡，足有四只母鸡大。在奥拉夫的大厅里，海蒂曾经往餐桌上上过一只。杰克很清楚地记得那肥美的肉，还加了多蒂花园的越橘做调料。

那松鸡威风凛凛地打量他。它眼睛上方那鲜红的冠肉像眉毛，看上去令人匪夷所思。它一点也不害怕。杰克寻找他的刀。

那怪物朝他走过来。那些小花斑鸡在地上觅食，偶尔看一看它们的妈妈，征求同意。那松鸡低下头，温柔地呼唤。杰克知道这松鸡能够让他们几天不挨饿。他已经挖到了野韭葱，一起烤上，再把它的小雏鸟正在吃的草莓加上当作料，令人垂涎。

那松鸡步履威严地从他身边走过去了，一点也不害怕他。一刀砍下，瞬间就能砍断松鸡的脖子。老诗人告诉过他，利用生命力诱捕猎物是邪恶的，这松鸡现在感觉很安全，把它杀掉是——无论如何——都是错误的。

*我一定鬼迷心窍了*，他目送松鸡消失在森林里，心里还在活动。不过，他很快来到了一片很不一样的林地。他看见了苹果树、核桃树、榛子树和梨树生长在他屡见不鲜的松树和白杨之间。它们开满了鲜花，却又结满了果子，仿佛春天和秋天一起到来了。杰克脱下了外衣，当做背包使用。

这时，他听见了远处传来嗡嗡声，令他一阵心悸。那是难以数计的蜜蜂在活动，上空一定有数百个蜂窝。杰克因为母亲养蜂，已经对蜜蜂习以为常了，听见它们的嗡嗡声的密度，就知道它们的数量，还能从它们的嗡嗡声中听出它们的情绪。

他听得出蜜蜂在生气还是在快活，是在着急还是绝望至极，整窝蜜蜂都恨不得一死了之。杰克想象得出来，它们成群结队，在树间上下飞舞。这让他警觉起来，尽管他过去从来没有害怕过怪物。它们的情绪异常强烈，不堪承受。杰克赶紧转身走开了。

他返回来时，索吉尔还在注视河水。他给索吉尔削梨吃。他找到了一块平石头，把坚果砸成粉状。索吉尔吃过，又开始注视河水。

*你爱吃就行啊*，杰克心想。过了一会儿，杰克站起来把索吉尔脚脖子的绑带换了换。索吉尔管不住自己，就想做出一副气汹汹的暴汉的样子。杰克看见索吉尔脚脖子的肿胀消失了，如同她脸颊上的水泡一样没有了。尽管索吉尔不在乎自己，但是她还是在恢复。

这天后半日，他们都在打瞌睡，或者和勇敢来来回回滚核桃玩儿。杰克知道他应该计划一下，离开这里，但是他心满意足，不思进取，因为很久他都没有这样美好的感觉了。

黄昏时分，他又走出来走动，在一片小林中空地里看见了几只落在那里的雪白的猫头鹰。它们在寻觅黄莓吃，一边咕咕叫唤着。杰克看见一只旅鼠在它们中间忙碌地啃咬一串野豆子。杰克过去熟悉的猫头鹰，这时一准向那只小旅鼠扑过去了。

杰克决定多待一会儿，尽管索吉尔不同意。她现在可以说话了，而且说得很多。“我们在进行一次寻找活动，”索吉尔说，“我不指望一个奴隶理解多少，但是寻找活动意味着我们不能舒舒服服地待着。我们的正事儿是找到大山女王，越快越好。奥拉夫就是要我们这样干的。我已经躺够了。”

“你就知道躺着，”杰克反击说，“可我出去找食物了。”

“我找到了山谷啊。”

“你是怎么找到的呢？”杰克问道。

索吉尔脸红了。“运气不错，猜对了。”

“再说了,你的脚脖子需要恢复,我不能像抱宠物猫一样老搀扶你啊。”

“我不是宠物猫!我是索吉尔·奥拉夫的女儿。我要是不得已,我会在血泊中爬行!”

杰克很高兴看见她过去的精神又回来了。这就是说她正在回到正常状态。怎么也是一根骨头断了,可是她的脚脖子恢复很快,速度惊人。一两天之内,她就能够走路,杰克打算等一等,等到她行动自如。他觉得没有什么亟不可待的事情。

山谷草木茂盛,空气暖融融的,每过一天都变得更加吸引人。杰克每天早上外出找食物,形成了计划。他在中午时分在河里洗澡,到了下午进行探索。其余时间,他和索吉尔(随着康复,她已经变得越来越抑郁了)以及勇敢聊天,可勇敢对环境也似乎不那么高兴了。

有时候,杰克感觉他极度渴望在苔藓里打滚儿,或者大嚼一通覆盆子,嚼得汁液横流。有时候,他真的在苔藓里打滚,大吃一通覆盆子。有时候,他无缘无故地大笑不已,笑得上气不接下气。这地方应该就是纯粹的生命力吧,他心想。

杰克一下子坐起来了。

他记得老诗人说起过他和最好的爱尔兰朋友一起练功的经历。我们一天接一天地打坐,努力打开心窍,接受生命力的力量。一旦距离太近,生命力便会迅速撤退。不过,我的朋友喜欢生命力的力量的那种感觉。只要没有危险,他就绝不会停止。一天,某种东西断裂了。他惊天动地地吼叫一声,跑得飞快,怎么都停不下,一下子跑进狂人谷去了。

我没有看见狂人谷的疯子,就听见他们吱哇乱叫,老诗人接着讲下去,那是一种可怕的声音,像是狂笑,却又丝毫没有快活的意思。爱尔兰所有失败的吟游诗人都无一例外地进了狂人谷,因为那里的生命力比别的地方都强大，所以他们就待在那里了。

“也许，在我不能呼吸之前，发笑并非一个好主意吧。”杰克嘟哝说。他放任这个地方的力量在他身上流动时，他就会闭上眼睛。现在，他睁开眼睛，看见了最害怕看见的一幕。

站在他跟前的是他在这迷人的山谷见过的首个危险的怪物：一个巨大的笨重的巨魔猪，空中的大嘴大张着。杰克能看见无比锋利的獠牙。

杰克吓傻了。他能想到的是吟唱母亲平息愤怒的蜜蜂的魔咒。他吟唱了一遍又一遍，感觉得到生命力里有了回响。那种力量太近，太强大，宛如火焰的热浪掠过他的全身。

杰克感觉自己挨了一下，打回到了一片草莓丛里。他的脑子清晰起来，火焰消失了。那山猪在他身上嗅来嗅去，在他的胳膊、胸膛和脸上轻轻地亲吻。

“金鬃毛吗？”杰克叫道。他搂抱住了那山猪的头，在它的耳朵后面挠痒痒。“你找到回家的路了。好好好的猪儿呀！”杰克站起来，在它那鬃毛直立的脊背不停地拍打，“我很高兴。这难道不是一个令人流连的地方吗？”金鬃毛喷喷鼻子表示同意。

杰克领着山猪回到索吉尔修建的营地。可是索吉尔一看见山猪，就翻身站起来，拿起石头向山猪砸来。“不，不，不！它是朋友，”杰克叫道，“没有看见吗？”杰克说着骑上了山猪背上，却也担心这怪物会把他撂下来。但是金鬃毛被人当毛驴一样骑在背上，感到十分高兴。

山猪哼哼了几声，勇敢唧唧啾啾地回应了一通。“它说你给了它自由。”索吉尔大吼一声，像打了一个响雷。

“我是给了它自由。等一等。你怎么知道它在说什么呢？”

“这不关你什么事儿。奥拉夫逮它时差点搭上性命。”

“那又怎么样？他只是要把它淹死。和那些没有脑子的暴汉不一样，我不喜欢苦行。”

“你这愚蠢的奴隶！现在露西就要取代它的位置了。”索吉尔喊道。

“那不是我造成的！”杰克喊叫着，从金鬃毛背上跳下来。

“不是那么回事儿，你这撒克逊傻瓜！”

“吃奶的小屁孩儿！你就是把她送给弗丽斯的人！”杰克尖叫道。他们针尖对麦芒地站着，气得上不来气。杰克的脑子是多少天来最清楚的，怒气把这山谷的魔力一扫而光。他突然想起来露西。天哪，他正是为了她才来到这里的，怎么忘了个干净呢！他甚至记不起来已经过了多长时间了。

“没错，”索吉尔说，终于看清楚了他的脸上的表情，“你这样在那些草莓丛里晃来荡去的，时间都溜走了。”

“哦，露西。”杰克小声嘟哝说。然后，另一个念头冒了出来。“你知道金鬃毛在说什么。你一直在练 *seiðer*。你向我撒谎！”

索吉尔低下了头。“我从来不撒谎。这该死的力量突然控制了我。我无地自容。”索吉尔悄声说。

“你吗？害羞？我还不如指望弗蕾娅的猫儿呢。”

庇护少女把肩部挺了起来。她不是躲避痛苦的人。“我听不明白这巨魔猪的话，但是我听得明白勇敢在说什么。还有所有那些倒霉的小鸟儿！”她用拳头向那些树木晃了晃。“这好比置身醉醺醺的武士霸占的大厅，呜呜啦啦嚎叫个没完。他们说什么‘躲开我的树’或者‘你可见过这样美丽的小鸟儿吗？’之类的醉话。要不，他们会说：‘对不起，我要去呕吐了。’他们一直醉醺醺的，一直没有清醒过来，然后就睡着了！猫头鹰整夜都在喵喵地叫唤。”

“你就是听见喵喵叫才找到这地方的，”杰克说，“猫头鹰。”

“没错！这是我第一次发现我能听懂鸟儿的话了。它们对那母龙很恼火，很害怕它发现它的孩子死了会报复。一只猫头鹰告诉我别人是怎么找到这山谷的。明摆着，那条龙禁止人们到这里来。”

“你像西格德一样。你嘴里沾染过龙血。”

“但愿我从来没有沾过！沾过龙血，我就成了可怕的巫师了！”

“那可是神奇的招数，索吉尔。”杰克说。

“我恨死了！”她决意蔑视她的好运气。杰克虽然愿意听懂鸟儿的话，但是龙血也许会把他整死的，因为龙血差点要了索吉尔的命。

“我看还是赶快离开为好，”他说，“我们到达女王山越早越好。”

“时间不等人。”索吉尔嘟哝道。

打点行装没有问题。他们几乎没有什么行装。杰克收集了一些坚果和果实在路上吃。他用索吉尔的斗篷把这些东西包起来。他们上路后，索吉尔也许会感到寒冷，但是他也感到寒冷，因为他们需要食物。往回走的路上，他看见猫头鹰匍匐在草坪上，它们虚弱不堪，很难飞起来了。

他们躲开了那条龙，生怕遭遇一次更可怕的毁灭。山谷的和平景象引诱了他们，杰克正是受到了引诱而不愿离开。他们没有想到他们不能打猎。猫头鹰只靠吃果子和浆果无法生存下去。

杰克把食物放下，把每只猫头鹰从草坪捡起来，走上了附近山区光秃秃的岩石间。他把猫头鹰放在通向那些石崖的一条小路上。它们很快从山谷消失了，好像离开了他们一下子机警起来。

“干什么去了这么长时间？”索吉尔见他回来抱怨道。

“猫头鹰。”杰克简单地说，没有解释。

他把食物扛在肩上，握住手杖当武器使唤。索吉尔从地上捡起那把她使用起来得心应手的刀。勇敢站在金鬃毛的背上，因为那只山猪已经向他们相遇的大山女王跑去了。它说它和大山女王是好朋友,做邻居时经常串门儿。

杰克是通过曲折的渠道听说这事儿的。金鬃毛告诉了勇敢,勇敢帮山猪向乌鸦翻译时,索吉尔听见了。然后,索吉尔把这些话传了出来。或者另有人传了出来。索吉尔把多数事情都闷在心里,或者是金鬃毛要求她保密,或者因为她想激怒杰克。

## 第三十二章

# 冰拱

来到了山谷尽头，河流一下子钻进了地下，金鬃毛找到了一个藤蔓遮蔽的口子。只有你身临其境，你才发现它不易察觉，等你从另一端出来时，你看见的只是山侧的一条裂口。空气立时变冷了。

这条小路位于另一条深沟的谷底。深谷曲里拐弯，一路下行，偶尔出现一些岔道。金鬃毛为他们选择道路。天黑下来时，他们还在深谷行走，遍地都是石头。

一个寒冷的痛苦的夜晚。杰克和索吉尔靠在巨魔猪庞大的身子上，坐着入睡。巨魔猪长了巨虱，在它的毛发里钻来钻去，也钻进了杰克和索吉尔的头发里，好在它们不咬人，好像不喜欢人血。杰克一感觉到它们在爬行，就会立即醒过来。

杰克这么醒醒睡睡，没有睡很多觉。风顺着深谷刮，黎明时分，一股寒霜降了下来。杰克把勇敢藏在外衣下，他们两个相互依存。

只有金鬃毛膘肥肉满，舒舒服服睡了一夜。它鼾声大作，长长的鼻子呼噜呼噜响个不停，进入梦乡时，蹄子还不停地抽动。

“这罪要遭受多久才是个头呢?”杰克哀叹道，因为他们天亮后一直在石头上摸爬滚打。他虽然拄着白蜡树魔杖，可是两脚仍然难以站稳。

“我来问问。”索吉尔说。大家都在受苦受累,索吉尔显然兴致好多了。她把这个问题交给了勇敢,勇敢又交给了金鬃毛。那山猪最后给出了答复。乌鸦把山猪的话翻译出来,说了很长时间。然后,索吉尔才回答道:“不长了。”

“‘不长了’说了这么多话才说出来。”杰克感叹道。

“是的,费了点周折。”索吉尔高兴地说。

“你隐藏了什么吧?”

“你永远别想知道了。”

吃奶的小屁孩儿,杰克想。他们停下来吃东西,尽管食物所剩不多了。斗篷里包了果实和坚果,他们需要和山猪一起分享,自然持续不了很久。索吉尔和杰克轮换着骑在山猪身上。山猪身体硕大,他们两条腿几乎难以夹紧,他们不得不揪住它的耳朵时,它忍不住嗷嗷地叫唤。

他们走啊走啊,后来杰克受不了了,不知道走到哪里是个头。然后,正当他以为他要累得趴下了,他们来到了一道炫目的冰川前。深谷很阴暗,冰川的阳光把人晃得睁不开眼。冰很晶莹,像河水一样蓝盈盈的,杰克能看见冰层深处冻住的动物、人类和其他奇奇怪怪的东西的尸体,打量起来让他胃里堵得慌。

更要命的是光溜溜的冰面。索吉尔试图走快一点,可她的脚不停地打滑,趔趔趄趄地,来到一条岩缝前才稳住了脚跟,停了下来。此后,索吉尔走路才小心起来。杰克紧紧抓住了金鬃毛的鬃毛,听任金鬃毛呼噜噜表示不满。山猪似乎没有什么麻烦,不过它生来就容易习惯这些东西,它硕大的蹄子踩在冰上如同刀子,在身后留下来一溜深深的蹄印。

“快看!”索吉尔惊叫道,这时他们来到了一个拐弯处。只见一座冰山赫然在目,杰克做梦都想不到那么高,那么复杂,那么宏伟,看上去不像在远处。它像一座巨大的城堡，塔楼林立，悬空通道，还有院落。它有点像父亲故事里的某种东西，杰克很希望露西能看见这美景。

“我们怎么才能跨得过去那个呢？”他默念道。因为他们站立的岩架通向大山女王的住地是一座悬浮的桥，在难以想象的深沟上横跨过去，一溜陡坡上去，又一溜陡坡下去，全由一道亮闪闪的冰拱连接——灿烂无比，悬心吊胆，滑溜溜的。

勇敢急切地咕咕叫唤。“它说只有金鬃毛把我们驮过去了。”索吉尔翻译道。

“它能问一问山猪让不让我们抓住它的耳朵？”杰克问道，一边打量冰桥下的深渊，一眼看去根本看不见谷底。一股雾气在山脚下升腾缭绕。勇敢把这个问题交给了金鬃毛，金鬃毛嗷嗷直叫。

“我看它的样子，一准不行。”杰克说。

“它说它的耳朵很敏感，他宁愿我们抓住它的鬃毛，还不能抓得太紧了。”索吉尔翻译道。索吉尔也疑虑重重地打量着深渊。“我看一旦有人掉下桥去，一准就进英烈殿了。”

“我看也是，”杰克说，“进英烈殿足够资格了。”

杰克这时突然有了主意。他把索吉尔的斗篷撕成一条一条，做成了一条长绳子。他系了一个圈，套在山猪的脖子上，把另一头拴在他和索吉尔的腰间。他们骑在猪背上，两条腿叉在山猪那宽阔的背上，两只手抓住山猪的鬃毛。杰克的手杖——带上虽然意义不大，但是他不愿意扔掉——穿在套住山猪脖子的圈子里。勇敢钻进了杰克的外衣里。

“我们上路了。”杰克长出一口气，心想：但愿我们别掉下去，顺利拜访极乐岛。

巨魔猪开始爬桥时，杰克坐在前面，索吉尔在他后面。山猪的蹄子抓紧了冰面,杰克看见冰碴儿掉下来,掉进了那峡谷里。他的肚子在翻腾,他强迫自己向前直视。

咔吱、咔嚓,咔吱、咔嚓,金鬃毛在冰桥上行走。冰面不堪承受它的重量,微微抖动。一只鹰——约顿巨人国的鹰,体大无朋——沿桥飞过去了。它看见人类时,又转身飞过来,离得很近,杰克看见了它那黄黄的眼睛。"一边去!"索吉尔高喊道,一边亮出了腰刀。冰桥顿时抖动起来。

"别乱动!"杰克叫道。

风在他们走过冰帘时平息下来,这时又刮起来,在杰克的耳边呼呼响,把他的外衣的领子都吹了下来。勇敢在悲鸣,杰克的手冻紫了。

那只鹰第二次俯冲下来,爪子抓到了杰克的肩膀,杰克觉得挨了一下,但是并不疼。他被冻得麻木了。"我把你杀了!"索吉尔在杰克身后吼道。她探身向那只鹰打去,自己却差一点掉下来。冰桥再次抖动起来。杰克吓得直恶心,冲索吉尔嚷叫。他没有受伤,但是他的身体知道发生了很不乐观的情况。他开始发抖,怎么也控制不住。

"挺住!"索吉尔大声喊道,"如果它再来骚扰,我就把它杀掉。"

杰克想告诉她别乱动。如果她让山猪失去平衡,他们就会一起掉下深渊。

咔吱、咔嚓,咔吱、咔嚓,金鬃毛在冰面上继续行走。他们已经走到了桥拱的制高点。山猪哼哼叫了几声,开始下桥。那只鹰第三次袭来,索吉尔探出身子,用刀刺去。鹰尖叫着翻滚而下,但是索吉尔侧身猛刺让她闪了出去。杰克试图抓住她,但是他的两只手完全麻木了,随着索吉尔闪了出去。

惟一拯救他们的是拴在他们腰间的那根绳子。杰克和索吉尔双双吊在金鬃毛的脖子上,悬在万丈深渊。风在他们身边呼呼地吹,那根绳子勒在他的腰间，勒得他喘不上气来。快点，快点，快点，他默默地催促山猪。

然而，金鬃毛走得很慢，很小心。它生来不是爬上爬下的东西，尤其脖子上还拴了一根绳子，呼哧呼哧直喘气。

必须抽出手杖来，杰克眩晕地想。他不知道为什么他想到了手杖，但是至少他能减轻一下山猪脖子的被紧紧勒住的压力，因为那个绳圈儿似乎要把山猪勒死了。杰克抓住了手杖的一头，往外拽。手杖拽出来，可是他差一点脱手掉了手杖。温暖，我需要温暖，他想。他看见眼前出现了花点。手杖开始从他麻木的手里往外滑落。

如果你总是想到寒冷，那就只有寒冷，老诗人在某个地方说。

权当暖和起来了，暖和了，杰克一边想，一边靠近森林巨人世界中央燃烧的生命力。热力从两只手散发出来，从手杖的端头流出来。一股火焰喷发出来，喷在了冰桥上。水滴开始掉落。金鬃毛的蹄子失去了抓力，开始打滑。

吱吱吱吱吱吱！巨大的山猪嚎叫着，一路向冰桥下面滑去，越滑越快，越滑越快，一下子就冲到了桥头，在雪地里打滚，一个接一个。杰克和索吉尔被山猪拉着滚进了深深的积雪里。索吉尔立即站起来，把杰克的脸从雪里挖出来。她把绳子解开，把勇敢掏出来，让勇敢透透气。索吉尔的眼睛里满是喜悦。

“多么——好玩的——一次冒险啊！”她喘着气说。那绳子也快把她勒死了，但是她太兴奋了，根本不在乎。“我打败了巨鹰！我吊在桥沿上像乾坤树上的奥丁神！我太——高兴了！”

吱吱吱吱吱吱！金鬃毛愤愤不平地说。杰克还在晕眩，回望了一眼冰桥中间融化的那个窟窿。冰桥的两边只有两根小冰棍支撑着。他的手杖已经在积雪里融化得看不见了——他只能看见矗出来的黑黑的手杖头。

“我不知道你能有这么大的魔法。”索吉尔叫道。她发疯一般跳来跳去。

“我也不知道啊。”杰克说。这下他们安全了,他能感觉到那只巨鹰在他肩膀上抓出来的伤痛。一个影子罩住了他。一股硫磺的臭味从某个地方传过来。

“也许你发出更大的魔法才好。”索吉尔说,一边摸索她的腰刀,但是刀不见了,已经和那只巨鹰一起掉进了深渊。

杰克望去,看见一个怪物像是来自他做过的最深最坏的噩梦。它有八英尺高,头上和肩上直立着可怕的橘黄色毛发,眼睛是烂核桃色,一道黑乎乎的眉毛像树皮里长出来的蘑菇。绿盈盈的指甲很长,脏兮兮的,牙齿——因为那怪物的嘴正大张着——如同七叉八竖的树桩子。那怪物疙瘩头般的上嘴唇下两根大獠牙足有山羊角那么长,一喷气,那股硫磺味儿又从杰克上方飘过去了。

他终于受不了,晕过去了。他这下遇到了第一个巨魔。

## 第三十三章

# 芳与弗拉斯

杰克躺在一张难以置信的柔软的软床上。杰克所在的屋子非常美丽，他以为他已经死了，已经进了天堂。墙刷得像老诗人在罗马大厦的那些屋子，只是这些画儿还很新。杰克看见树上开满了花儿，一所房子外面坐着一个男人和一个女人，孩子们在和一只狗玩耍。

地板是用不同的木头铺的，镶嵌了各种秋叶的图案。一只金属碗装满了火光摇曳的炭，摆在一个修饰华丽的金属架子上。杰克的脸上感觉到了火碗发出的热气，因为脸是他露出被子惟一的部分。

被子也色泽艳丽，图案新颖，里面装了羽毛。杰克躺在被窝里，如同橡果夹在壳儿里。

记忆一点点恢复了。他小心翼翼地摸了摸他的肩膀，被绷带缠上了，不像他预料的伤得那么重。他醒过来了，有人说。不，不是说话，是别的什么东西。那些词儿在杰克的脑子里冒出来。

他真是可爱，如同两只脚的鹿儿。

你给他早餐吃，我去告诉母亲。杰克听见沉重的脚步声和开门关门的声音。

这么说我不在天堂，杰克痛苦地想，我被约顿人俘虏了。也许我闭上眼睛，他们就认为我又睡着了。

“不管用的，”一个刺耳的声音说，“我们说不清楚什么时候人类在撒谎。”

杰克睁开眼睛，又立即把眼睛闭上了。

“我知道。巨魔们渐渐地习惯了。从个人角度讲，我认为人类看上去像煮过的青蛙，但是我学会不在意这个了。”

杰克又睁开了眼睛。这个巨魔——他从她上衣鼓出来的部分猜度是女性——比他在冰桥边遇到的那个男性巨魔还块大体壮。她的头上也长出来那种橘黄色毛发，肩部也有，因此他说不清她头上是否有头发。她的耳朵像陶罐的把子一样挓挲开来，还戴了沉甸甸的金耳坠，把耳朵垂子拉得和嘴巴一样长了。她的上嘴唇露出了两根精致的獠牙——和那个雄性巨魔的獠牙相比，确实算得上精致了。

整个看来，她打扮得很不错了。她的指甲很干净，很光滑。她的牙齿虽说大得惊人，却很整齐。她的表情很喜兴。如果她站得远一些，杰克认为她看上去不至于如此吓人。

约顿人汪汪地嚷叫，那声音让杰克直往被窝里缩。“算不上特别可怕！我喜欢那样子！哦，你也算不上特别恐怖，尽管你的举止需要指点。”

“对不起。”杰克说。

“不客气。我的名字叫芳。我的妹妹弗拉斯和我一直在看护你。”

“谢谢你。”杰克说，实际上根本不清楚“一直在看护你”是什么意思。也许她们只是加了保险，在她们吃掉他之前不让他跑掉。

芳又汪汪叫了一气，好像就是笑了一通。“不管如何，我们都不再吃两条腿的鹿儿了——除非我们在光明正大的作战时逮住了一个。我们尤其不会吃了带来女王丢掉的棋子的人类了。”

“我很高兴我还带着这枚棋子。我都担心当时掉下冰桥时已经把棋子丢了呢。”

“弗丽斯给你的,是吗?”

杰克点了点头。

“她想交换某种什么东西。弗丽斯除非为了自己的原因,从来不做任何事情的。母亲因为她不能为命运三女神主持一次棋赛,感到很不快。她做了新棋子,但是那颗棋子当然没有魔法,她们不要它。”

一连串的问题立即出现在杰克的脑海里。什么魔法?命运三女神在哪里?芳是怎么认识弗丽斯的?谁是“母亲”?

“慢慢说,”芳汪汪笑着说,“你还不能做这样剧烈的活动。我跟你说,那是抓了一爪子,你肩上的那个伤口需要养一段时间。我曾经以为你再也不能使用那条胳膊了,但母亲念咒,把毒气念出来了。”

“谁是母亲?”杰克问道。

“大山女王呀。弗拉斯和我是她的女儿。很不巧,弗丽斯也是她的女儿。”

“我不喜欢弗丽斯。”

“谢谢你。她的父亲不和我的父亲是一个人。可怜的人。他在这间屋子里受了很多年苦,一直想回到中土大地,和家人团聚。墙上画的就是他们。”

画上的男人、女人和孩子在和狗玩耍,含有新的意义。“女王为什么不放他回家呢?”

“他的家人都死了。他们在一次雪崩里丧命,母亲把他救了出来,但是他从来不相信她。我常想他的不幸也许影响了弗丽斯。但是,当然了”——芳叹口气,那声音像一阵小飓风——“她真正的麻烦是,她不属于任何地方。人类能够和别的人类结婚,不管他们来自什么地方。但是巨魔与人类或者精灵与人类的婚姻却是从来没有圆满的,他们的孩子总是在两个世界之间拉扯。”

弗拉斯一下子闯进了屋子,杰克管不住自己,缩进了被窝里。两个九英尺高的约顿人,橘黄色毛发直愣愣竖立着,獠牙毕露,实在是吓人。

“快出来吧,你这胆小鬼。”索吉尔说。杰克又钻出了被窝。他看见了另一个人类,别提多高兴了。索吉尔穿了一身崭新的衣服,腰带上挂了一把新刀,还有一把刀绑在腿上。

“你干得太漂亮了。”杰克夸赞道。

“为什么不呢?这是我去过的最令人兴奋的地方。我喜欢巨魔!”

杰克坐了起来,一阵眩晕,他又躺了下去。“勇敢啊!我把它忘记了。它还好吗?”

“它和金鬃毛待在大堂里。你知道女王把它的翅膀治好了吗?女王念咒,翅膀就复原了。它在这地方到处乱飞。我是特殊嘉宾,因为我是奥拉夫的女儿。格拉姆迪斯女王和他可有缘分了,想让他留在后宫,但是女王放话说,他随时可以走。”

“那是海蒂、多蒂和萝蒂的运气好啊。”杰克说。他能想象出奥拉夫在这屋子里被困的情景。

“他们活下来了,”索吉尔满不在乎地说,“那些笨鳖——就是那些男巨魔——都是顶呱呱的斗士。他们交给我一些下流的把戏。”

“不可思议。”杰克说,缩回了温暖的被窝里。他肩膀上的伤痛似乎更厉害了,他的全身没有了能量。他捞摸那个护身符。某种东西在失去。“那个奴隶项圈——”他说。

“哦,那件古老的东西啊。我是奥拉夫的女儿,你就归我所有了,”索吉尔说,“他说我们回去之后,他要给你自由,那么我在这里就给你自由了。这并不是说你就不参加寻找了。你要感谢我一辈子，如果非死不可，我希望你死得高高兴兴的。"

"应该活得高高兴兴。"杰克小声说。弗拉斯把索吉尔赶出了屋子，为此杰克很感激。很多事情都发生了，他需要静静地想一想。约顿人，他一直听人说又可怕又可恨，事实证明他们并不坏。奥拉夫总是说，只要定下基本规矩，他不介意和他们和平相处。他似乎对他们了解很多，只是大家没有意识到。索吉尔呢——坏脾气的索吉尔，只要机会合适就会叫他奴隶，完全不把他放在眼里——已经给他自由了。

一切都令人匪夷所思。

对杰克来说，最难办的事情之一，是慢慢习惯他周围的各种思想的窃窃私语、窃窃私语、窃窃私语。窃窃私语声不断，因为每个人都在思考，随时随地思考，但是一旦有人近在咫尺，他就能听到那些话。

他让芳用勺向他的嘴里喂汤喝。她把又软又白的面包掰开，抹上黄油和蜂蜜。她把一碗果子放在他能够着的地方。

"这是什么？"杰克说，指着一串浆果。

"葡萄，"芳自豪地说，"我在暖房里种的葡萄。奥拉夫在一次旅行时从印度给我们带来了小苗。"

一次旅行时？杰克想。"我生病多久了？"

"一个星期了。你刚来时状况很差，因此母亲认为最好是让你好好睡觉。"

一星期！杰克已经对日子完全失去了意识。他不知道在那个隐蔽的山谷耽误了多久，现在他又浪费了一个星期。留给他救露西的时间还有多少？

"别着急，"芳粗声大气地说，但是话音听起来却少有的温柔，"着急只会让恢复很慢。一切都是命运三女神决定的，我们无论做什么事情都改变不了命运。"她把窗户拉上厚厚的窗帘，杰克早注意到了,但是没有在近处好好看看。他嘀咕外面是什么样子。他想着奥拉夫关在这间屋子为孩子雕刻玩具却再也没有看见的往事,渐渐睡着了。

又过了一个星期,杰克才有力气走动了。巨鹰的抓伤留下了黑印子,把他的血毒化了。只有女王的魔法把他拯救了。他渐渐地习惯了芳和弗拉斯,虽然后者发现大声讲话很困难。约顿人是通过心灵互相交流的。他们不必非靠说话交流,但是少数几个为了战术上的原因,努力学会了说话。人类有时入侵约顿人,巨魔——尤其十几岁的青年——喜欢袭击中土大地。

窗外的景色看上去是一处深不见底的冰崖,很美丽却也很令人胆寒。人类想逃出去是不可能的。很远的地方也许有土地。杰克眼前只有层层冰封的世界。

约顿人喜爱寒冷。他们在冰点以上的温度里就会抱怨天热。他们已经在自己的世界里设法保持了一个永远是冬天的小环境,但是芳说夏天每年都会渗透进来。她还说,古时候大地也有一层冰冻。大海也冰冻得严严实实。你可以从乌特嘎地一路走到约顿巨人国。

"乌特嘎地?"杰克问道。

"海外大地。我们古老的家乡。"

"奥拉夫提到过这样的去处,"杰克说,"他说那里让一次火山喷发毁掉了。"

"是的,"芳难过地说,"我的老老曾祖母踩着破冰从那里走过来了。也是那次出走,我们远离了我们这个世界的中心。我们再也返不回去了,因为每一个世纪夏季的力量都会渗透到我们的王国。有朝一日,这里会全部消失的。"

"我——我很难过,"杰克说,"乌特嘎地没有留下任何痕迹吗?"

“弗拉斯可以和鲸鱼说话。这是她的特殊本领。他们说还有小海岛，海岛中心就是那座火山，周围就都是空旷的冰世界了。听起来令人流连。”芳叹息说。

“你们不能建造一艘船，回去看看吗？”

“我们生来不会造船。我们太笨重，每个人都惧怕深水。我们中少数人，比如弗拉斯，骑着鲸鱼回去看看，但只是在沿海一带。”

勇敢每天都来拜访，索吉尔时不时冲进来，讲一些如何宰杀的可怕故事。约顿人对杀害他们的敌人并不残忍，但是出手很快。他们看样子对索吉尔这个小暴汉的热情很欣赏。一次，金鬃毛进来了，芳为它做翻译。这山猪感谢杰克从弗蕾娅的天辇里把它解放出来，而杰克感到一种罪过，因为想起来露西很快就会被关进那里了。

他来到约顿巨人国过去多久了？他没有把握。从月亮的位置判断，他估计三个星期过去了，但是这意味着他在龙窝附近的那个小山谷没有逗留多少时间。这是怎么回事儿？就杰克的理解看，时间正在过去，也许很慢，但是还在流动。露西献祭的那天正在一步步到来。

# 第三十四章

## 大山女王的大殿

大山女王的大殿和杰克养伤的那个小房间风格迥异，不过它同样拥有一种美——美在宏伟大气，具有约顿人的风格。四周的墙壁用冰铸成，高高的窗户让环绕在山巅的蓝色光芒照射进来。霜冻的气流撩动起两侧的巨幅白色窗帘呼呼打旋儿。

大多数约顿人都身着皮衣，只有少数几个粗人仅仅在腰上缠了一块布，力图彰显自己的身材。杰克觉得长长的毛皮斗篷倒是不错的服饰。它能有效地遮掩住冒出橙色毛发的宽大肩膀、布满皱纹的圆鼓鼓的肚子，以及成块的片状巨魔肉。即使是那样也遮不住男性的眉峰。它们被自豪地展示出来，眉峰越大越好，而那些有杀人记录的巨魔则在眉峰上刺青。

格拉姆迪斯王后端坐在一张纯金打造的宝座上，上面镶嵌着闪闪发亮的钻石。宝座是侏儒打造的，他们在边上等待召唤的时候芳这样低声介绍道。王后橙色的头发上戴着一顶闪闪发光的王冠，她身穿一件金线刺绣的蓝色长裙，外面罩着一件熊皮披风。她的脸比芳的苍老很多，而她的五官突兀神似老鹰。杰克觉得她看上去相当高贵。他已经逐渐适应巨魔的长相了。

宝座的一侧站着金鬃毛，它的背上站着勇敢。索吉尔骄傲地坐在大山女王脚边的位置上。宝座的另一侧则分列着她的后宫成员。

十六位不同年纪的粗人都身着华美的服饰。年纪最大的那一位端坐在一张只比格拉姆迪斯王后的宝座稍稍屈尊的宝座上。他已经上了年纪,眉峰都塌到了眼睛上面,他用一根 Y 字形的棍子把它支撑了起来。

“那是我的父亲博尔索恩。”芳低声说。

杰克自己为了这个场合穿上了三层羊毛衣服,一层套着一层,外面还披了一件貂皮斗篷。可他还是觉得冷。他的靴子是牛皮制成,上面的牛毛没有除掉,有助于他的脚抓实地板。地板上铺着打磨过的银块,光亮照人,富丽堂皇,却又像冰面一样滑不溜秋的。

“上前来。”格拉姆迪斯王后开口说道,刺耳的嗓音和芳的相似。约顿人单要开口说话就很费功夫了,更无能力让自己的嗓音听起来甜美动听了。他按照指示走上前去,深深地鞠了一躬。

“那么你就是那个把我的冰桥融化掉的那个家伙了。”王后说。

坏了,杰克心想。

“你是一个火巫。”她宣布说。

“伟大的王后,我是一个吟游诗人。我为生命力效力。”

“我遇到过另外一个你这样的人。他名叫龙舌,他在那面墙壁上熔穿了一个洞。”她伸手指向一扇窗户旁边的一小块颜色暗沉一些的冰块,“当然了,我已经把它修补好了,可是疤痕还留在那里。”

“他受到过龙舌的训练。”索吉尔忽然尖声说道。

闭嘴,杰克心想。

“谁闭嘴不闭嘴由我说了算。”王后说,杰克立即在心里暗骂自己愚蠢。他忘了约顿人可以看到他的所思所想这码事了。“不过,我在你身上感觉不到恶意,”格拉姆迪斯接着说,“索吉尔,奥拉夫的女儿告诉我你找寻的任务,我已同意帮忙。我必须警告你命运三女神不服从任何人,哪怕对方是神祇。我可以要求她们到来的时候你能在场。仅此而已。”

“谢谢您,伟大的王后。”

“你不必跟我整什么‘伟大的王后’的废话,”格拉姆迪斯突然呵斥道,“那是弗丽斯才要求的虚荣。我是伟大的王后,人人都知道这一点。你还是个孩子,可以叫我母亲。”

“好吧,妈——妈妈。”杰克说。用这个字眼来称呼不是自己生母的人听起来颇为怪异。“我真心感谢您治好了我的肩膀并使勇敢恢复过来。”

“啊,勇敢,”格拉姆迪斯说,深色的眼睛里有光一闪而过,“又一个无耻的家伙。”可她没有解释这话是什么意思。“现在我命令你们所有人都去参加纪念一字眉奥拉夫的活动。一切都将如他所愿,把它办成一个载歌载舞、共享美食的盛宴。我很惋惜他去了英烈殿,不过我知道奥丁神会非常高兴见到他的。他是我曾见过的最优秀的两条腿的鹿。”

杰克的眼睛里满含着泪水,甚至连王后——或叫做母亲,杰克提醒自己——也撩起斗篷边儿擦拭眼泪。索吉尔干脆号啕大哭。

最后他们离开宝殿,沿着大殿长长的通道来到里面的一个庭院。院子呈圆形,面积开阔,特别像是一个冻结的冰湖。它又是露天的,棚子沿着边缘一溜儿排开。杰克闻到了烤松鸡的香味。他被安排和索吉尔坐在一桌——他们用不了约顿人那么大的桌子。芳和弗拉斯在一边给他们作陪。

杰克平生第一次见到了巨魔小孩——或者是小崽子,大家都是这么称呼他们的。他们在桌子当中冲来冲去,趁没人注意的时候偷拿东西吃。他们在冰面上滑行,不时彼此就发生身体碰撞,继而大声嚷嚷着互相挑衅,结果往往以游戏似的打斗告终。他们的人数并不多。芳说他们长得很慢——那些看上去和杰克同龄的孩子实际上已经有五十岁了。芳自身也没有长到被人认为足可以收纳后宫的年龄。

似乎没有任何人介意这些小崽子们所到之处带来的混乱。大人们面带宠溺的微笑,默许孩子们攀爬窗帘、推翻椅子、抛扔雪球。要是在家里,杰克准因为干比这情节轻得多的坏事儿被好好抽打一顿了。

款待杰克和索吉尔的美味有佐以越橘果蜜饯的松鸡、洋葱填充的兔肉、熊掌(杰克掠过了熊掌),以及切成细条的麋鹿肉。大山女王一个人大口大口地啃着一块麋鹿的腰腿肉,芳和弗拉斯两人则从体积巨大的鲑鱼身上撕扯下大块大块的鱼肉。餐桌礼仪在巨魔的宴会上和在伊瓦国王的宴会上一样都无人理会。

"一条腿放到地上!"一个一直不错眼地盯着芳的年轻粗人大声说道,"这是这儿的惟一一条规矩。你吃饭的时候一定要把一条腿放到地上。"

"他想通过学习人类的语言试图来吸引我的注意呢。"芳说。

拿来款待杰克和索吉尔的食物还有涂满新鲜黄油和蜂蜜的面包、加了香辛料的苹果布丁、从芳的温室里摘来的葡萄,以及索吉尔说产自一种叫做牦牛的动物的奶酪。她说王后在她的谷仓里饲养了一群牦牛。一桶桶的苹果酒、蜂蜜酒以及啤酒在桌子上传来传去。粗人们一直试图劝诱索吉尔拼酒,却被她坚决拒绝了。

"他们肯定会赢的。他们也知道这一点。我才不会让自己丢脸呢。"她说明道。

等一切吃完清理走,跳舞唱歌的序幕也拉开了。粗人们转移到冰湖的一边,巨魔的妙龄少女们则聚集到另一边。粗人们精心修饰并展示着他们的眉峰,因为少女们会决定她们选择的舞伴是哪一个。

弗拉斯和其他几个人提供音乐。这是一种奇怪的歌唱,歌词杰克一个字也听不懂。歌声在墙壁间回荡,似乎也在他的胸腔间震颤。旋律听来是那么忧伤,杰克感到泪水一下子再次涌进了眼眶。

“这是挽歌吗?”他问芳。

“哦,不是!这是一首鲸之歌。真的是一首相当轻快的歌。他们在歌唱我们永远失去的乌特嘎地,那是远在大海那头的亲爱的故乡。”

如果那算作愉快的歌曲的话,杰克知道自己不会再想听什么伤心的歌曲了。他竭尽所能才控制住自己没有抽泣起来。

“你们介意我加入舞者的行列吗?”芳不好意思地说。

“当然不会。”杰克和索吉尔异口同声地喊道。

芳于是小跑过去加入到巨魔少女的队伍中。她们首先呈扇形排列在湖面上。接着她们向粗人们靠近,后者已经群情激昂,正争相狂热地展示自己。少女们一个接一个地挑走了自己的舞伴,只需把一只沉甸甸的手重重地拍到他的肩膀上就可以了。一对对舞者随即四散到冰面上。

呼!滑,滑,滑。呼!滑,滑,滑。巨魔少女们领着她们的舞伴在湖面上翩翩起舞,弗拉斯和其他人则在一边哀吟悲唱着伴奏。

“我敢肯定奥拉夫受到大家的尊敬。”索吉尔端着一杯苹果酒叹息着说。

“我过去都不知道他得到这么多人的喜欢。”杰克说。

“是啊,不过海蒂、多蒂、萝蒂也不知道啊。”索吉尔面带一丝微笑说。

夜晚将尽的时候,杰克好不容易找到王后的桌子跟前。他恭敬地鞠了一躬,问道:“命运三女神是明天过来吗?”

“也许吧。她们觉得什么时候合适就会过来了。”王后说。

“您难道不能——您知道的——催催她们吗？”露西牺牲的日子隐现在杰克的心头。

“没有人可以催促命运三女神。”

“可是如果她们知道事情的重要性——”

“听着，小崽子，”格拉姆迪斯温和地说，“如果她们想要让你成功，她们是早来还是晚来就都无关紧要了。一切事情都会顺着预定的轨道发生。”

“可我不能只是坐在这里干等呀！”杰克没想要无礼——尤其对象是一个身长九尺的巨魔王后——可他实在是担忧到了极点。

“恐怕你还是得等。芳可以领你在宫里逛逛。”

“她没有必要给我当保姆。”杰克咕哝说。

“有一点我非常清楚，”王后接着说，“有乐可享时不去享乐，反而喜欢去抱怨自己的命运，这是一大罪过。”

“鲁内也对我说过这句话。”杰克叫道。

格拉姆迪斯微笑起来，露出她那小巧的尖牙。“他是从我这里学到的。现在尽情奔跑吧，两条腿的小鹿。尽情享受象棋比赛开始前的时光吧。”接着她转身抓起一块没吃完的麋鹿腿肉大啃大嚼起来——从她脚边堆积的骨头数量判断，杰克猜测这已经是第三块腿肉了。

接下来的一天杰克都在参观格拉姆迪斯王后的庞大的宫殿。他走访了御膳房、军械库、后宫以及温室。芳的温室由干净的冰块层层砌成。山中强烈的阳光照射进来，热度则被截留下来。里面的四壁潮湿水滑，有细细的水流缓缓流淌下来渗透进土壤里，不过外面的部分仍然保持着冻结的状态。一个粗人朝外面的墙壁上泼水，确保墙壁的厚度不变。

杰克从来没有见过葡萄藤，尽管他曾在罗马老屋的墙上见过它们被画在上面。他还发现其他只在他的想象中存在的树种：桃树、杏树，以及扁桃树。所有这些都是奥拉夫在他对意大里亚的劫掠中搜刮来的。

“他说这些在他的农场都长不活，”芳解释说，“他没有温室。龙舌教会我如何修建温室，作为他在宫殿的墙壁上熔出洞来的弥补。”

“他为什么这么做呢？”杰克问。

“哦，他对弗丽斯有些意见。弗丽斯当时还和我们在一起生活，弗鲁西是她的亲姐妹。她算是我亲眼见过的名副其实的麻烦制造者了。她给赫鲁斯加的大殿带来了无休无止的混乱，而龙舌要为她的死负责。噢，即使不是他，也得是其他人出手。”芳似乎一点也不为失去同母异父的姐姐感到难过。

“奥拉夫好像经常来这儿。”杰克小心翼翼地措辞道。他不想让芳感到不快，可是好奇心攫住了他，他非常想知道这个北欧海盗和大山女王之间是什么关系。

“妈妈被他迷得晕头转向的，”芳说道，一点儿都不觉得尴尬，“她几乎从来没有爱上过人类，而弗丽斯和弗鲁西的行为又告诉她娶一个人类回来是多么不明智。不过奥拉夫……”这个巨魔少女变得双眼迷蒙起来。“奥拉夫是那么高大俊美。”

杰克记起海蒂说过同样的赞美之词。

“当然了，他不想住在这里。他在中土有家庭。他每隔一年来一次，随身带着礼物。他给我带来种子，送给弗拉斯一根笛子和一只鲸鱼的雕刻。他总是很清楚什么东西会讨我们欢心。”

“他给过弗丽斯什么东西吗？”

芳又爆发出她那吼叫似的笑声。“只要是个正常人就不会在弗丽斯周围打转儿。”

“你知道她是怎么失去头发的吗?”

芳不知道。杰克告诉她那件导致他的约顿巨人国之行的遗憾事件,她大笑不止直到笑得眼泪顺着脸颊滚落下来。“哦!哦!我真希望当时也在场亲眼目睹!弗丽斯对头发特别迷恋。她一直缠着妈妈直到自己有了一头秀发。”

“王后给了她那一头秀发吗?”

“通过魔法变出来的。弗丽斯是个变形人,可是当她变成人形的时候,头发和我的一模一样。妈妈给了她人类的头发,也让她可能更轻松地维持人类的身形。一旦她失去头发,她就又变回成半人半巨魔了。她暴跳如雷了吧?”

“是啊,”杰克说,“北欧海盗当时都吓得爬墙呢。”

“真是大饱眼福了!弗丽斯的脾气甚至在这里也是出了名的暴躁呢。”

总的来说这是令人愉快的一天。杰克已经逐渐喜欢上这位性情温柔的巨魔少女以及她那位沉静忧郁的妹妹。他拜访后宫,受到了博尔索恩的欢迎,他是芳和弗拉斯的父亲。他也是格拉姆迪斯的初恋,至今仍然受到她的敬重。

杰克无法想象成为后宫一员的情景,博尔索恩却明显认为自己享有尊荣。“她把我从冰里一把拉上来,扔进了她的洞穴,”这位上了年纪的约顿人声音低沉地讲述着,愉悦地回忆起他们恋爱时的情景,“我的眉峰上布满了抓痕!”杰克尴尬地转过视线,自己也不知道为什么。

他发现这些粗人都是很不错的陪伴,可是他们的个人卫生的许多方面却让人不敢恭维。他们都认为浑身脏兮兮的、从不清洁指甲或牙齿是很爷们儿——或是巨魔语言中不管哪个同义词——的表现。也许这正是吸引索吉尔的地方,而他们明显都很欣赏她。

她已经从一个阴郁可怜的小鬼蜕变成一个很招人喜欢的对象。杰克看着她和一对儿年轻的粗人玩儿躲标枪的游戏，心里暗自想道：这也许是她第一次成为大家注意的焦点吧。她被奥拉夫的老婆和孩子容忍下来，可却讨不了他们的欢心。没有人高兴见到她，除了砍刀、煞星狼、地狱女妖以及碎片儿，这些都是伴随她一起长大的小狗伙伴们。这算是她有生以来第一次交到朋友。

## 第三十五章

# 乾坤树

“切记不要开口说话。”芳一边嘱咐，一边安排杰克和索吉尔在一个角落里坐下来。大厅中央摆放着一张长长的桌子。四周墙壁上的金属支架上燃烧着熊熊的火把，火把的亮光忽明忽暗地映照在一副金色象棋子上。杰克认出王后的那颗棋子正是弗丽斯交给他的通行信物。

“王后——我是指母亲——会和命运三女神对弈吗？”

“她是比赛的举办人，”芳加重语气说，“没有人和命运三女神对弈。她们自己互相对弈比赛。”

“只是盯着别人干看，听起来一点也不好玩。”索吉尔说。

“这是非常严肃的比赛，”这位巨魔少女说，“你们待在这里，让命运三女神可以看到你们，可你们千万不能说话，除非她们问你什么事情。我给你们留下了零食。你们要是觉得自己会害怕，现在就该离开了。”

“我们才不会害怕，”索吉尔强硬地说，“我是索吉尔，奥拉夫的女儿，这是我的奴隶。”

“以前的奴隶。”杰克说。

“每个人都害怕命运三女神，”芳说，“你不能抗拒这种反应。可别把东西碰翻或者从这个房间里落荒而逃哟。”

一个长相女气的家伙可能有什么可怕的呢？杰克心里犯嘀咕。他和索吉尔已经独自面对过一只巨魔熊和一条龙。他紧张地看着芳离开了。大厅里只剩下他们两个。一钵一钵的水果和面包排放在桌子上,那么命运三女神大概也是要吃东西的。

索吉尔从他们的小桌子上挑拣出一块蜂蜜蛋糕。她看似镇定,手却抖个不停。“我觉得我们可以一直聊到她们过来。”她说。

“你听说过命运三女神的什么传闻吗?”杰克说。

“鲁内说她们决定拉格纳洛克战役何时爆发。”

“那是什么战役?”

“那是神和霜雪巨人之间最后的决战。到时每个人都会死亡,一切都会遭到毁灭。”

“这种对未来的看法可真够悲观的。”杰克喃喃地说道。

“奥丁神为这次决战精挑细选出最勇敢无畏的武士。他们每天都进行训练直到赴死的时刻到来。”

“可是他们都复活了呀。”杰克说,记起奥拉夫曾说过武士们被杀死又复活升到英烈殿通宵狂欢。

“要在拉格纳洛克战役发生之后。黑暗会降临到世间一切万物之上。”

“难道神也会死吗?”

“如果命运三女神这么说,那就是了。”索吉尔两眼紧盯着房间远处另一头的房门。她的手总是游离到绑在腿上的刀上,不过这只是习惯使然。

“什么东西又能比神更厉害呢?”杰克问道。他同样注视着那扇房门。火把熊熊燃烧着,风徒劳地噗噗抽打着遮住窗户的厚重的白色窗帘。

"时间,"索吉尔说,"鲁内说命运三女神就是时间自身。他不是很明白这一点,我也不懂。嘘!"

杰克看到门在移动,浑身迅速冻结。来人只是大山女王,她走到王位前在她的位置上坐下。她没有看他们,他们也乖觉地没有出声跟她说话。他们三个于是端坐着静静地等待。

渐渐地——杰克不能说出准确的时间——有人聚集到大殿远处的另一头。这是一群人或者也许只有几个人。很难说得清楚。窗帘微微掀动,火把的光线暗淡下来。各种嗓音从遥远的地方传来,这些声音让杰克的身体迅速掠过一阵惊悚的感觉。它们像是他在一个噩梦里曾听到过的声音。它们轻声诉说着他曾体验过的每一种恐惧感受——从悬崖上掉下来、失去双亲,或是困在一个无人能找到他的黑暗的地方终日哭泣。

索吉尔把手放到他的胳膊上。杰克意识到他刚才正要做被警告的事情:逃出房间。索吉尔看上去脸色苍白。毫无疑问她自身内心的恐惧也显露无遗。

不断遗失的世界比歌唱消失的乌特嘎地的歌曲可怕得多。它也比碾拇指者吉祖尔的村子的毁灭更具有摧毁一切的力量。它的世界里万物灭绝。命运三女神的各种嗓音低声诉说着一切光明、勇敢、美丽的事物一去不复返。你只能眼睁睁地看着它们消亡。你也只能沉沦到失败和黑暗的深渊。

杰克听到一个细小的声音。他转过身看到索吉尔手握一把刀横在胸前。她的意思非常清楚。她会勇敢地沉沦下去,即使名誉确实已经消亡,她也会跑去面对她的命运。

杰克抓紧护身符。一个命运女神抬起头来。她正处妙龄,面容姣好。她站在这个庞大的队列的前面,领着大家穿过大殿。他们绕着桌子走动。一个人伸出她的手来罩到一钵水果上,水果瞬即萎缩掉了。他们落了座，杰克这才看清原来只有三个人，尽管有气流在他们背后骚动私语。他们摆放好象棋。

一人观棋两人下棋。比赛持续了很长时间。杰克眨了眨眼。棋子看起来像是自己在移动似的。它们不再困在一个光线暗淡的房间里的桌子上，而是站在一栋栋房屋前面，或是耕作在田地里，抑或是在给绵羊剪羊毛。它们各自为生活奔波劳碌，不知道自己沦为了命运三女神默默观赏的对象，时不时地突然有一只手从天而降，把它们一把抓走了。

比赛继续进行，直到双方都只剩下几颗棋子。一个口如洞穴、眼睛空洞的命运女神下了最后一步。将军，她无声地喃喃道。

另一位棋手，正是那位美丽的妙龄命运女神，鞠了一躬甘拜下风。第三位命运女神就相当难看清楚了。她的身形一直摇摆移动不定，就像是一棵被狂风横扫的树木的影子似的。

接着三个人都抬起头来朝杰克示意。

他一动也不能动。双腿已经失去了力气，嘴里也口干到了极点。索吉尔轻推了他一下。他仍然无法从命。她于是站起来，牵起他的一只手，拉他上前。她另一只手里则紧握着那把刀。她的脸色在暗淡的光线的映照下几乎一片苍白。仁慈的上帝啊，她难道想要试图刺杀命运女神吗？

杰克紧捏着护身符。让他大为惊异的是，它竟然有了反应，一股暖流迅速向他涌来。他紧攥着索吉尔的手，通过意志力也把温暖传递给她。

他突然想到他们并不是一场只能带来毁灭的棋赛里的兵卒。命运三女神的路不是惟一。有一位吟游诗人正闲坐在神圣岛的树下。还有那位眼神忧伤、在风暴中被奥拉夫杀死的妇人，此刻一定和她的女儿一起走在升往天堂的路上。此外妈妈坚信灵魂随着太阳的升起也将重回世间等待新生,只不过她向爸爸隐瞒了这一点。

我信仰生命的力量,杰克心想,我不相信拉格纳洛克战役。

他们肩并肩地走上前,随着他们的走动,四周的墙壁轰然坍塌了,沙沙作响的白色窗帘也消失不见了。一阵柔软的轻风向杰克迎面拂来,一条小溪潺潺流淌在一个小山谷的谷底。溪流两侧长满了茂密的灌木丛,上面结着累累的覆盆子和蓝莓。地上则遍地都是口味甘甜的山草莓。

“我们又来到这里了!”索吉尔欢呼道,“这就是秘迷尔井隐藏的地点吗?”

那只松鸡从一处灌木丛中踱步出来,后面跟着她的十只满身斑点的小鸡。她低下头从喉咙深处发出轻柔的咯咯声。“好像是这样,”杰克不确定地说,“我先前感觉到了什么东西,却害怕去把它找出来。”两个人看着松鸡雄赳赳气昂昂地继续踱步走到一处树叶遍布的空地上。

“有一样没变,”索吉尔说,“那些愚蠢的鸟儿还是围绕着它们无聊透顶的生活打转儿呢。”

杰克在前面领路。他带着她经过雪白色的猫头鹰全军覆灭的场地。他找到了长着苹果树、胡桃树、榛子树以及梨树的树林子。“那么这儿就是你搞到那些食物的地方啰。”庇护少女说。

“听着。”杰克抬起手来。成千上万只蜜蜂的嗡嗡声在前方忽高忽低忽起忽伏。听起来似乎得要把它们赶出道儿才能从中间开出条路来挤过去。

“我讨厌蜜蜂,”索吉尔说,“曾经有一次我想盗取一个蜂箱,没成想却被许多蜜蜂扎成了一个刺猬。”

“你如果不惊动它们,你们就会相安无事的。”杰克说,“我妈妈教给我一个咒语可以平息蜜蜂的怒气。”

“我不确定……我不像理解鸟语一样理解它们的语言，不过它们似乎也没有生气。它们过于狂野，而失去单纯的快乐。我说它们是狂乱。”

“疯魔吗？”杰克问。

“类似那样。”

你会了解的，杰克心想。他记得奥拉夫和他的手下屠杀吉祖尔村之前心智被一种狂喜牢牢攫住的情形。杰克和索吉尔站了很久，听着连续不断传来的嗡嗡声。

“你的咒语会对疯魔的蜜蜂生效吗？”她问。

“我不知道。”他答道。

“不管怎样，总比什么都没有要强。”索吉尔抽出她的两把刀来。

“你打算干什么？杀光所有的蜜蜂吗？”杰克说，“我们是经命运三女神允许才能到这里来的。我们能否到达井的位置，全凭他们乐意与否。我们当中无论哪一个做什么都改变不了这一点。”

索吉尔无奈地又把刀插回刀鞘。她牵起杰克的手，两个人接着穿过了树林。地面逐渐向上隆起直到面前耸立起一座大山丘。“看！”索吉尔高声叫道。山顶上耸立着一棵庞大的白蜡树——只见这棵名为乾坤树的白蜡树不断地向上、向上、再向上伸展，直到你几乎难以相信人眼竟然能够看得那么远。

树枝向四面八方伸展开去，充满了生命的活力。世间所有的鸟类都在它的臂膀上栖息，所有的昆虫也不例外：一些在树皮上钻洞，结果把树皮毁坏了；一些小口小口地吞食着树叶。不管树木伸往何方，生灵们都以它维生，而它们同时也把它修筑成可供儿女们栖息的隐蔽之所。杰克看到鹿和幼鹿、狼和狼崽，以及男人和女人——因为树枝同样伸到了中土的地域——和他们的孩子们一起坐在树叶当中。

树根在小山的两侧深深地扎根下去，一些进入到火焰国，其余的则伸进了地狱的冰宫。一条巨大的蟒蛇盘踞在树的底部，把毒牙浸泡入树的血液之中。幸好在高枝上一只身形同样庞大的巨鹰张开了它的双翅，把生命的气息重新输送回树叶中。

一只浑身脏兮兮的松鼠在强有力的树干上蹿上蹿下，发出侮辱的尖叫声。"那是拉塔托斯克，"索吉尔低声说，"它在整个九界内传播谣言。"

树顶的位置距离地面是那么遥远，似乎比月亮还要高一头，然而却又那么清晰可见，使你忍不住想要够到它，只见那里竖立着一道金色的银柱栅栏。里面延伸着一片天堂般的绿地以及一片小树林。许多精美的宫殿和塔楼矗立在这片地面上方，而其中最为精美绝伦的建筑光一个大门就那么开阔，一千个人可以同时从中间齐步穿过去。

"那是神域——众神居住的地方，而那是英烈殿的大门。"索吉尔惊喘着说，"哦，看到奥拉夫告诉我一声。哦，我现在就想到那儿去。"

"你不能去。"杰克拉住她低声说。她浑身颤抖得像是一只受伤的鸟儿。"它看上去近在咫尺，可是你可能爬上一百年也靠近不了半步。我知道这棵树是什么。它是纯粹的生命力。一直以来它就受到生物的蚕食与啃噬，还遭到斧头的砍伐，可是它从来没有死去，因为它就是大地本身。"

"从来不死？那拉格纳洛克呢？"索吉尔惊呼道。

"那是命运三女神想让你相信的东西，未来就是存世的万物互相混战继而走向毁灭。可是他们的预见只是这棵树上的一小片叶子。另外还存在着极乐岛，那里是伟大的王后和英雄们归去的地方。"

"梅芙也去了那里。"索吉尔轻柔地说。

“是的，还有像我这样的基督徒去往的天堂以及其他许多我不了解的地方。乾坤树囊括了所有这些地方。”

一阵连绵不断的雨水从树上飘落下来，就像下了一阵银色的箭雨，雨水却从没有降落到地上来。蜜蜂们——最后还是蜜蜂登场了——在半空中收集起蜜露。一只只金黄色的庞大蜂窝从树枝上悬垂下来，就像是天堂里才有的水果。冬季不会涉足这里，所有蜜蜂不需要蜂箱。成千只蜜蜂忽高忽低地飞着，发出的嗡嗡声传达着纯粹的喜悦之情。

# 第三十六章

# 秘迷尔井

在树脚乾坤树接触山谷的地方有一口井。这是一口毫不起眼的小井，位于山顶上，一只水桶系在一根绳子上，和爸爸妈妈的屋子旁边的那口井没有什么两样。

“看上去真不起眼。”杰克说。

“欲想进门，必探门后。”索吉尔说，引用了北欧海盗一句备受喜欢的谚语，“另外：‘武器不傍身，千万莫出门。’你想要我的一把刀吗？”

“这是寻求精神安慰，”杰克有点儿恼火地说，“你为什么总是认为有一个敌人在什么地方潜伏着？”

“因为一直都有啊，”这位庇护少女简洁地说，“不管怎样，你必须要牺牲掉至关重要的某件东西才能喝到井水。”

“我不知道……看起来太平静了，不需要那么做。也许你要做的只是向上走到那里罢了。”

“没有受苦就没有收获。”索吉尔说。

“我认为那是北欧海盗的无聊把戏，情况明明好好的，非得庸人自扰。”

“不想当英雄，还真像个奴隶啊。”索吉尔讥笑道。

“对你来说打肿脸充英雄就意味着要被痛打一顿。”杰克大声吼回去。他们又开始对着干了,他的手痒痒的,想要打她。他也清楚对方也手痒得想要揍他。蜜蜂的嗡嗡声变得简直震耳欲聋了,这时一只蜜蜂突然撞到了杰克的脸上。他往后退了退。他们淹没在一大片像龙卷风一样紧急袭来的蜜蜂当中。索吉尔睁大了惊恐的双眼。

“坐下来。”杰克命令道。她听从了。“深呼吸。想一些平静的事情。”

“我不知道有什么平静的事情。”索吉尔说。

“那么,想象一下和粗人们一起玩儿躲标枪游戏时的情景。一些高兴的事情。”

庇护少女闭上眼睛,脸上浮现出笑容,杰克因而知道她正在一个美妙的回忆当中。他自己则想到了很久以前和吟游诗人一起坐在一棵花楸树下的情景。蜜蜂们缱绻地飞回到乾坤树的树枝上,继续它们从未间断过的收集蜜露的工作。

“它们为什么袭击我们?”索吉尔睁开眼睛说。

“它们没有袭击我们——尚未而已。蜜蜂能够感应一个人是否生气或者害怕,”杰克说,“我妈妈情绪不稳的时候从不收集蜂蜜。我们刚才正在吵嘴,这在这里似乎不被允许。”

索吉尔往上看了看蜜蜂,感觉好了一些,才开始回应。

这当口杰克突然不想往前走了,他心里寻思:我要做的只是爬上那座山。那很容易。我在家里已经提过上百次水了。

“想要我出马吗?”索吉尔挖苦地说。

“我只是在考虑问题。”杰克站直了,强迫自己开始行动。山体要比看上去的更为陡峭。他来到半山腰的时候不得不停下来喘口气。接着他继续往上走啊走啊,一步一步小心翼翼地挪近那棵强大的树和那口看来无辜的井。他听到那只名叫拉塔托斯克的松鼠在头顶尖声叫骂着恶毒的侮辱言辞。还听到各种各样的蠕虫和甲虫啃噬树皮的声音。最后他到达了井边。

他想：我要是往井那边看一眼，看到奥丁神的一只眼睛躺在井底怎么办呢？要是它也往上看着我该如何是好呢？他的双手都颤抖起来，可他逼迫自己伸手去拿水桶。他碰上木头的瞬间就好像一只巨手伸过来，把他当做一只烦人的飞蝇一样扇开了。他一而再再而三地从山上滚落下来，速度越滚越快，直到他的头撞到一块石头上才停下来。

"告诉过你你得要牺牲掉一些至关重要的东西。"索吉尔说。

"别幸灾乐祸了，快来帮帮我！"杰克喊道。他看到有血珠从头皮滴到地面的草上。索吉尔伸出一只手压住伤口直到不再流血了。她从自己崭新的罩衫上用刀裁下一小段布包扎伤口。"你一定了解怎么处理伤口。"杰克很不情愿地说。

"做过不下几百次了。现在，你准备拿什么做牺牲？"

"我什么都没有。"杰克说。

"你当然有了。你可以切掉一只耳朵——当然我会帮你的——或者敲碎一只手的手指，这样你就再也不能弹竖琴了。那对一个吟唱诗人来说这是再好不过的牺牲了。"

"把自己剁成肉丁儿是北欧海盗的做法，不是心智正常、理性的撒克逊人！"杰克大叫着说，"我相信生命的力量不需要这样的东西。"

"你必须表示你真的很在乎！"索吉尔回吼了一句；她总是随时准备好跟人斗嘴，"这里不是村里的一个什么集会，不是你对准一个目标扔几颗胡桃就能赢得奖品了。这里是乾坤树，甚至连奥丁神如果不做牺牲也靠近不了半步。"

"这么说，奥丁神是个傻瓜。"

“他不是！你收回这句话！”

“我不会！奥丁神是个坏人，那些信仰他的人也不是好东西。他让庇护少女们在英烈殿里当宴会的侍女。”

“不是那样的！”索吉尔尖叫道。蜜蜂们再次簇拥着飞了下来，环绕着他们打旋儿，发出很响的嗡嗡声，逼人发疯。“奥丁神代表着勇气和荣耀，一个奴隶永远也理解不了的！”

“那你怎么可能理解呢？你三年前还是一个奴隶呢！”话一出口杰克就后悔了。索吉尔向后打了个趔趄，好像对方拿了一把斧头砍了她一刀似的。杰克可以看到她的眼睛里冒出真正疯狂的怒光。她的祖上都是狂暴斗士，她自己也一脉相承，不管她愿意与否，怒气还是降临到她的身上。“我很抱歉！”杰克大声说，“你不是奴隶！你是庇护少女！奥丁神爱你，他永远不会让你服侍宴会的！”可是他的话太迟了。

“我发誓，”索吉尔说道，浑身气得直发抖，“从秘迷尔井里汲出水来后就自刎。我要献出我的生命来换取井水送给杰克，让他能够治愈弗丽斯王后，然后救出他的妹妹。我以乾坤树、奥丁神以及命运三女神的名义起誓！”

“不要这么做！”杰克大声喊道，可是索吉尔已经冲上了山。她一头往前硬冲，对充塞在她和山顶之间的蜜蜂墙不管不顾。成千只蜜蜂围绕在她周围发出隆隆的嗡嗡声，不过却没有往她身上叮。它们似乎都狂喜得忘乎所以了。

杰克注视着这位庇护少女一路挣扎着冲上了陡峭的山，中间都没有停下来歇一歇。她到了井边伸手去取水桶。

一只同样看不见的手把她推了回去。索吉尔一路从山上滚了下来，蜜蜂忙不迭地从她滚落的道上逃离开。她撞到了同一块石头上。这一次轮到杰克处理她头上的伤口了。索吉尔似乎比他显得更为震惊。她茫然地盯视着他。

“他们不接受我的牺牲,”最后她终于能开口了,“命运三女神……奥丁神……乾坤树。他们不接受我的生命。是因为……我生来是……一个奴隶吗?”

“不是,不是,当然不是了。”杰克说,紧紧地抱着她,就像他曾在和露西逃过溺水的危险后抱着露西那样,“奥拉夫给了你自由,把你当做女儿。约顿人敬重你。没有人认为你是一个奴隶,因为你远远、远远不止于此。不要哭。请不要哭。”他轻轻地抚摸着她的头发,感觉到她的抽泣声在自己的身体里回荡,“我觉得他们拒绝你的牺牲是因为你必须要献出至关重要的东西。你的生命对你来说不算什么。”

“现在它确实没有什么意义了,”索吉尔说,“不管怎样我要结束我的生命。既然奥拉夫已经走了,我也没有活着的理由了。”

“你千万别那么干!他想让你活下去。我也要你活下去。”

“太迟了。”索吉尔说。她抽出一把刀来,杰克采取了自己惟一能够想到的一个行动。他无论在格斗术还是在决心上都不是索吉尔的对手,尽管他在和北欧海盗打交道的过程中已经变得和她一样强大了。他从自己的脖子上拽下护身符。它立刻现出形来。

它是用重金打造出来的一个方碟。上面的图案极有可能描绘的是阳光四射时的情景,只是每一根光线都像一棵抽芽的树一样伸展着树枝。杰克现在认出来:这棵树就是乾坤树。

“那就是你藏在脖子上的东西吧,”索吉尔说,举起的刀子停在了半空。“它像火一样灼伤了我。”

“那是因为你企图用蛮力把它抢过去。护身符只能够被赠与。”杰克生出一种空虚和悲伤的情绪。它是维系他和吟游诗人之间的惟一纽带。它始终忠诚地护卫着他安全度过危险和绝境,而现在它就要离开自己了。他把它挂到索吉尔的脖子上。

“我猜它无论如何都得烧我，”她说，“我会承受巨大的折磨，不过那也只是我应得的。”

杰克看着护身符消失不见了，心里涌起一股绝望的情绪。

“妈妈，”索吉尔喃喃地说，“我可以从心里看到她。”她把刀放下来。

“格拉姆迪斯王后吗？”

“不是……是我真正的妈妈阿莉森。我过去待她很苛刻。我直呼她的姓名，从来没有好好地对待过她，即使是在她哭泣的时候。爸爸过去经常打她。他说她没用，因为她没有给他生个儿子。”

“她其实给他生过一个儿子。你上面有一个哥哥，却被你爸爸杀死了。”

“我本来是要替补他的位置的，可我却失败了。”眼泪顺着索吉尔的脸庞滚落下来。

“你生来就是个女儿身，怎么可能说是失败呢？”

“妈妈趁爸爸不注意的时候给我煮一些特别的食物。她给我梳头发，给我做了漂亮的外套和靴子。我却从来没有感谢过她。”

“奥拉夫说她从来没有开口说话。”

“她对我说过，说的是撒克逊语，”索吉尔说，“我取笑她使用奴隶的语言。她就再也没开口说过话。然后——然后他们把她殉葬了，好让她陪伴爸爸进入英烈殿。”

“你知道吗？我认为她根本没有去英烈殿。龙舌说过：你必须亲自选择自己的来生。我认为她和梅芙一起去了神圣岛。”

“希望如此吧，”索吉尔说，“哦！我记起来了。我对奥拉夫说的最后几句话里面，有一句是‘我恨你’，我怎么可以那么说呢？”她重新痛哭起来。

“我猜想大家每天至少有一次都要跟奥拉夫说自己恨他的话。”杰克干巴巴地说。

“是这样的。”索吉尔说,心情又好转了。可是她接着又想起自己过去犯下的其他罪行。她干的坏事儿似乎源源不绝。她曾在海蒂给她做了一件连衣裙之后把这个女智者的织机给砸碎了。她曾在鲁内试图为她唱一首赞美歌的时候嘲笑他的嗓音。她也曾把砍刀、煞星狼、地狱女妖、碎片儿的尾巴捆绑在一起让它们互相打斗,而爱着她的正是这些狗,事实上它们也是爱她的惟一生物了。

杰克难以想象一个人可以有那么多的坏心眼。缺德事就像伤口的脓水一样往外倾倒出来。索吉尔似乎第一次才意识到自己干了坏事。

“我现在感觉非常奇怪。就好像弄丢了什么东西一样。”她再次把刀拿起来,杰克担心她又要刺杀自己。“你知道……我不想自杀了。”

“那很好啊。”

“不,不好。这不像我。我也不想倒在战场上了。”她突然站了起来,眼神灼灼,几近疯狂。

“现在又怎么样呢?”杰克说。

“我已经失去了杀人放火的欲望!我不想杀人!我也记不得该怎样变得疯魔了!*我再也不是一名庇护少女了!*”这时她彻底失去了自控,在地上打起滚来,一把一把地抓扯着地上的草,为自身的全部价值恸哭、呻吟、抽泣着。杰克只能袖手旁观。他不知道该如何缓解如此极度的伤痛。

过了一会儿索吉尔把自己折腾累了。她躺在遭到毁坏的草坪上,面色苍白、筋疲力尽。地上还有几个她用刀子抠挖出来的土洞。

“我想我知道是怎么一回事了,”杰克等她平静下来能听他说话时才开口说道,“在这个世界上我过去最为珍重的是护身符。而现在我已经把它给了你。你过去在这个世界上最为珍重的则是成为一个狂暴斗士。护身符让你看重生而不是死,所以你就再也不能变得疯魔了。你仍然是一名庇护少女——听我说完,”索吉尔想要分辩却被他打断了,“你现在就像是斯卡基。他不是狂暴斗士,也永远不会是。他的血管里流淌着海蒂的睿智。他是一名勇敢无畏、聪明机智的武士,他会长久地活下去保卫他的家人和村庄。”

“我们都是失败者。下一步该怎么办呢?”索吉尔说。

“我们都可以喝秘迷尔井里的水,那就是下一步。”杰克把她从地上拉起来。

“我要是喝了可能会变成比你能力更强大的吟游诗人哟。”索吉尔说,隐约残留着一丝她原先的邪恶的痕迹。

“你就别指望了。据我所知,这口井赐予你需要的知识。奥丁神祈求获得权力,结果如愿以偿。我需要诗歌来解开我对弗丽斯下的咒语。你需要的是什么,就难说了。”

他们手挽着手一起走上小山。这一次山体一点儿都不显得陡峭,当他们到达山顶的时候,两人赶在他们被扇开之前同时把手放到水桶上——动作异常迅速。结果什么也没有发生。杰克松了一口气。“看见没?我说对了。”

“蜜蜂不见了。”索吉尔打量着说。他们仍然可以看到它们在上空跳着舞,收集从乾坤树上滴落的蜜露。

“扔下去。”杰克说。他听到从下面传来水桶击打在水面上的扑通声,然后把它从水底水淋淋地拉上来。一阵美妙无比的气味散发出来,那是花朵、绿地、松林以及蜂蜜融合在一起的香味。“这是生命的气息。”杰克笑着说。

他先喝了。井水味道甜美,但却不是蜂蜜酒的那种如吃了安眠药的腻死人的甜味。恰恰相反,它让人头脑清醒。杰克觉得它尝起来就像是品味水里的光亮一样。十几个回忆在他的心里一一掠过:他还是一个小男孩儿的时候看着他的爸爸修建属于他们的家;他坐在几个蜂箱前面听他的妈妈唱歌;他和吟游诗人一起在花楸树下。每一种青绿的气息和温暖的味道都回来了。每一朵飘过山顶的亮丽白云、每一条跳出水面捕捉苍蝇的鱼儿、每一只在空中回旋打转的燕子,所有这些事物无一不在他的眼前一一呈现。一切都太美好了。一切都充满了生机。

“起作用了?”索吉尔低声说,“你能治愈弗丽斯王后吗?”

“我还不知道怎么做呢,”杰克说,“不过一旦时机来到我自然就知道了。”

索吉尔接着喝了。先前在山下的地面上她的脸色显出死亡般的苍白,现在却消失不见了。她的脸颊泛出玫瑰般的色泽。她的眼神也不再那么悲伤无助,而是充满了活力和兴致。

“鸟儿!”索吉尔一边放下水桶一边大声叫嚷着,“它们确实有趣儿,个个都蠢话连篇。还有花儿——瞧那些花儿!——红色、蓝色、黄色,还有粉色。我从来没见过这些颜色。还有树下面的光亮。它一直在移动,就像海上的波浪一样。”索吉尔闲逛着往山下走,每有一个新的发现都要惊呼一番。她沉浸在这个小山谷的神奇和美丽之中。

杰克取出边上刻着罂粟花的瓶子。里面的东西已经用光了,芳为他把它洗干净了。杰克把它浸到水桶里。

不要,一个充满阴影的声音说道。

杰克看到一个年轻的命运女神站在靠近树的地方。她伸出手来要拿走瓶子。这是为鲁内准备的,杰克在心里说道,他年纪太大了,来不了,可他已经挣得了喝井水的权利。他为了他的同胞牺牲了自己的嗓音。而且他还把他最伟大的诗歌送给了我。

命运女神沉默不语。她走近那棵树,一眨眼,她就消失在深沉的阴影和树皮的裂缝间,杰克一点儿也看不到了。

“你在看什么?”索吉尔叫道。

“松鸡。”杰克大笑着说,因为这只可笑的鸟儿从相同的阴影里大摇大摆地走出来,身后跟着它那一群簇拥蹦跳着的满身斑点的小鸡。她朝他抬了抬眉头,继续昂首阔步地往前走。杰克把水桶里剩余的井水倒到乾坤树的树根上。“所有的树都需要水,即使是这棵也不例外。”他说。

他和索吉尔穿过树林。太阳快要下山了,一丝金色的光线悬垂在树林的上方,蓝色的阴影从四处环绕的山里流溢出来。他们一直走到天色完全黑下来,索吉尔翻译着晚间鸟儿合唱的歌词。杰克觉得她说对了。这些鸟儿真是蠢话连篇。

男孩儿和女孩儿从两棵山毛榉树中间穿过,他们便走出来进入到一个冰墙环绕的漆黑的大厅里。烧煤的几个火盆几乎全熄灭了,挂在窗户上的巨幅白色窗帘在山风的阵阵吹拂下瑟瑟发抖。大山女王独自一人在宝座上大张着嘴打鼾,你可以看到她的尖牙。盛放在桌子上的每一只钵里的水果和面包都已经化成了黏液和尘埃。

## 第三十七章

# 王后的礼物

“呃呃呃呃——什么？怎么回事？”格拉姆迪斯王后醒来后问。

“伟大的王后，我们回来了。”杰克说。

“我跟你说过不要称呼我什么‘伟大的王后’。”格拉姆迪斯生气地说，“叫我母亲。”

“是，母亲。”杰克和索吉尔异口同声地说。

“怎么样？成功了吗？你们找到秘迷尔井了吗？”

“是的，伟大的——呃，母亲。”杰克说。

“好。我从来没弄清楚命运三女神打算干什么。她们有时派人到一个漆黑的林子里去游荡。”

“你为什么要招待命运三女神呢？”索吉尔问，“光看着她们下棋，不可能有什么意思呀。”

“你们不会料到，”大山女王说，“我对将要发生的事情知晓方方面面的信息。当然了，大部分都是伤心事。有人死了。整个一片岛屿消失到海底。我觉得它让我对未来有了一定的控制力。早在奥拉夫的死期到来之前我就预见了他的死亡。”

“你真的预见了吗？”索吉尔的眼睛一下子睁大了。

“比如他会英年早逝。”大山女王叹息道，“他太伟大了，脾气也固执到了让人难以置信的地步。噢！我看在这里不能给你们什么东西吃了。我们为什么不到后宫去，我会叫粗人们给我们准备一些小吃。”

他们穿过长长的房间，格拉姆迪斯王后在前面带路，杰克和索吉尔紧跟在后面。金色的象棋子零乱地散放在棋盘上。“既然命运三女神似乎不吃东西你为什么还要给她们准备食物呢？”杰克问道，眼睛瞄到一只只装满尘埃的钵子。

“她们喜欢把东西萎缩掉，”格拉姆迪斯回答说，“把面包变成霉菌，把水果变成黏液，对她们来说就像是一场盛宴了。许多年前我就放弃想要理解命运三女神的企图了。”

在后宫享受的这顿饭菜是杰克从约顿巨人国带走的最美好的回忆之一。博尔索恩主持了各项庆祝活动，金鬃毛和勇敢也参与进来。两位粗人合唱了一首漫无边际、不成曲调的歌曲，其他人则跳起了约顿巨人国的舞。舞跳得非常热闹欢腾，伴随着不少踏地的动作。芳导演了一个剧目，讲述的是穿越开裂的冰层从乌特嘎地撤退的历史事件。

他们品尝了可口得让人惊叹的点心、肉饼以及蛋奶——风味最佳，佐以肉豆蔻和奶油。索吉尔每吃到一样新的菜肴都会狂喜不已。“我过去都不知道食物可以做得这么好吃！”她惊叹着说，“这里的一切都太美味了！”

“她还好吗？”格拉姆迪斯王后低声对杰克说。

“得了新的疯狂病罢了。”杰克低声回答说。

他们早上很早就离开了，当时黎明的曙光把大山女王的大殿映照得一片通红。格拉姆迪斯和她的家眷送他们一路下了长长的隧道来到山底。这一族人长久以来就经常是杰克的噩梦对象，不料他现在要跟他们道别了心里竟觉得伤感。“我不敢相信你们当中竟然有人生生咬断了树脚的一条腿。”他说道，这时他们走了出来到了位于U形山谷口的一块寒风凛冽、冰冷刺骨的平地上。

“别怀疑，”芳说，“人类和巨魔互相争战由来已久。为了纪念一字眉奥拉夫，我们现在暂时休战，可是我们仍然要为同一块地皮而争战。冬季统治大地的时候，正是我们称霸之时。现在夏季的步伐逼近，我们的力量也被削弱。不过我们永远都不会放弃的。”

“我们也不会。”索吉尔大声说。她身穿一套狼獾皮衣，脚踏一双精巧的小靴子，腰带上别着一把崭新的佩剑。“拒绝战争会让我们双方都蒙羞。”

“我们会在拉格纳洛克再见的。”芳严肃地说。

“相聚拉格纳洛克！”索吉尔尖声叫道。

栖息在杰克肩膀上的勇敢这时呀呀叫了几声，并摇了摇头。

“我要把这些离别的礼物赠送给你们，”大山女王说，朝一个年轻的粗人打了个手势。他便把几件斗篷捧了出来，杰克却辨认不出是何种衣料。它们像是冰川上反射的光线一样闪闪发光，并且闻起来同时兼具刺鼻和甜美的气味。“它们是由蛛丝制成，蛛丝抽自生活在我们的森林里面的蜘蛛。”她说。

*你们是怎么从蜘蛛身上抽出丝来的呢？*杰克心里寻思，他只知道怎么剪羊毛。

“你们可能已经注意到我们大厅里挂着的窗帘了。它们也是相同的材料制成，这种材料足够强韧能够经受住最严峻的风暴的考验，同样也足够轻巧能够让人穿着很舒服。这种丝还具有吸收周围色彩的功能。这些斗篷会隐藏你的身形躲过龙的视线。”格拉姆迪斯把几件衣服举起来。只见它们都既长又宽。兜帽可以轻易地把脸遮起来。杰克看到它们的颜色从冰一样的白色转变成大山女王身上的裙装的深蓝色。

"谢谢您,伟大的王后——我的意思是,母亲,"杰克鞠了一躬说,"您真是太慷慨了。"

"我深感荣幸。"索吉尔说,同样鞠了一躬。

"不要走近山谷两边的石头。靠着河岸走。晚上赶路。白天藏身。当你到达森林的时候,一直向北走绕过花田。麋鹿已经开辟出小路。你应当要走出去,到峡湾和你的朋友会面。"

杰克身套一件貂皮制成的外衣,脚穿一双能够抓住冰面的牛皮靴子。他带着一块要送给斯卡基的奥拉夫的太阳石以及一瓶为鲁内准备的秘迷尔井里的歌蜜,两者都放在他脖子上绕着的包裹里。索吉尔则带着奥拉夫给她的一把小银锤。两人都带上了成袋的食物和各式武器。

最后,王后朝博尔索恩做了个手势,他拿着一个布包走出来,里面包裹着杰克的手杖。"你拿走吧。"博尔索恩说,把它递了出来,好像它是一条毒蛇一样,避之惟恐不及。

"我考虑过把它扔进窗户下面的裂缝里,"王后说,"然后我又考虑不把它给你。它是火巫的手杖。我上一次见它还是龙舌来的那一次,他给我惹来多少麻烦我压根没法跟你说清。然而,偷拿客人的东西也是很掉价的事情。你可以把它带回家,不过我可要警告你:如果你哪次回来,带上那样东西,到时你就马上知道我们巨魔是不是能咬断腿了。"她咧嘴一笑。露出她那小巧的——但整齐的——尖牙。

"我向您保证。"杰克说,又鞠了一躬。他举起手杖。棒身已经发黑了,不过还没有烧掉。它曾从约顿巨人国的中心召唤出火焰来,在这个过程中,它自身也经历了火的淬炼变得更为坚硬强固。杰克一把手放到上面就感觉到木头里隐约传来的震动。

他们接着告了别,再次感谢约顿人的慷慨大方。杰克尽全力拥抱了金鬃毛，毕竟他的胳膊短小而猪的脖子却又那么粗大。“再见了，小猪猪，”他说，“我特别希望你能跟我们一起走，可是你在中土又不会受到太多欢迎。”巨魔猪也磨蹭着杰克的头发，呼哧呼哧地回应着。

接下来杰克、索吉尔和勇敢便出发了，他们沿着U形的山谷往下走到远方的森林去。有那么一会儿他们可以听到弗拉斯唱着一首离别的鲸之歌。*我真希望她不要唱*，杰克心想，*歌声让我感觉太难受了*。他们走了有一英里路后拐弯儿，这时他们回头张望。冰山似乎再也辨认不出来了。他们再也看不出任何窗户、塔楼、走廊，或是房门了。就好像约顿人把自己整个封闭在里面，而所有的冰川和冰崖都杳无人迹。

*　　　*　　　*

“这个斗篷的味道好古怪。”索吉尔说。他们正紧紧簇拥着挤在河流较深一边的河床。他们不得不躺在一个冰雪覆盖的沙袋上面。寒风刮扫着他们头顶上的地面，幸好他们躲过了龙的视线。杰克刚刚分了肉饼和苹果酒。

“它是用蛛丝制成的。也许蜘蛛的气味古怪吧。我从来没有近距离观察过，所以也说不清楚。”他说。勇敢紧挨着杰克蜷成一团，啄食着他手上的肉屑。

“我一直预期布料会很粘呢。”

“只是不要走到一群苍蝇中间去。”

“这也太无聊了，”索吉尔发脾气说，“如果斗篷能够遮掩我们，我们干吗不能白天出来呢？”

“王后让我们低调总有她的原因的。”

“那只龙又看不见我们。这里外面什么东西都没有。你一眼可以看到几英里远。”索吉尔把斗篷揉成一团塞进沙中。

有时候在白天可以看到龙像一阵烟，到了夜晚它就成了一团红火。它偶尔还会张开双翅在山谷上方翱翔寻找猎物。到目前为止还没有什么收获。

*我想知道它有没有再下蛋*，杰克心想。他对杀害它的孩子隐约感到内疚，可他们也没有其他的选择。

“我好无聊啊。”索吉尔说。这个新的索吉尔简直和原来的那个一样烦人。她再也不会随随便便地发火——虽然她完全能够生起气来——可是她内心充满了一种对新的体验的渴望。她以前的生活错过了那么多的体验，现在每一块石头、每一丛苔藓都让她着迷不已。她想要得到更多、更多、更多的快乐以弥补失去的时光。和她坐上几个小时纯粹就是折磨。

“我们为什么不查探一下龙是否能够看到我们呢？”索吉尔抱怨道，“我们总可以跑回到这里来的呀。”

“因为，”杰克那天已经是第十次重复说这句话了，“一旦龙盯上我们，它是不会放手的。它会找遍每一个角落和缝隙的。”

“勇敢可以跟它对话呀。告诉它我们的肉很难吃或者其他什么瞎话。”

“它是不会相信它说的话的。”杰克说。勇敢坦言——索吉尔做了翻译——自己曾对龙说它在山谷的另一头儿有一个死对头。它被它煽动得火冒三丈，便一飞冲天就决一死斗了。接着它又鼓动小青龙杀死了自己的姐妹。

“我猜也不会。”索吉尔嘟囔着说。她伸手摸索着脖子上的护身符。

杰克看着她，心里有一种难受的失落感。“你知道的，你可不能把它摘下来，”他说，“一旦被摘下它就再也回不来了。”

“你已经跟我唠叨了一千次了。我永远不会把它摘下来的。它让我有安全感。”

我知道，杰克伤心地想道。他抚摸着勇敢头上的羽毛。乌鸦轻轻啄着他的手指。寒风呼啸号叫而过，他们听到从遥远的地方传来龙的尖叫声。它每隔一段时间就会叫上几声，到底是因为生气还是只是练习杰克也不清楚。它要是不叫了，他反倒该担心了。

“我好无聊。给我讲个故事吧。”索吉尔说。

在他们穿过山谷的这一天里杰克已经把他储存的所有故事都讲了一遍。他给她讲了爸爸的那些让人毛骨悚然的殉道故事，诗人的所有那些史诗故事，甚至连露西的床边故事也都讲了。他还向她细细描述了家乡农场上的每一寸土地以及沙滩上的每一块石头。他几乎要被逼无奈给她讲黑脸绵羊了。他站起来越过河岸边缘往外张望。

森林离他们没有那么遥远了。听龙的声音似乎它正飞离他们，也许正要回巢呢。他伸手挡遮住眼睛上缘。他想自己看到从远处的悬崖上升起一团烟。

“我们也许会成功。”他说。

“什么！真的吗？”索吉尔大叫道，立刻从地上蹦起来往山谷四周张望。

“那里是奥拉夫火葬的地方，通往森林的小路就在那里，”杰克说，“只需花几个小时。我不知道。也许我们应该耐心等到黄昏再行动。”

可是索吉尔已经背上了她的几个包裹，把自己裹进了斗篷里。她走了出来，他都来不及拦住。

“停下！你难道就没有周全地考虑过事情吗？”杰克一边急忙追上她，一边手忙脚乱地整理着自己的几个包袱和斗篷。勇敢则在他们头顶飞翔。

杰克不得不承认白天赶路情况要好多了。他们在夜里不停地撞到东西或者是在狭长的冰面上滑倒。太阳的光线让人心情振奋愉悦,即使是寒风,在他们暖和的衣服面前,也不是那么恶劣了。约顿人显然都表现得非常慷慨。杰克第一次好奇他们为什么会有适合人类小孩儿穿的衣服。不会的,他想。他们不可能会有的。可他也不是真的很清楚。约顿巨人国和中土之间要发生战事。孩子们在这里也许并不比他们曾在吉祖尔村那里安全多少。

"不是很棒吗?"索吉尔啧啧称奇。杰克几乎难以看清她裹在丝质斗篷下的身形。她看上去就像一只肥皂泡一样透明。他猜想自己也同样隐藏起来了,除了紧握着白蜡树手杖的那只手。杰克对如何放置手杖有两个主意。他可以放在自己能随时使用的位置。或者他可以背到背上便于隐藏。他把它掷到背上隐藏在斗篷下。他不确定自己是否能够在仓促之间召唤出火来,而且无论怎样,有没有火对龙又有什么影响呢?

杰克偶尔回头看看龙是否有了动作。只见一缕薄薄的烟柱升起,他便放下了心中的担忧。

"那些巨石的颜色真有趣,"索吉尔说,"我过去以为它们都是灰色的,现在却不是了。一些颜色像是牡蛎壳,其他的有的像是雾气,有的像是知更鸟下的蛋一样斑斑点点的。还有那些阴影!你以为它们都是一样的,可事实上它们有暗色也有亮色——哦,看那一个!——那是紫色的。"

饶我免受索吉尔热情的聒噪吧,杰克静静地祈祷道。他本以为自己再也不会怀念她的暴躁和阴郁。可至少在她阴郁的时候她是非常安静的。

森林离他们更近了。龙似乎栖息得非常舒心满足。事情也许真的会很顺利，杰克心想。

他们这时仍然沿着河岸走，在他们右手边，山谷边缘处，地面隆起延伸进周围山体的地方有一块乳白色的巨石，它的周围还簇拥着一堆乳白色的石头。

“那样不是很甜蜜吗？”索吉尔声音清脆地说，“就像是一个妈妈带着她的一群小宝贝儿。”

好极了，现在我们又要停下来摸摸石头宝宝了。杰克心里正这么想着，忽然一声长长的尖叫在整个山谷中回荡。“快跑，索吉尔！龙来了！”杰克扯着嗓子大喊。她立即反应过来。她也许尽说蠢话，可是骨子里仍然是一个庇护少女。

“躲在石头中间，”索吉尔大叫道，“我们赶不到树林里去了。”

“等等！”杰克叫嚷着，努力跟上她的步伐，“王后告诉我们不能待在它们中间。”

“没时间了！”她先到达石头堆那里立马蹲了下来。斗篷立刻呈现出乳白色。索吉尔甚至身量刚好合适，尽管比其他的石块显得臃肿了一点。杰克飞跑到她身边蹲下来。他们两人都拼命想缓口气，这当口龙——声声声叫唤着——沿着之字形的路线在山谷上空来回巡逻。

“它看不见我们。我告诉过你它不可能看见我们。”索吉尔低声说。

“我希望它马上就离开。这实在是太不舒服了。”杰克说。

“靠在石头上……我说！”

“什么？”

“这个石头是软的。”索吉尔说。

杰克感觉了一下自己这面儿。确实是软的。龙的叫声一直往后退向山谷上方朝着冰山传去。他掀开斗篷的一条缝往外看。这些石头大小都完全相同,这本身就很古怪,而且它们散发出特别强烈的气味,熏得他恶心欲吐。“这个地方闻起来像是——”

那块巨石突然撑起八条巨腿站立了起来,然后发疯似的开始把小石头收集进一只丝质袋子里面。

# 第三十八章

## 蜘蛛音乐

杰克绝望地想要拿到他的手杖。他不把斗篷掀开就没法把它解下来。这只蜘蛛行动如闪电,收集着它的蛋。它用尖牙两侧不知什么东西把它们一个个捡起来收拢好。

它来到索吉尔身边,困惑于她的形状。她向后挪动了两条腿,然后吐出一根长长的丝线。她用这根丝线把索吉尔缠绕起来,直到这个女孩儿看上去和它的其他蛋无异才罢休。索吉尔咒骂喋喋,消失进袋子里。

心满意足的蜘蛛伸向杰克。他感觉到这个家伙的尖牙温柔地触碰自己,接着他觉得自己的身体被翻转了一遍又一遍,丝绳随之把他捆绑进去。他被尖牙边上的那些恶心的东西提升起来,然后放置到一张蜘蛛蛋铺成的软床上。

蜘蛛开始跑起来。杰克可以感觉到随着每一步脚的落地装着蛋的袋子随着颠跳甩动。他几乎不能呼吸,吸到的空气也都浸透着那种刺鼻与甜美兼备、让人恶心欲吐的气味。他挣扎着想要够到插在他腰带上的刀。那根白蜡树手杖却直往他的背里戳。

蜘蛛妈妈跑了很长时间。这时,它似乎从空中一掠而过,砰然落地。它接着放慢了脚步,小心翼翼地挑着下脚的路,最后它终于停下来把蛋袋放到地上。杰克听到外面风声呼啸。他努力想用刀锯出一个洞来,可是蛛丝尽管看来精致脆弱,却和皮革一样牢固。杰克又是锯又是戳的,突然他看到眼前出现了几个点。他的心怦怦直跳,浑身汗如雨下。

他看到一个尖牙的牙尖儿戳进了丝里。

"你至少可以帮帮我,"索吉尔抱怨说,"你倒是悠闲,我可干不完所有的活儿。"

"你真了不起。"杰克喃喃道。他看清那不是尖牙,而是索吉尔的剑。他立刻动手拓宽了洞口。他成功地从里面扭着身子挤了出来,却被面前的景象震惊住了。

他们正身处高空,头顶上巨大的树木交织成绿荫的华盖。风儿吹打着树枝,吹散了蜘蛛的臭味,把他们终于解脱出熏染了。不管他们坐在什么东西上面,整个地方起伏摇摆不定,他们不得不抓住袋子才能不掉下来。"那是什么?"索吉尔说。

杰克眯起眼睛看。空间结构转移了,颜色也随之改变,不过他最后还是能够把形状辨认出来。"我想那是一个巨大的蜘蛛网。"他说。蛛丝呈现它周围的色彩,因而有的部分看上去像空气一样透明,其他部分则显现出下面树木的深绿或棕褐的色泽。袋子安置在一棵特别高耸的枞树上,蛛网就结在下方。

往一个方向看视野里只有树木。换个方向杰克看到视线所及圆圆的蛛网笼罩住整个森林。四下里乳白色的巨大蜘蛛伸长了腿坐着。有的把蛋袋放在一边,杰克和索吉尔旁边的那只就是这样。还有的身边隆起形状凄惨的块状物,某个生物被囚禁在里面。有一些块状物正被吞食着。

"现在怎么办呢?"索吉尔说。杰克得把这个问题交给她考虑了。这种情况下大部分人都会有尖叫晕倒的反应,这个庇护少女却做好了战斗的准备。

杰克往下看了看。他们的位置这么高,森林的地面消失在一片黑暗之中。要想下地,他们必须得从蛛网中间穿过去。如果蛛网是黏性的——而且很有可能是——他们就走不远了。"也许我们应该上去。"他建议说。

他们从袋子里重新找回了他们的食物和水袋。要是没有风吹,爬树就容易了,可是偏偏有风。杰克同样也不恐高。他们从树枝中间挣扎上去来到接近树顶的一个栖身处,他们可以坐在上面。

那只蜘蛛坐在蛛网中央一动不动。杰克可以看到它鼓出来的巨大的肚子和吐丝管。幸好她把脸转开了。"她为什么不吃了我们呢?"永远现实的索吉尔说。

"我们的味道对头,"杰克说,"我们的斗篷显得我们和它的蜘蛛宝宝没什么两样。"

"我努力想看到光明的一面,"这个庇护少女抓住护身符说,"据我的理解,我们的处境是这样:我们的位置太高,要是掉下去就活不成。不过我们迟早会累得抓不住。或者那只蜘蛛会先发现我们然后把我们吃掉。要是我们等待的时间足够长,蜘蛛蛋就会孵化出来,上百只宝宝就会爬上来吃掉我们。"

"这就是光明的一面?"杰克说。

"我只是努力想把事情理顺,"索吉尔说,"也许你应该用那根手杖召唤火。"

杰克把手杖解下来。他的背因为手杖的挤压酸疼不已。他把手杖指向蜘蛛妈妈,感觉到它在震动作为回应。四周的树木也窃窃私语、窃窃私语、窃窃私语起来。

"我对这个没有多少控制力,"他说,"我要是让整个森林都着了火可怎么办呢?"

“你只要小心就行了。”索吉尔气冲冲地说。

杰克再次把手杖指向目标。“这感觉不对。”

“把你的血吸光感觉会好些吗?”

“我觉得有其他的方法。”

“哦,弗蕾娅!”索吉尔大叫道。杰克看到一只巨鹰,就像是在冰桥上袭击他的那只,在他们头顶飞翔。它转了个弯绕着这棵树打转。索吉尔抽出她的剑来。鹰刺耳地尖叫一声避了开去,却又四爪张开飞了回来——一头撞进了一根蜘蛛网的蛛丝上。这只鸟儿惊恐地尖叫起来,努力想要脱身而去,结果却掉在了主网上,完全陷了进去。

那只蜘蛛冲了出去,把它的尖牙刺进它的身体。鹰张牙舞爪地妄图撕扯它,却是螳臂当车不值一提。很快它就被包裹进蛛丝里,蜘蛛这时往后坐下来,等待它的毒液发挥作用。一会儿过后那只鸟儿就没有动静了。杰克和索吉尔紧紧地抱成一团,听着蜘蛛享受美食时发出的单一的吸食声。一旦它吃完了,就把骸骨扔到了下面遥远的森林地面上。

“现在你愿意召唤火了吗?”索吉尔说。

“等一等。”杰克说。那只巨蛛走近了蛋袋。杰克浑身紧张起来,随时准备使用他的手杖以防它冲上树来,可它只是开始修补巨鹰在它的蛛网上撕开的洞口。它前后移动身体,从它的吐丝管里抽出一根根长长的丝绳。她每铺上一根丝绳,就会蹲下身来点上一滴黏液。然后它小心翼翼地伸出一条腿,以爪子为脚尖拉扯绳子。黏液立刻便振荡开来形成一个个小滴排列在绳子上。

杰克全神贯注地看着。这实在是太有意思了。蛛网不是全部地方都有黏性的。你如果能踩在小滴与小滴的中间,就根本不会粘上了。蜘蛛偶尔会向后倚着身子抬头看向索吉尔和杰克栖身的树。它的身体顶部是一个塔状物,上面长着八只闪亮的黑眼睛,可它似乎没有看到在树枝间蹲着的两个人类。

这时蜘蛛又做了另外一件有意思的事情：它走近蛋袋，把它的尖牙闲搁在上面，明显沉浸在母性的狂喜之中。杰克确信那就是它正在做的事情。他可以感觉到它低声细语的想法以及来自成百只蛛蛋里面的细小的回应。它颇有节奏地拉扯着拴着袋子的一根线。细语声加强了，变得更为喜悦。

"你知道么……我认为那是一首催眠曲。"杰克说。

"那是一只巨大的、丑陋的、食人的蜘蛛，"索吉尔说，"别对我来软的。"

"你才是对石头宝宝们轻柔细语的那个人。"

"我当时不知道它们是什么东西。把它们全都烧干净。它们是我们的敌人。"索吉尔看上去满脸凶狠，袭击一百只蜘蛛都不在话下。

"我一直研究那个妈妈。它似乎和瞎子没什么两样。它直直看向我们的时候压根儿没看到我们。我猜龙必须要靠近了它才意识到对它的孩子们构成的危险。这个蜘蛛也听不见，否则你在蛋袋里咒骂得那么大声的时候就该被它逮住了。"

"这么说它有弱点。那杀死它就更容易了。"

可是杰克却不能说服自己这么做。当他喝着从秘迷尔井里提上来的井水的时候，他记起了那些一切感觉美好的时刻。无论是妈妈给蜜蜂们唱歌，还是爸爸修建房子，他们做着这些事的时候都满怀着爱心，都做得那么好，最为简单的行为从内里折射出光芒。它们都充满了生命的力量。这只蜘蛛妈妈现在做的事情同样如此。

为了充饥或者保护自己和家庭而杀生是必要的手段。那也是这只蜘蛛对那只鹰所做的事情。如果它袭击自己或者索吉尔，他就将不得不杀死它。可是杰克也明白如果他没有任何需要就杀死了蜘蛛,他就会失去他的能力,而他的音乐也会离他而去。他把手杖收起来。

“你真蠢。”索吉尔发怒说。他们在不停吹打的风中紧紧抓住树干,她嘴里仍对他咒骂连连。“我要下去把它刺死——连同那些蛋一起。”

杰克知道她不会的。曾经鼓动索吉尔的鲁莽的疯劲儿已经消失了。她还是能够表现出非凡的勇气和无畏,可是她不会把自己的生命也抛弃掉。

下午早些时候蜘蛛又回到了蛛网的中心守卫。风停了,杰克觉得足够安全分发最后的肉饼和苹果酒了。“我们的最后一餐。”索吉尔嘲讽地说。

“快看。”杰克伸手指着说。他们看到远处出现了一个小点。小点越变越大,最后他们看到那是一只乌鸦在飞来飞去。杰克站起来挥手示意。

勇敢立即直接迅速飞到树顶上来。它在上面稳住身子,发出近似呢喃的叫声。“我也高兴见到你,”杰克说,“你也可以看到,我们正陷入麻烦中。你千万不能接近那个蛛网。”

“告诉杰克杀死那只蜘蛛。”索吉尔命令说。勇敢呀呀地叫着回应。“他说——蠢鸟儿——他说你不必把它杀死。你可以让它进入睡眠。以我的主意那该是永久的睡眠,可是谁听我的话呢?”

“好吧。”杰克说,心里却好奇这个任务怎样才能完成。“接着做什么?我们爬下去吗?”勇敢叽里呱啦叫了一通,说了老长一段鸟语。

“它说:‘在这儿等着,救援就在路上了。’”索吉尔说。

“它说了那么多,却只有这么简短的翻译。我确定它还说了其他东西。”

"你永远也不会知道的。"索吉尔沾沾自喜地说。

勇敢迅速飞走了,杰克爬下来到蛋袋边。蜘蛛的身形隐现在它的蛛网中间。一只鹰也许不会让它满足很长时间。它也许准备好吃点儿甜点了。他从斗篷里抽出手杖以防万一,然后清了清喉咙。他开始唱起歌来。歌词笨拙地从他的嘴里蹦出来。他似乎不能找对音乐。你怎么来给一只耳聋的蜘蛛演唱呢?

过了一会儿杰克停下来。纯粹是在浪费时间。蜘蛛理都没理他,而他也快唱完了诗歌。远处一只大鸟误闯进其他的一个蛛网,它立即被欣然接收了。这些生物必须要靠鸟类为食,杰克心想。小虫子甚至都不能挑起它们的胃口。

你怎么来给一只耳聋的蜘蛛演唱呢?

用蜘蛛给它的孩子们唱催眠曲的同样的方法。当然如此。杰克师从吟游诗人学过弹竖琴,却没有多少进益。他的嗓音是他最好的才能。可是,嗓音在这里也无济于事。他把手杖收起来。他接下来要做的事情需要使用双手。

蜘蛛几乎都丧失了视觉和听觉,可是它们的触觉却弥补了缺陷。它们可以感觉到它们的蛛网上传来的每一丝颤动,杰克心里这么寻思道。太好了。他得想出一个感觉起来像是音乐而不是食物的东西。他想起蜘蛛妈妈安抚它下的蛋时拉扯丝线的节奏。节奏充满乐感,是杰克自然就注意到的细节。他寻思:我想自己可以把它重复一遍。如果我错了,我会很快察觉的。我还以为北欧海盗是难以应付的听众。

杰克倚靠在蛋袋的边缘上。他几乎看不清——蛛网上长长的丝线。如果你想对了,就可以想象它们是竖琴的琴弦。他俯趴着研究它们。他必须要弹拉黏液之间的丝线,他也很难看到黏液。整个蛛网都难以看清。当然了,那就是它发挥作用的法宝。

杰克发现有两根深绿色的丝线悬搭在一丛枞树的上方。他想他可以划分出一个安全区域。他伸出手去。

有情况！蜘蛛撑起所有的八条腿站立起来，就好像踮着脚尖一样。杰克浑身的血液都冻结了。他当然引起了它的注意。

"我下来保护你！"索吉尔大叫道。

"待在原地别动！我知道我在干什么。"杰克也叫道。同时心里想道，但愿如此吧。至少蜘蛛对他的声音没有反应。它确实听不见声音。他心下想道：我得抓紧时间做好这件事。不管它做什么，我都不能停。我成功的惟一机会就是把催眠曲弹给它听。必须要完美无缺。没有任何停顿。

杰克于是开始了他这一生最为重要的音乐复奏。他放空自己的内心，除了韵律什么都不想。他既弹且挑，既吟且唱，既发哀鸣，又唱假音，还发弹拨之声。他需要声音来使自己的指法正确无误。

蜘蛛爬行得那么靠近，它几乎是罩在了他的上方。她投下一个可怕的阴影，几乎要让他昏厥，可他却没有停止弹奏。他可以看到它的尖牙闪亮，口器嚅动。杰克感觉到它的颤动——这个动静通过蛛网传递过来。他也感觉到从下面的蜘蛛蛋里传来回应的颤动。所有的小蜘蛛们在它们的壳子里跳起了舞。

蜘蛛突然倒下来。它侧着身子平躺着，几条腿还纠结在一起。他知道它还活着，因为他可以看到它的爪子的顶尖儿还在活动。它正在做梦！

杰克以他最快的速度爬上了树。"勇敢在哪儿？"他叫道，"它承诺的救兵又在哪儿？我不知道它这样睡过去会维持多长时间，仁慈的上帝啊，我再也不想再来一次了。"他禁不住抽泣起来。

"在那儿。"索吉尔手指着说。

杰克看到四只巨大的白鸟儿和一只小黑鸟从森林上空飞掠而

过。他浑身哆嗦得非常厉害，他以为自己会从树上掉下去。他的上下牙齿也咯咯作响。

“没事了。你成功了。”索吉尔说，伸出胳膊搂住了他，“猫头鹰们说它们得等到蜘蛛睡着了才能来。我得说那是我听过的最难听的音乐。”

“你怎——怎么知道的？你——你又不是蜘——蜘蛛。”杰克说。

“全托弗蕾娅的福！”索吉尔骂道。

来了一群猫头鹰。呼呼呼——哇，呼呼呼——哇，呼呼呼——哇，呜呼——呜呼——呜呼，它们不住地叫唤。它们时而大叫，时而尖叫，时而嘎嘎叫嚷，时而嘶嘶作响。

“它们说我们得马上离开。它们会先带你走。”索吉尔说。

杰克起初没明白她的意思，直到猫头鹰们夹住他的胳膊和腿飞了起来。再来一点刺激我就真受不了了，杰克心里想道。一片片森林在身下一闪而过。没过多久猫头鹰就把他安放到一块草坪上，然后飞走了。它们回来的时候带着索吉尔。

“天哪！这真是旅行的绝妙方法！”她惊叹道，“我们要是能训练鸟儿载我们就好了！我们可以从空中袭击敌人。”

呼呼呼——哇，呜呼——呜呼——呜呼，其中一只猫头鹰说。

“它谢谢你救了它们。我可不知道这件事。”索吉尔说。

“那是我们逃开龙之后在小山谷里发生的事情。它们快要饿死了，我把它们带到外面，它们就可以再次猎食了。”杰克说。“不用谢。”他朝鸟儿们鞠了一躬。勇敢坐在附近的一棵灌木上呢喃作声。

“勇敢说它们告诉它一条通往峡湾的安全途径。”索吉尔说。

呼呼呼——哇！呼呼呼——哇！喀噜夫——咕——咕——咕！猫头鹰们一齐尖叫起来。

“那是什么意思?”杰克问。

“它们在给出自己对蜘蛛的看法。我想我不会翻译内容了。”索吉尔说。

杰克和索吉尔向雪白的猫头鹰们挥手道别,然后,勇敢在前面领路,他们在草坪的边缘找到了麋鹿的一条小径。一路上他们采集蓝莓,每一颗蓝莓都有李子那么大,还敲开大个儿的榛子,把这些作为午餐。傍晚的时候他们到达了峡湾。

杰克生起一堆火——使用石英和铁生起的正常的火堆——因为他不信任白蜡树棒能点起小火来。不久他们就看到水上有一条船在向他们靠近。船头上悬着一个大家伙。原来那是一个长满鳞片的绿头,顶上有一排尖刺,还长有长须。俊脸埃里克扯着嗓子打招呼,其他的北欧海盗也都欢呼起来。

想象一下,杰克暗自想道,我事实上竟然很高兴见到北欧海盗。

那只长船靠近了,武士们都跳出来固定船只。

“欢迎回来!”俊脸埃里克大声说,**“事情办成了吗?给巨魔点儿颜色瞧瞧了吗?看看我抓住的海蛇。”**

而鲁内则说:“奥拉夫哪里去了?”

## 第三十九章

# 告别约顿巨人国

“都是命中注定。”那天晚上当他们都躺在峡湾的停泊处时鲁内这样说道。他们动身的时间太晚了不能到达外海的海域。“我一直知道奥丁神会在奥拉夫人生的黄金时期把他召唤去。像他那样的武士对中土来说太过伟大了。”

“我们看到他被火葬的浓烟了，”复仇者斯文说，“当时却不知道那是怎么回事。”

“它笔直地上升到英烈殿去。我以为那是两条龙在打斗呢。”鲁汉埃里克说。

“是有一条龙。”杰克的身体非常疲乏，可他认为自己今晚有责任给奥拉夫的朋友们至少讲述一部分事情，“它在火焰上方来回飞动，尖叫个不停。”

“我想我听到了。”斯文说。

“它是在纪念奥拉夫。”索吉尔沉重地说。她整个晚上就一直哭哭停停的。既然没有危险让她顾虑，她就可以尽情悲伤了。

“那不是很棒吗？”斯文羡慕地叹息说，“你说还有一只巨魔熊在他的脚边。”

“是的。”杰克说。

**“第一流的葬礼。”**俊脸埃里克大声赞叹道。

“埃里克,我的朋友,我警告过你天黑之后说话小心点,”鲁内说,“我们要离开约顿巨人国后才会安全,所以保持安静非常重要。”

**“哦,好吧。”**

北欧海盗静静地坐在星空下。在约顿巨人国甚至是星星都显得更大。水面平静得像是一块黑色的冰层。武士们一个接一个地躺下睡觉,除了鲁内,他在放哨,反正他一向睡得很少。勇敢给他做伴,可是不久就像其他人一样频频点头睡去了。杰克尽管身心俱疲,却发现很难松懈下来。发生了太多的事情。太多的事情也改变了。他生活在英格兰海岸上的小村庄里,做梦也不会想到自己会在有生之年见识到诸如龙和巨魔这类的生物。他们都生活在遥远的世界里。而他现在就身处这个遥远的世界里。

杰克重新整理了一下他用做枕头的谷袋。甲板非常坚硬,底舱芬芳依旧。约顿巨人国里的树木、鸟儿和动物在他的心里窃窃私语、窃窃私语、窃窃私语。杰克把耳朵蒙上,却知道这样也无济于事。

他现在还是不知道自己要怎样去治愈弗丽斯。不过秘迷尔井教会他不要试图去强加万物的秩序。叶子该展开的时候就会展开,花儿到了开花的季节就会开花。时机到了他自然就知道怎么办了。

接近拂晓的时候他醒过来看到鲁内坐在船头海蛇头的位置旁边。一束银色的光亮照射在水面上。杰克站起来,然后小心翼翼地从大家熟睡的身体间挑路走过来。

“那东西再过几天就会有臭味,”鲁内说,手指在鳞片上一划而过,“不过,我不会妄想叫俊脸埃里克把它扔掉。他是那么自豪把它杀死了。从我们离开你们那天起它就一直跟在我们后面打转儿,一直蓄势伺机袭击我们。你可以看到它也才半成年。”

“我看到了。”杰克说,注意到单是这个头就是俊脸埃里克的两倍重。

“它昨天袭击了我们,试图用身子包围住我们的船让我们都沉到水里去。真是一个严重的错误。”

“鲁内。”杰克说。

“嗯?”

“我们找到了秘迷尔井。”

“真是天大的运气！我希望你们找到了,可我们早先一直在谈奥拉夫,而我也不想改变话题。”这个年迈的武士的声音听起来很悲伤。

“我不想和其他人谈这件事。现在还不想。我认为这样做是不对的。”

“我会让他们闭嘴的,”鲁内果断地说,“我会告诉他们说它和魔法相关。你喝了井水了吗?”

“是的,索吉尔也喝了。”

“她也喝了？我刚才就觉得她似乎有些不一样了。她一次也没有想要杀害任何人。告诉我味道怎么样?”这个老人的声音里饱含的热切多得几乎都要溢出来了。

“你来告诉我吧。”杰克说,递给他边上刻着罂粟花的瓶子。

“哦哦哦哦。”鲁内深叹了口气说。

“没关系的。我告诉命运三女神说你牺牲了自己的嗓音来保卫朋友,而且还把你最好的诗歌送给了我。这些话似乎让她们非常满意。”

“你还见到命运三女神了？太棒了!”

“我当时不喜欢她们。”杰克说。

“嘘。对掌握着我们生命的力量不敬总没有什么好果子吃的。我真的可以喝这个吗?”

杰克点点头。鲁内打开瓶子喝了下去。一道光芒闪现在他的眼睛里,而且他站立的姿势比杰克曾见过的任何一次都要笔挺。“那么,尝起来味道怎么样呢?”

“好似严冬过后升起的太阳。好似大旱过后降临的甘露。又好似悲伤过后来临的喜悦。”

“你的嗓音!”杰克大叫起来。因为老人不再只是低声细语了。他的声音强而有力,脱胎换骨。鲁内拥有的不是一副年轻人的嗓子。他永远不再会是他年轻时成为的那样一位杰出非凡的歌手,可是他的嗓音听起来却更为深沉更为动人心弦。

“为什么每个人都吵吵闹闹的?”复仇者斯文嘟囔着说,“我还没有休息够。俊脸埃里克,你又在说梦话吗?”

“不是我。”俊脸埃里克说。

那天早晨他们来到峡湾的出口。两边的悬崖上布满了各种鸟儿,上千只鸟巢紧紧附在石头上。水面上浮游着黑线鳕和鲑鱼,闪烁着一片银光。海鸥们一只只试图飞落到海蛇的头上,却被勇敢赶走了几只。“我们就要离开约顿巨人国了。”杰克说,语气里带有几分遗憾。

“也正在进入中土。”鲁内说。

鸟儿打着旋儿尖叫不止。索吉尔蹲在底舱用手蒙着耳朵。“她听得懂它们在说什么。”杰克低声说。他们来到了开阔的海面上,然后掉头转向南方,进入到一片灰绿色的明亮海域上,凉爽的海风阵阵吹来。鲁汉埃里克和俊脸埃里克升起船帆。

杰克感到自从他们进入约顿巨人国的地域以来一直压在心头的什么重负好像一下子被拿开了。“这个地方欢迎我们的到来。”他惊奇地说,注视着海岸线在他们左手边飞掠而过。

“这是我们归属的地方,”鲁内说,“约顿巨人国从来就厌恶我们的存在。”

杰克转过身，视线越过茫茫的大海远眺乌特嘎地所处的位置。当它是一片冰海时芳的太祖母从那里起程跋涉而来。可是一年又一年夏天还是越来越进逼霜雪巨魔的世界的中心。

“我再也听不懂海鸥说的话了，”索吉尔说，“当然啰，我的能力还在，可我听不分明每一个字了。”

“你不喜欢吗？你一直讨厌听它们说话呀。”杰克说。

“我是喜欢……可听着还是蛮有意思的。”

“在约顿巨人国魔法更为接近地表，”鲁内说，“我相信你没有丧失这个能力。你只是需要再努力一点。”

杰克也感觉到生命的力量进入得更深了。它还在那里，只是不会轻易地听他的命令出来了。这不是一件坏事，他心里这么认为，手里抓紧了颜色变黑的白蜡树手杖。他在约顿巨人国变得害怕召唤它的力量。火势会狂野得无法预测。

他们向南航行，晚上在小沙滩上扎营夜宿。杰克和索吉尔给武士们讲了发生的大部分事情，只保留了有关命运三女神和秘迷尔井的事情没说。索吉尔的屠杀小龙的壮举以及杰克骗过蜘蛛取得的成功都给北欧海盗留下极为深刻的印象。他们自己也没有无所事事。除了和海蛇的大战之外（海蛇现在已经臭气熏天了），他们还对战了一个性情暴虐的巨大梭鱼。

“每次我打水上来的时候它总想逮住我，”复仇者斯文说，“最后才让它见识我的厉害。”

“就着草莓吃美味极了。”俊脸埃里克发表看法。

接着有一次武士们在海岸上觅食时和一对体积庞大的狼獾发生了一场混战；之后又有一次遭遇了一只巨大的山猫；还有一天下午，埃里克在一棵树下打一个盹儿，他醒来发现一只鼻涕虫已经吞食了他的大部分衬衫以及下面的部分皮肤。

他们向伊瓦国王的峡湾的入口驶近时遇到了越来越多的船只。他们经过时渔夫们都要欢呼一番,恳求允许到船上一观,近距离地看看海蛇。俊脸埃里克骄傲地挺起胸膛。可是他永远也不会赶上一字眉奥拉夫,杰克心痛地想道,他们当中哪一个都不会。

他们一旦进入内陆大海的声音就逐渐削弱了。水面变得非常平静,杰克看到岸上这里那里到处是鹿和兔子——正常大小的鹿和一般普通的兔子。遥远的北方矗立着覆盖着白雪的高山。那里是约顿巨人国,杰克心想。它看上去一点都不真实。也许它确实是不真实的存在。

现在,他们看到丛山高处的片片农场以及点缀着绵羊的一块块陡峭的草坪。他们看到码头上人头涌动,越过去就是伊瓦的宫殿,宫殿坐落在一块深蓝色的石头的肩部位置,石头荒凉一片,死气沉沉,质如金属一般。海蒂、多蒂和萝蒂正焦急地打量这只船只。

哦,天啊。我怎么能告诉他们呢?杰克心想。最后,没有人必须告诉他们。如果看不见奥拉夫,就表示他不在那里。你不可能把他藏起来。多蒂和萝蒂尖叫起来撕扯起自己的衣服。海蒂遵照她的族人的习俗,静静地哭泣。斯卡基把他们都领回到奥拉夫的家。

"我告诉过他,"海蒂说,她站在大厅中央的长长的火堆前面,"'如果你把这个男孩儿和他的妹妹带到宫廷里去,就会是你的死期。'我看到——他躺在一个黑暗的森林里,生命的血液浸透到地上。可怜的倔牛。"

"并不完全是那样。"杰克说。

"幻象不会是完全准确的。意思却很——清楚。"

多蒂、萝蒂和孩子们,以及奥拉夫的朋友们和同伴们都神情肃穆地坐在火槽的周围。斯卡基坐在奥拉夫的大椅子上。椅子对他来说太大了,而且一直会是这样。斯卡基才十六岁,现在已经是一家之主了。

“他以他希望的死法死去了,战斗而死。”鲁内用他崭新的强有力的嗓音说道。

“而且还有了一个皇帝规格的葬礼!”索吉尔大叫着说。接着她唱起来:

砍伐半个森林做成他的灵柩。

他的脚边躺着巨魔熊,恐怖致命,

然而却不是奥丁神的宠儿的对手。

奥丁神的婢女从群山之中召唤他,

英烈殿的各扇大门全都为他敞开,

甚至连大山女王也在为他的离去哭泣。

一阵沉寂突然降临到大厅。有那么一会儿一个人也没有动作。然后鲁内开口说:“那是诗歌。”

“女人不会做诗。”复仇者斯文说。

每个人都转向索吉尔,习惯性地等待她大发雷霆。她却只是坐下来,脸上一副震惊的表情。勇敢从椽木上飞掠过来停到她的肩膀上,对着她的耳朵呢喃细语。“我也不知道我怎么做到的,”索吉尔说,“不过谢谢你的赞扬。”

“她在对着鸟儿说话,”一个小一点的孩子低声说,“那表示她是一个女巫吗?”多蒂让他别出声。

“那表示她是一个女智者。”杰克说。

“可是她做了诗歌哎。那当然是不正常的。”斯文坚持地说。大家再一次转向索吉尔,等待她发脾气。结果什么也没有发生。

“索吉尔——”海蒂说,连名字都叫出来了,“你感觉还好吗?”

“她什么问题也没有！”杰克大声说，“索吉尔，奥拉夫的女儿可以做她喜欢做的任何事情。他已经接受了她。你们为什么不能呢？她和他并肩作战，共同对付巨魔熊。她杀死了一条年轻的龙。她意外地尝到了它的血，就像西格德那样。那就是她现在能理解鸟类的语言的原因。她还喝了秘迷尔井的井水。那是她现在能做诗的原因。你们为什么不能接受事实呢？”

一阵风从屋檐下面钻进来，长长的火堆在风中烧得噼啪作响，火焰舞动不休。奥拉夫刻在椽木上的各种动物似乎微微动起来。“你令我们感到羞愧。”斯卡基喃喃道。

“我——我不是有意的，”杰克磕磕巴巴地说，“只是——”

“不，你说对了。”男孩儿说，他站了起来，现在他确实神似奥拉夫了，“索吉尔，奥拉夫的女儿，我称呼你为妹妹。欢迎你加入到这个家庭来。”

“我称呼你为女儿，”海蒂说，“多蒂和萝蒂也是如此。”她瞪着两个较年轻的老婆说。

这对索吉尔来说太过了。她过去习惯了成为被抛弃的对象。这么多的友善表示让她招架不住，她突然大哭起来逃离了大厅。

“她要去哪儿？”杰克说。其他人似乎没有一个被这个庇护少女的离开扰乱了心神。

“上山去找国王的狗，”鲁内平静地说，“砍刀、煞星狼、地狱女妖和碎片会很高兴的。它们还没有跟她见面。”

“现在——”海蒂用她的烟嗓子说道，“给我讲讲大山女王为奥拉夫哭泣的事情。”

海蒂似乎不是对奥拉夫的各种活动完全不知情。她注意到她的丈夫的各次旅行都装满了各式礼物，并且得出结论：他另外还有一个老婆。“不过竟然是一个巨魔吗？”她惊叹道，“这个男人一点品位也没有吗?"

"王后为人相当不错——哎唷!"杰克惊讶地说,因为鲁内用胳膊肘顶了他的肚子一下,"不过长相难看。非常难看。"他结束了评价。在海蒂的坚持下杰克仔细描述了格拉姆迪斯。

"橙色的头发从她的头上冒出来?九英尺高?尖牙?倔牛是是是疯了吗?"这个女智者气嘟嘟地说。多蒂和萝蒂看上去倒因为海蒂的恼怒显得格外开心。

接着杰克解释了巨魔少女们如何通过掳人成婚的,大山女王又是如何有了一个拥有十六名粗人的后宫的。他给这些入迷的听众讲了那个做了弗鲁西和弗丽斯父亲的可怜的人类。"他在墙壁上画了描绘他的人类家庭的各幅图画,"杰克说,"至少奥拉夫逃过了那种命运。他可以随心所欲地来回走动。"

"是——的,毕竟,倔牛是任何人都不可能掌控得了的。"海蒂说,情绪有些缓和下来。

"他被掳走也是没办法的事。"萝蒂指出来。

"是啊,是啊,那当然了。"海蒂摇摇头,"而且他是那么高大俊美。"三个老婆都叹了口气。

至于奥拉夫的朋友和同伴们,他们都非常喜欢这个故事。"他让一个巨魔王后爱上了他!哇噻,这是多么伟大的壮举!"树脚说,佩服得五体投地。

"一个多么伟大的人啊!"长矛厄及尔说。

# 第四十章

## 弗蕾娅的沼泽

“如果你要成为一个吟游诗人，你必须看起来就要有点派头。”鲁内说，往后走了几步审视杰克的白袍。袍子是鲁内自己的，截短了适应这个男孩的身量。消息于一周前已经送到伊瓦国王那里，可是直到今天才发来邀请。今晚是月圆之夜，明天就是祭祀弗蕾娅的指定之日了。

杰克因这个拖延深深地担忧，然而却束手无策。很明显任何人未经允许不得觐见弗丽斯。杰克心想，你会以为她会着急找回她的头发呢。可她也许正享受让我受苦的乐趣呢。

“这感觉不对劲。”他说，一边系上袍子的腰带以防它掉下来。袍子还是太大了。他知道真正的诗人都年事已高、面目凶狠、让人生畏。杰克不觉得自己让人生畏。用胆战心惊来形容自己倒是更加贴切。

“嘘。你必须从什么地方着手。弗丽斯会刁难你，你得让她格外留意你。你知道自己要做的事情吗？”

“不知道。”杰克颓丧地说。

“你会知道的。”鲁内说。

索吉尔站在门边，不耐烦地直跺脚。她穿着从约顿巨人国带回来的一件狼獾外套。靴子已经刷过了,剑也擦得锃亮。她浑身上下甚至还非常干净,她那天下午已经被拉去洗蒸汽浴了。

“我和你一起去。”海蒂说。

“那是个好主意吗?”鲁内说。

“也许不是,不过会非常有趣,”这个女人说,“我让弗丽斯紧张——起来,也许会有很大帮助的。”海蒂身穿一件深蓝色的袍子,袍子上刺绣着飞鸟游鱼。她的头发绑成了两个圆髻分布在头的两侧。它们看上去就好像某种神话里的动物才有的两只犄角。她戴了一条项链,上面串着银色的饰物——眼睛、双腿以及其他身体部位。她也让杰克感到紧张。

“快点儿。”索吉尔说。勇敢已经选择骑在她的肩膀上。杰克有点儿嫉妒,不过比起一只不忠诚的鸟儿他有更大的事情去担忧。他抓起他的手杖跟在鲁内后面走出门。

夜幕快要降临。鸟儿们已经唱响了晚间的合唱,长长的金色光线斜照在他们走的路上。满月已经升上来。杰克透过树木之间的缝隙向它瞥了一眼,心里暗想:它几乎和约顿巨人国的月亮一般大呀。一只猫头鹰在叫唤——呜呼——呼呼——呼呼——可它是一只棕色的小鸟儿,不是那种可以抓起你飞走的生物。

斯卡基作为一家之主在前面领路。索吉尔和海蒂跟在后面,就像最要好的朋友一样闲聊着。索吉尔自从离开约顿巨人国起就镇定下来,可她仍然对她肯定见过许多次的神奇事物大惊小呼一番。海蒂耐心地听着。这位女智者时不时地要解释一下一朵花如何加以利用或者什么因素促使它生长在草里。

杰克因为不习惯穿袍子走路很不方便。“等等。”他们经过一棵橡树时鲁内说。

这位老武士砍下一截长长的细树枝。他把枝条编成一种类似王冠的圆环戴到杰克的头上。“龙舌过去要催动魔法的时候常常身披橡树的树叶。我也不知道为什么。”

我也不知道，杰克心想。催动魔法？他利用魔法时一半是意外。另一半完全失控。我不是一个诗人。我是一个十二岁的农场小子。我在家干过的最重要的事情只是打扫谷仓。

“你非常了不起。”鲁内平静地说，似乎能够看透杰克的心。他们落在其他人后头。杰克可以听到索吉尔喃喃念叨着一只长满斑点的毒菇，还听到海蒂解释它是多么有剧毒的低沉嗓音。“首先你让龙舌对你印象深刻，然后是奥拉夫——奥拉夫不是最有洞察力的人，”鲁内说，“你踏上穿越约顿巨人国的寻求之旅，又从另一头活着走了出来。你战胜了一只巨魔熊以及一条龙。你和大山女王交上了朋友。你喝到了秘迷尔井里的水，还智胜了一只巨型蜘蛛。单为这样一个煌煌的壮举记录许多武士都会愿意为你效力。”

“别说了，”杰克脸色通红地说，“我一点都不特别。我只是一个穿上漂亮衣裳的农场小子。”

“听我说，好好听着：你变成一个吟游诗人要学会的其中一件事情就是你万万不能撒谎。”

“可我没有说谎呀。”杰克被鲁内突来的怒气吓着了。

“你的能力取决于对自己有自知之明，不管是好的还是坏的一面。我现在说的关于你的每一句话都是正确的。否认它而且——那么，就相当于你有可能往秘迷尔井里吐口水呢。”老武士大步走上前加入了其他人。

杰克紧跟着，困惑于刚刚发生的事情。他曾经是一个农场小子。可同时他也做了鲁内说的每一件事情。否认自己的成就似乎确实是一种谎言。我猜……我猜自己有点儿像个英雄。杰克一直走着，陷入了深思中。

他们走出森林时太阳已经下山了。伊瓦国王的大殿里里外外都点亮了,期待他们的到来。有一群好奇的人聚集过来想见识一下杰克会如何还原弗丽斯的头发。他们并肩走近,让人肃然起敬,这时杰克听到一个女人说:“他的长相难道不引人注目吗?他是从大海那边归来的真正的吟游诗人。受过龙舌的训练。我真希望我们能够让我们的厄及尔也对音乐感兴趣。”

“在乐感方面厄及尔就和弗蕾娅的那些猫差不多。”她的丈夫灰心地说。

杰克挺直胸脯。他是从大海那头归来的吟游诗人。他是龙舌的继承人。他一演奏巨蛛也会昏倒。

伊瓦国王的大殿内部是一片令人震惊的景象。肮脏的稻草铺洒在地板上。过去宴会上丢弃的骨头到处都是,有人还曾经在角落里呕吐过。没有人愿意费事把它清理干净。杰克走过时跳蚤嗒嗒疾跑着撞到他的腿上,所有这一切上面笼罩着一股潮湿酸腐的气味。勇敢稍稍抓紧了索吉尔的肩膀。

在远处的那一头,国王坐在他的宝座上,看上去浑身浮肿,面带病色。他的胡子纠结在一起,衣服上也布满了油渍的污点。弗丽斯王后在他的身边怒视着来客。她看上去情况比上一次更糟糕了——身体更为臃肿不堪了。她甚至连巨魔质朴的丑陋都丧失了。

*天哪。他们难道一直枯坐在那里吗?* 杰克心里想道。他们似乎在那里盘踞了数个星期,等待他的归来。弗蕾娅和奥丁神的教士们站在他们身边。他们看上去似乎迫不及待地想要逃离这个房间。

“我们得到了寻求的东西。”鲁内说。

伊瓦抬起头来。他的双眼几乎陷进了鼓起的一堆肉之中。“真的吗?太好了!我的巨魔花儿,你听到了吗?那个男孩回来了。现在你又可以拥有你那一头美丽的秀发了。”

“是时候了，”王后说，声音哀怨，令人厌恶，“走上前来治好我！”

“请记住我们双方达成的条件。”鲁内说。

“好的，好的。作为贿赂，这个男孩儿和他的妹妹获得自由。”

“而且必须把他们护送回家。”鲁内说。

“我知道我们达成了什么协议。你在约顿巨人国玩得倒很开心。现在别啰里叭嗦的，施法吧。”

杰克走上前来，手里握着手杖。他感觉到发黑的木头里传来微弱的暖意。“露西在哪儿？”他说。

“谁？我不认识什么露西。”王后懒洋洋地瘫在椅子上，就像是一只装在袋子里的冒着蒸汽的布丁。

“我送你的那个奴隶。”索吉尔说着，站到了杰克身边。她把手放在了短剑上。杰克希望她不要拔剑，至少目前不要拔剑。

“哦，那事啊。她很让人失望。不跟我说话，也不看我一眼。只是呻吟。”

“她在哪里？”杰克喊道。他感觉魔杖在手里发力。他知道现在毫不费力就能发出火来。怒火在起作用。

索吉尔把手放在了他的胳膊上。“伟大的女王，这孩子和各种情况分不开。没有她，无法治疗。”索吉尔表现出前所未有的勇敢，“如果你还想保持健康，你对巨魔的头领是不能说不字的。”弗丽斯从椅子里起身出来，身后影子重重。

“她在弗蕾娅的马车里，”弗蕾娅的祭司赶紧说，“她在那里很长时间了，等待献祭呢。”

“那么，我一定去她身边。”海蒂说。弗丽斯第一次注意到这个女智者的存在。

“你啊！地狱女妖！”她吐了口唾沫，“你在我的大堂干什么？玩弄你的破符咒和巫术吗？”

“尽量保持我的裙子干净。”海蒂说。她长袍上的鸟儿和鱼儿闪闪有光，她的眼睛变得阴沉而危险。

“滚出去！把奥丁神那个哇哇叫的奸细一起带走！”

“巴不得呢。”海蒂说，把胳膊向勇敢伸出来。“你祈祷那姑娘平安无事吧，”她补充说，声音像冒烟似的，“要是那姑娘出了事儿，有你的好看。”

“滚出去！滚出去！”弗丽斯尖叫道。她开始乱扔东西了——酒杯、碟子、脚凳。

“得了，得了，我的小巨魔花朵。”伊瓦王说。

“你的旧毛发哪里去了？”杰克说，觉得他应该把形势扭转一下，“我要是施展魔力，我还需要它呢。”

“就在这里！”弗丽斯尖叫道。她朝他踢过来一个篮子。那篮子一路滚来，一团恶心的烂泥流出来。

“这看上去不像头发啊。”索吉尔说。

“本来就不是！你离开后头发变坏了！我母亲干的，把它变成稀泥了。那是她拿手的魔法！”弗丽斯完全发疯了，简直连气都喘不上了。

“那么，我——我不得已要找替代物了。”杰克说。他曾想依靠念魔力把她的旧毛发恢复，现在显然办不到了。怎么办呢？怎么办呢？他想。恐慌在他心里翻腾。今夜是秋收节的满月，而明天就要向弗蕾娅献祭了。

露西后被猫儿们拖到弗蕾娅的草坪，那是献祭仪式的场所。在那里，露西会被戴上花环，打扮成一个小女神的样子。然后，她的手会被困在马车上。然后祭司把马车推进烟雾缭绕的围栏里，最终沉入黑乎乎的深水里。

杰克深呼吸了一下。他的脑海里看见了那个高悬着满月的神圣草坪。然后,他知道应该说些什么话了。

“这可是你恢复美貌的办法啊!”他叫道。鲁内、斯卡基、索吉尔都哆嗦了一下。他们向杰克转过身来,很吃惊。杰克知道他的声音很异常。他的声音响彻大堂,他看见了他朋友和伊瓦国王眼睛里的恐惧。他不再只是一个男孩儿,而是命运三女神的使者。她们从常常光顾的秘迷尔井边借他的口在说话。

“你得从弗蕾娅的猫身上截取毛发——不要太多。取三分之一,其余的留着给猫保暖。然后到弗蕾娅的草坪上去,铺上一块白布捕捉月光。你必须把毛发摆在上面,然后自己在上面躺下来。月亮升上至高之点时,就是你的美丽复原的时刻。”

在盏盏鱼油灯的带着烟气的光亮下杰克双眼炯炯有神地注视着弗丽斯。他感觉不到害怕,也感觉不到憎恨,只对自己的话语的正确性感到一种镇静的自信。弗丽斯的脸色变白了。

“你看上去像——”她住了口,似乎在集中自己的思绪,“我母亲过去常常和像你这样的人一起举办象棋比赛。”她摇摇头:“噢,这没什么关系。我会试试你的小伎俩。如果没有用,我还是可以牺牲你的妹妹。”她大步走向正大张着嘴看着杰克的伊瓦国王。“醒醒,你这个懦夫!”她尖叫道,“叫你的士兵们过来!叫他们把我的猫带来!”

一会儿过后伊瓦的士兵们把猫们用皮带拉进来。他们已经捆绑起它们的脚和嘴,可还是让猫们挣脱开来。它们又是咬人又是抓挠,又是嚎叫又是嘶嘶作声威胁。武士们这边也大声叫唤咒骂着忙着剃毛。在弗丽斯的指示下,他们剃光了畜生身上的每一根漂亮的金红色的毛发,最后他们收获了一袋子鼓鼓囊囊的毛发,剩下九只完全变疯了的浑身光秃秃的猫。

“现在我知道那些东西是哪里来的了,”杰克对索吉尔说,她正享受地看着动物受辱的每一分钟呢，“约顿巨人国。它们是巨魔猫。”

“从它们的长相看，是巨魔鼠。”索吉尔说。

“哦，天哪，天哪，天哪，”弗蕾娅的教士呻吟着说，“她取走了它们所有的毛发。它们永远不会原谅我了。”

“我要他和她跟我一起去草坪，”弗丽斯手指向杰克和索吉尔下了命令，“带上弗蕾娅的囚车。要是有什么地方不对了，我要让这个男孩儿亲眼看着他的妹妹死去！”

“难怪大山女王会把她扫地出门了。”索吉尔低声咕哝说，她和杰克正被伊瓦的士兵们簇拥着穿过森林。斯卡基和鲁内被强行留在后头。

“我真希望她把弗丽斯配给一个食人魔。”杰克说。

“即使是食人魔也很挑剔的。”

他们身后囚车顺着森林里的大道辘辘地向前走。杰克急切地想要看看露西怎么样了，却被士兵们阻止了。他仅仅瞥见她躺在海蒂的怀中。拉着囚车的猫们在月光下显出一片惨白。它们正怒气冲天，任何人一接近，它们就会张开爪子挠人。

他们身后还跟着弗丽斯、一群家奴，以及伊瓦国王。他病得非常严重，几乎都走不了路，只能倚在两个手下身上。

树林里棕色的小猫头鹰们发出呜呼——呼呼——呼呼的叫声。一只山猫在远处尖声嚎叫。森林中凉爽青绿的气息弥漫了整个夜晚，路也被满月照得一片通亮。

他们来到一片白色花朵遮盖住的一块空地上——这就是弗蕾娅的草坪。它就像陨落到地球上的一大群星星，再往那边，草坪的尽头处，发育不良的树木伸展到泥炭沼和黑色的水面上方。那里是弗蕾娅的沼泽。

囚车拉到草坪边上。四个弗丽斯的家奴在花朵上铺上一块白布。另外两个在上面撒上金红色的毛发,不过它在月光下却是黑色的。猫们一见到它就嘶声叫唤。

“他们永远也不会原谅我了。”弗蕾娅的教士伤心地说。

“闭嘴,否则我就切掉你的舌头!”弗丽斯大叫道。

武士们中间传来一阵窃窃私语声。“她要袭击一个教士吗?”其中一个低声说。

“闭嘴,否则我会切掉你们所有人的舌头!你们都撤到树林里面——不要太远。这个小子和索吉尔待在这里。”北欧海盗撤退了,半背着伊瓦国王,国王的脚因为走路都肿起来了。

家奴们随即替弗丽斯脱下袍子。杰克闭上眼睛,索吉尔却突然用肘轻推了他一下。“你会想看这个的。很有意思。”她说。

确实如此。虽然可怕,却有意思。弗丽斯的身体在满月的照耀下一片白色,她的皮肤看起来柔软,就好像腐坏的肉上长的霉菌。它不断地变化形状,一会儿膨胀一会儿起皱一会儿接缝的,既不特别像人类也不特别像巨魔。她的手臂上有鳞片形成又脱落下去。她的脚趾向外展开,每只脚上长有六到七个脚趾,之后才缩小成人类正常的尺寸。总的来说看得挺闹心的。

家奴们把她的衣服叠放到草坪边缘。衣服上面闪烁着一条由银色的树叶串成的项链,索吉尔之前是那么渴望得到它,却又被迫放弃。杰克看到索吉尔的手更加紧握着她的剑了。

“庇护少女,想也别想来攻击我,”弗丽斯冰冷的声音传来,“你被士兵们包围了。稍动一下,我就命人砍断你握剑的手。你觉得怎么样?永远变成残疾,再也不能参加战斗。”

杰克听到女孩儿磨牙的声音。要是在过去她一定会不管不顾地攻击过去。秘迷尔井教会她耐心。

弗丽斯让她的奴仆们退下,现在只剩下她、杰克、索吉尔三个人在草坪的中央。月亮几乎升到了最高的位置。弗丽斯在皮毛上躺下来,在她的体重的压迫下皮毛发出轻软的沙沙声。皮毛来自九只巨大的长毛巨魔猫身上,分量相当充足。弗丽斯肯定会拥有一头将成为中土奇迹的头发。

月亮慢慢地爬上来,一直升到了他们头顶。一只潜鸟从沼泽中叫唤出声,接着什么东西激打起水面。细小的波浪拍打着草坪远处另一头。“看。”索吉尔低声说。

这里那里遍布在白布上的皮毛开始移动起来。一根根毛发连接起来,组成一绺绺长发。它们扭着身子窸窸窣窣地爬到弗丽斯的头皮上在那里扎根下来。不久她就躺在一床美丽的长发中,现在轮到她自己开始变形了。她的身体变得修长纤瘦。她的脸蛋变成了心形,变成了可以让国王们为之抛弃王位的红颜。杰克明白伊瓦为什么会爱上她了。即使是弗蕾娅也不可能比她更漂亮。

可是皮毛继续窸窣移动。弗丽斯被告知取三分之一的毛发,可她却全部取来了。其余的毛发爬上了她的身体,接着是她的脸。弗蕾娅似乎被催眠了一样,或者没有意识到正在发生的事情。她盯着月亮看,而越来越多的毛发盖到她的身上,直到她变得像一只浑身长毛的野兽。她的身体再次变化成从没见过的身体庞大、毛发粗浓的东西。

她伸手摸脸然后尖叫起来。这是一个狂野的叫声,既没有人类也没有巨魔的音质。弗丽斯跳起来轻易地就撕扯开白布,就好像你也许扯开沾着朝露的蛛丝一样轻巧。她把它撕成碎片,整个过程都在尖声叫嚷不止。她说的话里没有词语。也许她换了新的体型也随之丧失了语言的能力。接着她后腿直立起来朝月亮嚎叫她的怒气。

杰克冲到囚车里救出露西和海蒂。士兵们回来了,可是一见到弗丽斯的新体型,就都在树林下面止步了。猫们早就疯魔了。它们龇出牙齿,凶猛地狂叫着。要是它们身上还有毛的话,就会根根在背上直直地竖立起来了。索吉尔抽出剑斩断了拴着它们的皮带。

它们弹地而起扑到草坪上。弗丽斯立刻看到了她的危险落荒而逃。她蹦跳进了沼泽里,仍然尖叫不休,后面跟着九只猫。杰克听到它们的脚激打起水花的声音,听着它们的叫声在远处消失。

鲁内说,有安全的地方可以步行穿过沼泽,前提是你要知道在哪儿。弗丽斯和她的追击者也许知道。也许不知道。

"哦,杰克,"索吉尔说,身子瘫在囚车上叹了口气,"那是我做过的最让人满意的事情了!"

而弗蕾娅的那位教士则在沼泽的边缘上下走来走去,嘴里叫唤着:"这里,小猫咪,小猫咪,小猫咪。这里,小猫咪,小猫咪,小猫咪。"

# 第四十一章

## 露西回神

杰克从囚车上抱起露西。她比他印象中显得更瘦小轻盈了。她瘫软在他的怀中。“露西,是我,”男孩儿低声说,“你现在安全了。我们可以回家了。”可她却没有反应。

“她的心神游离在很远的地方,”海蒂说,也爬了下来,“这也许是件好事。她不用忍受像弗丽斯这种人的折磨。”

伊瓦的一个士兵自告奋勇来背小女孩儿,杰克走在他的身边,握着她的一只手。伊瓦国王被装到了囚车上——他太重了没有人背得动。两个北欧海盗拉动囚车。国王似乎对刚刚发生的事情还很迷糊,即使已经对他解释好几遍了。

“我的小巨魔花儿应该在这儿啊,”他抱怨着说,囚车正咯吱咯吱地往前走,“她不喜欢在外面待得太晚。她需要睡美容觉,弗丽斯需要。”

“这儿有另外一个人在——神游呢。”海蒂说。

他们回来时斯卡基和鲁内发出喜悦的叫声,弗丽斯消失的消息一传开,杰克就听到从聚集在伊瓦大殿外面的人群中传来的欢呼声。他累坏了,不大高兴得起来。他们离开大殿转身回奥拉夫家时他很开心。

多蒂和萝蒂从士兵的手里接过露西，立即就开始给她做清洁。她的裙子太脏了，她们不得不把它烧掉。她的头发状况糟糕透了，她们也不得不把它剪掉。等一切收拾好，她看上去更可怜了，活像是一只溺水的小老鼠。

“她还会回来吗？”杰克说，海蒂把她包在一条毯子里放到靠近火的地方。

“如——果你召唤她，也许会吧。”这个女智者答道，“我可以试试，不过我的声音到达不了那么远的地方。她想听的是——你的声音。”海蒂把一托盘食物和水放在他们旁边，然后就和其他人离开了。

杰克注视着他妹妹在闪烁的灯光的映照下的脸孔。他跟她说了似乎有几个小时的话。他时不时地要感觉一下她的脸蛋，确认皮肤还是暖的。她一点动静也没有，杰克有时候都害怕她已经死了。“我们要回家了，”他一遍又一遍地重复道，“妈妈和爸爸正等着我们呢。他们会非常高兴的！你还记得爸爸刻出来的脚凳吗？你过去常常坐在上面依偎着火堆，妈妈加热苹果酒给你做早餐。”他引出一个又一个回忆，试图触及露西隐藏起来的地方，却都失败了。

杰克站起来在大厅内来回走动。他的身体僵硬，尽管有火，身上还是冰冷的。勇敢在他睡觉的椽木里略微动了动，那么现在一定已经接近黎明了。杰克的脚绊到一堆奥拉夫的孩子们扔在身后散成一团的玩具，他看到有四个小木刻合作一堆：一只牛、一只马、一个男人、一个女人。它们是奥拉夫很久以前为露西做的玩具。杰克把它们捡起来，然后跪到小女孩儿的身边。他把露西的手指圈到马身上，又把其他三个放到她的怀里。“最亲爱的，你还记得在沙滩上玩这些玩具吗？你用木棍做了一道篱笆，又在沙子里建了一个房子。因为奥拉夫没有给你做小鸡，你就用贝壳充当它们。”

勇敢突然俯冲下来落到地板上。它专注地盯着玩具看。“对了,你把它们偷走了,对不对?”杰克对乌鸦说,“我永远搞不清楚你是不是真的在玩一个游戏。对一只鸟儿来说那似乎是太聪明的举动了。”乌鸦冲上前来从露西的手里把马夺走。“别这么干!”杰克大叫道。勇敢扔下马,从喉咙深处发出低声的轻笑。

“你怎么可以从一个无助的孩子手里抢走东西呢?”杰克叫道。他把马放回到露西的手里。勇敢却又成功地把牛偷走了。

“回来,你这个小偷!”露西尖声嚷道。她在毯子里坐起来,紧紧抱着其他三个玩具。杰克只能干瞪眼瞧着。他的心里也塞得满满的,说不出话来。勇敢单脚向后跳着,傲慢地把牛扔到露西够不到的地方。她一下子冲上前把它抓住。乌鸦上下蹦跳着,又是柔声叫唤,又是低声轻笑。

“哦,露西。”杰克说。

“它以为它可以把它偷走,我可一直看着呢。”小女孩儿说。

“你知道我是谁吗?”

“当然了!”露西嗤之以鼻地说,“你是杰克,那是勇敢。它从神圣岛来到我们身边。我们打算什么时候回家呀?我已经厌倦了这次冒险。”

“很快了。”杰克说,喉咙哽咽得几乎说不出话来。他把露西的注意力吸引到那盘食物上来。她立即抓起一碗已经冷了的炖菜开始吃起来,用手指把它掏了个干净。杰克为她把面包撕成屑儿,还切了一只苹果。露西吃啊吃啊吃啊。最后还喝了一杯加了黄油的牛奶!

“我好饿啊!”她叫道,“哦,天哪!我的肚子疼,不过感觉真好!”然后她就倒下去继续进入睡眠。杰克吃惊地抬头看向刚进来的海蒂。

“她只是——需要睡眠恢复体力。”这个女智者让他放下心。她再次把小女孩用毯子包起来，把她放到织机后面的一个角落里。“在这里任何人也踩不到她了。”她说。这时多蒂、萝蒂和十几个孩子们一个接一个地进来到火边取暖。

渐渐要到年底了，杰克和露西必须要赶在冬天的风暴到来之前回到他们的村庄。斯卡基检查了他爸爸的船只。这将是他第一次作为船长的航行，可他只有十六岁，因此征集了诸如鲁内、复仇者斯文以及俊脸埃里克这类有经验的水手的帮助。他大部分都是叫普通的士兵参加他的出航，而不是狂暴斗士。这次航行是为了商贸，而不是为了打劫。

杰克不用回到伊瓦的大殿里，对于这一点他非常感激。斯卡基说大殿已经从头到脚刷洗了一通，尽管要完全除去弗丽斯留下的痕迹还需要花费不少月的时间。她一直有个习惯把骨头藏在小缝隙中，供以后拿起来再嚼。这就是大殿里弥漫着恶臭气味的原因。

斯卡基自豪地把云鬃领回家。伊瓦国王说它理应归属奥拉夫的继承人，而这匹马显然也喜欢这个男孩儿。它非常乐意地小跑到他跟前用鼻子蹭着他的手。“它的祖先来自精灵国，”海蒂研究完这个动物优美的线条后说，“精灵马身材娇小、速度迅捷、忠诚不贰，它们不会扔下他们的主人不管。”

“你见过精灵吗?”

海蒂只是笑了笑没有回答。

伊瓦国王还还回了奥拉夫送给他作为礼物的大量财物。斯卡基拿出其中一些赠给杰克。“比起我们欠你的，这根本不值什么。”他说，“你帮我们摆脱掉弗丽斯，就等于重新把生机带回到这个王国。”杰克郑重地接过银币。它们的来历无法说清。银子在北欧海盗的地域就像水一样来回流动。

他们在一个阳光明媚的早晨出航，身后微风轻拂，甲板上拥挤着欢送的人群。杰克注视着海蒂、多蒂和萝蒂的身形越变越小，直到消退成水面上闪烁的波光。士兵们划着桨，索吉尔掌着舵，勇敢则坐在船头对着海鸥呱呱叫着它的不屑。那个发臭的海蛇头已经搬到了俊脸埃里克的家里。

我们真的回家了，杰克心里想道。他担心他们会遭遇风暴被狂风吹走。可是天气好得不能再好了。他们没有走老路——北欧海盗不像他们让大家相信的那样个个都是优秀的水手。他们只是瞄准正确的方向往前开直到突然撞上大陆为止。这个方法大部分时间都管用。

所以杰克没有再次见到恶爪马格努斯以及敛耳者埃纳的地域的海岸线，也没有见到碾拇指者吉祖尔村烧成的灰烬。他和索吉尔玩狼和小羊的游戏，还试图想教会露西，可她年纪太小了。她老是想改变规则救出小羊。他们告诉她这是不可能的，她立即变脸把所有的棋子儿都推落到底舱。

晚上杰克给小女孩儿唱歌，而且给她讲了他从鲁内那里听来的故事，还编了几个关于约顿人的故事说给她听。渐渐地，非常缓慢地，杰克拼凑出他离开后发生在她身上的故事。

这是一个可怕的故事，其中包括在窗帘后以及在长椅下面藏身，从弗蕾娅的猫们那里偷取少得可怜的食物。猫们抓住她，把她拖到弗丽斯前面。王后尖叫一声，然后拉扯她的头发。可是因为露西从来都没有反应，弗丽斯失去了兴趣没有再动她。

接下来的几个星期露西就躲在大殿后面到处爬走。她亲眼看着弗丽斯和伊瓦陷入癫狂，而大殿里也逐渐堆积起污垢。晚上小女孩儿睡在一堆满是跳蚤的稻草上，白天她拉扯着挂在墙壁上的挂毯上的线绳自娱自乐。等猫们睡着了，她就把这些线绳绕在它们的尾巴上。要是你绕好了，这些猫就全疯了，千方百计地要把它们抓挠开。

最后，弗丽斯当场抓住她，命人把她关在弗蕾娅的囚车里。在那里境况稍微有了一点好转。至少弗蕾娅的教士定时给她饭吃。可是漫长的日子一天天溜走，什么事情都没有发生，露西于是走神了。

"你去哪里了？"杰克在黑夜里抱着她问。

"去真正的王后那里。她对我很好，因为她爱我。她给了我一个漂亮的房间。有一棵树上长着满满一树蜂蜜蛋糕，还有一只小狗。它脖子上戴着镶了银铃的项圈。我可以听到它在整个城堡里撒欢儿奔跑。"露西说呀说呀，叙述着从她出生起爸爸就一遍一遍讲给她听的故事。

杰克没有试图跟她争论。在海蒂的家乡冬季漫长而又黑暗。人们的精神会出去游荡，这样他们就不会发疯，可是春天一降临，他们的精神也回来了。就像露西的精神一样。

## 第四十二章

# 杰克和吉尔

“我不敢相信我竟然从来没有注意过所有这些颜色，”索吉尔着迷地看着波浪滑过，“看那些云朵！它们就像新鲜的牛奶一样洁白。海风闻起来味道也是这么美妙！”

“她昨天不是说过了吗？”斯卡基喃喃道。他正非常认真地担负起作为船长的职责：检查船帆、查看船桨、来回挪动太阳石研究它的工作原理。

复仇者斯文眺望着水平线寻找大陆出现的迹象。“是的，她说过了。”他说，觑眼看着隔离地面和天空之间的那条线。

“而且她明天还会说的，”鲁内补充道，“习惯吧。”

“看水面上大放光芒的地方，”杰克说，顺手抱起了妹妹，“那里是神圣岛。”

“勇敢来自那里。”露西说。

“什么？你说对了！”斯文大叫道。“那片明亮确实意味着是陆地。”士兵们划起桨来向那里驶去。不久杰克就看到荒凉一片、寒风扫过的海岸隐约浮现出灰绿色的水面，可是温和的光亮也移动到那后面，就好像其他什么东西藏在大海的边缘后面发光似的。

“那就是你们的神圣岛。”斯文说，大笑地指向建造在石头之间的粗陋的草皮房子。

“他说错了。”露西低声说。

“是的，他错了。”杰克低声回答。

眼神仍然野性的牛群站在海浪中咀嚼着海草。村民们拿着斧头和锄头走出来，不过他们一认出斯文，就把武器放下了。斯卡基带来了贸易的货物——毛皮、海象牙、琥珀——不过他没有在这个荒废的岛屿上浪费多少时间。它只是提供淡水、让你伸伸腿脚的地方。

可是对杰克来说它是他的家乡最遥远的前哨了。他身在此处而非他处。他珍爱着每一块鹅卵石和每一片短小的草叶。他们接着上路起航，他的情绪越来越兴奋，最后几乎变得和索吉尔一样聒噪了。他们两个对每一个新的岛屿都要惊叹一番，直到斯卡基恳求他们停下来才罢。

现在陆地变得连绵不绝，只有偶尔被溪流和海口暂时切断。空气中弥漫着帚石南的气息，几只乌鸦飞出来打量他们的船只。勇敢和它们说话说了很长时间。“它没有说什么重要的事情，”索吉尔说，“只是‘你好吗’和‘今天天气真好’。”

“它还真是花了很长时间就为了说这么简单的几句话呀，”杰克说，之前他也这么说过，“你没有省去什么没讲吧？”

“你永远不会知道的。”索吉尔高兴地说。

他们来到一处宽阔的海湾和杰克之前几乎被卖给皮克特人的那个镇子。杰克不悦地看着完好的码头以及一座座彰显富裕的房屋。这里的人都是奴隶贩子。他们对北欧海盗如何得到俘虏的途径绝口不问。他们只负责把奴隶买下来，就好像你买苹果那样简单。

在这里斯卡基也没有逗留很长时间。他和斯文到镇子里面去见商人，其余的士兵们则留下来扎营。他们计划拂晓起航。“我们为什么不等到交易日呢？”杰克问鲁内，他们围坐在一个火堆前，烤着插在木棍上面的肉块。

“我们带来的货物可以私下里很快进行交易,”这位老武士说,“我们没有时间可以浪费。我骨子里可以感觉到风暴正在酝酿,就要降临了。”

“我们下次会弥补的。”士兵中一个人主动说。

杰克盯着他:“那是什么意思?‘下次’?”

“哦,呃……”这个北欧海盗似乎难以想出一个答案来。

“意思是他们会来打劫。”鲁内说。

杰克震惊得反应不过来。这个想法也压根没有在他的心里闪现过。“不!”他叫道。

“他们是士兵。”鲁内说。

“他们不一定要是!他们可以种田。”

“即使在好的年景我们也很难有足够的良田喂饱自己。况且我们大部分的年景都很不好。我们靠贸易和劫掠为生。”

“你们比巨魔人还坏!”杰克大叫道。聚坐在一起的北欧海盗中传来一阵气愤的低语声,杰克却一点也不管。他已经倾向于把这些人当做朋友来看待。可他们还是卑鄙邪恶的毁灭者!

“仔细听好了,年轻的吟游诗人,”鲁内说,尽管他上了年纪,脸上布满疤痕,看上去却依然危险,“你游历约顿巨人国时受到了大山女王的保护。你现在也许对约顿人感觉良好,可是让我告诉你他们完全能够做出屠杀整个村庄的事情来,连最年幼的孩子也不放过。尽管他们享有荣耀,可仍然是敌人。”

“是的,噢,可你们不必效仿他们呀。”杰克说。

“生存的需要促使我们。不管是你还是我说什么都改变不了这个现实。斯卡基已经立下不破坏你的村庄的誓言,可是这样的誓言在他和其他你的这类村子之间却不成立。”

杰克不能相信自己的耳朵。仁慈可亲的鲁内,把他从奥拉夫的雷霆怒火中救出来,并把自己最好的诗歌赠送给他的鲁内,变成了一个怪物。杰克生出一种被背叛的感觉。

“很长时间以来,你们安居在你们的小岛屿上自我感觉很安全,”鲁内接着说,“海洋保护着你们。你们的生活就像夏日午后一样温暖宜人。可是你们的陆地太美丽了,所以,就像所有光明的事物一样,吸引着毁灭的力量。”

“就像赫鲁斯加的大殿。”杰克喃喃道。

“弗鲁西摧毁了赫鲁斯加的快乐,她的妹妹弗丽斯给你带来凄凉的处境。既然注意力被吸引到这里来,它就不会再移开了。描绘神圣岛财富的各种故事已经在我们的地域上流传开来,”鲁内说,“即使是现在,恶爪马格努斯和敛耳者埃纳还在大建船只准备作战呢。”

“太不公平了。”杰克低语道。他穿过沙滩看往夜晚的阴影正在聚集起来的地方。在房屋之间蓝色的暮色中他想他看到了一个皮克特人。

“生命和死亡之间斗争不止。这个世界上没有方法让幸福独存。”老武士说。

“那我们该怎么办呢?”

“保持清醒。”鲁内仅说了一句。

夜晚降临,杰克和露西待在船上。他不想让她见到任何皮克特人,而他自己也不想和北欧海盗说话。斯卡基和斯文回来了,带回来的许多新武器发出金属碰撞的叮当声。他们这天生意做得非常成功。夜深时杰克听到他们唱歌和玩他们傻气的游戏的声音。索吉尔和俊脸埃里克进行了一场打嗝儿的比赛,结果她赢了。

他们驶过皮克特人孤零零的高塔。它们周围杳无人烟,杰克也从没有看到亲切的烟柱升起表明有人正在取暖或者煮饭。几个村庄看起来同样被废弃了。勇敢和一群乌鸦一起飞走了。

“它要离开我们了!”露西警觉地大叫道。

我一点也不吃惊,杰克心想,这里的一切都是邪恶不忠的。可是勇敢晚上又回来了。这之后它又好多次飞到大陆上去,让索吉尔极为光火。

“它有那么多有趣的东西要讲,”她抱怨说,“一点儿也不像其他的鸟儿。”

“太糟糕了。”杰克说,转身背对着她。

“海岸上那些是真正优秀的树木,”她说,“它们叫什么?”

杰克没有理她。他想趁他们晚上宿营的时候把火召唤出来烧掉船只。那样就会困住北欧海盗,然而却对恶爪马格努斯或者敛耳者埃纳没有丝毫影响。

船只向南快速航行,远离海岸避免吸引注意。这里是奥拉夫曾经劫掠过的海岸,斯卡基想要避开复杂的事端。最后他们终于来到杰克家乡的土地上。他们于傍晚时分在一个荒废的沙滩上靠了岸。北欧海盗带下来几只鹅在一个火堆上烤起来。

“这是我们在一起度过的最后一个夜晚了,”鲁内说,“让我们用好的故事和好的食物填满它吧。”

“哦哦!我喜欢故事。”露西叫道。

“我们这里有两个吟游诗人,所以我们有说不完的故事了。我先说。”鲁内给大家讲洛基的故事,奥丁神在约顿巨人国时遇见的他。

“我想他是一个神。”杰克说,尽管他决心冷落这个老武士,却还是被故事吸引过去。

“他像弗丽斯一样是个变形人。他爸爸是巨魔人,妈妈是一个女神。如果你认为约顿人和人类的混血儿很糟糕,那你应该看看把神和巨魔配对会结出什么样的果子。洛基看上去长相英俊聪明伶俐,奥丁神对他深深着迷。”

“天大的错误。”俊脸埃里克说。

“奥丁神称呼洛基弟弟。他们切开手腕把血液融合在一起,作为结拜的封印。神的血液流进了洛基的血管,变形人的血液流进了奥丁神的血管。这对他们双方都没有什么好处。从那以后,洛基就有了神域的血统。没有人胆敢把他扫地出门。奥丁神把女神西古恩许配给他做妻子。”

“太浪费了。”斯卡基说。

“西古恩性情温柔甜美,洛基当然就厌倦了她。他直接回到约顿巨人国娶了一个食人女妖。她卑劣无耻,却刚好对他的胃口。他们生下的孩子个个都是邪恶的怪物——一条巨蛇、一只巨狼,还有地狱之神黑尔,他冰殿的大门专为懦夫和叛徒敞开。”

杰克努力想对鲁内的故事表现出没有兴趣的样子。他想要憎恨北欧海盗,可他们一直对他态度很友善。即使他们注意到杰克沉默不语,他们也不露声色。他们也许已经习惯那些生气和抑郁的人了。

“那只巨狼名叫芬里斯,生得非常凶狠,众神把它囚禁到一个铁树遍布的岛上。可是芬里斯长大了。不久它就强大到众神无力控制的地步了,奥丁神便决定不得不用链子把它拴起来。问题当然是如何把链子套到它的脖子上。

“他们把它当做一种游戏来玩。‘这里,小狼儿,小狼儿,小狼儿,’雷神托尔叫唤道,‘你难道不想玩这根链子吗?像你这样一个强大的野兽可以立刻把它折断。’芬里斯颇为受用这种恭维。它让众神把沉重的链子绕到它的脖子上,然后把它一折两半。”

“那是他们最大的链子。”斯卡基补充道。

“所以他们不得不找侏儒们帮忙。”索吉尔第一次插话进来。杰克心想，她在火光中看上去真的很漂亮。她的眼睛闪闪发光，她的头发——那天晚上下工夫洗过了——像蒲公英的花絮似的烘托出她的脸蛋儿。男孩儿意识到她一直都长得很漂亮，只是被她的败坏的精神掩藏住了。现在她活得很幸福。杰克感觉心上一阵刺痛。她早上就要离开了。他再也不会见到她了，即使在天堂也见不到面。

“众神知道他们必须拥有一根魔绳，由世界上隐秘的东西做成——山的根基、猫的脚步声、鱼的呼吸，”鲁内说，“只有侏儒知道如何做这些东西。等他们做好了，矮人们呈给奥丁神一根看上去像是银色丝带的绳子，不过它比死亡的力量还要强大。

“‘这里，小狼儿，小狼儿，小狼儿，’托尔叫唤道，竭力想诱惑芬里斯，‘这一根绳子甚至会更加有趣呢。’可是那只狼也不是傻瓜。它知道众神正在图谋的事情，尽管它对自己的力量有足够的信心。

“‘要是有人把他的手伸到我的嘴里我就戴那个东西。’它恶狠狠地嚎叫道。奥丁神的儿子战神蒂尔是勇者中的勇者，他挺身而出把自己的手伸进狼的口水横流的嘴里。其他人则把丝带缠到了芬里斯的身上。”鲁内稍作停顿，这时所有的北欧海盗都转向杰克。

又来了，杰克心想。每次北欧海盗讲故事时突然停顿下来，就意味着有什么可怕的事情将要发生了。他们喜欢让杰克开口询问结局，因为他会表现出那么憎恶的反应，大大满足了他们的心理。复仇者斯文事实上已经兴奋得上下乱蹦。

“哦，好吧。”杰克叹了口气，“发生了什么？”

“芬里斯又是挣扎，又是嚎叫，又是斗争，可还是不能挣脱那根绳子，结果它就被囚禁在那个岛上了。”鲁内说。

“可是它抢先把战神蒂尔的手咬断了！”斯文说。

“我按理要结束这个故事了。”鲁内说。

"它还把它咀嚼干净咽下去了。"斯文兴奋得收不住话头。

"先啃!后咬!再嚼!"索吉尔大叫起来。

我是永远也搞不懂北欧海盗了,杰克暗想道。

"尝起来味道怎么样?"露西问,一点儿也没有因为故事恐怖的结局闹心,紧接着便展开了对战神蒂尔的手到底味道如何的热烈讨论。之后杰克给他们讲了约顿人从乌特嘎地逃亡的故事,包括当冰面消失时几只鲸是如何载着他们走完了最后几英里路的情节。

在说故事的间隙,他们享受着烤鹅的美味,品尝着斯卡基专门为这个场合预留的苹果酒。晨星逐渐出现,露西睡觉去了。最后,当黎明的第一丝踪迹出现在海面上时,索吉尔说:"我写了一首诗。"

"女孩儿家写不了诗。"斯文说,不过没人理会他。

"让我们听听看。你为奥拉夫作的颂词确实不错,"鲁内说,"我得承认歌蜜没有白白浪费在你身上。"

"是关于秘迷尔井的。"她回答说,杰克吃了一惊。他们约定过不再谈论这件事情,她站起来鞠了一躬:

杰克吉尔上山去,
为把一桶水来取。
杰克一摔跌破头,
吉尔再摔不落后。

索吉尔等着大家的反应。

"这就完了?"斯卡基说,一脸困惑。

"我妈妈叫我吉尔,"索吉尔解释说,"杰克和我一起爬一座山,我们都摔下来了。"

"好像不太像是一个故事啊。"俊脸埃里克说。

"噢,这真的发生过,一首诗不一定非要讲述一个故事。"索吉尔叫道。

“不,要讲故事的。”斯文说。

“不错,真的不错。”鲁内说,索吉尔看起来马上就要失控了,“它不是那种会流传下去的诗歌,不过也很可爱。”

“它才不可爱呢!”索吉尔尖声叫道,“而且它会流传下去的!你的那些老得发霉的诗歌消失很久以后,人们还是会一直朗诵我的诗歌!”她沿着沙滩跑开,躲到几个石头后面。

这些北欧海盗照例不理会她的逃离。他们开始打包东西。杰克跟在她的后面。光线迅速变得越来越亮,船只很快就要离开了。他在一块石头后面找到她,她正抽泣得好像心脏就要破碎一样。

“吉尔。”他温柔地说,在她身边跪了下来。

“你来取笑我的吗?”她说。

“哦,不是!我刚才就认为那是一首极好的诗歌,我想它会流传下去的。”

“它的名气也永远不会消失吗?”她偷偷透过满眼的泪水看着他。

“是的。斯文对诗歌一无所知,俊脸埃里克只能听懂一半内容。鲁内呢,他呀,他局限在自己的条条框框里。”

“你认为它很好吗?”

“我是龙舌训练过的吟游诗人,”杰克神情严肃地说,“我当然认为它是首好诗。”

“哦,谢谢你!”索吉尔张开胳膊抱住他。他们在珍珠白的光亮中彼此拥抱了很长时间。森林中的鸟儿已经醒来跟新的一天打着招呼。索吉尔往后坐下来,解开她从弗丽斯那里重新拿回来的银色树叶串成的项链。“我想把这个送给露西。”

“你确定吗?”杰克说,“我以为你真的非常喜欢它呢。”

“也允许我可以和其他任何人一样大方吧，”她突然说了一句，“你是要叫我吝啬鬼吗？”

“不，不。”杰克说。

“是这样的。我确实喜欢它。这也是为什么放弃它是一种巨大的牺牲。况且，我还有托尔的锤子和——这个。”她把手合拢在隐形的护身符上。

杰克渴望地看着她的手。“有一天你得要把它传递下去。”

“有一天所有的东西都得要传承下去。可是我会开开心心没有任何遗憾地去做这件事。”这个庇护少女骄傲地说。

他们回到其他人中间，露西坐起身来，脸上半是卖痴的神情，大腿上窝着勇敢。船已经下水了，除了鲁内所有的北欧海盗都上了船。“这里。”他说，递给杰克那只边上刻着罂粟花的玻璃瓶子。

杰克把它举高。只见瓶底还残留着几滴液体。“歌蜜！”他叫道。

“我去把瓶子放起来时，看到里面还没完全空，”鲁内说，“我不知道这么少的量能有多少好处，不过我想你还是会发现它的用处的。”

“谢谢你。”男孩儿说。既然离别的时刻真正到来了，他对这个老武士生的气也完全消了。

“谢谢你。你把我们救出弗丽斯的统治，还给我找回了嗓音。你是一个勇敢的孩子。如果你再稍微凶恶一点，就会成为一个优秀的武士的。”

“我不这么认为。”杰克说。

接着真到了要离开的时候了。索吉尔和鲁内爬进船里，斯卡基下达命令让大家划船。“再见，杰克。再见，露西。勇敢，你要是愿意，可以和我一起走。”索吉尔叫道。可是乌鸦扑腾扑腾翅膀待在原地没动。

制作精美的长船滑过水面，几乎没有溅起一朵水花，向开阔的海面上驶去。它消失在雾气里，就好像从未出现过一样。

“走吧，露西，”杰克说，把他的小妹妹拉起来，“我们前面有一段长路要走，爸爸妈妈在等着我们呢。”

## 第四十三章

# 欢迎回家

雾气在树林间飘浮,露水从树叶上滴下来。杰克走在一条他知道通往罗马古道的小路上。他一只手里握着从约顿巨人国带回来的发黑的手杖,肩膀上站立着勇敢,另一只手里牵着露西。

"我不能躺下来吗?"她抱怨说,"我好好好累了。"

"我们走到大路上就休息。你也不要再搭免费便车了吧。"杰克对勇敢说。乌鸦反而抓得更紧了。

男孩儿继续跋涉向前。他的心里忧伤与喜悦交战。他要回家了,可他却永远失去了索吉尔和鲁内。过去的几个月里他日思夜想的就是回到这里。现在他却感觉到情绪低落。以后再也不会有出航,再也不会有冒险了。可是他又特别地想家。要是他们一家不是住在一个巴掌大的小村庄就好了,在那里发生的最激动人心的事情就只是一只母羊产下一对羊羔罢了。他怎么能回去重干提水、堆木柴、赶黑脸绵羊的老本行呢?

"我现在就想坐下来。"露西说。

杰克可以透过欧洲蕨看到隐约闪现的罗马古道。他把她领到道旁长满苍苔的石头边,两个人都休息了一会儿。杰克把勇敢嘘开。乌鸦落到附近的地方,发出一连串大声的抱怨声。"你要是不喜欢,可以回到索吉尔身边。”男孩儿说。他揉了揉肩膀上鸟儿的爪子陷进去的地方。

他拿出北欧海盗给他的食物：烤鹅和他们在北方交换得来的干面包。露西小口小口地吃着面包，勇敢啄食着一块碎肉。水滴得到处都是。他们浑身都湿透了。

“还有多远？”小女孩儿说。

“一个小时的路程。也许更多。”

“我累了。”她说。

为了转移她的注意力，杰克拿出了那条银色树叶串成的项链。“索吉尔想让你拥有这个。”

“哦哦！”露西一把抓住项链戴到脖子上。“它是王后的。”她说。手指抚过明亮的金属。

“是索吉尔给你的。”他纠正说。

“不是！我看到王后戴着它。她把我带到她的宫殿。她还给我蜂蜜蛋糕和蛋奶吃。”

“不是这样的，”杰克不耐烦地说，“你当时睡在肮脏的稻草上忍饥挨饿呢。”

“我没有！王后派人把这条项链送给我了！”

杰克把项链从露西的脖子上扯下来。“等你对真正把它送给你的人心存感激了，到时你才可以拿回它！”

“你这个羊屎！”

“你想叫我‘羊屎’就叫好了，可是——”勇敢突然叫着飞进了一棵树上。杰克立即警觉起来。“亲爱的，躲到欧洲蕨里。”他低声说。露西二话不说就从罗马古道边上溜下来，迅速跑到一棵灌木下面。她显然学会如何避险了。

杰克站到古道的中央。他听到脚步声和不成曲调的呼哨声。只见一个人影从雾气中显现出来。与此同时那个人影也看到了他。

“不要伤害我!”那个男孩子大叫着,转身顺着古道逃回去了。

“科林!”杰克大叫道,可是铁匠的儿子以自己最快的速度砰砰地大步跑走了。杰克低头打量自己。他穿着大山女王给他的衣服。貂皮毛皮外套下面穿着一件上好的绿色罩衫和一条棕色的裤子,裤腿塞进了他的牛皮靴子里。他的腰带上别着一把皮革的刀鞘,从刀鞘里抽出的刀正握在一只手里。

“哦,天哪,”杰克说,“我看上去就像一个北欧海盗。快过来,露西。我们得赶在哪个人用箭头射中我之前回到家。”

她爬上来牵住他的手。“如果我和你在一起,他们就不会放箭了。”她说,表现得是那么勇敢和富有洞察力,杰克弯下身亲吻她的头顶。他们继续往前走。勇敢立刻牢牢地站到了杰克的肩膀上。

过了一会儿他们听到远处传来许多人声。雾气正渐渐变薄,阳光穿透进来,把秋天的森林染成了金红的色泽。

“他在那里!等等!先不要射箭!有个女孩儿在他身边!”几个声音同时说。

先不要?杰克心里暗想。他们走出来,到了一块空地上。几个男人蹲在地上,手上拿着你在农场周围可以找到的那种武器。弓箭匠约翰已经把箭搭在他的弓上。

“爸爸!”露西尖叫一声,向前跑去。

“露西?”爸爸说,扔下了他的镰刀。“杰克?”他把小女孩儿一把搂进了自己的怀里。弓箭匠约翰放低弓箭。

“他是一个狂暴斗士!”科林叫嚷道,“他拿着斧头冲向我!”

“别犯傻了,”村长说,“那是拐子贾尔斯的孩子,不过他长这么大了。”

杰克手握着他的白蜡树手杖走上前。肩上站着勇敢。他知道自己不可能在离开的这段时间长很多,不过他肯定看起来完全变样了。他显然也感觉自己和当初那个被北欧海盗拖走的男孩儿完全判若两人。

“他把我从一个可怕的怪物手里营救出来。他还大战了巨魔和龙!”露西告诉爸爸说。

爸爸看上去一脸的迷糊。“你还活着,”他说,“我的儿子,你还活着。”拐子贾尔斯开始大哭起来,杰克也开始大哭,多少破坏了他企图营造的堂皇的效果。

“我知道有什么不一样了,”村长宣布说,“看到那只乌鸦没有?哎哟!”他正说着,却被勇敢突然啄了一口。“那是吟游诗人们栽在肩膀上的东西。杰克离开时还是个学徒,回来时已经是一个成熟的吟游诗人了——时间也刚刚好。老吟游诗人已经不知所云一段时间了。”

接着每个人都向杰克表示祝贺,爸爸拥抱了他。他们出发向村庄走去,弓箭匠约翰跑在前面传递好消息。杰克压低声音对科林说:“要是我是个狂暴斗士,你的头早在你走上三步之前掉到地上打滚了。”他满意地看到男孩儿的脸色瞬间变白了。

一群心情急切的人在拐子贾尔斯的农场外面等候。他们一看到杰克和露西就欢呼起来。小女孩儿在他们面前跳起了舞,沐浴在大家关注的目光中。她的裙子是村里从没见过的一个神奇之物。海蒂参照她的族人的穿衣风格把它做成了。裙子是亮蓝色的,领口和褶边上有绿色的刺绣图案,其余的部分则四下散开着朵朵白花。露西看上去就像一个真正的公主。

大家都大笑着拍起手来。小姑娘甚至没有注意到妈妈站在后面很远的屋门边上。不过杰克立刻向她走去,挡开好心人真诚的祝贺之词。爸爸已经开始重新讲述起杰克说给他听的他们被掳的简短故事。“他见到了巨魔、龙，还有巨蛛！”爸爸大声叫道。

“得了吧，贾尔斯，那只是你的众多幻想中的其中一个罢了。”有人嚷嚷道。

杰克和妈妈溜到屋子后面。“我该把露西也带来。”男孩儿说。

“让她享受属于她的时刻吧，”妈妈轻柔地说，“她的头发怎么了？”

“说来话长。你不会相信发生的事情。”

“我也许会的。我们怀疑你被狂暴斗士带走了。爸爸以为你死了，可我从来没有相信过。我往水里看，瞧见你站在一大群蜜蜂中间。”

杰克浑身打了个哆嗦。妈妈是一个女智者，尽管她小心翼翼地加以掩藏。他不确定“往水里看”是什么意思，可他曾见过海蒂直直地盯进一只碗里，而且她这么做的时候，其余每个人都踮着脚尖走动。“诗人怎么样了？”

她叹了口气。“他照吃照睡，可行为却像个小孩子。他偶尔会尖叫，还一直挥动着手臂。”

“他还住在罗马老屋里吗？”

“他不能自理，”妈妈忧伤地说，“而且又那么让人伤脑筋，爸爸不得不给他在后篱笆附近建了一个小棚屋。大家轮流照顾他。我不知道等冬季来临了我们该怎么办。”

他们顺着一条小路来到田野里。拐子贾尔斯的农场景况喜人。一畦畦的麦子被沉甸甸的麦粒压弯了腰。黑豆和蚕豆、芜菁和小萝卜、欧防风和胡萝卜一排排地长得整整齐齐。除去被漂洋过海而来的嗜血的狂暴斗士劫掠走的不算，这一年算是一个丰收年。

“你拿着那根手杖，肩膀上站着那只乌鸦，看上去非常有吟游诗人的架势了，”妈妈说，“它温驯吗？”

“它有时候啄人。”杰克说。不过妈妈勇敢地伸手抚摸鸟儿的羽毛，勇敢从喉咙深处发出愉悦的呢喃声。

“你几乎都要以为它在说话。”

“事实上，它是在说话。我认识的一个女孩就能听懂它的话。”

“天哪！你历过险了。我等不及要听你讲讲了。”杰克听到远处传来阵阵尖叫声。他的手自动伸向自己的刀。“那是吟游诗人，”妈妈说，“有时候他尖叫上好几个小时。我们不知道他想要什么，他也不能告诉我们。”

杰克怀着一种害怕的情绪走近那个小棚屋。听那些叫声！几乎都不属于人类的声音。“他有攻击的倾向吗？”

“不，只是吓坏了。无论我们做什么都让他害怕。”

门上闩了一个铁闩。杰克把它向后拉开。小屋里面的气味非常难闻。吟游诗人撒腿跑到靠里的墙边。他的头发像野人一样乱成一团，手指甲长得像爪子一样长。身上的衣服——一件粗糙的罩衫，腰间系着一根绳子——沾满了排泄物。

“我们想保持他的清洁，可是每当我们试图给他洗澡时他就变得那么躁动不安，我们都担心他会被吓死了。”妈妈说。

“先生，是我，杰克。我回来了。你的敌人弗丽斯已经消失了。你不用再担惊受怕了。”可是老人只是在铺在地板上的厚厚的稻草里畏缩成一团。“我给你带回来可能会治好你的东西，”杰克说，“是从秘迷尔井里取来的歌蜜。只剩几滴了，你可不能浪费哦。”

“呜——嘟啊。”诗人说。他扬起爪子似的手指保卫自己。

*我怎么才能把东西塞到他的嘴里去呢？*杰克暗想。他向前走了一步，这时勇敢突然从他的肩膀上俯冲下来直直地向老人飞去。

“呜——嘟啊！”诗人尖叫道。

呀，呀，呀！勇敢也尖叫起来。两者的身体碰撞上，他们随即倒到地板上，就好像被闪电击中了一样。

“不！”杰克大叫道。他冲到老人身边把他扶起来。诗人的眼睛还直直地盯着，可他却没有了呼吸！“妈妈！我该怎么办？”

她跪到另一边，感觉了一下老人的脉搏。“他的心脏停止跳动了！”

“不，不，不！”杰克哀叫道。他过去和自己是那么亲近。

“把那个叫歌蜜还是叫啥的什么东西倒到他的喉咙里！”妈妈说。她拉开诗人的嘴，杰克把瓶子倒过来。一滴晶亮的液体流进了老人的嘴里。杰克摇了摇瓶子，又形成了一滴。

“就只有这么多了。”他低声说道。

突然，诗人就好像从一个深度睡眠中醒来一样略抖了抖身体，然后张开了眼睛。“杰克，我的孩子。”他声音沙哑地说。

“你回来了！你回来了！”杰克听到身后传来扑腾翅膀的声音。勇敢正挣扎着站起来。“先生，弗丽斯的力量被打破了。你现在安全了。”

“我知道，”诗人说，“天哪，我真是一团糟！难道没人给我洗澡吗？”

“我们试过了。”妈妈说，又是欢笑又是流泪不止。

勇敢在稻草里东倒西歪地走着。它的翅膀搭拉下来，好像它已经忘了该如何使用它们似的。“怎么了？”杰克吃惊地说。他向鸟儿伸过手去，它却凶狠地抽打他。

勇敢尖叫不止，退到墙边。

“它疯了吗？”杰克说。

“不，它只是一只受惊的可怜的鸟儿，”诗人说，一边在妈妈的帮助下站起来，“过去的这几个月它很不好过。”

“可是——可是它是我的朋友啊。”

“我是你的朋友，杰克，”诗人说，“你难道记不得贝奥武甫的故事了吗？记不得我是怎样附身到一个梭鱼身上的吗？弗丽斯追捕我的时候，我逃开的惟一途径就是钻到一只乌鸦的身体里。我和它交换了位置。不过，要想回到原身就非常困难了。要是你没有用那个歌蜜把我唤醒，我们两个就都没命了。”

“是你打败了巨魔熊？是你说服龙不要吃我？是你找回了露西的精神？”

“即使身为鸟儿我还是有些本事的，”诗人十分骄傲地说，这完全可以理解，“你知道的，就是智商。不过也不要小看你自己的贡献。你表现出了非凡的能力。了不起。”

杰克听了这样的赞扬满眼发光。

“我这一段时间都是努力在跟一只鸟儿讲道理呢。”妈妈说。

“你不能和一只鸟儿理论的。它不够聪明。”诗人说。老人伸展开手指和脚趾，似乎再次习惯了它们。

“勇敢。”杰克喃喃自语道。尽管诗人说了这么多，他还是怀恋那只厚脸皮的乌鸦。它的身体被人占据时，它自身的一些性格显然还是存留了下来。

“它得再次学会如何飞翔，”诗人说，“我会把它放在身边，直到它可以安全自处了。”

“那我去烧洗澡水了。”妈妈说。

“你不能对鸟儿做的另一件事，”诗人说，皱了皱鼻子，“就是把它们家养。”

他们正在小山谷的那棵花楸树下。勇敢在稍远处的一只笼子里。诗人已经打开了笼门，乌鸦却害怕得不敢出来。

“它可以飞了,身体也足够健康,”老人说,“它只是缺乏信心。”

附近的一弯泉水汩汩地注进一个小池塘。妈妈养的一些蜜蜂仍然孜孜探索着花楸树表面平滑的灰色树枝,尽管树的花期已经过去了。也许它们喜欢待在生命力格外旺盛的地方。

“老师,你是怎么找到我的?”杰克说,“在我被抓以后。”

“我一路上询问乌鸦们。它们都特别八卦。正在发生的事情没有它们不知道的。它们当然不认识你这个人,不过好像沿着海岸向上行驶的一条北欧海盗的船只引起了它们的注意。风暴迫使我找地方躲避起来,我一直没能追上载你的船只,直到它掉头向东驶向最后一长段水路时我才赶了上来。”

“可你一直追着我穿越了海洋。”杰克被深深地感动了。

“那很愚蠢。要是你没有叫我下来,我早就溺死了。”

山谷上方的风已经有了凉意,可是这个地方具有某种特质,一直保持着夏天的温暖不散。蒲公英和苜蓿仍然星星点点地点缀在草丛里,青蛙在池塘周围的沼泽草丛里向外窥视。

“你为什么不回到这里来呢?”杰克说。

“太危险了。只要我在这副身体里面弗丽斯总会找到我的。而且她还会确保村子里的每一个人都被杀死。而且,我当时还相当喜欢成为一只乌鸦。有时候我还喜欢得不得了。”

“老师,你是什么意思呀?”

“换个形体是要冒风险的。有时候你会忘记自己是谁。”

“就像我们第一次到奥拉夫家那回吗?”杰克猜道。

“我非常高兴终于结束那次非人的旅行了——当中充满了风暴、雾气的侵扰,还把吉祖尔村烧成灰烬——我就给自己放了个假。干脆和一群乌鸦一起飞走了,完全忘记了自己是个人类。”在这段回忆面前诗人不禁哆嗦了一下。“当我意识到自己干的好事,就倍加小心再也不离开你了。”

一只乌鸦在头顶高飞打旋儿，然后下来落到笼子边上。“看。”杰克低声说。这只乌鸦从喉咙深处发出呢喃的声音，声音持续不断，就好像在试图和某个人理论一样。勇敢把它的嘴巴伸出笼门。这只陌生的鸟儿继续呢喃、细语、呢喃。然后它就飞走了。勇敢从笼子里翻滚出来，跟在后面飞起来，发出野性的叫唤。它消失在山谷的边缘，叫声不断。

“当你成为生命力的仆人时，会看到各种各样其他人错过的东西。”诗人说。

“即使你讲给他们听，他们也不会相信。”杰克已经把自己的种种历险详细说给村民们听，他们也恭敬有礼地听着。可是等他说完了，他们却说，告诉我们真正发生的事情。我们已经听惯了拐子贾尔斯的谎言了。任你怎么辩护也丝毫改变不了他们的看法。

“不要生气，”诗人说，“大部分人都活在他们自己的预期织成的笼子里。他们在里面自我感觉安全。这个世界是一个让人生畏的舞台，荣耀和神奇无处不在，也不乏我们已经发现了的危险。翱翔不适用于每一个人。”

杰克鼓起勇气问出了一个他认为可能会让老人不安的问题。“老师……我把护身符交给索吉尔做对了吗？她还是一个庇护少女，仍然是我们的敌人。”

诗人温和地笑了笑，注视着空空的笼子。“善意是永远不会白费的，我们也永远没法说清善意会带来多少好处。护身符注定要到索吉尔的手中。生命力这么要求，而她不管愿意不愿意，都已经被划归到为她效力的行列中。我确定等她发现的时候她一定会非常恼怒。”

“你为什么不告诉她你的身份呢？”

“哦,我说了。那个烦人的孩子偏偏拒绝相信我。大山女王一眼就看穿了我的掩饰。几乎没有什么东西能从她的眼皮底下溜过去。”

“我很想知道你是怎样在她的墙壁上熔出一个洞来的。”杰克说。

“今天不说了,”诗人态度坚决地说,“我离开的这段时间这个身体尖叫不休,我到现在还几乎没有恢复嗓音呢。我们就坐在这里欣赏夏末的美景吧。”

他们于是这么做了。蜜蜂们嗡嗡地徜徉在残留的花朵上,泉水汩汩地流淌,花楸树在温暖的轻风中飒飒作响。魔法沉到深处,在这里比在约顿巨人国时更难触及到它了,它也变得更有人性了。杰克在心里下了这么一个判断:可以让他愿意定居的地方仅此一地别无他处了。

# 附　录

## 神　圣　岛

公元七九三年六月八日林迪斯芳神圣岛遭到毁灭，震惊了盎格鲁-撒克逊人，就如同九一一事件让全美国人为之震惊一样。这是一次完全出人意料的攻击，攻击的来路也完全出人意料。撒克逊人相信他们受到大海的保护。他们也坚信没有人会选择袭击一群性情平和、信任他人的僧侣。他们却错了。

林迪斯芳修道院成立于公元六三五年，到公元七九三年它已经成为了一个学识和艺术的中心。袭击者到来的时候，僧侣们跑去迎接他们并邀请他们一同用餐。接下来发生的事情在本书中有详细的描述，材料源自《盎格鲁-撒克逊编年史》。让人惊叹的是，一份插图精美的手稿逃过了大火的舔噬：它就是《林迪斯芳圣经》。

这次袭击拉开了两百年维京人对不列颠众岛不断侵扰的序幕。

## 北 欧 海 盗

维京人一词指的是“海盗”或者是“劫掠者。”维京人可能来自丹麦、挪威或者瑞典，在这本书里我选择使用北欧海盗称呼他们。他们当时会讲古丹麦语或者古挪威语。杰克当时则会讲盎格鲁-撒克逊语。

语言随时间的推移而不断变迁。盎格鲁-撒克逊语演变成古英语，之后又进化成我们今天所讲的英语。古挪威语变成冰岛语，书中的北欧海盗使用的正是这种语言。在加拿大执教的冰岛克里斯汀·约翰斯多蒂尔，非常好心地提供了正确的翻译。

## 冰岛语的发音

在冰岛词汇中，重音通常放在第一个音节上，例如 *music*、*wonderful* 等词。大部分字母的发音和它们在英语中的发音一致，除了下面几个差别：

*r* 发颤音，西班牙语中亦如此。

*þ* 的发音类似 *think* 中的 *th*。

*ð* 的发音类似 *that* 中的 *th*。

*φ* 的发音类似 *men* 中的 *e*。

*J* 的发音类似 *yes* 中的 *y*。

发 *t*、*d*、*l*、*n* 音时，舌头顶在你的上牙龈，而非顶在上颚。

*o* 和 *ó*、*a* 和 *á* 之间的区别太过复杂，这里就不做解释了。等同于 *sofa* 的 *o* 音，等同于 *father* 的 *a* 音。

## 巨魔、约顿人与霜雪巨魔

在北欧的传说中，这三个名字似乎指的是同一种生物。他们体型庞大,喜爱冰雪,是人类和神明的共同敌人。他们大多数时候都被描述得形象丑陋,可是也有一些故事里的主人公长相非常美丽。

根据传奇故事的讲述,约顿人首先占领了北欧。为了夺回对挪威和瑞典的控制权,奥丁神的信仰者们与他们进行了持续数个世纪的斗争。一份十一世纪的手稿把约顿人描绘成乘着雪橇下山袭击的野蛮人。他们以动物的毛皮裹身,他们的语言听上去像是动物的嚎叫。

更有意思的是,传奇上说人类不被允许在挪威安家定居,除非他们和约顿人通婚。有一些经常被提及的历史人物拥有部分巨魔血统。所以巨魔有可能确实存在过。无论是过去还是现在都有许多特别的部落分布在从挪威一直延伸到西伯利亚的这一块遥远的北方土地上。约顿人甚至还有可能是遥远的记忆中的尼安得特人呢。

他们最初的家园据说是在乌特嘎地,位于极北地区。我把它安排在杨梅恩岛上,那是离北极不远的一个孤零零的火山。

## 无骨伊瓦

伊瓦是一个半传奇性的国王。他大概生活在公元八八○年左右,不过我把他安排到更早的年代里。我创造了弗丽斯这个人物作为他的妻子。伊瓦的父亲名叫 Ragnar Hairy-Britches,他完全是个无恶不作的大坏蛋。他最后被一位撒克逊国王扔到一个毒蛇坑里。这是一个绝妙的计策,因为在英格兰几乎没有毒蛇。

## 狂暴斗士

大部分维京武士都是普通人。只有少数几个是狂暴斗士,被遣为先锋打击敌人的士气。狂暴斗士不畏惧死亡。他们的目标就是倒在战场去英烈殿之前尽可能地多杀一个人。一些狂暴斗士可能通过服用一种药物致使精神癫狂,可是对其余人来说就只是家族遗传了。你可以称他们是恐怖分子早期的形式。索吉尔这一人物的原型则取自《智者海德雷克国王传奇》中的一位庇护少女。

## 吟游诗人与斯考尔德

在小说故事发生的时代,对奥丁神的崇拜,即凯尔特人古老的自然崇拜,和基督教并存于世。传统的凯尔特人的牧师(或教士)已经被女智者和吟游诗人取代。他们据说拥有相同的魔法能力。

斯考尔德是维京人的吟游诗人。他们不像后者以魔法出名,但却掌握着很大的权力。在书面记录出现之前,只有他们能够通过他们的诗歌和歌曲来确认一个人的名望。维京人也有女智者。

## 杰克和吉尔

这首童谣来自挪威的一个传说,讲的是两个孩子被他们的父亲打发去从秘迷尔井里汲取歌蜜;他们拎着满满一桶歌蜜水走在回来的路上,却在途中被月亮神抓走了。